Scarlet
스칼렛

www.bbulmedia.com

섹시한 내 운명

SCARLET ROMANCE STORY

김다진 장편 소설

CONTENTS

'아 목말라. 아이스 아메리카노라도 한 잔 사 올 걸 그랬나?'

다미는 긴장한 탓에 바짝바짝 마르는 입맛을 다시며 아쉬워했다.

'아냐, 이런 곳에서 그런 거 먹는 것도 이상하지. 부정 탈지 몰라. 몇 년째 꼬이기만 하는 내 인생의 해답 찾으러 온 곳인데 경건하게 들어가야지. 아, 제발 잘 풀리면 좋으련만.'

간절한 바람을 담고 조심스레 미닫이문을 열었다.

"옹녀 누나 왔네."

문을 다 열기도 전에 안에서 말소리가 흘러나왔다.

'나 말고 또 누가 있나?'

다미는 방 안과 자기 뒤를 살펴보았다. 두 평 남짓한 방 안에는 동자신 신 내림을 받아 신점을 본다던 박수무당밖에 없었다.

'이건 뭐지? 통화하는 중인가? 나 조금 있다가 들어가야 하나?'

7

엉거주춤 들어가지도 못하고 나가지도 못하고 문지방에 반쯤 걸쳐 똥 마려운 강아지처럼 서 있자 박수무당이 다시 한 번 말했다.

"얼른 들어와."

좌식 테이블 뒤에 마흔 살은 족히 되어 보이는 박수무당이 다미 쪽으로 시선을 돌리지도 않은 채 테이블 위의 삐로로 인형을 만지작거리며 말했다.

"저, 저요?"

"응. 누나."

스물아홉 살이지만 어려 보이는 얼굴 탓에 고등학생으로도 보이는 다미였다.

'아저씨 액면가가 얼핏 봐도 마흔 살은 되어 보이는데 무슨 누나예요. 아저씨가 아무리 슈퍼 동안이래도 그건 아닌 거 같아요.'

팔뚝에 오소소 오른 소름을 벅벅 긁으며 앞쪽에 있는 방석을 끌어다가 앉았다. 그녀가 앉자마자 박수무당은 다시 눈을 감고 중얼중얼 무엇인가를 되뇌었다.

'아, 뭐지. 점집이란 게 원래 이런 건가?'

태어나서 점집이라는 곳을 처음 온 다미는 어울리지 않게 긴장한 표정으로 방 안을 둘러보았다.

그다지 밝지 않은 방 안, 박수무당의 뒤로는 오방색의 천들과 절 입구에 놓여 있는 사천왕처럼 무서운 장수 그림이 저를 내려다보고 있는 듯했다. 지은 죄도 없건만 괜히 어깨가 움츠러들었다. 그리고 그 앞 제단에는 과일과 약과, 옥춘과 함께 동자신이 좋아해서 갖다 놓은 듯한 장난감이 몇 개 놓여 있었다.

그리고 그 제단 한가운데 향로에 꽂힌 긴 향의 끝에서 피어오르는 기다랗고 하얀 연기가 방 안을 몽환적으로 만들었다. 뿌연 연기, 이질적 냄새, 이상한 그림들이 오묘한 분위기를 자아냈다.

다미는 조심스레 방석 위에 앉으며 제가 찾아온 이유를 알아주길 바라는 간절한 눈빛으로 박수무당을 바라보았다.

그 순간, 텔레파시가 통했는지 박수무당이 눈을 번쩍 뜨며 말했다.

"옹녀가 제 성질 누르고 살려니까 될 일도 안 되지. 그냥 네 성질대로 살아."

진짜로 텔레파시가 통한 건가? 말을 하긴 했는데 내가 원하는 내용이 아니잖아? 왜 자꾸 아까부터 옹녀 타령이래. 딴 사람 얘기하는 건가?

알아듣지 못할 말에 얼굴이 묘하게 일그러졌다.

"네? 저, 저요?"

"응, 그래. 누나, 너. 여기 누나랑 나 말고 또 누가 있어? 아까부터 왜 이렇게 말귀를 못 알아들어?"

네가 자꾸 이상한 소리를 지껄이니 그러지요. 그나저나 네가 자꾸 외치던 옹녀가 나야? 29년 인생 순결하게 살자고 다짐한 것도 아닌데, 강제로 숫처녀의 인생을 살고 있는 억울한 나한테 왜 자꾸 옹녀래?

갑자기 가슴속에서 깊은 빡침이 몰려왔다. 하지만 굳은 맘 먹고 온 자리였다. 다시 마음을 다잡고 하고자 했던 말을 했다.

"그게 아니라 제가 일이 자꾸 안 풀려서요. 공무원 시험 4년을 준비했는데 계속 사고 나서 시험을 보러 못 가거나, 시험 때만 되면 집안에 일이 생기거나, 그것도 아니면 1, 2점 차이로 떨어지거나 하니까 뭔가 액이 꼈나 싶기도 하고……. 공무원 시험 포기하고 취업하려고 지원서 내도 면접 보라고 연락 오는 곳은 하나도 없고."

지난 일이 떠올라 한숨을 길게 내쉬었다.

"제가 올해 스물아홉 살인데 삼재인가 싶기도 하고……. 앞으로도 이러면 안 될 것 같기도 하고……. 그래서 물어보려고 온 건데 자꾸 이상한 소리를 하시니까……."

뒷말을 얼버무리며 말했다. 이런 건 자기가 알아서 딱딱 맞춰야 하는 거 아닌가? 내가 일일이 말해 줘야 해? 저 무당 엄청 용하다더니 사기 아냐?

평상시 간간이 점을 보러 다니던 보영이를 쓸데없는 데 돈 쓴다고 구박하던 다미였다. 혹시나 해서 왔지만 역시 자기가 맞았다는 생각에 박수무당에 대한 불신이 스멀스멀 올라왔다.

"누가 말귀를 못 알아먹는지 모르겠네. 누나 바보야? 왜 말해도 못 알아들어? 누나 성질대로 살라고. 음란하고 음탕하게. 그러면 잘 풀린다고, 누나 인생."

그 말을 이해해 보려고 나름 미간을 찌푸리며 고민하는 다미의 모습을 본 박수무당이 긴 한숨을 쉬고 말을 이었다.

"누나 팔자가 원래 옹녀 팔자야. 그것도 그냥 옹녀가 아니라 아주 센 옹녀 팔자. 근데 그걸 누르고 사니 일이 잘 풀릴 리가 있나. 그러니까 원래 팔자대로, 순리대로 살라고. 그게 누나 운명이니까 거스르려고 하지 말고. 그럼 잘 풀리게 되어 있어."

아니 음탕하게 사는 게 운명이라니. 뭐 이런 거지 같은 운명이 다 있어? 어이가 없어 헛웃음만 절로 나왔다.

몇 번 하지도 못했지만 하는 연애마다 족족 말아먹고 취업도 안 되고 이 모양 이 꼴로 사는 게 음탕하게 살지 않아서라니? 내가 뭐 일부러 도 닦자고 운명을 거스르고 수행하듯 사는 줄 아나? 나도 다른 애들처럼 얼레리꼴레리 하며 살고 싶다고. 하지만 잘 안 되는 걸 어떡해?

　쭉쭉빵빵 늘씬늘씬 섹시하고 화려한 미녀들이 넘쳐 나는 세상에 간신히 160cm 살짝 넘는 키에 어려 보이는 얼굴은 음란하고 음탕하게 살기에 그리 쉬운 조건이 아니었다.

　'나한테 연애가 얼마나 힘든지 알아?! 몸으로 어필할 수 없다면 능력으로 어필하겠어! 요새는 공무원이 최고라니 공무원이 되어 보자꾸나!'

　지난 몇 년간 연애도 접고 공무원 시험에 올인했던 시간이 떠오르면서 갑자기 서러움이 물밀듯 밀려왔다. 게다가 올해는 공무원 시험을 포기하고 일반 사기업에 취업하려고 하는데도 잘 안 되고 있다.

　'일 안 풀리는 것도 서러운데 그게 다 내 운명을 거슬렀기 때문이라니. 누가 그 운명 거스르고 싶어서 거슬렀나? 나도 따르고 싶네! 그 운명!'

　뒷머리로 열이 쫙 올랐다. 갑자기 자신에게 주어졌다는 그 운명과 안 풀리는 일들이 뫼비우스의 띠처럼 연결되고 있는 건 아닌가 싶었다. 운명을 거스르니 일이 안 풀리고, 일이 안 풀리니 연애도 쉽지 않고. '아— 어쩌란 말이냐' 란 노랫가락이 절로 머릿속에서

리플레이되었다.

"그러면 저는 어떻게 해야 할까요? 부적을 쓸까요? 아니면 굿이
라도……."

조금 전까지만 해도 의심의 눈초리로 쳐다봤는데, 지금은 저 박
수무당만이 내 인생의 마지막 희망처럼 보였다. 간절한 눈길로 박
수무당을 쳐다보았다.

"그런 거 없어. 왜 자꾸 같은 말 반복하게 만들어. 아, 이 누나
말귀 더럽게 못 알아먹는다. 귀찮아. 나 갈래."

그 순간 박수무당의 눈빛이 탁 바뀌었다. 만지작거리던 뽀로로
인형을 내려놓고 옆에 있던 부채를 집어 들었다.

"동자님 가셨다."

"네? 가셨다고요?"

아니 이놈은 점 보러 온 사람 답답한 거 다 풀리지도 않았는데
어디로 토껴?

멍하니 박수무당을 쳐다보았다.

"그럼 전 어떡해요? 뭔가 해결책을 주셔야지……."

점 보러 왔는데 가슴만 점점 더 답답해지는 기분이었다. 몸을 좌
식 테이블 쪽으로 바짝 기울이며 무당을 쳐다봤다.

'무당아, 무당아. 해결 방안을 내놓아라. 해결 방안을 내놓지 않
으면 내 너를 구워 먹, 아니지. 해결 방안 좀 주세요. 제발.'

애처로운 눈을 하며 제발 도와 달라는 듯 간절히 박수무당을 쳐
다보았다.

그 모습을 보던 박수무당도 그녀가 불쌍했는지 답답한 표정을
지으며 다시 말을 이었다.

"네가 지금 음기가 충만하다 못해 음기 탱천한 상태인데, 여기에 좋은 양기를 섞어 줘야지 네 음기가 가라앉아. 일종의 음양 조화라 할 수 있지."

박수무당이 눈을 감고 부채질을 하며 말했다.

"양기라 하면…… 남자요?"

"응. 보통 남자 말고 양기가 너처럼 많은 놈을 만나야 해. 일반 놈들은 너 감당 못 해. 변강쇠를 찾아야 해. 변강쇠."

변강쇠라니? 남자를 만나기도 힘든 세상에 변강쇠를 찾으란다. 그 말이 제 귀에는 모래밭에서 바늘 찾으란 소리처럼 들렸다. 얼굴이 심란함으로 물들었다.

"근데 어디를 가서 변강쇠를 찾나요?"

"그건 네가 알아서 해야지. 만나면 알게 될 거야. 그놈이 변강쇠인지 아닌지. 나는 할 말 다 했으니까 가 봐."

"아니 그래도 힌트라도 좀……."

"그것까지 해 주면 여기가 결혼 소개소지 점집이겠니?"

박수무당이 미간을 찌푸렸다.

다미는 자꾸 안 풀리는 일들 때문에 조언을 구하고자 점을 보았지만, 몰랐던 문제까지 들춰지면서 해결해야 할 숙제가 하나 더 늘어난 기분을 느끼며 무당집을 나왔다.

1화

강쇠를 찾아서

　자신의 방에서 잔뜩 긴장한 다미가 책상 위에 두 손을 올린 채로 핸드폰을 받쳐 들었다.

　부정 안 타게, 최대한 예의 바르게. 후— 하고 심호흡을 하고 천천히 한 자리씩 전화번호를 확인하고, 버튼을 누르길 반복했다. 곧 연결되는 신호음 소리에 심장이 두근두근 뛰어 바싹 마른 입술을 혀로 적셨다.

　— 네. 내일물산 인사팀 박순호입니다.

　의자에서 벌떡 일어나 허리를 재빨리 곧추세웠다. 몇 번이나 연습한 말을 빠르고 예의 바르게 뱉어 냈다.

　"안녕하세요? 지난주 입사 지원 한 이다미라고 합니다. 혹시 합격자 발표가 났나 해서 전화드렸습니다."

　— 이다미 씨라고 하셨죠? 잠시만요.

수화기 너머로 무엇인가를 뒤적이는 소리가 들렸다. 혹시 무슨 중요한 말이라도 오갈까 싶어 숨소리도 내지 않고 수화기에 귀를 바짝 가져다 대었다. 아주 짧은 순간이었지만 온 촉각을 곤두세우고 있어서인지 길게 느껴졌다.

— 이다미 씨? 이번 채용에는 안타깝게도 불합격하셨네요.

"네……. 감사합니다."

하나도 안타깝지 않은 목소리와 하나도 감사하지 않은 그런 형식적인 말들이 오갔다.

"하……."

짧은 시간이지만 긴장했던 온몸에 기운이 쑥 빠져나간 듯했다. 그대로 침대에 털썩 앉았다.

"또 떨어졌네."

뭐 어느 정도 예상은 했다. 일주일 넘게 연락이 안 오는 건 암묵적 불합격이니까. 그래도 확실히 하고 싶어서 전화를 건 것이다. 그리고 확인했다.

"윽. 아프다."

가슴을 부여잡고 침대 위에 큰대자로 쓰러졌다.

"잔고가 얼마 남았더라?"

이틀 전, 점집에 가기 위해 현금 인출을 할 때 모니터에 뜬 잔액이 100만 원 이하로 떨어지는 것을 보고 눈을 질끈 감았었다. 제대로 보기 무서워서.

"우씨. 괜히 점 보러 갔어."

한 푼이 아쉬운 때였다.

"이다미. 29세. 무직. 전 재산 100만 원 이하."

천장을 보며 자신의 스펙을 읊어 보았다.

"아, 초라하다, 초라해."

그동안 뭐 하고 산 건가 싶다. 아르바이트하고 공부하고, 공부하고 아르바이트하는 생활이 전부였다. 이제 공무원 시험 공부를 그만두었으니, 아르바이트가 아닌 제대로 된 직장을 구해야 한다. 하지만 그게 말처럼 쉽지 않다. 경력 없는 29세의 신입을 원하는 곳이 생각보다 없었다.

"이 넓은 대한민국, 그 많은 직장 중에 날 받아 줄 곳이 한 곳도 없다니. 찻— 내가 뭐가 부족해서 안 데리고 가느냔 말이야. 열렬히 일 좀 해 주십사 구애를 해도 모자랄 판에."

시켜만 준다면 분골쇄신의 자세로 열심히 일할 자신이 있었다. 하지만 취직운도 운이라서 그런가? 영 따라 줄 기미가 안 보였다.

꽤 괜찮은 인서울 4년제를 들어갈 만큼 학창 시절에 노력했고, 적은 금액이지만 장학금도 꾸준히 받으며 공부하고, 대학 생활 내내 꾸준히 아르바이트를 계속해 오며 집안에 손 벌린 적 없다는 자부심이 있었다. 나름 성실하고 치열하게 살아왔다.

그런데, 항상 2%가 부족했다.

죽어라 공부해도 평상시 성적보다 한 단계 아래 대학에 입학했고, 코피 터지게 죽어라 공부해도 수석 장학금은 타 본 적 없었다. 대학 졸업 후 공무원 시험에 몇 년간 올인했지만, 항상 행운의 여신은 손을 잡아 주지 않았다.

운이란 건 이미 인생에 없었다. 내 노력보다 과하게, 운으로, 덕분에 '땡 잡았다'를 외쳤던 순간이 있었나 싶다.

초등학교 때 길거리에서 오천 원짜리 지폐를 한 번 주워 본 것 같고, 그다음엔 음, 없었다. 그 흔한 보물찾기 한 번 성공해 본 적 없고, 시험 문제 찍어서 맞춘 적 한 번이 없다.

"염병, 이 정도야?"

요행 따윈 바라지도 않고 개미같이 열심히 살았지만, 결과는 처참했다.

"앞으로 어떡하지?"

머릿속이 지끈거렸다. 그나마 집은 대학원생이지만 부업으로 모델 일을 하는 남동생 라영이가 전세금을 대서 얹혀살고 있다. 하지만 언제까지 동생네 집에 얹혀살 수도 없는 노릇이다.

밖에 있다가 집에 들어오면 뭐 했냐고, 누구랑 있다가 오는 거냐고 꼬치꼬치 묻는 폼이 얼른 남자라도 생겨서 나가길 바라는 것 같다.

하긴, 저도 스물여섯 살이나 먹은 남자인데 여자 친구도 데리고 오고 싶겠지. 이러다가 결혼한다고 나 나가라고 하면 진짜 맨몸뚱이로 쫓겨나야 하는 거네? 후— 절로 깊은 한숨이 나왔다.

까만 스틸레토 힐, 블랙 타이트 스커트, 흰색 실크 블라우스에 서류 뭉치를 들고 바쁘게 뛰어다니는 자신의 모습을 그려 보았다.

일하고 싶다는데도 일을 안 시켜 주는 더러운 세상. 진짜 내가 운명을 따라 살지 않아서 이렇게 꼬이는 걸까? 운명을 따라 살면, 원하는 대로 살 수 있을까? 자꾸만 박수무당의 말이 떠올랐다.

"에잇. 말도 안 돼. 운명은 무슨 운명."

고개를 절레절레 흔들었다. 그리고 전화가 왔다. 보영이였다.

"어. 보영."

— 야, 나 서울 다 와 가고 있어. 얘기 좀 해 봐.

"선은 잘 봤어?"

— 언제나 한결같은 패턴으로 마무리했어. 너나 어서 보고해.

보영의 목소리를 들으니 궁금해 죽겠는 모양이었다. 서울에 있었으면 점집에 갔다 온 금요일 저녁 득달같이 쫓아왔을 텐데, 선보러 본가로 끌려 내려간 덕에 취조를 피할 수 있었다. 그리고 저녁 무렵 전화가 왔을 때는 제가 이력서 제출 마감 시간이라 후다닥 전화를 끊었다.

주말에는 보나마나 선보는 것을 핑계로 밀린 쇼핑과 마사지숍, 메이크업숍을 방문하느라 정신이 없었을 테고, 오늘 아침에서야 선실패 후 엄마에게 등짝 몇 대를 맞고 서울로 날아오는 중인 듯했다.

"어디서 그딴 돌팔이를 들이대 놓고선 보고를 하래."

— 왜?

"말도 안 되는 헛소리만 해 대더라."

— 무슨 소리야? 자세히 좀 말해 봐.

"아 몰라. 나 지금 지난주 면접 본 회사 불합격 통보 받아서 말할 기운도 없어."

— 뭘 한두 번 받아 본 불합격 통보도 아니면서 괜히 핑계야.

"이게 친구야 원수야?"

— 아무거나. 하여튼 내가 너네 집 갈까? 아님, 좋은 말 할 때 네가 우리 집 올래?

성격 급한 보영이 오늘 꼭 이야기를 들어야겠다는 의지를 보였다.

귀찮은데 오라고 할까, 잠시 생각했다. 하지만 오늘 라영이 일찍 들어온다고 했는데……. 오면 또 옆에 찰싹 붙어서 다 참견하려고 할 텐데, 그럼 이야기를 제대로 나눌 수 없다.

"아냐, 내가 갈게."

— 오케이, 올 때 맥주도 사 와!

"안 돼. 그 돌팔이한테 복채도 오만 원이나 뜯겼어. 이제 진짜 거지야, 거지."

— 알았어. 그건 내가 줄 테니까 사 와.

싫은 말, 거친 말을 턱턱했지만 그만큼 친한 친구 사이였다. 내가 거지임을 드러내도 쪽팔리지 않고, 얻어먹어도 마음 편한 그런 친구였다.

'언젠간 꼭 갚고 말 거야. 네 은혜.'

침대에서 일어나 주섬주섬 옷을 주워 입으며 중얼거렸다.

집을 나온 다미는 두 정거장 거리의 보영의 집을 가기 위해 버스를 탈까 잠깐 고민을 하다 걸어가는 것을 택했다. 백수가 아껴야지 뭐.

지방 유지의 딸로 꽤 부유하게 자랐고 본인 스스로도 약사로 일하고 있는 보영은 서른 살도 되기 전에 자기 소유의 오피스텔을 갖고 있었다.

다미는 도착 후 고개를 들어 오피스텔을 올려다보았다. 20층 높이에 편의점, 식당가, 각종 숍들이 들어찬 꽤 큰 규모의 오피스텔이었다.

"난 언제 벌어서 이런 집 사나."

내 평생 이런 집을 가져 볼 수 있을까 싶다. 뭐 서울에 30평대 아파트는 고사하고라도 어차피 혼자 살다 죽을 팔자, 이런 오피스텔 하나라도 있으면 참 좋을 것 같은데 말이다.

'아놔. 왜 이러지? 원래 이런 캐릭터 아닌데 자꾸 생각만 많아지고 울컥해지네?'

오랜 백수 생활과 옹녀 운명을 따르지 않으면 평생 그 모양 그 꼴로 살 거라는 박수무당의 점괘가 자꾸만 생각이 많아지게 만들었다.

1층 편의점에 들러 4개 만 원짜리 수입 맥주 4개와 새우 맛 과자, 오징어 하나를 샀다. 덜렁덜렁 하얀 편의점 비닐봉지를 들고 보영의 집 비밀번호를 누르자 문이 열림과 동시에 현관으로 쪼르르 보영이 달려 나왔다.

"심부름센터에서 왔습니다."

보영의 얼굴에 하얀 봉지를 들이밀었지만 그녀는 그것을 손으로 밀며 고개부터 불쑥 내밀었다.

"헛소리 말고. 뭐래? 뭐라고 했기에 돌팔이라 그래?"

평상시 같으면 맥주에 먼저 반겨 들 보영이 비닐봉지는 쳐다보지도 않고 다미의 옆에 딱 달라붙었다.

"잠깐만."

"아, 뭐라고 했는데?"

보영이 재촉했다.

"목 좀 축이고."

거실 중앙에 있는 좌식 테이블에 가서 털썩 앉았다. 그리고 자신이 사 온 맥주와 안주를 테이블 위에 올려놓았다. 그사이 보영도 맞은편에 자리를 잡았다.

세팅을 마친 후 테이블 밑으로 다리를 쭉 뻗고 소파에 등을 기댄후 캔 하나를 들어 시원하게 들이켰다. 재빨리 답해 주지 않자 답답했던지 보영도 캔 하나를 냉큼 들었다.

꼴깍꼴깍—

점집에서 나온 후 미친 듯이 한잔하고 싶었지만, 복채로 돈을 날린 마당에 더 이상 낭비할 돈이 없어 꾹 참아 왔던 알코올이었다.

"캬— 이제 좀 속이 뚫리는 것 같네. 내가 옹녀래."

캔을 완전히 비운 후, 입가에 묻은 맥주를 닦으며 별거 아니라는듯 툭 내뱉었다.

"켁."

이제 막 맥주 캔을 따서 한 모금을 넘기던 보영이가 사레들려 캑캑댔다. 옷과 테이블 위로 맥주가 튀었다. 다미는 덤덤히 두루마리화장지를 보영에게 건넸다.

휴지를 받아 든 보영이 두루마리를 둘둘 풀어 여기저기 흘린 맥주를 잽싸게 닦으며 다시 물었다.

"네가? 내가 아는 옹녀 말고, 사전적으로 다른 뜻 있니?"

"아니, 나도 엊그제 집에서 검색해 봤는데 없어. 옥녀만 뜨더라."

"그건 뭔데?"

"옥같이 고운 여인이라나 뭐라나?"

새우 맛 과자를 집어 먹었다. 짜다. 에잇. 안 그래도 마음이 염전 밭이구먼. 달달한 과자나 초콜릿으로 사 올걸. 잘못 골랐네, 잘못 골랐어. 그러면서도 새우 맛 과자를 한 움큼 쥐어 입에 털어 넣었다.

"음, 뭐 딱히 옥녀 같지는 않지만, 그래도 웅녀보다는 옥녀가⋯⋯ 네 캐릭터에 맞는 것 같은데?"

보영의 현실 부정 단계였다. 뭐, 자신도 그제는 그랬으니까. 다미는 오징어를 고추장에 찍어 입에 넣고 질겅질겅 씹었다.

"아닐걸? 그 점쟁이가 옥녀 앞에 수식어로 음란하고, 방탕하게를 사용했거든."

"헐."

보영의 턱이 툭 내려앉았다. 정신을 차리고 맥주 캔을 내려놓더니 짐짓 심각한 표정으로 다미를 바라봤다. 믿을 수 없다는 표정이었다.

"말도 안 되지? 네가 생각해도 그 박수무당, 돌팔이 같지?"

다미는 덤덤히 물으며 두 번째 캔을 땄다.

"캬—"

다미가 두 번째 맥주를 음미하는 사이 보영은 미간을 좁히며 고민했다. 물론 생각지도 못한 내용에 당황스럽지만, 그 도사님이 틀릴 일이 없다.

"아냐, 그 도사님 엄청 용해. 나 예전에 뭣 모를 때 사귀던 그 마마보이 새끼, 처음엔 이상한 놈이라고, 헤어지라고 할 때 안 믿었는데 진짜 개또라이였잖아."

대학교 4학년 때 만난 일곱 살 위의 의사는 보영이가 좋아하는 조지 클루니와 똑같이 생겼었다. 박식한 머리, 좋은 매너, 훤칠한 외모, 뭐 하나 빠지는 것이 없어 보였다. 첫 경험을 하려고 했던 날, 보영의 가슴을 만지며 우리 엄마 것보다 네 것이 더 좋다고 말하기 전까지는.

그때 그 개또라이가 또다시 떠올라 보영이 몸을 떨었다. 그 이후 연상이라면 아주 치를 떨며 새파란 영계 아이돌이 취향이 되어 버렸다. 하여튼 그 박수무당은 보영에게는 인생을 구해 주신 분이며 보영은 그의 열렬한 추종자였다. 게다가 그 박수무당이 처리해 준 건이 한두 개가 아니었다.

"모쏠 현지도 2년 전에 가서 처방받고 시집가고, 지원이도 그 무당 말 듣고 난 다음 회사 때려치우고 외제차 딜러 돼서 판매왕까지 했었잖아."

"우연의 일치일 거야."

어느새 두 번째 맥주도 다 마신 다미가 손으로 캔을 힘껏 구겼다.

"참, 효경이 알지? 걔는 뽀로로 도사가 액운이 들었다고 굿해야 한다는 거 무시하더니 교통사고로 병원에 1년 넘게 입원하고 수술하느라 엄청 고생한 거 너도 알지?"

절대 틀리지 않는 백발백중 점괘를 자랑하는 도사님이었다. 용했던 점괘들을 되짚어 보았다. 그들 역시 처음에는 다미처럼 부정했다. 하지만 결과는 모두 그 뽀로로 도사님의 말이 맞았다.

"고마해라. 마이 들었다 아이가."

아니라고, 돌팔이라고 계속 되뇌었던 다미였지만, 이렇게 친구들의 성공담과 실패담 사례들을 들으니 마음이 이상해졌다.

돌팔이가 아니라 진짜면 어떡하지?

슬슬 걱정되었다. 점쟁이의 말을 듣자니 옹녀의 운명을 타고났다는 것도 믿을 수 없는데, 어떻게 사는 게 옹녀처럼 사는 것인지도 모르겠고, 그 해결 방안도 딱히 내 주지 않았는데, 자신이 무엇을 해야 하는지도 걱정이었다.

그렇다고 무시하고 돌팔이의 헛소리로 치부하기엔 주변의 검증 사례가 너무 많았다.

한마디로 미치고 팔짝 뛸 상황이었다.

"야. 그래도 다행이라고 생각해."

"뭐가 다행이야?"

"비구니 운명이었으면 어쩔 뻔했어?"

"그거 지금 위로라고 하는 거야?"

"위로가 안 돼? 미안."

보영이 전혀 미안하지 않은 표정으로 마시다 만 맥주를 들고 홀짝였다.

"어휴. 이것도 친구라고. 제 인생 아니라고 아주 태평이다, 너?"

"오히려 쉬운 거 아냐? 돈 드는 것도 아니고."

제법 진지한 표정으로 보영이 과자도 하나 집어 먹으며 말했다.

"물론 돈 드는 건 아니지. 하지만 여태 안 되던 연애가 마음먹는다고 되냐고!"

참을 수 없이 욱하고 올라오는 짜증에 다리를 뻗어 동동 굴렀다.

"그렇긴 하지."

보영이 문제의 심각성을 깨닫고 고개를 끄덕였다.

"게다가 보통 남자도 아니고 변강쇠를 만나야 한대. 내가 어디를 가서 변강쇠 만나? 그냥 남자 만나서 연애하기도 어려워 죽겠는데."

"그것도 그렇지."

보영이 백 퍼센트 동조한다는 듯 크게 고개를 끄덕였.

이야기를 할수록 첩첩산중, 오리무중. 해결 방안이 떠오르지 않아 애꿎은 맥주만 벌컥벌컥 마셨다.

그 순간 좋은 생각이 났는지 보영의 눈이 반짝하고 빛났다.

"그럼 액받이용 원나잇은 어때?"

"액받이용 원나잇?"

"왜 얼마 전 드라마 기억 안 나? 왕에게 일어나는 흉한 일은 대신 받아 준다는 액받이 무녀."

보영이 다미 쪽으로 몸을 숙이며 작게 소곤거렸다.

"그니까 그게 지금 액받이 어쩌고저쩌고하지만 결국은 원나잇을 하라는 거야?"

얼토당토않은 소리에 미간이 찌푸려졌다.

"포커스를 원나잇에 두지 말고, 액받이에 둬."

"너 내 손에 죽고 싶냐?"

보영을 향해 두 손을 뻗으며 목을 조르는 시늉을 했다.

"너 잘되라고 머리 짜낸 언니한테 그게 할 소리야?"

보영이 재빨리 자신의 얼굴 앞으로 두 팔을 크로스하며 공격을 막았다.

"내 손에 안 죽으면 우리 부모님이 와서 널 죽이실걸?"

평생 교사로 살다가 퇴직하신 걸 인생의 자랑으로 여기는 깐깐 대마왕 아빠와 그런 아빠가 하는 말이라면 무엇이든 옳다고 하는 엄마가 이걸 들으시면 뒷목 잡고 쓰러질 이야기다.

하지만 보영은 엑스 자로 교차한 팔을 유지한 채 계속 말했다.

"그게 어때서?"

"말이 좀 되는 소리를 해. 원나잇은 무슨 원나잇이야."

하도 어이없는 소리에 들었던 손을 탁, 하고 내려놓았다. 장난칠 기운도 없다.

"연애는 어렵잖아. 그러니 양기가 많아 보이는 놈 하나 잡아서 한번 자 보는 거야. 그럼 너의 음기 탱천한 상태도 좀 꺾일 거고. 그러면 연애도, 일도 조금은 잘 풀리지 않을까?"

"이게 지금 10년 넘은 친구한테 할 소리니? 날 알면서 그런 말이 나와?"

정신이 들도록 보영의 등짝을 한 대 쳐 주고 싶었다. 하지만 저 얼토당토않은 이야기가 자신을 위한 소리란 걸 누구보다 잘 알기에 손을 내려놓을 수밖에 없었다.

사실 보영과 다미는 중학교 2학년 때부터 지금까지 15년 가까이 친구로 지내 오면서 서로의 인생을 누구보다 가까이에서 지켜봐 온 사이였다.

고등학교 때 다미가 짝사랑하던 모범생 오빠는 다미가 선물한 곰 인형과 초콜릿을 전교에서 제일 재수 없지만, 얼굴만은 이쁘던 계집애에게 갖다 바쳤다.

대학교 1학년 때 사귄 첫 남자 친구와는 키스 한 번 못 해 본 채 플라토닉한 사랑만 나누다가 신부님이 된다고 신학교로 가 버렸다.

3학년 때 사귄 놈은 술을 마시고 용기를 낸 첫 뽀뽀 시도에서 입 안으로 혀를 넣자 네가 이렇게 발랑 까진 애인지 몰랐다며 다미를 차 버렸다.

그 이후 몇 번의 짧은 연애 역시 어디서 이상한 것들만 꼬이는지, 대학교 졸업 후 다미는 연애는 포기하고 결혼이나 제대로 할 거라며 공무원 시험에 올인했다. 하지만 꿈 역시 이루어지지 않아 오늘날 이 모양 이 꼴로 점을 보러 갔다 온 것이다.

"내가 어디 가서 남자를 꼬셔 원나잇을 해!"

"야, 연애 못 한다고 원나잇도 못 하라는 법 있어? 오히려 시간 줄이고 좋지 뭐. 남녀 몸 섞는 데 연애처럼 이것저것 재고 따지는 것도 아니고. 학벌, 인성, 재력, 시댁 다 빼고 성적으로 끌리는 놈 찾아서 하룻밤 자자는 건데 그게 연애보다 어려울 게 뭐야?"

그런가? 원나잇은 연애보다 쉽다는 건가? 술술 나오는 보영의 말에 약간 흔들렸다.

"생각해 봐. 일반적인 마인드로 원나잇이 용납이 안 되니까 연애랑 결혼보다 어렵게 느껴지는 거지. 정신줄 살짝 놔 봐라? 30분만에 침대로 직행할 수 있는 게 원나잇이야."

하긴, 이런저런 조건 없이 외적인 매력만 따진다면 쉬울 것 같기도 하다.

조용히 자신의 말을 듣는 다미의 모습에 보영이 재빨리 말을 이었다.

"다른 조건 다 빼고, 서로의 육체적 매력에 이끌리는 게 뭐 나빠. 그냥 여기가 동물의 왕국이고 네가 발정 난 암사자라고 생각하면."

"뭐 발정 난 암사자?"

다미가 보영의 등짝을 때리기 위해 손을 올렸다. 하지만 보영이 잽싸게 방어 자세를 취했다.

"잠깐, 그건 농담이고."

아까보다 보영의 눈빛도 더욱 진지해졌다.

"또 이상한 놈들 만나서 시간만 버리느니 아예 액땜 제대로 하고 괜찮은 놈 만나는 게 좋지 않을까?"

그동안 다미가 되지도 않는 연애에 얼마나 많은 시간을 낭비했는지 옆에서 보아 온 보영이었다. 자신의 연애사도 뭐 딱히 자랑스럽진 않지만, 저 이다미의 연애사는 너무 하찮다. 어떻게든, 다미가 새 인생, 새 출발을 했으면 했다.

간곡하고 꽤 논리적인 보영의 읍소에 귀 얇은 다미는 슬슬 끌리기 시작했다.

"계속해 봐."

좀 더 잘 들어 보겠다는 듯 양쪽 머리도 귀 뒤로 꽂아 보였다.

"게다가 우리가 그동안 쌓은 지식도 많은데, 언제까지 썩히고 있을 거야. 이제 슬슬 실전에 들어가도 되잖아. 아끼다 똥 된다. 우리가 하던 말을 생각해 봐."

보영이 허공에서 손을 움직였다. 그 손을 따라 지난 영상들이 파노라마처럼 보였다.

그랬다. 보영과 다미는 우정만 나눴던 것이 아니고 야동도 나누던 사이였다. 남들 다 하는 연애에서 자꾸 제대로 일이 안 풀리자 시대에 너무 뒤처지면 안 된다고 고안해 낸 방법이 자기 주도 야동학습이었다.

'남들 다 하는 거 실습이 안 되면 이론으로라도 익혀야지. 이러다가 나중에 제대로 할 줄 몰라서 또 차인다고.'

이상한 논리에 쿵짝이 맞아 그동안 심심할 때면 야동을 보며 자신들의 남성 선호 타입과 취향, 체위 등에 대해 꼼꼼히 학습하여

시대에 뒤처지지 않게 노력했다.

'나는 크리스 햄스웍스 같은 남자가 내 두 팔을 넥타이로 묶고 엉덩이 막 때려 줬으면 좋겠어.'

'나는 오피스 섹스. 다들 퇴근한 빈 오피스에서 책상 위에 여자를 올리고……. 꺅―'

'몇 년 전까지만 해도 강하게 하는 게 유행이더니, 요새는 여성 취향도 많이 나오네.'

'맞아. 요새는 마사지물이 많더라고. 난 야외 취향인데.'

장난삼아 했던 말들이 자신의 숨겨진 욕망의 표출이었던가?

"그래, 알고 보면 네 몸속에 옹녀가 있었던 게 맞는 거 같아. 그러니 그렇게 야동을 보지."

보영이가 이제야 이해가 간다는 듯 고개를 끄덕였다.

"야, 그 야동 나만 봤니? 그동안 같이 자기 주도 야동 학습 연구한 게 누구인데. 내가 옹녀면 넌 옹녀 할머니다."

"내 인생은 내가 알아서 할 테니까 일단 제치고, 하여튼 우리가 그동안 그 수많은 야동을 보면서 안타까워했잖아. 젊을 때 즐겨야 하는데, 아끼다 똥 되는데, 하면서. 이제 때가 된 거야. 즐길 때. 눈 딱 감고 해 봐."

"그, 럴까?"

약 파는 계집애라 그런지 말발이 좋았다. 악마의 속삭임 같은 보영의 말발에 홀라당 넘어갔다.

"근데, 어디 가서 남자를 구하지?"

자신이 음란하게 살겠다고 마음먹는다고 그게 뿅 하고 이뤄지는 것도 아니고, 남자를 만나야 하는 건데, 그 남자를 도대체 어디서 구해야 하는지부터 막막했다.

"소개팅? 도 안 되고, 대학 때 들이대던 놈? 도 아니고, 동네 사람? 은 절대 안 되고."

머릿속에 하나하나 떠올려 보았지만 모두 꽝이었다. 꽝꽝꽝!

"네가 지금까지 한 번도 만난 적 없고, 앞으로도 만날 일 없는 그런 인간이어야 해."

"하긴, 원나잇해 놓고 그 상대를 또 만난다니, 생각만으로도 아찔하다."

"그렇지. 그럴 일은 절대 없어야 해."

"음…… 클럽?"

"거긴 너무 어린애들이 많을 텐데?"

"그렇긴 하지."

더 이상 생각도 안 났다.

"길거리 가다 헌팅할래? 저기요, 저랑 같이 하룻밤 자 주실래요? 어때?"

한번 시작한 대화는 점점 꼬리에 꼬리를 물었다.

"근데 변강쇠인지 아닌지 어떻게 구분하지? 그놈의 박수무당이 그냥 남자 말고 변강쇠 같은 놈 만나랬는데."

아무리 생각해 봐도 첩첩산중이었다.

골똘히 생각하던 보영이 손으로 딱, 소리를 냈다.

"아! 좋은 생각 났어! 그럼 수영장이나 워터파크는 어때?"

"수영장이나 워터파크?"

자고로 수영장과 워터파크란 몸 좋은 젊은 남녀들의 집합소 아닌가. 그곳에서는 수영복만 입고 만나니까 몸매 확인이 확실할 거고, 게다가 얇은 수영 팬티를 입었을 테니 구분도 잘 될 거고. 나름 괜찮은 생각인 듯했다.

"네가 생각해도 괜찮지?"

"근데 워터파크는 꽤 추워졌는데 사람들 있을까?"

"그래? 그럼 이 부근 물 좋은 수영장으로 할래?"

"그럴까? 어느 수영장이 좋을까?"

너무 가까운 곳은 곤란하다. 행동반경 밖의 수영장이 필요하다. 하지만 너무 멀면 다니기 힘든데, 어디가 좋을까? 골똘히 생각해 보았다.

"그러지 말고 스포츠 센터는 라영이가 꿰고 있잖아. 전화해 봐."

보영이 다미의 핸드폰을 집어 건넸다.

"맞다. 나의 사랑스러운 남동생. 평상시 쓸모도 없는데 이럴 때 나 좀 써먹어야지."

잽싸게 핸드폰을 눌렀다.

— 어, 누나? 누나가 웬일로 전화야?

"야, 우리 집에서 최소 버스 타고 열 정거장 이상 떨어져 있으면서 물 좋은 수영장이 어디야?"

— 하여간 인사 없이 본론인 건 엄마랑 똑같아, 진짜. 왜?

바빠 죽겠는데 왜 이리 눈치 없이 말만 많은지 몰라.

"됐고. 질문에 답만 해."

— 집 가까운 데 빼고? 그러면 동대문구 쪽에 S 스포츠 센터가 물이 좋지.

"S 스포츠 센터가 물이 좋대."

옆에서 귀를 쫑긋 세우고 있는 보영에게도 제가 얻은 정보를 알려 주었다.

— 옆에 누구 있어? 보영 누나야?

갑자기 라영의 목소리가 한 옥타브 높아졌다. 얘 왜 이러나 싶어 귀에서 수화기를 떼고 스피커 부분을 바라보았다.

"응, 그래 보영이다."

— 보영 누나랑 같이 수영 다니려고? 왜 집 멀리 물 좋은 수영장 찾나 했더니 설마 둘이 남자 꼬시러 가?

한 옥타브 높아진 목소리에 속도감까지 장착했다. 라영이 격양된 목소리로 말을 뱉어 냈다.

"어른들 하는 일에 애들은 빠져라."

보영이 잽싸게 핸드폰을 뺏었다. 수화기 너머로 라영의 '누나, 누나!' 하는 다급한 목소리가 들렸지만, 보영은 제 할 말만 하고 전화를 뚝 끊었다.

이번엔 반드시 성공해서 뻥 뚫린 8차선 도로처럼 빛나는 삼십 대를 만들겠다, 란 굳은 결심으로 다미의 눈이 반짝거렸다.

卍

다음 날 아침부터 다미는 당첨된 로또 상금을 수령하러 가는 것처럼 내내 안절부절못했다. 일단 이렇게 하기로 마음먹었으니, 이 방법밖에는 없다는 간절함이 생겨났다.

'이번만, 이번에만 성공하면 취직도 할 수 있을 거야.'

평상시에는 절대 믿지 않을 말, 하지 않을 행동이 나의 미래를 바꿔 줄 당첨된 로또처럼 확실해 보였다. 그렇게만 하면 내 인생이 정말 달라질 것 같다는 깊은 확신이 밀려왔다.

이력서 제출을 모두 끝낸 저녁 타임에야 짬이 나서 한달음에 스포츠 센터로 달려왔다. 접수처 앞에서 직불 카드를 공격적으로 들이밀며 이렇게 외쳤다.

"주 5회 새벽 6시 중급반이요."

적지 않은 금액이었지만, 밝은 미래를 위해 눈을 딱 감았다. 하지만 접수처 직원은 난처한 표정으로 다미를 쳐다보았다.

"이번 달 수업이 4회밖에 안 남았는데요. 다음 달 새벽반으로 등록해 드릴까요?"

월말이 가까워지는 날짜라 이번 달 수업이 몇 번 안 남았기에 한 달 치 등록을 한다면 무려 3주 치를 손해 보게 된다는 것이었다. 보통 알뜰살뜰한 사람이라면 이런 등록은 당연히 않겠지만 지금 저에게는 그게 중요한 게 아니었다. 어서 빨리 수영 수업을 들어 계획을 실천하는 것이 더 중요했다.

"아니에요. 괜찮아요. 꼭 이번 달 거로 등록해 주세요. 빨리요."

한 톤 높은 목소리로 다급하게 말했다. 출발 직전 기차표라도 사는 듯한 다급한 다미를 바라보는 접수처 직원의 표정에 의아함이 스쳤다. 그제야 너무 조급해 보였을까 싶어 아차, 했다.

"또 미루다가 안 할 것 같아서 그래요. 쇠뿔도 단김에 빼랬다고 지금 마음먹었을 때 열심히 하려고요. 아하하."

어색하게 입꼬리를 올려 웃으며 지금 자신이 순수하게 운동을 향해 얼마나 큰 의지를 보이는지 표현했다.

나 지금 운동을 몹시 하고 싶은 여자로 보이는 거 맞겠지? 남자 찾아 수영장 오는 여자처럼 보이면 안 될 텐데.

쓸데없는 걱정이 머릿속에서 동동 떠다니고 가슴이 쿵쾅쿵쾅 떨렸다.

"네, 그러셨군요. 보통 이렇게까지 열정적으로 하시는 분들은 없으셔서요. 마음먹었을 때 하는 게 중요하죠. 꼭 원하시는 바, 이루시길 바랍니다."

그제야 접수원이 활짝 미소 지으며 고개를 끄덕였다.

간신히 수영 등록을 한 후 한숨을 내쉬며 접수대에서 등을 돌리자마자 핸드폰이 울렸다. 보영이었다.

"가시나. 타이밍 기막히네. 지금 스포츠 센터야."

전화를 받으며 접수처 옆의 휴게실 의자에 앉아 주변을 둘러보았다. 한산한 휴게실에는 한 남자만이 바쁘게 노트북을 두드리는 중이었다.

혹시 들을까 싶어 슬쩍 쳐다보았지만, 이쪽은 안중에도 없는 태도에 마음을 놓고 통화를 이어 갔다.

— 등록 잘 했어?

"응, 주 5회 새벽 타임 수영 중급반 신청했어. 말도 마. 이번 달 수업 거의 끝나 간다고 등록 안 해 주려는 거 간신히 졸라서 등록했어."

— 왜 고급반 안 들어가고 중급반 들어갔어? 네 실력이면 고급반 들어가야 하는 거 아냐?

"내가 동생한테 물어봤는데 여기는 중급반이 물이 좋대. 고급반은 아줌마 아저씨들이 장악해서 젊은 총각 별로 없대."

— 아, 그랬구나. 역시 용의주도한 것. 잘했어.

"그래 이왕에 하려면 물 좋은 데 가야 좋지. 적당히 못하는 척 '어머, 도와주세요' 모드로 나가면서. 히히."

— 응. 꼭 액받이 변강쇠 총각 잘 구해.

"알았어. 눈 똑바로 뜨고 괜찮은 놈으로 찾아볼게. 나 지금 수영복 사러 아울렛 갈 건데 너도 올래?"

— 수영복도 사려고? 이미 있잖아?

"안 돼, 그건. 너무 수영을 위한 수영복이야. 작업용 수영복을 하나 사야겠어. 훅훅 파인 거로."

— 돈도 없다며?

"아무리 돈이 없어도 투자를 해야지."

— 짠순이가 큰 결심 했다. 좋아. 나도 이제 퇴근하니까 좀 있다 거기서 봐.

다미는 보영과의 전화를 끊고 아울렛으로 가기 위해 발걸음을 옮겼다.

"어휴. 스포츠 센터에 운동하러 다니는 게 아니라 남자 꼬시러 다니는구만. 어린 게 발랑 까져서는."

강철은 바삐 나가는 자그마한 여자의 뒷모습을 보며 혀를 끌끌 찼다.

그는 늦은 시간 업무를 마치고 아침에 못 한 운동을 하기 위해 스포츠 센터를 찾았다. 거래처의 급한 이메일을 처리하기 위해 휴게실에서 작업 중이었다. 필요한 내용을 정리하고 메일을 보내는 순간 주 5회 새벽 타임 수영 중급반을 신청했다는 내용이 귓속으로 들어왔다.

'어 나도 그 반인데?'

그런데 지금 월말이 다 됐는데 이번 달 등록을 했단다.

'왜 그런 짓을 하지?'

절로 궁금해지는 내용이었다. 원래 남의 통화 내용을 듣는 성격은 아니지만, 조용한 휴게실에서 그 여자의 목소리는 안 들으려고 귀를 막지 않는 이상 자연스레 고막을 통과하게 되어 있었다. 그리고 그에게는 귀를 막을 이유가 전혀 없었다.

그런데 듣자 하니 내용이 가관이었다.

물 좋다는 소리에 중급반에 들고, '모르겠어요, 호호' 전법을 사용하며, 작업을 위해 훅훅 파인 수영복을 준비한다니. 이걸 종합하면 남자 꼬시러 수영 다니겠다는 말이잖아?

도대체 이런 썩은 정신머리를 가진 여자 얼굴이나 보자 싶어, 힐끗 쳐다보았다.

자그마한 체구에 동그란 얼굴, 강아지 같은 눈망울에 시원한 입매로 함박웃음을 짓는 모습이 마치 만우절 날 총각 교사를 놀리기 위해 장난을 계획하는 여고생처럼 보였다.

이제 갓 스물을 넘었을까 안 넘었을까? 그래도 고등학생이면 아무리 날라리라도 수영을 새벽반까지 다니며 남자 꼬시려고 하지는 않을 테니 스무 살은 넘었겠지? 어린 게 뭐가 급하다고 저렇게까지 해서 남자 꼬시려고 하나. 그냥 자연스럽게 미팅이나 소개팅하면서 만나면 될 것을.

강철은 여자를 위아래로 다시 훑어보았다. 말은 꼬신다 어쩐다, 하지만 막상 차림새는 남자를 유혹할 만한 섹스어필의 모습이 하나도 안 보였다.

'어휴 모르겠다. 저 어설픈 꼬맹이 꼬임에 누가 넘어갈라나.'

강철은 별 쓸데없는 생각을 꽤 오래 하고 있었다는 걸 깨닫고 머리를 좌우로 흔들었다.

卍

다음 날 새벽.

'할렐루야. 심봤다!'

수영장에 들어선 다미는 라영의 추천이 옳았음을 깨달았다. 라영의 조언대로 근처 명문 대학과 대기업들이 많이 있는 중구 지역 S 스포츠 센터의 새벽반에는 대학생 또래의 남자들과 이십 대 후반, 삼십 대 초반으로 보이는 젊은 직장인들이 넘쳐 났다.

'저 중에 누가 나의 강쇠일까?'

수경을 고쳐 맸다. 수경을 꼈으니 걸릴 일은 없다. 고개를 빼고 수영장 안에 있는 남자들을 훑어보았다. 그러던 중 한 남자가 눈에 띄었다.

185cm 정도의 큰 키에 역삼각형 어깨, 등 라인을 타고 흐르는 아름다운 근육은 마치 그리스 조각상 같았다. 게다가 깊게 들어간 눈, 동양인으로는 보기 힘들 정도로 높은 코, 그 밑에 아름답게 뻗은 입술. 어찌 동양인이 저런 골격을 갖고 태어난단 말인가! 한마디로 다비드상의 현신(現身)처럼 보였다.

하지만 지금은 강쇠를 찾아야 할 때.

'아쉽지만 패스—'

아쉬움에 입맛을 다신 후 다시 시선을 돌려 수영장 안을 둘러보았다. 하지만 막상 시선을 고정시킬 만큼 마음에 딱 드는 남자는 없었다.

"삐—"

그 순간, 호루라기 소리에 반사적으로 고개를 돌리다 다미의 눈이 휘둥그레졌다.

명도 3단계 정도의 시커먼 피부색에 시베리아 같은 한겨울에도 장작을 패서 따뜻하게 만들어 줄 수 있을 것 같은 울룩불룩 우람한 팔뚝, 달걀이 아닌 타조 알이 장착된 듯한 알찬 종아리, 게다가 오징어 열 마리쯤은 너끈히 씹을 수 있을 것 같은 튼튼한 사각 턱. 딱 봐도 돌쇠, 강쇠 타입이었다.

'오 저 사람이야. 저 사람이 내가 찾던 강쇠가 맞습니다!'

원하는 사람을 찾았다는 기쁨에 입꼬리가 절로 올라갔다.

그 남자 주변으로 사람들이 모여들기 시작하는 거로 봐서는 수영 강사였다. 강쇠를 만난 것도 행운인데 제 수업의 강사라니, 이런 천운이 있나. 다미는 종종걸음으로 그에게 다가갔다.

하지만 왠지 모르게 자꾸 시선이 다비드에게로 향했다.

선택과 집중이 필요한 시점이다. 난 강사를 선택한 거다. 그러니 다른 선택지에 다시 관심을 두는 것은 시간 낭비가 될 뿐이야. 당신은 잘생기긴 했지만, 강쇠보다는 다비드 타입에 가깝네요. 내 인연은 아닌 것 같으니 다음 생에 만나요.

아쉬운 마음을 달래며 힐끗힐끗 돌아가는 머리를 다시 수영 강사에게로 돌렸다.

종종거리며 수영 강사 쪽으로 향하는 다미를 강철은 한참 쳐다보았다.

수영장에 들어섰을 때 강철은 자신에게 향한 뜨거운 눈빛을 느꼈다. 사람들이 자신을 쳐다보는 일이야 늘 있는 일이지만, 왠지 모르게 따가운 느낌에 고개를 돌렸다.

자신을 뚫어지게 쳐다보는 그 시선의 끝에는 바로 어제 그 꼬맹이가 있었다.

세상에, 사람을 저렇게 노골적으로 쳐다보면 안 된다는 기본적 예의도 모르나? 아니면 자신은 수경을 썼으니 안 걸릴 거라고 생각하는 건가?

투명에 가까운 수경 너머로 유난히 반짝거리며 바삐 움직이는 눈동자를 보지 못할 만큼 눈이 나쁜 사람은 없을 듯하다.

꼬맹이의 어리숙한 모습에 피식 웃음이 났다. 자신을 평가하는 듯한 시선에 짜증이 나야 정상이겠지만, 어린 꼬맹이가 보는 것이라 그런지 별로 기분은 나쁘지 않았다. 오히려 어제 남자를 꼬시네 어쩌네 하던 꼬맹이가 자신을 선택한 것 같아 기분이 살짝 좋아지기까지 했다.

'그럼 그렇지. 보는 눈은 있어 가지고. 하지만 꼬맹아, 사람 잘못 골랐어. 내가 그렇게 아무나 만나고 다니는 사람은 아니야. 이 아저씨는 아주 바쁜 사람이란다. 그러니 다른 사람……'

다른 사람 고르라고 말하기도 전에 꼬맹이의 시선이 다른 쪽으로 향하는 것이 보였다. 그리고 그 시선의 끝에는 수영 강사가 있었다. 자기를 보던 강렬한 눈빛으로 이번에는 강사를 스캔하고 있었다.

그 모습에 일순간 강철의 얼굴이 경직되었다. 꼬맹이는 자신을 훑던 것처럼 같은 시선으로 수영 강사를 연신 훔쳐보고 있었다. 암만 봐도 우락부락 울퉁불퉁한 몸매가 요즘 젊은 사람들이 선호할 만한 몸매는 아니었다. 그런데.

'아주 침까지 흘리며 쳐다보네? 어린 게 취향이 무슨 아줌마처럼 변강쇠 스타일이야?'

그는 못마땅한 듯 미간을 찌푸렸다. 자신을 바라보던 눈빛이 저런 사람에게 향했다는 것 자체가 자신에 대한 모욕처럼 느껴졌다.

우위를 빼앗긴 수컷의 본능인 걸까? 아니면 그녀가 저와 저울질하는 저 남자가 마음에 안 들어서? 뭐라 설명할 수 없는 이상한 기분이었다. 쟤가 뭐라고, 저깟 꼬맹이의 평가에 신경을 쓰나 싶다.

강철은 다시 꼬맹이를 천천히 훑어보았다. 남색, 블랙 계열의 심플한 수영복을 입은 다른 사람들과는 달리 혼자 알록달록한 무늬의 수영복을 입고 있었다.

물론 어제 말한 대로 다른 수영복보다 허벅지도 더 깊게 파이고 등도 더 많이 노출되어 있었지만 그게 그 꼬맹이가 의도한 대로 섹시해 보이지는 않았다. 오히려 알록달록한 색깔로 인해 더 귀엽게 보일 뿐.

'어휴. 수영복 고르는 센스하고는.'

저런 세련되지 못한 취향을 가진 여자의 선택에서 밀렸다고 기분이 나빠질 이유는 하나도 없었다. 관심을 끄고 수영에 집중해야지. 그는 수경을 쓰고 우아하게 물속으로 몸을 던졌다.

하지만 수영장 트랙을 돌고 고개를 들 때마다 그 알록달록한 수영복이 눈에 들어왔다.

'섹시한지는 모르겠는데 시선 끌기는 성공한 거 같군.'

수업 시간 내내 강철은 알록달록한 색상으로 시선을 방해하는 수영복에서 관심을 돌리기 위해 애썼다.

2화
강쇠를 꼬시는 법

　누군가를 애타게 기다리는 것이 이렇게 가슴 떨리는 일일 줄이야. 따뜻한 캔 커피를 쥔 두 손이 덜덜 떨렸다. 머릿속에는 강사와 마주쳤을 때 자신이 지어야 할 표정과 대사 등이 쉴 새 없이 반복되고 있었다.

　하지만 머릿속으로 아무리 예행연습을 해 보아도 떨리는 건 마찬가지였다.

　평상시 누군가에게 먼저 대시를 하거나 호감을 표현해 본 적이 없었다. 그런데 남자에게 작업을 걸겠다고 이렇게 수영 강사를 기다리고 있는 것이다.

　이 사실만으로도 심장이 터질 것같이 정신없이 뛰었다. 식어 가는 캔 커피를 뺨에 올려 얼굴의 온기로 캔 커피를 데웠다.

　이제 겨우 세 번의 수업을 받았다. 수업 시간 동안 자세 교정을 해 주는 수영 강사에게 최대한 화사한 미소로 고맙다고 인사를 했다. 혹시 저 수영 강사가 자신을 먼저 꼬셔 준다면, 확 넘어가 줄 수 있는데, 그럴 가능성은 하나도 없어 보였다. 직접 나서야 할 문제였다.

'세 번째 수업에 이런 거 주면 나 너무 이상한 여자로 볼까? 아니야, 마음먹었을 때 해야 해.'

고개를 저으며 흔들리는 마음을 다잡았다.

'근데 나오면 무슨 말을 하면서 주지? 선생님 아까는 고마웠습니다? 제가 중간에 와서 모르는 게 많았는데 도와주셔서 고맙습니다? 앞으로도 잘 부탁드려요? 아, 뭐라 하지? 근데 왜 이렇게 안 나오는 거야? 벌써 나갔나? 나오는 출입구가 여기밖에 없을 텐데?'

입이 바싹바싹 말랐다. 목을 길게 빼고 탈의실 입구를 다시 기웃거렸다. 수영하고 나오는 사람은 모두 이 휴게실을 지나야 밖으로 나갈 수 있는데, 강사님은 나올 기미가 안 보인다.

이상하다. 수영 강사도 이 수업이 오전 마지막 타임이니 이쪽으로 나올 텐데. 다시 남자 쪽 탈의실 문을 힐끗 보았다.

'나오면 자연스럽게 가서 커피만 건네주고 살짝 웃으며 인사하는 거야. 비록 세 번밖에 안 되는 수업이었지만, 실력이 많이 늘었다고, 잘 가르쳐 주셔서 고마웠다고, 앞으로도 잘 부탁드린다고.'

"후—"

심호흡을 길게 했다. 하지만 미친 듯이 뛰는 가슴은 쉽게 진정되지 않았다.

끼익—

곧이어 남자 탈의실 쪽 문이 열렸다. 커다란 남자의 손이 탈의실

발을 걷어 올리고 있었다.

두근두근. 다미는 재빨리 몸을 곧추세웠다. 한 남자가 고개를 숙인 채 반쯤 말린 머리를 털면서 나오고 있었다.

'오! 강사님인가?'

탈의실에서 나오는 사람을 유심히 쳐다보았다. 고개를 숙이고 있는 탓에 누군지 잘 구분이 되지 않았다. 눈을 크게 뜨고 남자가 고개를 들기만을 기다렸다.

그리고 고개를 든 남자의 얼굴을 확인했지만, 그는 다미가 기다리고 있던 강쇠가 아닌 다비드였다.

'에이, 아니잖아.'

온몸에 긴장이 탁 풀려 그대로 소파에 몸을 기댔다.

'어쭈? 오늘은 왜 또 저래?'

자신과 눈이 마주치고 잔뜩 기대에 부풀어 있다 이내 실망감 어린 표정을 짓는 다미의 모습에 강철의 한쪽 눈썹이 삐딱하게 올라갔다.

평상시라면 다른 사람의 일엔 전혀 관심을 보이지 않는 강철이였다. 하지만 요 며칠 자꾸 시선을 괴롭히는 수영복을 입고 자기 앞에서 알짱대는 다미 때문에 신경이 거슬리던 참이었다.

그런데 남의 신경은 이리도 긁어 놓고 수영 강사만 졸졸 쫓아다니는 모습에 슬슬 배알이 꼴리고 있었다. 어디 네가 그렇게 기다리는 사람 만나면 어떤 표정 짓는지 한번 보자, 아직 출근 전까지 시간도 남았으니 잘됐다는 쓸데없는 오기가 생겼다.

강철은 휴게실 한쪽에서 신문을 펼쳐 들고 그 사이로 다미를 힐끔거렸다.

그런데 지켜볼수록 가관이었다.

탈의실 입구가 움직이면 적을 발견한 미어캣처럼 몸을 일으켰다가 자신이 찾는 사람이 아니라는 것을 확인하면 오뉴월 엿가락처럼 소파에 퍼져 앉는다.

'애가 참 다이내믹하네.'

강철의 입가에 얼핏 웃음이 스쳤다.

그러고 나서 10분 후.

강철은 오른손 검지로 왼쪽 팔목의 손목시계 유리를 톡톡 쳤다. 저 꼬맹이를 지켜보는 것은 재미있지만 이제 출근할 시간이다. 지금 출발을 해야지만 제시간에 사무실에 도착할 수 있다. 좋은 구경을 놓친 것 같아 아쉽지만 어쩔 수 없었다. 강철은 몸을 일으켜 스포츠 센터의 출입구를 향해 걸어갔다.

꼬맹이를 지나쳐 가려는데 고개를 푹 숙이고 운동화로 바닥을 콕콕 찧으며 딴짓을 하는 것이 보였다. 자신도 모르게 그 앞에서 걸음이 멈춰졌다.

"저기 말이야."

"네? 저, 저요?"

갑자기 자기를 불러 당황한 모양이다. 커다랗게 치켜뜬 동그란 눈이 귀여웠다. 동그란 두 눈에 커다란 검은 눈동자가 자신이 고대로 비칠 정도로 맑았다.

게다가 자신만 비치는 것이 아니었다. 눈이 크다 보니 무슨 생각을 하고 있는지 너무 잘 드러났다.

"남자는 그렇게 꼬시는 게 아니야."

비밀스러운 정보라도 전해 주는 듯한 목소리로 손을 입 옆에 붙이며 나지막하게 말을 건넸다.

무슨 말인가 싶어 잠시 멍해 있던 다미의 얼굴에 당황한 표정이 역력하게 드러났다.

"네? 뭐, 뭐라고요?"

"학생이 아직 어려서 그러나 본데, 그렇게 무작정, 티 나게 들이댄다고 남자가 호감을 보이지는 않아요."

저렇게 표정이 다 드러나는 얼굴로 누구를 꼬신다고 이러는 건지. 강철은 절레절레 고개를 가로저으며, 한심해서 내가 귀한 가르침 준다는 투로 말을 이었다.

"네?"

다미의 얼굴이 점차 굳어 갔다. 어이가 없으니 자꾸 '네?' 라는 말만 반복했다.

"남자는 줄 듯 말 듯 한 여자를 좋아한다고."

다미의 얼굴이 점차 경직되는 것을 보지 못한 강철이 말을 이었다. 한 마디 한 마디 그의 말이 이어질수록 다미의 얼굴은 점점 더 굳어져 갔다.

'뭐야, 이 새끼?'

다미의 얼굴이 돌아올 수 없을 정도로 일그러졌다. 그제야 다미의 굳은 표정을 확인한 강철이 아차, 했다. 자신의 말을 오해했나 싶어 그가 빠르게 말을 이었다.

"아니 그게 꼭 성적인 의미가 아니라 손에 잡힐 듯하면서 손에 안 잡히는 여자, 내 앞에서는 내 것인 양 굴지만 내가 안 보이는 곳에서는 나의 존재를 잊어버리고 또 즐겁게 노는 여자, 자기가 아니어도 항상 즐거워 보이는 여자, 그런 여자한테 정신 못 차린다고. 남자라는 동물은."

네 인생에 도움이 될 말인데 어디다 적어 놔도 좋으련만, 강철은 안쓰러운 눈빛으로 다미를 바라봤다.

내 나이 내일모레면 서른인데 이 나이에 처음 보는 남자한테 연애 코치를 받다니. 이건 나에 대한 모욕이다.

너 언제 봤다고 나한테 그런 말이세요? 내가 연애 잘하는지 못하는지 네가 어떻게 아세요? 웬 참견이야. 정말 웃긴다, 이 인간. 흥!

머리 뚜껑이 열리고 꼭대기까지 뜨거운 것이 확 치밀어 올랐다. 얼굴이 쪽팔림으로 달아오르다 못해 터질 것만 같고, 코로 뜨거운 바람이 나오는 듯했다.

붉으락푸르락 변해 가는 얼굴에 세모꼴로 눈을 뜨고 다비드를 올려 봤다.

당신이 뭔 참견이냐고, 가던 길이나 가라고 한마디 하려던 찰나, 문득 어떤 생각이 들었다.

'이 사람이 왜 이런 얘기를 나한테 할까? 이봐요, 아저씨. 근데 그 얘길 왜 저한테 하시는데요. 서, 설마?'

"티…… 나요?"

설마설마하며 묻는 목소리가 조금 전의 패기 있는 모습과는 달리 기어들어 가고 있었다. 자라처럼 움츠러들어 고개만 빤히 든 채 자기를 올려다보는 꼬맹이 꼴이 꼭 만화 영화에 나오는 귀여운 고양이 같았다.

강철은 그 모습이 너무 귀여워 주머니에 넣고 출근하고 싶을 지경이라 아랫입술 안쪽을 꾹 깨물었다. 그리고 단호하고 정직한, 믿음을 주는 목소리로 마지막 말을 던졌다.

"응. 확실하게. 분명하게. 의심의 여지없이."

아아악—

작전 첫날부터 모르는 남자한테도 다 걸렸다. 다미의 얼굴이 붉은 고구마처럼 시뻘겋게 달아올랐다. 두 눈동자도 심하게 흔들거렸다.

"흠흠—"

멘붕이 된 사람 앞에서 웃는 건 예의가 아니다. 강철은 주먹 쥔 손으로 씰룩대는 입을 가려 보았지만, 비실비실 나오는 웃음은 참을 수 없을 정도였다.

이 꼬맹이를 지켜보는 건 정말 재미있지만 더 이상 시간을 지체할 순 없었다.

"이건 내 수업료라고 생각할게."

강철은 다미의 손에서 캔 커피를 꺼내 들고 출입구로 향했다. 이러다 지각하겠다 싶어 다시 한 번 시간을 확인한 후 긴 다리로 성큼성큼 달려 나가기 시작했다.

다미는 그 모습을 멍하니 쳐다보다가, 자신의 빈손을 물끄러미 바라보았다. 자신에게 멘붕을 남겨 주고 대신 커피를 가져갔다. 아니, 훔쳐 갔다.

"이런 봅슬레이!"

다비드의 뒤통수가 사라질 때까지 시뻘게진 눈으로 씩씩대며 노려보았다.

卍

란제리 회사 Y.N.L의 본사 17층 미래 사업 개발 연구 본부의 휴게실.

점심 식사 후 직원들이 삼삼오오 모여 잠깐의 휴식을 즐기고 있었다. 자판기 옆 소파에서는 입사 동기이며 서른두 살 동갑내기 친구인 홍보 기획팀의 이기영 팀장과 마케팅팀 김형석 팀장, 비서실의 박지훈 실장이 오늘 일어난 미스터리 사건들에 대해 진실을 규명하고자 하였다.

"야, 오늘 오본 지각했다며?"

"응. 자그마치 3분이나 지각했어."

"3분이나? 그 인간이 미쳤나? 무슨 일이래?"

"그건 나도 모르지. 근데 더 대박인 건 오늘 회의 시간에 두 번이나 미소 짓는 걸 봤다는 거야."

"대—박."

"뇌에 무슨 문제 생겼나?"

"오본 쌍둥이 형 있어? 껍데기만 똑같은 다른 인간 아니야?"

이런저런 추측들이 난무했다. 하지만 오늘의 미스터리한 사건은 쉽게 풀릴 일 없는 난제였다.

오강철. 33세. 란제리 회사인 Y.N.L 미래 사업 개발 연구 본부의 본부장이다.

물론 Y.N.L 창업주 2세로 그 자리에 올랐다고 못마땅하게 말하는 사람들도 있지만, 선대 회장의 후광이 없어도 이 바닥에서 성공했으리라는 것이 업계의 중론이다.

그는 대학 때 신소재 개발을 전공했다. 미국에서 석박사 과정을 밟을 때는 신소재 관련 특허도 몇 개 등록했다.

외국에서의 석박사 과정이 끝나 갈 즈음, 그가 한국으로 돌아간다고 했을 때 지도 교수는 학교에 남아 달라 권했다. 교수직이라는 달콤한 미끼와 함께.

하지만 지도 교수의 제안을 거절하고 Y.N.L에 입사하여 미래 사업 개발 연구 본부를 신설하였다. 미래 사업 개발 연구 본부를 발족한 그는 Y.N.L의 향후 미래 시장을 위한 브랜드 및 제품 개발을 목표로 그의 전공인 특수 소재, 신소재 쪽을 이용한 제품 개발에 심혈을 기울였다.

특히, 기능성 제품은 촌스럽다는 편견을 깨고 젊은 여성을 위한 세컨드 브랜드를 론칭하였으며, 그 세컨드 브랜드는 현재 20년 이상 신뢰를 쌓아 온 메인 브랜드들과 비슷한 매출 수준을 보여 주고 있었다.

또한, 입사 초기 때 국내 시장만으로 만족할 수 없다며 앞으로 Y.N.L의 제품은 세계 어느 곳에서도 구입할 수 있게 한다며 밤낮 가리지 않고 해외 영업에 힘썼다.

그 결과, Y.N.L의 제품들은 몇 년 만에 세계 84개국에 판매되고 있으며, 이로 인해 Y.N.L의 매출은 기하급수적으로 증가하는 추세가 되었다.

그런데 과연 이렇게 일하는 것이 가능한가?

가능하다. 여자 안 만나고 딴짓거리 안 하면 된단다.

그렇다. 서른세 살 오강철은 회사와 집밖에 모르는 워커홀릭인 것이다. 하루 24시간이 온통 일로 가득 찬 사람이다. 요새는 스포츠 웨어 브랜드도 론칭한다며 직원들을 달달 볶아 대는 것으로도 모자라 스스로 회사 근처 스포츠 센터에 등록하여 소비자 니즈를 파악한다나 뭐라나. 하여튼 옆에 있으면 콩고물은커녕 고물이라고는 일 고물밖에 안 떨어지는 인간이었다.

그렇게 새벽부터 득달같이 출근해서 직원들 닦달하고, 회의 시간에는 더 좋은 아이디어 없냐며 눈에 불을 켜고 쪼아 대던 인간이 오늘 자그마치 3분이나 늦고 회의 시간에 웃기까지 했단다. 있을 수 없는 일이 일어난 것이다.

"오본 외동아들인 거 다 알잖아. 그게 아니라 애인 생긴 거 아니냐는 소리가 있어."

"애인? 너무 심한 억측 아냐?"

김형석 팀장이 절대 있을 수 없는 일이라는 듯한 표정을 지었다. 최영 장군의 후손도 아니면서 여자 보기를 돌같이 하는 오강철이었다. 회사 내 아리따운 아가씨들이나 전속 모델들이 야릇한 눈빛을 보내도 도통 투명 인간 취급이다. 부모님이 마련한 맞선 자리도 번번이 안 나가서 회장님을 노발대발하게 만드는 인간이었다.

그런데 회장님 측근으로부터 입수한 정보에 따르면 요새 일이 바빠서 그런 게 아니라 그는 어릴 적부터 그랬다는 말씀. 즉 예전부터 여자에게 도통 관심이 없었다는 것이다. 그래서 회장님 내외가 하나뿐인 오본을 걱정 반 의심 반으로 쳐다본다는 것이었다. '설마 내 아들이 남자를 좋아하는? 아닐 거야'라는 그런 의심.

근데 그런 인간이 연애를? 그럼 상대는 남자? 아무리 생각해도 답이 안 나오는 난제였다.

"에이, 모르겠다. 커밍아웃을 하든 결혼 발표를 하든, 정신 병원에 입원하든 지나 보면 알겠지."

"그래. 지금 우리 발등에 불 떨어졌는데 일이나 하자."

이대로 있다가는 오본이 정신 병원 입원하기 전에 자신들이 먼저 입원할 수도 있다는 위기감이 들었다. 세 남자가 무거운 엉덩이를 일으켰다.

"참, 이 팀장. 오본이 이번 사보부터는 해외 지사들 소식까지 넣으랬다며? 잘되어 가?"

몸을 일으키던 김형석 팀장이 갑자기 생각났다는 듯 이기영 팀장 쪽으로 몸을 돌렸다.

"안 그래도 그것 때문에 미칠 것 같아. 다른 할 일도 태산인데 원고 요청하고, 받고, 수정하고. 인력이 좀 충원되면 좋겠는데 다들 메인 일들이 있으니까 바쁘면 사보는 뒷전이더라고. 그러느라 난 오본한테 또 깨지고. 후―"

입사 때만 해도 이 팀장은 꿀단지 끌어안은 푸우처럼 마냥 행복해하더니만 요새는 축 처진 게 꿀단지 잃은 푸우 같았다. 이기영 팀장의 죽을상에 박지훈 실장이 혀를 끌끌 찼다.

"아니, 뭐 그 인간은 그런 것까지 신경 쓴데?"

"몰라. 뭐 그 인간이 신경 안 쓰는 게 있나. 네가 옆에서 모시니까 좀 물어봐."

"물어볼 게 뭐 있어. 그냥 오만데 다 신경 쓰고 싶어 미친 종자라니까."

"오본도 사보는 내가 담당한다고 부장 거치지 말고 다이렉트로 가지고 오라고 하고, 부장도 오본 마주치기 싫었는데 잘됐다고 얼씨구나 미루고."

기영은 사보 생각만으로 가슴 밑까지 숨이 턱턱 막히는 기분이었다.

"오본한테 인력 충원 해 달라고 하면 어떨까?"

"저번에 한번 슬쩍 얘기 꺼냈다가 사보 제작 대행사에 아웃소싱 맡기는 거랑 프리랜서 기획자 섭외하는 거, 사보 TF팀 꾸리는 것과 비교 분석하는 보고서 작성해 오라고 해서 식겁했어."

그때 일이 기억났는지 기영이 부르르 떨었다.

"원래 그 인간이 정확한 데이터 없이 뭐 진행하는 거 봤어? 뭘 새삼스레 놀라고 그랬어."

김 팀장이 기영의 어깨를 툭툭 쳐 주었다.

"근데 오늘은 기분이 좋은 것 같으니까 한 번 더 질러 봐. 혹시 알아? 오늘같이 반쯤 정신 나간 날 그냥 오케이 해 줄지?"

"그래 볼까?"

이래 죽나 저래 죽나 죽기는 매한가지다. 기영의 눈빛이 결의로 빛났다. 김형석 팀장과 박지훈 실장도 기영의 인원 보충 염원을 기원하듯 파이팅을 해 주었다.

커다란 통유리가 한쪽 벽면을 차지하는 사무실 안.

한쪽에 위치한 커다란 책상 위에 쌓인 서류와 원단 스와치들 사이에서 재빠르게 서류를 검토하던 강철의 손이 멈칫했다. 그리고 서류를 보는 내내 굳게 다물어졌던 입매가 슬쩍 풀어졌다. 새벽에 꼬맹이가 꼬리 치고 다니던 모습이 문득 떠올랐기 때문이다.

꼬리 치는 것은 꼬리 아홉 개쯤 달린 구미호들이나 하는 줄 알았다. 근데 그 꼬맹이는 구미호는커녕 강아지 새끼처럼 생겨서 구미호 흉내를 내려고 했다.

꼬맹이에게는 미안하지만, 그 모양이 자기가 보기엔 주인 만나 반갑다고 꼬리 치는 강아지 같았다. 그것도 도도한 요크셔테리어 같은 품종 좋은 개 말고 시골에서 본 똥개처럼 말이다. 뽀얀 피부 때문인지 어린 시절 시골에서 보았던 백구 새끼가 떠올랐다.

피식— 일자로 다물려 있던 입매에 살짝 미소가 어렸다.

"아, 일해야 하는데 집중을 못 하겠네."

잡생각을 없애기 위해 고개를 털었다.

그러고 보니 딴생각을 이렇게 오래 한 것도 오랜만이었다. 일하는 중에 딴생각했던 적이 있었나? 아무리 기억을 더듬어 보아도 강철은 그랬던 기억이 떠오르지 않았다. 특히 여자는.

연애를 안 해 본 것도 아니다. 하지만 체질상 연애가 별로 맞지 않았다. 아니, 여자라는 존재가 별로 자신과 맞지 않는다고 생각했다.

수학은 풀면 정답이 나오고 다른 분야도 공부하면 할수록 지식이 쌓이고 좋은 결과물을 보여 주었다. 특히 회사에 들어온 후 일을 하면 할수록 지점 확장, 브랜드 론칭, 매출액 향상 등의 성과가 가시적으로 드러났다.

그건 그에게 큰 즐거움이었다. 세상에 이렇게 원인과 결과가 확실하고 보상되는 게 또 있을까? 일은 하면 할수록 짜릿함을 느끼게 해 줬다.

하지만 여자는 답이 없는 문제였다. 이게 좋다고 해서 이렇게 해 주면 저게 좋다고 하고, 저걸 좋아한대서 또 그렇게 해 주면 그게 자기가 원하던 게 아니라고 했다. 바빠 죽겠는데 타인의 사정은 생각도 안 하고 자기만 봐 달라고 졸라 대서 사람 난처하게 만드는 것도 지겹고, 마음에도 없는데 끈적끈적한 눈빛을 보내며 모든 남자가 자기에게 넘어갈 것이라고 생각하는 것도 싫었다.

그러다 보니 여자와 함께하는 시간도 점점 줄고 이젠 관심도 안 갔다. 안 그래도 할 일이 태산인데 잘됐다 싶었고, 일에 방해되는 것들이 없으니까 오히려 편안했다.

그랬는데 요새 강아지 한 마리가 자꾸 눈에 들어오는 것이다. 주인의 눈에 들고 싶어 낑낑대는 그 모습이 귀엽고 애처로워 평소에는 절대 하지 않을 짓이지만 조언도 해 주었다.

'잘 알아들었으려나?'

들고 있던 만년필의 뒤꼭지로 마호가니 책상 위를 톡톡 쳤다.

'어린애한테 너무 어렵게 말했나?'

갈 곳을 잃고 방황하던 눈동자가 생각났다.

'그걸 알았으면 그런 행동은 애당초 하지도 않았겠지. 그런 순진한 애들도 이제 사회생활하고 나이 먹으면 점점 꼬리 아홉 개 달린 구미호가 되겠지?'

과연 그 강아지가 어떤 구미호가 될지 궁금해졌다.

똑똑—

강철은 문을 두드리는 노크 소리에 정신이 번쩍 들었다.

"들어와요."

기영이 들어오며 묵례했다.

"이 팀장님. 해외 지사 인터뷰 건들 원고 다 받았습니까?"

"네 거의 마무리되고 있습니다. 이번 주 금요일에 초고 올리도록 하겠습니다."

"네. 알겠습니다."

"저, 그리고 실장님. 저희 사보 제작에 인력이 부족해서 그런데 인력 충원 해 주시면 안 되겠습니까?"

에라, 모르겠다. 기영이 말을 뱉었다.

"인력이 모자랍니까? 그럼 이 팀장이 알아서 사람 뽑고 결재만 받도록 하세요."

기영이 멍한 표정으로 강철을 쳐다보았다. 안 됩니다, 내지는 왜 필요한지, 어느 부분에 인력을 활용할 것인지, 어떤 능력을 갖춘 사람을 뽑을 것인지, 계약 기간은 어떻게 할 것인지, 페이는 어떻게 할 것인지, 외주로 맡길 때와 인력을 충원할 때 장단점을 분석해서 보고서를 제출하라고 할 줄 알았다.

그런데 지금 자신보고 알아서 뽑으라고 하니 말을 해 놓고도 이 상황이 꿈인가 현실인가 싶었다.

"네?"

너무 당황해서 '네'가 아닌 '네?'가 입 밖으로 나왔다. 아이고, 이 조동아리. 아차 싶어 위아래 입술을 입 안으로 쏙 말아 넣었다.

"이 팀장이 지금 사보 담당이니까 어떤 인력이 필요한지는 가장 잘 알 것 아닙니까. 그러니 이 팀장이 뽑고 맨 나중에 최종 결재 사인만 받으면 됩니다."

강철이 씽긋 웃어 주었다. 그 모습에 못 볼 것을 본 듯 이기영 팀장이 눈을 질끈 감았다.

"네. 알겠습니다."

더 있다가 오본이 혹여나 말을 바꿀까 봐 기영은 재빨리 대답하고 본부장실을 나왔다.

본부장실의 문을 닫고 휴, 한숨을 내뱉는 사이 비서실 박지훈 실장이 기영의 근처로 다가왔다.

"뭐래?"

기영이 엄지와 검지로 동그라미를 만들자 박 실장의 눈이 동그랗게 커졌다.

"정말?"

"응. 오늘 오본 진짜 이상해. 정시 퇴근 시켜 달라면 정시 퇴근도 시켜 줄 것 같아."

"에이, 설마."

박 실장이 이게 미쳤나 싶은 눈으로 기영을 쳐다보았다.

그러거나 말거나, 그래도 인원 충원을 할 수 있다니, 이제 과중한 잡무에서 조금은 벗어날 수 있겠구나. 너도 좋고, 나도 좋고, 에헤야 디야—

어깨춤을 추며 비서실을 나가는 기영을 보고 박 실장이 절레절레 고개를 흔들며 안타까운 듯 혀를 찼다.

"갔네, 갔어. 멀쩡한 사람 하나 갔어."

卍

다음 날 새벽, 수영장에 도착한 강철은 눈으로 다미를 찾고 있었다.

혹시 어제 내가 한 말 때문에 창피해서 안 오고 그러는 건 아니겠지? 간만에 재미있게 보는 영화가 중간에 끊길까 봐 걱정되는 마음이었다.

순간 알록달록 수영복을 입고 여자 탈의실 쪽에서 나오는 꼬맹이가 보였다.

'왔네. 저 알록달록 수영복, 너무 잘 어울린다니까.'

다미를 보는 강철의 한쪽 입꼬리가 슬쩍 올라갔다.

'아씨. 저 인간도 있네.'

그를 본 다미가 고개를 홱 돌리며 얼굴을 찌푸렸다. 어제 다비드의 충고 이후 그를 생각할 때마다 얼굴이 시뻘게지고 가슴이 쿵쾅쿵쾅거려 안절부절못하던 다미였다.

쪽팔려서. 그것도 잘생긴 남자한테 들은 말이라 더 쪽팔려서. 게다가 남자한테 꼬리 치다가 걸린 거라 완전히 쪽팔려서.

낼모레면 나이가 서른인데, 이 나이에 남자 하나 제대로 못 꼬셔서 동네방네 티를 다 내고 다녔다. 저 인간만 눈치를 챈 것인지, 아니면 다른 사람들도 눈치를 챈 것인지는 알 수 없었다. 하지만 다 알게 되는 건 너무 창피하다. 사람들이 알게 되는 상상만으로 심장이 쪼그라들었다.

일을 제대로 성공하기 위해서는 최대한 저 다비드에게 안 걸리게 피해 다녀야 한다. 게다가 저 인간에게 걸렸다는 건 다른 사람들에게도 걸릴 수 있다는 것이었다.

어떡하지, 심각한 표정으로 고민에 빠졌다.

'작전 변경 해서 자연스럽게 친해지는 방법을 찾아야겠어. 급하다고 막 들이대는 건 무모해. 위험 부담이 너무 커. 쥐도 새도 모르게 접근하는 거야. 그래. 그게 좋겠다.'

하지만 구체적인 방법은 떠오르지 않아, 머리에 쥐가 날 지경이었다. 지끈거리는 관자놀이를 누르며 주변을 둘러보다가 다비드가 자신을 쳐다보고 있는 것을 발견했다. 눈이 마주치자 슬쩍 웃는 꼴이 비웃는 것처럼 느껴져 울컥했다.

'근데 저 인간은 왜 자꾸 이쪽을 쳐다보는 거야. 그래, 나는 네가 어제 무슨 일을 했는지 다 안다는 거지? 옆에 갔다가 또 무슨 말을 들을지 몰라. 쪽팔림은 한 번으로 충분해.'

다미는 강철에게서 최대한 멀찍이 떨어졌다.

'어라? 나를 피하네.'

어제 자신의 말에 맘이 상했는지 꼬맹이는 자신과 계속 거리를 유지하고 있었다. 일부러 자신을 피하는 꼬맹이의 모습에 왠지 심술궂은 생각이 들고 장난을 치고만 싶었다.

꼬맹이는 오늘 작전을 변경했는지 수영 강사 옆에서 배회하는 것 대신 열심히 레인을 돌았다. 강철은 다미의 옆 레인에서 그녀의 뒤를 쫓으며 수영했다. 그러다가 반환 지점을 돌던 다미와 그만 부딪치고 말았다.

"어푸! 어푸!"

코로 물이 들어간 다미가 짧은 팔다리로 아등바등했다. 놀란 그가 재빨리 팔을 뻗어 그녀의 허리를 낚아챘다. 물속에서 휘휘 팔을 내젓던 다미가 그의 허리를 부둥켜안고 간신히 몸을 일으켰다.

"뭐예요?!"

또 이 남자야! 다미는 남자의 얼굴을 확인하곤 두 손으로 그의 가슴을 팍, 하고 밀며 날카롭게 소리쳤다. 그가 아차차 싶은 표정으로 다미의 허리에 두른 팔을 풀었다.

다미는 한쪽 코를 누르며 힘을 줬다. 후드득, 코에 고여 있던 물이 나왔다. 반대쪽도 똑같은 방법으로 코의 물을 뺐다.

"미안. 배영으로 하다 보니 앞이 안 보여서 이쪽으로 오는 걸 못 봤네."

그가 어색하게 웃으며 사과를 했다. 코 안이 아려 짜증이 나기는 했지만, 뭐 아직 중급이니까 실수할 수도 있다고 생각했다.

그런데 왜 반말이야? 생각해 보니 어제도 반말이었다. 어제는 너무 정신이 없고 자기가 대들 수 있는 상황이 아니니 그냥 넘어갔는데 오늘은 다르다. 게다가 자신이 먼저 실수해 놓고 저렇게 뻔뻔한 표정으로 반말이라니!

"근데 왜 반말이에요?"

그가 자신의 키보다 머리 하나는 더 크다 보니 내려다보는 자세가 깔보는 것처럼 느껴졌다. 두 손을 허리에 걸치고 키가 큰 남자를 향해 고개를 치켜들었다.

이씨— 힐을 신고 있었어야 했는데. 폼 안 살게 하필 맨발이야. 아쉬운 대로 물속에서 살짝 까치발을 해 보였다.

"나보다 열 살은 어려 보이는데 내가 존댓말 하기도 그렇잖아?"

아무리 그래도 그렇지. 어려 보이면 무조건 반말을 해도 된다는 건가? 저랑 나랑 언제 봤다고 초면에 반말이야? 근데 열 살이나 나이가 차이 나 보인다니?

'내가 스물아홉인데 저 남자가 그럼 서른아홉이란 소리인가?'

다미는 커다래진 눈으로 남자의 몸을 훑었다.

꼬맹이의 놀란 모습에 강철은 혹시 제가 잘못 짚었나 싶었다. 그가 다시 한 번 물었다.

"이제 스무 살? 스물하나? 나는 서른도 넘었는데, 그러면 삼촌 뻘이지…… 않나?"

아까보다는 확신이 많이 떨어지는 목소리였다. 긴가민가한 표정으로 그는 슬쩍 다미의 눈치를 살폈다.

그 표정에 다미의 두 눈이 가늘어졌다.

'아하?! 지금까지 날 스물, 스물하나로 본 거야? 그러면 어제도 나를 이제 갓 고등학교 졸업한 여학생의 치기로 봤다는 거네.'

가뜩이나 어려 보이는데 수영장에서 메이크업도 없이 민낯으로 돌아다니니 착각했나 보다. 계속 자기를 애 보듯 하던 남자의 시선이 이해가 갔다. 욱하는 마음에 나도 나이 먹을 만큼 먹었다고 말해 볼까 생각했다. 그러면 엄청 당황하는 표정을 짓겠지? 생각만으로도 고소했다.

하지만 이내 다른 생각이 들었다. 차라리 잘된 일인지도 모른다. 나이 스물아홉에 어설프게 남자 꼬시러 와서 걸린 것보다는 차라리 어린 여자의 대담한 대시로 보이는 게 나을 수도 있었다. 게다가 내 신분도 가릴 수 있고.

짧은 순간 열심히 머리를 굴렸다.

다미가 머리를 굴리느라 대답이 없자 강철이 조금씩 당황하기 시작했다.

"아……니에요?"

내가 혹시 실수했나 싶어 강철이 조심스레 다시 물었다.

"맞아요. 스물한 살이에요. 그렇다고 해도 처음 보는데 그렇게 반말하시는 건 아니라고 생각합니다. 아. 저. 씨."

다미는 새침한 표정으로 대답하고 물속으로 쏙 들어갔다. 아무리 그래도 스물하나인 척은 스스로 생각해도 너무했다. 민망함에 닭살이 오소소 돋았다. 게다가 옆에 계속 있다가는 눈가의 주름 때문에 걸릴지도 모른다.

자유형으로 그에게서 재빨리, 최대한 멀리 떨어졌다.

강철은 아저씨란 단어에 황당한 표정으로 다미를 쳐다보다가 피식 웃었다.

'아이고 순둥이 강아지인 줄 알았는데 톡 쏘기도 하네.'

자신에게 화를 내고 갔지만, 그 모습이 오히려 귀여웠다. 강아지처럼 쫄래쫄래 쫓아다니는 것도 귀엽지만, 고양이처럼 앙칼지게 말하는 모습은 더욱 귀여웠다.

'옆에 데리고 다니면서 심심할 때마다 쳐다보면 하루가 즐거울 것 같은데……. 어떻게 안 되나?'

상상만으로도 강철의 입꼬리가 올라갔다.

卍

그리고 두 사람만의 숨바꼭질이 시작되었다.

수업이 시작되면 강철은 재미있다는 듯 다미의 주변을 알짱거렸고, 그녀는 자신의 쪽팔린 행태를 알고 있는 강철을 피해 다녔다. 평상시 같으면 저런 잘생긴 남자가 자신을 따라다니면 혹시나 하면서 마음이 설레었을 것이다.

하지만 지금은 자신을 놀려 먹기 위해 따라다닌다는 것을 아는지라 하나도 신나거나 설레지 않았다.

사람 괴롭히는 게 취미냐고 따질까도 했지만, 그러다가 나이까지 걸릴까 봐 최대한 피해 다녔다. 서른 살이 다 된 아가씨가 남자 꼬시러 다닌다는 것을 걸리는 건 더 볼썽사나운 꼴이니까.

다미는 강철에게서 멀어지기 위해, 강철은 다미에게 가까워지기 위해 각자 열심히 움직였다.

오늘도 수영장 레인을 몇 번 왔다 갔다 하니 수업 시간이 끝났다.

다미는 물속을 나가려다 같은 반 수강생들이 옹기종기 모여 있는 것을 발견했다. 무슨 일인가 싶어 종종걸음으로 사람들 무리로 다가갔다.

"자, 그러면 우리 이번 달 개강 파티는 금요일 저녁 8시에 '참맛나' 예요. 다들 잊지 말고 오도록. 안 와도 회비는 내야 해. 알지?"

조그맣고 통통한 반장 아주머니가 수강생들에게 개강 파티 일정을 설명하고 있었다. 반장 아주머니가 옆에서 기웃거리는 다미를 보고 웃으며 손짓했다.

"학생, 학생은 지난달에 새로 왔지?"

"네."

학생이라는 소리에 속으로 뜨끔했다. 하지만 어차피 학생인 척하기로 한 거, 최대한 순진한 표정으로 대답했다.

"우리가 매달 월초에 개강 파티가 있어. 월초에 등록하는 사람들이 많으니까 서로 인사나 하고 지내자는 거지. 일종의 친목 모임이니까 부담 갖지 말고 나와. 보통 한 반이 되면 몇 달씩 같이 수업을 듣거든. 얼굴이나 트고 인사하고 지내자는 거니까 나와서 밥이라도 먹어요."

"아. 그러면 중급반 모두 참석하는 거예요?"

깜박깜박. 순진한 표정으로 눈을 깜박이며 다미가 되물었다.

이런 스포츠 수업을 몇 달씩 듣다 보면 오지랖이 넓은 아줌마를 주축으로 친목 모임이 형성되기 마련이다. 예전에는 이런 모임들이 귀찮았는데 지금 같은 상황에서는 이게 웬 횡재냐 싶다. 자신의 플랜 B에 있던 자연스러운 만남에 딱 맞는 모임이었다.

"뭐 안 오는 사람들도 있기는 한데⋯⋯."

반장 아주머니가 떡하니 팔짱을 꼈다. 등록한 지 몇 달이 되었지만 모임에 한 번도 참석하지 않은 강철을 못마땅한 듯 힐끗 쳐다보았다.

'아니요. 아주머니 제가 궁금한 건 그 인간의 참석 여부가 아니고요!'

다미는 손사래라도 치고 싶었다. 궁금한 건 강사님의 참석 여부였다. 강사님이 참석 안 하면, 굳이 참석할 이유가 없는 자리였다.

'직접 물어봐야 하나? 너무 들이대는 티 내면 안 되는데 어쩌지?'

최대한 자신의 음흉한 속을 들키지 않으면서 강사님의 참석 여부를 알아볼 수 있는 방법은 무엇일까, 머리를 열심히 굴렸다.

"바빠서 못 오는 건 어쩔 수 없지만, 그래도 강사님도 오니까 이것저것 수영에 관해 이야기도 듣고, 다른 사람들이랑 인사도 나누고. 좋은 자리니까 꼭 와요, 응?"

반장 아주머니가 못마땅한 표정으로 강철을 힐끗거리며 계속 말을 이었다.

하지만 다미는 강사님의 참석 소식에 입꼬리가 절로 씰룩거렸다.

멀찌감치 떨어져 있던 강철의 눈에도 꼬맹이의 표정이 환하게 바뀌는 게 보일 지경이었다.

'어이쿠. 개강 파티 얘기를 들었나 보네.'

자기가 등록하고 한두 달은 반장 아주머니가 개강 파티에 참석하라고 했다. 하지만 바빠 죽겠는데 무슨 개강 파티? 그런 데 쓸 시간이 없었다. 몇 번의 초대에도 강철이 참석하지 않자 반장 아주머니도 그 이후로는 시큰둥해하며 더 이상 말을 꺼내지 않았다.

그런데 왠지 이번에는 가고 싶다. 저녁 식사 자리에서 저 꼬맹이가 무슨 짓을 벌이는지 보고 싶었다. 왠지 재미있는 일이 벌어질 것 같은 느낌이 들었다.

강철은 슬금슬금 반장 아주머니의 옆으로 갔다.

"저, 반장님. 이번에 개강 파티는 어디에서 합니까?"

"왜? 오지도 않는 양반이 그건 알아서 뭐하려고."

그동안 속 썩인 게 미웠는지 반장 아주머니가 팔짱을 풀지 않은 채 시큰둥하게 대답했다.

"제가 이번 달에는 시간이 될 거 같아서요. 참석하려고 하는데 장소가?"

활짝, 비즈니스용 미소를 지어 보였다.

"아이고 정말? 그래 잘 생각했어. 그래도 우리가 이렇게 만난 것도 인연인데 통성명이나 하고 지내면 좋지."

강철의 참석 의지에 반장 아주머니가 손을 덥석 잡으며 반겨 주었다.

"이번 모임은 이번 주 금요일 저녁 8시 스포츠 센터 앞의 '참맛나'야. 늦지 말고 와. 알았지?"

그동안 모임에 쏙쏙 빠져 눈엣가시처럼 굴더니 웬일이래. 반장 아주머니의 입에 저절로 큼지막한 웃음이 띠어졌다.

이 총각이 스포츠 센터에 등록한 달부터 몇몇 아가씨들이 그의 참석 여부를 넌지시 물었었다. 하지만 저놈의 총각이 참석을 안 한다고 하면 아가씨들도 이 핑계 저 핑계를 대며 참석을 미뤘고, 그러다 보면 젊은 남자들의 참석률도 저조해졌다. 그렇게 모임에 미꾸라지처럼 빠져나가던 총각이 참석한다니, 이번 달의 참석률이 꽤 높을 것 같았다.

강철을 바라보는 반장 아주머니의 눈빛이 빛났다. 하지만 그러거나 말거나 강철의 시선은 강사의 뒤통수를 보며 실실 웃고 있는 꼬맹이의 옆모습에 고정되었다.

卍

금요일, 강철은 아침부터 기획팀, 디자인팀, 신소재 개발팀을 돌며 직원들을 들들 볶아 대고 있었다. 아침부터 휘모리장단으로 몰아치는 강철 때문에 퇴근쯤에 직원들은 며칠 야근을 한 것 같은 피곤을 느끼고 있었다.

"어휴. 그럼 그렇지. 엊그제 그 꼴 보고 인간이 변했나 했네."

"그래, 인간이 그렇게 쉽게 변할 리 없지. 변하면 죽는 거라잖아."

"그나저나 오늘도 집에는 다 갔네."

"난 오늘 결혼기념일인데."

"전 데이트로 비싼 뮤지컬 표 사 났는데 펑크 나게 생겼어요."

17층 여기저기에서 직원들의 신세 한탄이 흘러나왔다. 비서실의 지훈과 지윤 역시 강철이 온종일 미친 듯이 쏟아 내는 지시 사항들을 처리하는 데 정신이 없었다.

그때 본부장실 문이 열리고 강철이 재킷을 걸치며 나왔다. 직원들이 과중한 업무에 축축 처져 있는 것과는 달리 이제 막 휴가라도 갔다 온 듯 여유와 생기가 넘쳐흘렀다.

"저는 이제 퇴근합니다."

"네?"

지훈과 지윤이 동그랗게 눈을 뜨고 강철을 쳐다보았다. 그동안 직원들보다 먼저 퇴근한 적 없는 강철이었다. 직원들이 10시까지 일하면 10시 반까지 일하는 상사였고 직원들이 8시에 출근하면 7시부터 출근해 업무를 보는 상사였다. 그렇기 때문에 과중한 업무에 투덜대기는 했지만, 인간적으로 깎아내릴 수는 없었다. 그는 누구보다도 열심이었으니까.

그런데 지금 그가 평소와 달리 자기 혼자 퇴근한다는 소리인가 싶어, 놀라 쳐다보는 중이었다.

"불금인데 이만 끝내고 다들 퇴근하자고요. 남은 일은 월요일에 이어서 하고."

강철이 재킷의 단추를 채우며 직원들을 쳐다보았다.

'다들? 자기만 가겠다는 게 아니고, 우리도 퇴근하라고?'

그 소리에 지윤과 지훈의 몸이 일순간 경직되었다. 강철은 그동안 지시한 업무가 끝나기 전에 시간이 됐다고 퇴근시켜 주는 그런 상사가 아니었다. 그래서 오늘도 당연히 야근해야 한다고 생각했던 그들은 혼란스러워졌다. 자기 혼자 퇴근을 하든, 다 같이 퇴근을 하든, 이건 분명 이상한 일임에 틀림없었다.

하지만 갈 길이 바쁜 강철은 그 말만 남기고 재빨리 방을 나섰다.

"어머 저 인간 진짜 죽을 날 받아 놨나 봐."

지훈과 지윤이 불치병 걸린 사람 보듯 안쓰럽게 강철의 뒷모습을 쳐다보았다.

3화
변신은 다미를 날뛰게 한다

개강 파티가 있기 1시간 10분 전.

"야, 빨리 좀 와 봐. 나 기다리다가 죽겠어. 나 이러다가 거지꼴
로 가겠어."

꾸미는 것에 젬병인 다미가 자기보다 조금 나은 실력을 갖추고
있는 보영을 전화로 닦달했다.

보통 동네의 다른 약국들이 밤 10시 정도에 문을 닫는 것과 달
리 보영의 약국은 같은 층의 소아청소년과와 같이 6시에 문을 닫았
다.

오늘도 6시에 끝내고 득달같이 온다던 보영이 오피스텔에서 5분
밖에 안 걸리는 거리인데 7시가 가까워져 가는 이 시간까지도 안
오자 전화를 건 것이다.

— 미안, 미안. 제임스 홈마(홈페이지 운영자)가 일본 공연 대포

사진을 찍어서 올려 줬잖니. 그거 다운받느라 시간 가는 줄 몰랐어.

제임스는 요새 보영이 빠져 있는 6인조 아이돌 그룹 HEXA의 리더였다. 그녀는 부모님께는 시집을 가려면 연애를 해야 할 것 아니냐며, 연애하기 위해서는 저녁 시간이 자유로워야 한다며 비싼 권리금을 지원받아 건물 2층에 있는 소아청소년과 옆 약국 자리를 덜컥 얻었다.

하지만 실상 6시 퇴근을 사수하는 것은 빠질을 위해서였다. 아이돌을 오빠라 부르는 어린 소녀들의 행동을 낮추어 부르는 말. 빠순이질. 빠질. 그 빠질을 낼모레 나이가 서른인 보영이가 하고 있는 것이다.

"야! 이것도 친구라고!"

— 너도 네 남자 찾으러 가는 판에 난 내 남자 좀 보고 오면 안 돼?!

보영의 말에 움찔했다. 자신의 남자가 소중한 만큼 친구의 남자도 소중한 것이다.

"알았어. 빨리 와."

— 응. 거의 다 왔어. 조금만 기다려.

그로부터 10분 후, 재빠르게 비밀번호를 누르는 소리와 함께 구두를 후다닥 벗은 보영이 들어왔다.

"컨셉은?"

"모르겠어. 나를 어리게 보는 사람들이 많아서 여대생 순수 컨셉으로 잡아야 할지, 섹시 컨셉으로 잡아야 할지."

"음 어렵구나."

보영이 팔짱을 끼고 오른손을 들어 턱을 괴었다. 그건 보영이 심각한 고민을 할 때 취하는 자세였다.

다미의 어려 보이는 얼굴 덕에 여대생 컨셉으로 잡았다가는 자칫 성적 매력이 하나도 안 보일 수 있고, 그렇다고 섹시 컨셉으로 하자니 그걸 소화하는지도 걱정이었다.

"너는 뭐가 하고 싶어?"

"잘 모르겠어. 그래도 내가 옹녀고 남자 꾀러 가는 거니까 섹시가 낫지 않을까? 너무 섹시하게 하고 가면 시선이 집중될까?"

섹시한 옷을 입는다고 누구나 섹시가 되는 건 아닌데, 자신이 섹시한 옷만 입으면 뽀로롱 섹시녀가 될 수 있다고 착각하는 다미의 태도에 보영이 움찔했다.

"그 정도는 아닐 것 같은데. 그래도 저녁 먹고 젊은 사람들끼리 클럽을 갈 수도 있으니까 일단 섹시가 나을 것 같기도 하다. 화장도 좀 근사하게 해서 뇌쇄적인 눈빛도 보내고."

"응. 알았어."

다미가 크게 고개를 끄덕였다.

컨셉을 정한 후 둘은 미친 듯이 준비를 시작했다. 보영은 재빨리 다미의 머리를 세팅기로 말고 냉장고에서 마스크 시트 팩을 꺼내 다미의 얼굴에 떡하니 붙였다.

"웃! 차거."

다미가 놀라거나 말거나 보영은 옷 무더기 속으로 가서 오늘 무엇을 입힐 것인가를 고민했다.

"이건 너무 애 같으니까 패스. 이건 너무 소녀다우니까 패스. 이건 일할 때 입는 작업복 같고…… 이것도 패스."

하나같이 섹시와는 남극과 북극만큼 먼 옷들이었다. 보영이 등 뒤로 던진 옷들이 산을 이루었다.

"찾았다. 이거 어때?"

보영이 그중에서 하나를 골라 자신의 몸에 대었다. 밀림의 왕국에서 봤음직한 표범 무늬의 얇은 블라우스와 인디 핑크색 스커트였다.

"이거 센 언니들이 입는 거 아냐?"

단언컨대 다미 인생에서 절대 입어 본 적 없는 유형들이었다.

"어디서 그런 촌스러운 소리를 하니? 이런 레오파드 블라우스가 은근 섹시하다 너. 게다가 이거 시폰이라서 안에 살이 살짝살짝 비치는데 이거에 남자들 아주 끔뻑 넘어가. 블라우스 단추를 두 개 정도 풀면 가슴골도 슬쩍슬쩍 감질나게 보여 줄 수 있으니 이거 꼭 입어."

보영이 시폰 블라우스를 다미의 손에 꼭 쥐여 주었다. 입어 본 적이 없는 스타일이라 걱정은 되었지만 정말 시선을 확 끌 수 있을 것 같았다. 변신을 하려면 이 정도는 해야겠지? 근데 블라우스에 비해 치마가 너무 심플해 보였다.

"이 치마는 너무 심플한 거 아냐?"

"무슨 소리! 요게 약간 페그탑 스커트(peg-top skirt : 허리 부분에 볼륨을 주고 밑으로 갈수록 좁아지는 스타일) 스타일이라서 엉덩이에 볼륨도 살려 주고 하이 웨이스트 라인이라 다리도 길어 보이게 해 주는 마법의 치마야. 다리 짧고 일자 몸매 동양인에게 딱이지. 여기다가 블랙 요 벨트 딱 해 주고 누드 톤 가보시 힐을 신어 주면 네 다리보다 10cm는 길어 보이게 해 줄걸?"

보영이 팔까지 휘저으며 이 옷을 입었을 때 가질 수 있는 효과를 현란하게 표현했다. 다미는 그 모습에 슬쩍 기대감이 생겼다.

"그런가?"

다미가 눈을 가늘게 뜨고 옷을 노려보았다. 평상시 입어 왔던 스타일은 아니지만 그래도 전문가의 말이니 귀가 팔랑거렸다. 여태껏 저런 옷은 잘나가는 언니들이나 센 언니들만 입는 옷인 줄 알았다. 그런데 과연 내가 저 옷을 입을 수 있을까란 두려움이 앞섰다.

하지만 다미는 두려움을 떨치기 위해 고개를 세차게 저었다.

'아니야, 난 할 수 있어. 난 옹녀라고. 옹녀에게 이깟 옷은 아무 것도 아니야. 레벨업하지 않으면 내 인생은 달라지지 않는다고!'

두 주먹을 불끈 쥐고 일어나 옷을 소파에 걸치고 그 앞에서 경건하게 기도를 했다.

"신이시여, 제게 옹녀의 기개와 옹녀의 몸매를 내려 주소서. 그게 안 되면 강쇠가 나의 모습을 보고 옹녀로 착각하게라도 해 주소서."

"제발, 제발. 제—발. 그렇게 되게 해 주소서."

보영도 다미 옆에서 두 손을 빌며 기도했다.

다미는 기도를 마친 후 잽싸게 입고 있던 티와 트레이닝팬츠를 벗어 던졌다. 옷을 입기 전 보영이 던져 준 베이지색 슬립을 입고 블라우스와 치마를 입었다. 섹시한 블라우스와 단정한 치마가 은근히 잘 어울렸다. 치마가 생각보다 핏이 이상했지만 원래 이런 건가 싶어 넘어가고 벨트를 하기 위해 몸을 숙였다.

하지만 그 순간 보영이 다미의 등짝을 찰싹 때렸다.

"아야! 왜?!"

다미가 놀라 벌떡 일어서며 몸을 비틀었다.

"너는 나이가 몇 살인데 치마 앞뒤도 구별을 못 하니? 이래서 무슨 남자를 꼬시겠다고 정말. 쯧쯧."

세 살짜리 딸내미 아침에 옷 갈아입히듯 보영이 다미의 치마를 홱 돌려 주었다.

"응? 이거 뒤트임 보고 입은 건데?"

"이거 앞트임 치마거든?!"

보영의 말에 거울을 보니 무릎까지 오는 치마의 절반까지 깊은 트임이 보였다. 허벅지 노출로만 보면 요새 많이들 입는 미니스커트에도 못 미치는 수준이었다. 그러나 길게 난 트임 사이로 보이는 허벅지가 미니스커트 밑으로 보이는 허벅지보다 훨씬 야해 보였다.

"헐 대박!"

생각지도 못한 과감한 노출에 다미가 멍하니 있는 사이 보영이 허리에 벨트를 두르고 꽉 조였다.

"캑캑. 야, 살살 조여. 숨 못 쉬겠어. 나 아직 밥도 안 먹었는데 좀 느슨하게 해 봐."

"이게 밥 같은 소리 하고 있네. 오늘 밥 먹을 생각 하지 말고 남자들 시선 먹을 생각만 해라. 가서 또 고기에 눈 뒤집히지 말고."

보영은 다미의 얼굴 앞에 제 얼굴을 들이밀고 눈을 부라렸다. 먹을 거라면 이성을 잃어버리는 다미를 아는 보영의 진심 어린 충언이었다.

벨트를 조인 보영은 다미를 눌러 식탁 의자에 앉히고 얼굴에 붙은 시트 팩을 떼어 내 화장을 시작했다.

다미는 대학생 때는 할 줄 몰라서 못 했고, 나이가 들어서는 어

차피 공부만 하러 다니니까 하지 않았다. 그러다 보니 화장이라고
는 선크림이 들어간 비비와 립글로스가 전부였다. 가끔 중요한 날
엔 마스카라도 했지만 지금 보영의 손놀림은 이름만 같은 화장일
뿐 그동안 다미가 해 오던 화장과는 차원이 달랐다.

시트 팩을 뗀 후 토닥토닥 피부를 두드리고 다시 크림을 바른 후
한참을 흡수시켰다. 별로 티도 안 나는 잡티에 컨실러를 톡톡 찍
고, 리퀴드 파운데이션 몇 개를 섞어 다미의 피부에 가장 잘 어울
리는 색상을 만든 후 스펀지로 조금씩 나눠 두드리기 시작했다. 중
간중간 다른 색상의 리퀴드 파운데이션을 섞어 코도 따로 바르고,
턱 라인도 따로 바르고, 뭔가 끊임없이 섞어 발랐다.

그러자 뽀얗던 얼굴에 진줏빛 광채가 나기 시작했다. 하지만 보
영은 쉼 없이 아이브로우, 아이섀도, 아이라이너, 마스카라까지 일
사천리로 발라 댔다.

"우와, 너 프로 같아."

"당연하지. 그동안 내가 선볼 때마다 청담동에 가서 메이크업받
은 게 얼마인데. 서당 개 삼 년이면 풍월을 읊는다던데 메이크업받
으러 다닌 지 5년이면 이 정도는 껌이지."

보영은 대꾸해 주면서도 손은 현란하게 움직였다.

"근데 그놈의 선은 5년을 다녀도 왜 늘지 않니."

"어쭈? 클렌징크림 꺼내?"

"아니, 미안."

보영은 협박 섞인 말을 하면서도 볼 터치와 누드 톤의 립스틱까
지 완벽하게 발라 주었다. 그리고 나서 말려져 있던 세팅기를 풀며
머리를 매만지고 에센스를 발라 마무리를 해 주었다.

"됐다. 자, 거울 봐."

다미의 앞에서 등을 구부렸다 폈다 부산하게 움직이던 보영이 허리를 펴고 거울까지 길을 터 주었다.

두근두근한 마음에 혼자 극적인 효과를 느껴 보고자 눈을 감고 거울 앞에 섰다.

"우와!"

거울 앞에서 팍하고 눈을 뜬 다미는 거울 속의 자신을 보고 놀랐다. 맨날 민낯에 트레이닝복만 입고 다니느라 아직까지 학생 취급받던 외모도 보영의 손길에 꽤 봐 줄 만하게 변해 있었다. 거기에 살짝 여유 있는 블라우스와 페그 탑 스커트에 졸라맨 허리가 없던 S 라인까지 만들어 주었다.

"오, 나 멋져 보여."

스스로의 모습에 만족해 입꼬리가 활짝 올라갔다. 맨날 구질구질한 옷만 입다가 이렇게 예쁘게 차려입으니 자신감이 차올랐다.

"나 어때?"

거울 앞에서 팽그르르 돌면서 한 손을 머리 뒤로, 한 손은 허리에 올리며 포즈를 잡아 보았다. 그런 다미를 평가하는 보영의 눈빛이 제법 매서웠다.

"틀렸어."

보영이 절레절레 고개를 흔들었다.

"아니, 괜찮아 보이는데, 왜?"

"스스로한테 너무 관대한 것 같지 않니? 하여튼 이 상태로는 안 돼."

단호하게 말한 보영이 침대 옆에 있는 서랍을 열고 무언가를 열심히 찾기 시작했다.

"찾았다."

보영이 두 손에 잔뜩 움켜쥐고 온 것은 몰드 패드부터, 실리콘 패드, 도톰한 솜 패드, 에어 패드 등 각종 두께의 패드들이었다.

"오— 보영. 이런 것도 있어?"

"당연한 거 아냐? 이건 생필품이라고. 한쪽에 하나로는 부족하겠다. 두 개씩 넣어라."

보영이 건네주는 패드를 브래지어 사이로 주섬주섬 쑤셔 넣고 다시 거울 앞에 서 보았다. 깊게 파인 블라우스 너머로 가슴골이 살짝, 아주 살짝 보이는 것 같았다.

"야야. 가슴골도 생긴 것 같아. 짱!"

환골탈태한 가슴이 신기한지 보영은 양손으로 가슴을 매만져 보았다. 브래지어에 들어간 패드 두께만큼 자신감도 커지는 것 같았다.

"그리고 마지막으로 중요한 건 눈빛이야."

"이렇게?"

다미가 드라마와 영화 속에서 섹시녀들이 남자를 유혹할 때 지었던 표정을 떠올리며 최대한 따라 해 보았다. 턱을 살짝 당기고 눈을 내리깔며 입술을 동그랗게 오므려 보았다. 이게 왜 섹시한지는 모르겠지만 그래도 한번 해 봐야겠단 생각에 우— 하고 입술도 내밀어 보았다.

"아니 게슴츠레 말고, 뇌쇄적. 뇌쇄적 몰라?"

"에잇, 네가 해 봐."

그 말에 보영이 보란 듯 시범을 보였다. 턱을 바짝 당기고 눈에 힘을 팍 준 모습이 흡사 인간의 따뜻한 심장을 노리는 전설의 고향 구미호 같았다. 보영의 표정 역시 그다지 참고가 될 것 같지는 않았다.

"야야 아서라. 그건 희번득 같네."

"아냐? 그럼 그건 네가 알아서 하고. 하여튼 눈빛이 중요하니까 눈빛 꼭 유지하고, 알았지?"

"응 눈빛. 알았어."

눈빛, 눈빛, 눈빛.

눈빛이라는 단어가 주문이라도 되는 듯 중얼거리며 거울을 보았다. 비장한 눈빛으로 거울 속의 자신을 보며 다짐했다.

"아자 화이팅!"

卍

8시 참맛나 고깃집 안.

가게에 도착한 강철은 주변을 둘러보았다. 가게의 안쪽에 4인용 테이블이 5개 일렬로 붙어 있었고 그 테이블 주위로 옹기종기 사람들이 앉아 있었다. 그중에는 낯익은 얼굴들도 꽤 보였다. 강철이 회식 테이블로 걸어가는 사이 그를 발견한 몇몇 사람들이 손을 흔들어 주었다.

성큼성큼 일행을 향해 다가간 강철은 수영 강사의 바로 맞은편에 앉았다.

'아무래도 그 꼬맹이가 제 옆으로 올 것 같지는 않고, 이쪽으로 올 것 같단 말이지.'

자리에 앉은 강철이 자신의 옆 좌석에 서류 가방을 떡하니 올려 놓았다.

"안녕하세요. 강사 최정후입니다. 오강철 회원님이시죠?"

정후가 몸을 반쯤 일으키며 악수를 청했다.

"안녕하십니까. 오강철이라고 합니다."

보통 수영 선수들이 넓은 어깨에 늘씬한 몸매를 갖춘 것과는 달리 정후는 수영 강사보다는 흡사 보디빌더처럼 보였다. 신축성 있는 피케 셔츠의 팔뚝 부분이 터질 것 같은 우람한, 차렷 자세를 하면 차렷도 안 될 것 같은 팔뚝이었다. 게다가 흰색을 입어 더 두드러지는 구릿빛 피부라니, 꼬맹이 취향이 저런 건가 싶어서 자세히 훑어보았다.

"그동안 한번 뵙고 싶었는데 왜 이렇게 모임에 안 나오셨어요. 하하. 이렇게 뵈니까 좋네요. 몸이 너무 좋으시기에 모델인 줄 알았는데 직장 다니시나 봐요."

정후가 찬찬히 강철을 훑었다. 정후는 강철이 스포츠 센터에 다니기 시작하면서 여성 회원들의 관심이 그에게로 향했음을 안다. 그나마 그가 여성 회원들과 따로 교류는 않는 것 같아 마음을 놓았는데, 오늘은 무슨 바람이 불어 이 자리까지 왔는지 모르겠다. 자신의 영역을 침범한 수컷에 대한 본능적 경계심이 눈빛에 스쳐 지나갔다.

"네."

"두 분만 인사 나누실 거예요?"

강철과 정후가 동시에 소리가 나는 쪽으로 시선을 돌렸다.

테이블 건너편에서 암고양이처럼 생긴 여자가 새빨갛고 타이트

한 민소매 원피스를 입고 늘씬하게 드러나는 팔을 테이블에 올려 턱을 괸 채 눈만 깜빡거리며 강철을 쳐다보고 있었다. 수영 강의 시간에 몇 번 본 여자였다. 아니, 좀 더 정확히 말하자면 수업 시간에 몇 번 주변에서 얼쩡거리던 여자였다. 물론 그는 별다른 관심을 두지 않았지만.

하여간 수영 시간에도 꽤 많은 추종자를 이끌고 다니더니 지금도 이 여자의 주변으로 젊은 남자들이 하이에나들처럼 자리를 잡고 있었다. 딱 보아하니 수영 강사 역시 이 여자의 옆에 앉기 위해 이 자리를 선택한 것 같았다.

여자가 강철에게 말을 걸자 강사를 비롯한 주변의 남자들이 적개심 가득한 눈으로 그를 힐끔거리는 것이 느껴졌다. 하지만 그는 그런 시선들을 무시한 채 자신의 앞에 있는 물을 따라 마셨다.

"저는 이화란이에요."

빨간 립스틱을 바른 입꼬리가 매혹적으로 살짝 올라갔다. 버건디 폴리쉬가 발린 하얗고 기다란 손가락이 테이블 너머로 그의 단단한 팔뚝 위에 뱀처럼 감겨들었다. 강철의 얼굴을 훑어보는 화란의 눈에 욕망이 들끓었다.

사실 석 달 전, 수업 시간에 강철을 처음 보고 멋있다고 생각했었다. 조각같이 잘생긴 얼굴, 완벽하게 관리된 몸, 그리고 그의 당당한 태도만으로도 여자들의 시선을 끌기에 충분했다. 머리 비고 몸만 좋은 남자들이 자신의 몸을 과시하는 것과는 달랐다. 잘났지만 그걸 굳이 티 내려고 하지 않았다. 그래서 더 눈에 띄었다.

게다가 수영이 끝나고 주차장에서 본 그의 모습에 놀라기도 했다. 값비싼 이탈리아제 수제 정장, 고급 구두, 시계, 가방. 과시하기 위해 차고 다니는 명품들이 아니었다. 품질을 볼 줄 모르고 브랜드만 따지는 인간들은 구별도 못 할, 자신도 그동안 모델 일을 하면서 잘난 남자 한번 꼬셔 보고자 일부러 익힌 고급 취향의 제품들이었다.

그녀는 그가 가진 것들을 확인한 순간 어떻게 해서든 저 사람을 꼬셔야겠다고 생각했다. 그래서 수업 시간에 몇 번 알짱거려 보았다. 수업이 끝난 후엔 주차장 주변에서 서성거려 보기도 했다. 보통 다른 남자들 같으면 태워다 주겠다며 차를 세우기 일쑤니까.

그런데 저 남자는 당최 반응이 없었다. 그래도 너무 티 나게 대시하면 안 되겠다 싶어 이 자리를 얼마나 기다렸는지 모른다. 그가 오늘 회식에 참석한다는 소리를 듣고 청담동 헤어숍에서 머리를 하고 메이크업을 받았다. 그리고 몸매를 돋보이게 해 줄 에르베레제 밴디지 스타일의 빨간색 원피스도 입었다.

지금 이 고깃집에는 다소 어울리지 않지만, 2차 클럽에 간다면 반드시 시선 끌기에 성공할 것이다. 3차를 위해서는 섹시한 란제리도 준비해 두었다. 자신의 몸 위에서 힘찬 허리 짓을 할 강철을 상상하는 것만으로도 온몸에 후끈한 열기가 일었다.

"네. 저는 오강철입니다. 만나서 반갑습니다."

강철은 화란의 악수에 건성으로 통성명만 건넨 후 입구 쪽으로 시선을 돌렸다.

'우리 꼬맹이 언제 오려나. 난 약속 안 지키는 거 딱 싫은데. 이 꼬맹이 은근 약속 안 지키나 봐? 벌써 8시 20분인데 안 오는 건 아니겠지?'

그는 초조한 마음에 왼쪽 손목의 은색 스틸 시계를 확인했다.

시큰둥한 강철의 태도에 화란이 빨간 립스틱이 뭉개지는 것도 모르고 아랫입술을 지그시 깨물었다.

어느덧 하나둘씩 사람들이 도착하여 분위기가 무르익었다. 이십 여 좌석 중에 강철의 옆과 두어 군데 정도만 비어 있을 뿐 이제 모든 자리가 찼다.

"강철 씨, 제 잔 한 잔 받으세요—"

자신 쪽으로 시선을 돌리지 않는 강철의 주의를 환기시키기 위해 화란이 버건디 폴리쉬가 발린 손을 그의 팔뚝 위로 나른하게 올리며 소주병을 들었다.

"아, 네."

강철은 화란이 건네주는 소주를 잔에 받으며 연신 출입구 쪽을 힐끗거렸다.

"아— 화란 씨 저도 좀 챙겨 주세요. 제 잔도 비었습니다."

"저도요. 저도 화란 씨가 주시는 술 한 잔 받아 보고 싶네요. 주실 거죠?"

그 와중에 화란 주위에 있는 수컷들의 영역 싸움이 일어났다. 하지만 그런 소란에 관심 없는 강철이 출입구로 시선을 다시 돌렸다.

그때, 다미가 출입구를 통해 가게 안으로 들어왔다. 네모난 출입구의 바깥이 깜깜했던 까닭에 안으로 들어오는 꼬맹이의 모습이 마치 스크린에서 툭 튀어나오는 것처럼 비현실적으로 느껴졌다.

긴 머리는 하루 만에 파마라도 했는지 우아하게 넘실댔으며, 스모키 화장을 한 눈은 평상시보다 두 배는 커 보이고 두 배는 그윽했다. 베이지색 레오파드 블라우스와 인디 핑크색 스커트가 열린 문의 어두운 배경과 대비되어 그 실루엣이 적나라하게 두드러졌다.

두근두근. 갑자기 강철의 입 안이 바싹 말랐다.

그러다 이내 정신을 차리고 미간을 찌푸렸다.

'가지가지 한다, 정말.'

저와 잘 어울리던 알록달록 수영복을 벗고 섹시녀들의 대표 아이템을 차려입고 나온 꼴이 아주 오늘 작정을 한 것 같았다.

'떼끼! 어린놈의 자식이!'

가서 꿀밤이라도 한 대 때려 주고 싶었다. 어울리지도 않는 레오파드 문양의 시폰 블라우스는 일부러 단추를 더 푼 듯했다. 그 사이로 평상시와는 사뭇 다른 가슴 볼륨이 눈에 들어왔다.

'끄응— 너 혹시 가슴에 뭐 넣었니?'

가운데 트임 사이로 걸을 때마다 슬쩍슬쩍 드러나는 허벅지가 꽤 자극적이었다. 저 옷이 남자들에게 어떤 상상을 불러일으키는지 알고 입었을까 싶다.

'후우— 저게 진짜 무슨 생각으로 저러는지, 말세야 말세.'

생각지도 못한 다미의 차림이 당황스러웠는지 제 얼굴이 후끈 달아오르는 느낌이었다. 게다가 높은 하이힐 위에서 걷느라 살랑대는 엉덩이를 보자니 남자의 본능이 날뛰었다.

'꼬맹아. 어른들 흉내 내다가 넘어진다.'

하지만 강철의 머리와 아랫도리가 다른 반응을 보였다. 의도한 건지 아닌지 모르겠지만, 다미가 작은 엉덩이를 살랑살랑 움직이며 나풀나풀 걸어올수록 피가 심장으로 몰려드는지 빠르게 뛰기 시작했다. 그리고 아랫부분에도 뜨겁게 반응이 왔다. 당황스러운 변화에 강철은 몸에 난 불을 식히기 위해 옆에 있는 물 잔을 들어 벌컥

벌컥 마셔 댔다.

강철의 움직임에 다미의 시선이 그에게로 향했다. 아니, 사실은 가게를 들어오기 직전 작게 열린 창문을 통해 실내 동태를 파악할 때부터 저도 모르게 그를 한참 넋 놓고 구경했다.

수영장에서 자기를 괴롭히려고 장난스럽게 웃으며 따라다닐 때도 사실 조금 많이 얄밉기는 했지만 멋있다는 사실을 인정할 수밖에 없었다. 떡 벌어진 어깨를 감싼 진한 네이비 슈트에 흰색 셔츠, 빈틈없이 조여진 블루 톤의 스트라이프 넥타이를 맨 모습은 화보에서 막 빠져나온 것처럼 멋있었다.

꿀꺽— 먹는 것도 아닐진대 침이 절로 고였다.

'안 돼. 정신 차려, 이다미. 네 목표는 저 수영 강사야. 너의 강쇠한테 집중해야 해.'

넋 놓고 다비드를 보다 간신히 정신을 차리고 고개를 흔들었다. 자꾸 다비드를 쳐다보다가는 자신의 목적을 달성하지 못할까 봐 일부러 그쪽으로는 시선도 돌리지 않고 정후를 보며 직진했다. 오는 도중 몇 번이나 연습하고 반복한 화사한 미소를 정후에게 지어 보였다.

"제가 좀 늦었죠?"

하필 정후와 가장 가까운 자리가 다비드의 옆자리였다. 그래서 의자를 돌려 최대한 정후를 향하게 앉았다. 하지만 다비드의 옆에 앉으니 그에게서 나는 향기가 코를 자극했다. 시원하면서도 가볍지 않은 향이 정신을 아찔하게 만들었다.

'에잇. 뭔 놈의 향기는 또 이렇게 좋아? 도무지 강사님한테 집중할 수가 없네.'

다미는 흐트러지는 정신을 간신히 그러모았다.

"안녕하세요. 저번 달 말에 새로 등록하신 분이죠?"

"네. 저는 이다, 이라영이라고 합니다."

다미는 차마 자신의 본명을 밝힐 수 없어 남동생 라영의 이름으로 둘러댔다. 그러자 조금 옆에 떨어져 있던 강철의 귀가 쫑긋거렸다.

"보통 월말에 등록하시는 분은 없어서 기억에 남았습니다."

"이렇게 좋은 선생님 밑에서 배우라는 하늘의 계시였나 봐요. 호호호."

고개를 살짝 숙이며 손으로 입을 가리고 웃었다.

"하하하. 그렇게 말씀해 주시니 기분 좋네요. 제 술 한 잔 받으시죠."

"감사합니다."

얼른 자신의 앞에 있던 빈 소주잔을 두 손으로 냉큼 들어 정후 앞에 술잔을 들이밀었다.

'어쭈. 저게 여우 짓을 하네.'

강철의 미간이 찌푸려졌다. 애인 줄 알았더니 진짜 여우인가, 긴가민가하다. 강아지 같던 꼬맹이가 여우 짓을 하는 게 왠지 못마땅했다.

다미는 정후가 따라 준 소주를 홀짝홀짝 마시며 그를 힐끗 쳐다보았다.

'정후 씨한테 각인이 좀 되었으려나?'

드라마틱한 등장을 위해 일부러 조금 늦었다. 일찍 가서 붙박이 장식처럼 자리를 지키느니 조금 늦게 가서 이목도 끌고, 정후의 자리를 확인한 다음에 옆에 가서 앉으면 된다는 보영의 조언을 따른 것이었다.

'역시 똑똑한 내 친구.'

어색해 보일까 봐 약간 걱정했지만 작전이 통한 것 같았다. 정후가 자신을 쳐다보는 시선이 느껴졌다. 그리고 옆에서 다비드도 이쪽을 보는 게 느껴졌다.

'정후 씨 말고도 다른 남자들이 쳐다보는 건 생각지 못했는데……. 어쩔 수 없지. 이게 섹시녀의 운명이니. 후훗.'

어깨춤이 절로 나오는 것을 간신히 버티며 속으로 쾌재를 불렀다.

'살아생전 내가 남자들의 이런 끈적끈적한 눈빛을 받다니, 나 죽지 않았어! 실컷 보세용. 그렇다고 내가 당신들 것이 되는 건 아니랍니다.'

웃음이 실실 났다. 생전 처음 겪는 관심에 또 정신줄이 반쯤 나가 버린 다미였다. 사람들이 따라 주는 술을 홀짝홀짝 모두 받아 마셨다.

'괜찮아, 괜찮아. 내 주량이 얼만데 이거 가지고 취하겠어?'

평상시 혼자 마시거나 보영이와 술을 마실 때도 술은 셀프라며 자작만 하던 다미였다. 그러나 졸라맨 벨트 때문에 음식도 거의 못 먹고 여러 명이 쉴 틈 없이 술을 따라 주자, 자기의 페이스를 잃고 조금씩 취해 가고 있었다.

10시 무렵이 되자 고깃집에서의 회식은 정리되는 분위기였다.

"자, 이제 집에 가실 분들은 가시고 2차 가실 분들은 2차 가시죠."

정후가 테이블을 쓱 둘러보며 말했다. 선남선녀들이 모인 자리인데 밥만 먹고 갈 수는 없다. 아니, 어차피 밥만 먹으려고 모인 자리도 아니었다. 그리고 그의 시선 끝은 화란에게 고정되어 있었다.

"화란 씨도 가실 거죠? 꼭 가셔야 합니다―"

"어머, 내일 중요한 일이 있어서 일찍 들어가서 쉬려고 했는데……."

화란이 난처하다는 표정을 지으며 어깨를 으쓱했다. 그리고 시선을 돌려 촉촉한 눈으로 강철을 바라보았다. 하지만 자신 자신에겐 눈길도 주지 않는 강철의 모습에 작게 입술을 깨물었다.

"에이― 화란 씨가 안 가면 무슨 재미예요. 꼭 가세요. 네?"

"그래요. 같이 가요."

"화란 씨 안 가면 저도 안 갑니다―"

여기에 있는 많은 남자들이 화란을 잡는 말을 건넸다.

"그러면 잠깐만 들렀다가 가죠, 뭐."

화란이 강철을 힐끗 보며 어깨를 으쓱했다.

그리고 사람들이 주섬주섬 짐을 챙겨 고깃집 밖으로 빠져나갔다. 그사이 계산을 하고 나온 반장 아주머니가 문 앞에 옹기종기 모여 있는 사람들을 불러 모았다.

"그래. 나같이 매인 몸들은 집에 가야 하지만 젊은이들을 더 놀아야지. 늙은이들 빠져 줄 테니 재미나게 놀아―"

그리고 나서 반장 아주머니는 몇몇 유부남 유부녀 무리와 함께 뒷모습을 보이며 떠나갔다.

이제 본격적인 파티의 시작이었다.

'근데. 헤헤헤― 나 왜 이렇게 기분이 좋지?'

다미는 마치 구름 위에 둥둥 떠 있는 것 같았다. 오늘은 기분이 짱 좋은 날이다. 뭐든지 다 잘 풀릴 것만 같았다.

'그래 오늘이 그날인가 봐. 하늘이 바로 오늘이라고 말하고 있어. 지구가 힘을 모아 나를 도와주고 있어. 우왕 굿.'

다미는 고깃집 문 옆의 낮은 턱에 엉덩이를 대고 앉아 땅바닥을 보며 실실 웃고 있었다. 땅을 보느라 얼굴이 안 보이는 탓에 다른 사람들이 눈치챌 정도는 아니었다. 그러나 아까부터 다미를 계속 주시하고 있던 강철은 그녀의 미묘한 변화를 눈치채고 있었다.

술에 취한 것 같은데 이렇게 어린애가 이런 차림으로 돌아다니면 위험하다. 어떤 놈들이 나쁜 짓을 할지 모른다.

'어휴. 안 되겠다. 내가 집에 데려다줘야지. 피곤해 죽겠는데 그래도 어른이니 그 정도는 해 줘야겠지?'

그가 길게 한숨을 내쉬었다.

"집에 가지? 내가 데려다줄게. 집이 어디야?"

강철은 제 앞에 놓인 동그랗고 작은 머리통을 내려다보며 말했다. 하지만 그놈의 머리통은 앞뒤로 작게 흔들거리기만 할 뿐 도통 제 쪽을 올려다보지 않았다.

"나 집에 안 가요. 2차 갈 거예요오—"

술 못 마셔서 환장한 귀신이 붙었나. 혀가 꼬였는데 뭔 소리야. 강철의 미간이 찌푸려졌다.

"취했는데 뭔 2차야."

"나— 할 일이 있단 말이에요."

"할 일?"

쪼그리고 앉은 꼬맹이의 얼굴이 보이지 않으니 답답했다. 강철이 다미의 앞에 같이 쪼그려 앉았다.

"응. 할 일."

다미가 숙이고 있던 고개를 들었다. 경계심이라고는 하나도 보이지 않는 표정으로 배시시 웃는 모습을 보고 있자니 그는 이 모습을 누가 볼까 싶어 걱정이 앞섰다.

그런 강철의 마음을 아는지 모르는지 다미는 검지를 들어 강철의 가슴을 살짝 찔렀다. 턱을 살짝 내리고 눈썹을 파르르 떨며 강철을 바라보았다.

"내 할 일. 알면서—"

앙, 윙크까지 했다.

그 모습에 강철은 어이없는 웃음이 절로 나왔다. 남자를 꼬시려고 수영 강습을 수강하고 그중에서도 강사를 타깃으로 삼은 것은 알고 있었지만 저렇게까지 말할 줄은 몰랐다. 한쪽 눈썹이 저절로 치켜 올라갔다.

'게다가 그 배시시라니.'

경계심 없는 저 표정을 보고 있자니, 그놈이 오케이를 하면 오늘 밤 당장 무슨 일이라도 치를 듯해 보였다. 게다가 저렇게 사람 홀리는 표정을 짓는 여자를 마다할 남자가 어디 있단 말인가? 그녀가 강사와 무슨 일을 벌일지 생각하는 것만으로도 숨이 턱턱 막혔다. 그가 답답한 듯 넥타이를 거칠게 풀었다.

"자, 그럼 2차 가실 분들은 이쪽으로 가실까요?"

정후의 말에 다미가 정신을 차린 듯 벌떡 일어나더니 오른손을 번쩍 든 채 쪼르륵 정후 옆으로 갔다.

"넵! 저요, 저요. 저 갈 거예요. 헤헤헤."

자신이 넥타이를 푸는 새 쪼르르 강사 옆으로 가서 신나게 손을 흔드는 다미의 모습을 보고 있자니 머리가 지끈거렸다. 평상시 같으면 누가 누굴 꼬시거나 말거나 나만 안 귀찮게 하면 된다는 주의였다. 그런데 저 꼬맹이는 자꾸 신경에 거슬렸다. 이 험한 세상에 무슨 사고라도 치고 다닐까 봐 걱정되었다.

"네, 저도 갑니다."

강철이 이를 앙다물고 말하며 몸을 일으켰다. 그러곤 다미 옆에 가서 팔꿈치 부분을 슬쩍 잡았다.

'히잉. 놔주세요. 오늘 할 일 있단 말이에요.'

자신의 움직임을 제약하는 은근한 손아귀의 힘에 다미가 몸을 살짝 흔들어 보이며 불쌍한 눈빛으로 강철을 올려다보았다.

그러나 강철은 그런 다미를 슬쩍 내려다본 후 팔꿈치를 잡은 손에 힘을 더 꽉 주었다.

4화
육탄 돌격

　2차를 위해 남은 무리는 고깃집 근처에 있는 클럽으로 이동했다.

　둥둥 쿵쿵 쿵쾅 쿵쾅—

　1층 입구에 다다르자 아직 문을 열지도 않았는데 커다란 사운드의 진동이 느껴질 정도였다. 그 진동에 따라 다미의 심장도 쿵쿵 뛰기 시작했다.

　클럽으로 들어가는 문을 여니, 금요일 밤을 불태우는 젊은이들이 내뿜는 뜨거운 열기로 가득했다. 꽤 널찍한 공간을 채우는 강렬한 비트의 음악과 사이키 조명이 가득한 이곳은 다른 세계 같았다. 까만 계단에는 슬쩍슬쩍 형형색색의 불빛이 비치고 있었고, 계단을 따라 아래쪽의 홀로 내려가면 수많은 남녀가 리듬에 몸을 맡기고 있었다.

일행의 앞에 선 정후가 성큼성큼 걸어가 자리를 잡았다. 스테이지에서는 꽤 멀지만, 그런대로 여러 명이 앉을 수 있는 대형 테이블이었다. 자리를 잡은 정후가 몸을 돌려 일행에게 이쪽으로 오라며 손짓했다. 그 모습에 다미는 저도 손을 들어 흔들어 보였다.

음주는 좋아하지만, 가무보다도 수다 떨기를 좋아하는 다미에게 클럽은 즐겨 찾는 장소가 아니었다. 하지만 남들은 이제 끊는다는 스물아홉 살의 나이에 클럽 인생이 다시 시작되고 있었다. 그것도 남자들 사이에서.

'야. 이다미 출세했네. 흐흐흐. 내 이십 대는 초라하였으나 삼십 대는 창대하리라. 히히히. 근데 조금 있다가 창대해져야겠다. 일단은 좀 쉬고.'

일행들은 테이블 의자에 소지품과 겉옷 등을 내려놓고 앉지도 않은 채 스테이지로 나갔다. 마음만은 그들을 따라 당장에라도 스테이지에 나가 이 기쁨을 만끽하고 싶었지만, 몸뚱어리의 생각은 다른 듯했다. 물먹은 듯 무거운 몸을 버티지 못하고 바로 옆에 있는 의자에 풀썩 앉았다.

'완전히 취했네. 물가에 내놓은 애처럼 눈을 뗄 수가 없구만.'

그래도 아까 고깃집에서 나올 때까지만 해도 사람들이 거의 눈치채지 못할 정도더니 지금은 약간 티가 날 것 같다. 처음에 봤을 때보다 헝클어진 머리, 살짝 풀린 눈, 발그레한 볼, 빨간 입술은 도톰하게 부풀어 있었다. 평상시 다른 사람의 헝클어진 모습을 보는 걸 별로 좋아하지 않았지만, 이상하게도 다미의 모습은 참 섹시해 보였다.

강철은 다른 사람들이 소지품을 내려놓고 나가기를 기다렸다가 다미 옆에 슬쩍 앉았다.

"너는 왜 안 나가요?"

술이 슬슬 올라오자 머리가 무거웠다. 꽃받침을 하고 속눈썹을 크게 깜박이며 물끄러미 앞의 남자를 바라보았다. 강쇠를 꼬셔야 하는데 자꾸 이 남자가 눈앞에서 알짱거려 미치겠다. 수업 시간에 안 보려고 해도 자꾸만 눈이 가는 걸 간신히 참았는데 술이 들어가자 더는 참기가 어려워졌다.

근데,

'보는 게 뭐 어때서. 닳기라도 해?'

다미는 마음을 고쳐먹고 마음껏 강철을 훑었다. 하얀 셔츠 안에 숨겨진 단단한 가슴 근육과 복근이 투시되었다. 새하얀 침대 위에서 자신을 향해 달려드는 한 마리 흑표범 같은 모습. 누워 있는 자신의 몸을 덮어 버리는 크고 단단한 다비드의 몸. 그럼 난 저 숱 많은 머리에 손을 넣고…….

'하아, 그러면 저렇게 뜨거운 눈으로 나를 봐 주려나?'

꿀꺽— 다미는 자기를 뜨거운 눈으로 바라보는 강철의 눈을 응시했다.

'내가 너무 노골적으로 쳐다봤나?'

쪽팔림에 두 눈동자가 흔들렸다. 그리고 부끄러운 마음에 시선을 내렸다. 하지만 이번엔 또 단단히 다문 입술이 시선을 잡아챘다. 길게 일자로 다문 입술이 고집스러운 성격을 보여 주는 것 같았다. 도톰하고 촉촉해 보이는 아랫입술이 미칠 듯이 섹시해 보였다. 지금 당장 키스해 달라고 조르고 싶을 만큼.

'고놈 참 맛있겠다.'

꿀꺽— 다미가 입맛을 다셨다.

'미치겠네, 정말.'

자신의 몸을 노골적으로 훑던 꼬맹이가 이제는 얼굴까지 훑는 것이 느껴졌다. 게다가 맛난 것을 본 양 입맛도 다셨다.

세상에, 어이가 없어 헛웃음이 나왔다. 다른 여자가 자신의 몸을 이런 식으로 쳐다본다면 불쾌감에 치를 떨었을 것이다. 하지만 이상하게 온몸에 열기가 올랐다. 자신의 입술을 보던 꼬맹이가 자그마한 분홍색 혀를 꺼내 입술을 훑는 것이 느껴졌다.

'하! 저런 건 대체 어디서 배운 거야?'

미간을 찌푸려 보았지만 귀여워 보이는 얼굴로 짓는 섹시한 표정이 너무도 큰 자극으로 다가왔다. 지금 당장 달려들어 저 작은 혀와 앵두 같은 입술을 빨고 싶은 충동이 일어났다.

강철의 얼굴을 더듬던 다미의 시선과 다미의 시선을 따라다니던 강철의 시선이 허공에서 얽혔다.

꿀꺽—

강철과 다미의 목울대가 동시에 움찔했다. 그 순간.

"강철 씨 여기서 뭐 해요? 나가요."

스테이지로 향했던 화란이 강철이 없음을 확인 후 테이블로 돌아왔다. 그러고 나서 두 팔을 괴며 몸을 숙인 채, 기다란 속눈썹 사이로 눈을 깜박거리며 강철을 불렀다. 그 순간 근처 남자들이 기역자로 테이블에 몸을 기댄 화란의 뒤태를 훑어보았다. 획— 여기저기 휘파람이 울렸다.

강철의 얼굴에 넋을 놓고 있던 다미가 화들짝 놀라 화란을 쳐다보았다. 다미의 시선을 따라 강철의 시선도 화란을 향했다. 강철의 얼굴이 살짝 찌푸려졌다.

"아니요. 저는 괜찮습니다. 저 신경 쓰지 마시고 재밌게 노세요."

그의 매서운 표정에 암고양이처럼 테이블 위로 요염하게 포즈를 취하던 화란의 몸이 움찔했다. 아까부터 저 여자 옆에 딱 붙어서 눈을 못 떼더니 여기 보호자로 왔나. 이 클럽 안의 모든 남자가 자기를 노리는데 저따위 어린 여자애한테 빠져 정신을 못 차리는 강철을 보자 짜증이 났다.

"네. 그러시든지."

말하는 한쪽 입꼬리가 비죽였다. 그녀는 홱 몸을 돌려 탱탱한 엉덩이를 흔들며 스테이지로 갔다.

"쯧쯧—"

그런 화란의 뒷모습을 보며 강철이 픽, 하고 웃었다. 남자를 꼬실 때는 간이고 쓸개고 다 꺼내 줄 것처럼 유혹하다가 남자가 여자에게 확실히 넘어갔거나 아예 넘어갈 기미가 안 보이면 가면을 벗고 자신의 추한 모습을 보이는 것이 저런 여자의 습성이다.

그러나 그는 별로 신경 쓰지 않았다. 저 흔들어 대는 엉덩이를 보고 또 다른 늑대 놈들이 여왕 대접을 해 주러 모여들 테고, 그녀는 그중에 하나를 찍어 함락시킬 것이다.

"와—우."

"응?"

다미가 내는 소리에 강철이 정신을 차리고 그녀를 쳐다보았다.

"방금 그거 봤어요? 와우. 막, 커. 대박 커."

무척 놀란 듯 안 그래도 큰 눈이 두 배는 커져 있었다. 뽀얗고 어려 보이는 얼굴과는 달리 하얗고 가는 손이 좀 더 성숙한 여성의 느낌을 주었다. 하지만 그 우아해 보이는 손과 달리 손짓은 참 경거망동해 보였다. 손으로 양 가슴 앞에서 커다란 공 모양을 만들어 대고 있었기 때문이다.

"저 정도면 70에 D컵 정도 되나? 아니면 E컵?"

다미의 몸짓에 이게 뭐야 싶어 강철의 콧등이 찌푸려졌다. 그냥 못 본 척 넘어가도 되련만 쓸데없는 직업 정신이 발휘되었다.

"70에 E컵"

"정말? 우와!"

"응."

란제리 회사에서 맨날 보는 게 속옷이다. 얼핏만 봐도 사이즈가 나온다.

"어휴 불공평해. 누구에게는 수박을 주시고 누구에게는……."

다미가 자신의 가슴을 힐끗 내려다보았다.

"아 슬프다. 나 없는 거 많이 티 나요?"

앞에 놓인 맥주잔을 들어 홀짝 마셨다. 이렇게 멋있는 남자 눈에는 자신이 어떻게 보일까 걱정이 되었다. 이런 남자도 저런 가슴을 좋아하겠지? 강쇠는 고사하고 다비드도 힘든 거 아냐? 다미는 동그랗고 말간 눈을 깜박거리며 강아지 같은 표정으로 강철을 올려다보았다.

그 모습에 강철의 가슴이 철렁 내려앉았다.

"아니 그냥 봐 줄 만해."

이렇게 귀여운데 그깟 가슴 크기가 뭔 상관이랴. 그는 진심으로 그렇게 생각했다.

"아닐걸요? 이거 뽕인데. 뽕 빼면 슬픈 사이즈야."

그 여자 가슴은 진짜배기인데 내 가슴은 개구라야. 다미의 입꼬리가 한없이 처지기 시작했다.

"대한민국 표준 정도는 돼 보이는데?"

귀여운 강아지가 이렇게 슬퍼하는데 위로를 해 주고 싶었다. 맨정신에 여자랑은 절대 주고받을 수 없는 얘기가 줄줄 나오고 있다. 꼬맹이에게 말리는 것이 느껴졌지만, 대화를 멈출 수 없었다.

"아니라니까? 만져 볼래요?"

다미는 진실을 모르고 저를 위로하는 다비드를 보니 답답한 마음에 코끝을 살짝 찡그렸다. 하지만 만일 이 다비드가 진짜로 괜찮다고 하면 자신감이 막 생길 것 같은 기분도 들었다. 모든 여자가 침 흘릴 만큼 멋있는 남자니까 여자도 많이 만나 봤겠지? 그런 사람이 괜찮다고 해 주면 뭐랄까, 국가 공인 인증 마크 받은 느낌? 그런 안도감을 가질 수 있을 것 같았다.

'이, 이 여자가 뭐래?'

당황한 강철이 정신을 차릴 틈도 없이 다미가 그의 두 손을 덥석 잡아 자신의 가슴 위에 턱 올려놓았다.

말캉.

그 순간 얇은 옷과 뽕 너머로 작지만 부드러운 그녀의 가슴이 느껴지는 것 같았다.

'형, 아침도 아닌데 나 불렀어?'

강철의 몸에 있는 모든 피가 뜨겁게 달아올라 그의 중심으로 몰리며 아래가 발딱 일어나는 것이 느껴졌다. 평상시 상황 판단이 빠른 강철이였지만 지금 이 순간만큼은 머리가 정지한 느낌이었다.

생각지도 못한 꼬맹이의 행동과 자신의 신체 반응에 이러지도 저러지도 못했다. 그저 그녀의 가슴에 떡하니 올라가 있는 자신의 손과 무슨 말이든 해 보라고 재촉하는 듯한 꼬맹이의 얼굴만 번갈아 바라볼 뿐이었다.

움찔― 전기 충격을 받은 듯 손이 저절로 움찔했다. 하지만 움찔한 그 손 아래로 말랑말랑하면서 탄력적인 가슴이 느껴졌다. 아마 실제로 보면 뽀얗고 탱탱하겠지? 얼굴 피부로 보면 가슴 피부도 엄청 부드러울 거야. 그 피부 한가운데 젖꼭지는 어떤 색일까? 그 작은 젖꼭지도 흥분하면 톡 튀어나오겠지? 그 젖꼭지를 입에 넣고 빨면…….

갑자기 야한 장면이 휘리릭 머리를 스쳐 지나갔다.

'잠, 잠깐. 나 지금 애 데리고 무슨 생각 하는 거야? 이건 범죄급이야, 오강철.'

그가 세차게 고개를 흔들었다. 연신 떠오르는 생각들을 떨치며 이성의 끈을 놓지 않으려고 노력했다. 강철은 재빨리 주변을 둘러보았다.

다행히 그녀가 스테이지를 등지고 있어서 다른 사람들에게는 보이지 않을뿐더러 각 테이블마다 높은 소파 벽 때문에 옆에서도 볼 수 없는 상황이었다.

"어때요? 뽕 뺀 사이즈 알겠어요? 별로죠? 나 많이 작아요?"

다미가 얼굴을 좀 더 들이미는 바람에 몸도 한층 밀착되었다. 오는 길에 술 깨라고 그녀에게 건넨 딸기 맛 풍선껌의 달달한 향기가 코를 자극했다.

점점 흥분하고 있는 강철의 상태를 눈치채지 못한 다미는 그의 두 손을 자신의 가슴에 올려놓은 채 중얼거리고 있었다.

어린 게 세상 무서운 줄도 모르고! 강철의 얼굴이 점점 달아올랐다. 이러고 다니면 남자들한테 험한 꼴 당할 위험이 컸다. 아직은 어린 나이지만 앞으로 이 험한 세상을 어떻게 살아가려고. 다음에 맨정신에 만나면 크게 혼을 내야겠다.

하지만 일단 그건 나중 일이고 지금은 술 취한 다미를 먼저 진정시켜야 하는데 어떻게 해야 할지 몰라 머릿속만 하얘졌다. 그리고 심장이 터질 듯하게 뛰었다.

그러나 그의 중심은 그의 이성과는 다른 마음인가 보다.

'야, 야! 지금은 네가 나설 타이밍이 아니야. 안 돼. 들어가.'

강철은 불쑥불쑥 커지는 그의 분신에게 이야기했다.

"아우 이렇게 작아서 남자를 어떻게 꼬시지? 수술이라도 해야 하나?"

그의 고민과는 다르게 강철을 자극하는 말들이 계속 다미의 입에서 쏟아졌다. 강철의 심장이 터질 것같이 뛰었다. 온몸의 모든 신경이 눈, 손끝, 심장과 자신의 중심으로 몰려 있는지 그 이외의 곳은 한 군데도 움직일 수가 없었다. 굳어 버린 입에서 그는 단 한마디도 내뱉을 수 없었다.

"어때요? 가슴 수술 하면 촉감이 다르다던데, 그래도 큰 게 좋아요? 아니면 작더라도 자기 가슴인 게 좋아요?"

이제야 부끄러운 듯 고개를 살짝 숙이고 눈만 살짝 올려 깜박거리며 강철의 의견을 물었다. 그게 물어보려는 의도였는지 모르겠지만, 강철의 눈에는 너무도 유혹적인 몸짓으로 보였다.

왜 이딴 상담을 나한테 하는 건지. 내가 성형외과 의사도 아닌데 정말. 쿵쿵. 온몸이 터져 버릴 듯 쿵쾅댔다. 특히 아랫부분은 이제 육안으로 보아도 확연할 정도로 부풀어 있었다.

젠장. 만난 지 얼마 되지도 않은 여자한테 왜 이런 반응이 나타나는 건지 스스로도 이해가 가지 않는다. 어디서 어떻게 살았는지도 모르고, 어떤 생각을 하는 여자인지도 모르는데, 사춘기 때도 않던 짓을 나이 서른 넘게 먹고 이게 뭐 하는 짓인지!

"대답해 봐요. 얼른."

그 말이 강철의 귀에는 '얼른 날 어떻게 좀 해 줘요.'라고 들리는 듯했다. 더는 참을 수 없어 아무래도 맑은 공기를 좀 쐬야 할 것 같았다. 그리고 이 여자도 집에 보내야 할 것 같다.

"집에 데려다줄게. 나가자."

"히잉— 안 돼요. 나 지금은 집에 못 가."

그녀가 앙탈을 부렸다.

"집에 못 가는 게 어디 있어. 가기 싫어? 안 돼. 그래도 가야지."

"아니야. 나 못 가는 거야. 할 일 있다니까. 나 남자 꼬시러 온 건데."

두 눈을 깜박이며 다미는 오늘따라 컬이 아주 마음에 드는 자신의 머리카락을 손가락으로 비비 꼬았다.

그 순간 강철의 이성의 끈이 툭 끊겼다. 그렇게 주야장천 남자 꼬셔 보겠다고 난리더니 이 상황에서도 또 저 소리다. 게다가 나는 이렇게 저를 보면 미치겠는데 딴 남자를 꼬셔야겠다니. 나를 그런 눈으로 봐 놓고 왜 딴 놈 꼬시겠다는 건데?

"나는 안 돼?"

'꼭 저 수영 강사가 좋아서 그러는 게 아니라면, 남자를 알고 싶

은 거라면, 나는 어때?'

"뭐가……요?"

"나를 꼬시는 건 안 되나? 나도 신체 건강한 대한민국 남자고, 미혼이고, 신원도 확실한데. 보여 달라면 보여 줄 수 있어. 그리고 잘해 줄 자신도 있고."

보여 줄 수 있다는 건 아직 자신에 대해 잘 모르기 때문에 불안하면 명함도 보여 주고 신분증도 보여 줄 수 있다는 말이었다. 잘해 줄 자신이 있다는 것도 앞으로 사귀게 된다면 최선을 다하겠다는 의지를 보여 주는 것이었다.

하지만 제 앞에서 굳어 버린 꼬맹이를 보니 괜히 말했나 싶다. 나, 주책이었나?

그러나 다미는 좀 전의 다비드의 말을 다시 한 번 곱씹는 중이었다. 보여 달라면 보여 준다고? 다미의 시선이 강철의 바지로 내려갔다. 꿀꺽. 괜스레 마른침을 삼켰다.

'잘해 줄 자신도 있다고? 엄마야.'

수많은 야동에서 언니들에게 참 잘하는 오빠들이 생각났다.

'그렇게?'

상상만으로 얼굴이 화끈거렸다. 키스할 때 혀 한번 넣었다고 헤픈 여자 취급 받던 다미에게 이건 달콤한 제안이었다. 나이 스물아홉 살 되고 나서 이렇게 자신에게 어필하는 남자는 그가 처음이었다.

하지만 왜? 다미는 자신이 뭔가 잘못 이해했나 싶어 고개를 갸웃거렸다.

"지금, 그쪽 꼬시라고 어필하는 거예요?"

그녀는 다행히 자기를 파렴치한 인간으로 보는 것 같지는 않았다.

"응. 지금 네가 꼬시면 당장에라도 넘어가 줄 수 있는데."

강철의 목울대가 긴장으로 꿀렁이며 움직였다.

'헐. 대박. 이게 무슨 1등 당첨 복권이 제 앞으로 날아오는 소리야.'

다미는 다시 한 번 자신의 앞에 있는 다비드를 찬찬히 살펴보았다. 다비드가 나한테 자기를 꼬셔 보라 한다. 아까부터 침 바르고 싶었는데 이렇게 대놓고 꼬셔 달라고 하다니.

'어머. 나 그래도 되는 거야?'

그녀의 심장이 쿵쿵쿵 뛰었다.

Why not? 안 될 게 뭐 있어? 내가 그동안 착하게 살아와서 하늘이 나한테 선물을 내려 주신 건가? 이십 대 내내 외롭게 산 인생 이렇게 한 방으로 보상해 주나? 그래, 그런 걸로 치자.

"응?"

세상에나 나를 저렇게 간절하게 바라보는 놈이 있다니. 오케이! 오케이! 오케이! 백 번 천 번이라도 대답해 주고 싶었다.

"그럼, 내 마음대로 해도 되나……?"

"응. 너 하고 싶은 대로 다 해."

간이라도 빼 달라면 빼 줄 것 같은 표정이었다.

"키스하고 싶어요."

요새는 고삐리들도 한다는 그깟 키스. 못다 한 키스의 한을 풀어 보고 싶었다.

다미의 말에 강철의 얼굴이 욕망을 감추지 못하고 그대로 드러냈다. 먹잇감을 낚아채는 맹수처럼 다미의 오른 손목을 잡고 얼른 클럽을 빠져나갔다.

강철은 택시를 불러 자신의 오피스텔로 향했다. 택시 뒷좌석에서 다미는 양손으로 강철의 허벅지를 흔들며 계속 강철을 조르고 있었다.

"나 하게 해 준다며. 약속했잖아—"

"응 좀만 기다려. 하게 해 줄게."

강철의 턱 근육이 불끈 움직였다.

"빨리, 나 빨리하고 싶단 말이야."

아니 키스 정도야 대충 어두운 데서 해도 되는데! 어디까지 가려고! 다미의 마음이 초조해졌다. 그래서 뻣뻣하게 군은 강철의 허벅지를 잡고 계속 흔들었다.

자신의 분신에 가까운 허벅지 깊숙한 곳에 그녀가 손을 넣고 흔들어 대는 통에 강철은 어지러운 정신을 간신히 잡았다. '형 나도!' 강철의 분신도 끼워 달라며 소리치고 있었다. 그는 바싹바싹 마르는 입술만 연신 핥아 댔다.

"응, 이제 다 왔어. 조금만."

그리고 어느덧 택시는 강철의 오피스텔 앞에 도착했다.

택시에서 내린 강철은 다미의 손을 잡아 뛰듯이 엘리베이터에 올랐다. 자신의 손을 그가 너무 세게 잡은 탓에 다미가 살짝 빼 보려고 했지만, 오히려 더 세게 잡힐 뿐이었다.

정신없이 남자를 따라왔더니 어느새 오피스텔 안이었다.

"이제 키스해 봐도 돼요?"

다미가 슬쩍 물었다.

"아직 남았어."

"오면 하게 해 준다며—"

다미의 목소리가 살짝 높아졌다.

'나 쫌 설레고 그랬는데 뭐가 이리 복잡해? 원래 이런 거야?'

그녀는 슬슬 짜증이 났다.

"지금 할 거야. 근데 너 키스하면 나랑 사귀는 거다?"

내가 이제 갓 스무 살 넘은 애랑 뭐 하는 짓인지 모르겠지만, 얘를 놓치면 안 되겠다는 생각이 강하게 들었다. 네가 딴 놈 꼬신다고 꼬리 치고 다니는 걸 보거나, 딴 놈이랑 만나는 거 보느니 그냥 내가 도둑놈 소리 들을게.

"사……권다고?"

사귄다는 소리에 다미의 눈이 커다래졌다.

'안 되는데. 나 강쇠 만나야 하는데. 이렇게 잘생긴 다비드 사귀다가 예전처럼 또 헤어지면 어떡해. 먼저 강쇠 만나서 액땜하고 그 다음에 이런 다비드를 만나야 하는데. 지금은……'

두 눈동자가 마구 흔들렸다.

"안 되는데……."

"뭐? 왜, 왜 안 돼?"

생각지도 못한 대답에 강철이 말을 더듬었다.

"난 강쇠 만나야 하는데……."

"강세?"

그게 누군데? 너 혹시 남친 있었니? 생각지도 못한 남자 친구의 존재에 가슴이 덜컹 내려앉았다.

"아니 변강쇠. 나는 변강쇠를 만나야 해요. 히히히."

또다시 개구쟁이 같은 미소를 지었다. 하지만 그전처럼 마냥 귀엽지만은 않았다. 이상형이 진짜 변강쇠 타입이었던 건가? 그래서 변강쇠같이 촌티 팍팍 날리던 강사를 좋아했던 건가? 그는 어이가 없어 웃음이 났다.

'어린 게 취향 참 아줌마스럽네, 진짜.'

강철이 자신의 입술을 다미의 입술 근처로 갖다 대면서 말했다.

"그럼 나는 싫어?"

이성을 유혹하는 은밀한 목소리. 너를 향한 나의 욕망이 안 보이니? 그는 뜨거운 눈으로 다미를 내려다보았다. 제가 이제껏 이렇게까지 여자를 갈구해 본 기억은 없었다. 저 여자도 자신을 그렇게 봐 주길. 자신의 몸을 집어삼키는 이 뜨거운 욕망이 그 혼자만의 것은 아니길. 그녀 역시 이 낯선 욕망에 주체할 수 없기를.

강철의 뜨거운 시선이 그녀의 얼굴 구석구석에 닿았다.

에이, 이렇게 잘생긴 얼굴이 어떻게 싫을 수가 있을까?

"몰라잉."

어깨를 흔들며 앙탈을 부렸다.

"대답 안 하면 키스 못 한다."

강철이 희미하게 웃었다. 따뜻한 입김이 입가에 닿았다. 다미는 그 입술을 뚫어져라 쳐다보며 살짝 잠긴 대답을 했다.

꿀꺽. 다미의 시선에 강철의 입술이 한가득 담겼다. 예전에 봤던 에로 영화에서 여자의 입술이 화면을 한가득 채우는 장면이 있었는데 꼭 그때처럼.

"좋아. 지금 당장 키스하고 싶을 만큼."

뭐에 홀린 듯한 다미의 목소리였다.

"그럼 키스하면 사귀는 거야. 딴말하기 없기."

낮게 울리는 그의 목소리에 점점 최면이 걸리는 듯했다. 목소리만으로도 몸이 간질간질 뜨겁게 달아올랐다.

"응."

무언가에 취한 사람처럼 대답이 그녀의 입술에서 흘러나왔다. 지금 같은 상황에 키스만 하게 해 준다면 못 할 게 없을 것 같았다. 강철의 말을 대충 넘겨듣고 대답했다.

다미의 대답이 나온 순간 강철의 입술이 붉은 입술을 덮어 버렸다. 뜨거운 혀가 다미의 입술을 가르고 거침없이 그 안을 휘저었다.

'아! 이게 키스구나.'

따뜻하고 부드러운 무언가가 제 입 속을 부드럽게 헤집고 다녔다. 살면서 입 안의 감각을 이렇게 느껴 본 적이 있었던가? 밥 급하게 먹다가 볼살 깨물었을 때? 뜨거운 음식 먹다가 혀 데었을 때? 말 빨리하다가 혀 깨물었을 때? 아아— 모르겠다.

이 좋은 걸 다미는 직접 리드해서 해 보고 싶었다.

사실 나 키스하게 해 준다고 데리고 온 거 아냐? 히잉, 내가 할 건데, 키스. 그녀는 어깨를 살짝 흔들며 앙탈을 부려 보았다.

하지만 강철은 꿈쩍도 하지 않고 계속 혀를 놀렸다. 다미의 치아를 훑고 강렬하게 흡입을 하던 그가 놀라 웅크리고 있던 작은 혀를 찾아 건드려 댔다. 그러자 다미는 슬슬 다리의 힘이 풀리는 것 같아 강철의 어깨를 작은 두 손으로 꼭 쥐었다.

그것을 눈치챈 강철이 다미를 안아 들어 침실로 데리고 갔다. 그녀를 침대에 눕힌 후 강철은 아까보다 좀 더 거칠게 키스를 시도했다.

'와! 요새는 멀티플레이어가 대세라더니 이 남자 얼굴만 잘생기고 몸만 좋은 줄 알았는데 키스도 잘한다.'

이렇게 온몸이 짜릿짜릿한 키스는 처음이었다.

'이 좋은 걸 난 왜 이제야 안 걸까?'

지나간 세월에 대한 통탄이 쏟아졌다.

'이렇게 황홀한 키스를 하는 남자라면 섹스도 잘하겠지?'

인생에 한 번 올까 말까 한 기회처럼 느껴졌다. 다미가 키스하는 강철의 가슴을 슬쩍 밀었다. 밀었던 두 손바닥 아래 파닥거리는 강철의 심장이 느껴졌다.

"왜?"

그가 깊어진 눈으로 자신을 내려다보았다.

"우리, 밤새 키스만 해요?"

어디서 그런 여우 짓이 튀어나왔는지 모르겠다.

깜박. 두 눈을 살포시 깔고 촉촉한 눈으로 새초롬하게 강철을 올려다보았다. 하지만 누가 보면 웃을지도 모를 그 새끼 여우의 꼬리 짓에 그가 눈을 질끈 감았다.

"아 미치겠네."

낮게 읊조리다 눈을 뜬 그의 눈은 한 마리의 야수로 돌변해 있었다. 마치 저를 잡아먹으려는 그런 눈빛.

그가 거칠게 넥타이를 풀더니 셔츠 단추를 쥐어뜯듯 풀었다. 그것마저 제 속에 차지 않는 양 마지막 단추 두어 개는 침대 밖으로 튕겨 나갔고 팽팽하게 올라온 구릿빛 허벅지 사이의 두툼한 하얀 브리프 실루엣이 적나라했다.

다미는 자신에게 시선을 고정시킨 채 옷을 벗는 강철 때문에 이러지도 못하고 저러지도 못한 채 마른침만 꼴깍거리며 그를 올려다보았다.

도발을 했지만 그가 이렇게 열성적으로 반응해 올 줄은 몰랐다. 제 기대 이상으로 타오르는 듯한 그의 모습에 덜컥 겁이 났다. 그러면서도 한편으로는 기대가 되었다.

'어떡하지? 나도 일어나서 같이 벗어야 하나? 아니면 기다려야 하나?'

갈 곳 잃은 눈동자가 흔들렸다. 잠깐 고민하려는 찰나 강철의 손이 재빠르게 다미의 블라우스 단추를 풀고 있었다. 어어? 정신을 차렸을 때는 이미 브래지어와 팬티만 남아 있는 상황이었다. 순식간에 이렇게 홀라당 벗겨 버리다니.

'와! 역시 프로는 달라.'

부끄러워 죽겠는데 제 몸을 샅샅이 훑는 뜨거운 눈빛에 온몸이 타들어 갈 것 같았다. 온몸에서 흐르던 전기가 아랫배로 향했다. 여성의 은밀한 곳이 젖어 드는 느낌에 다리를 꼬며 눈을 꼭 감았다.

서둘러 속옷을 벗기던 강철이 귀여운 레이스의 분홍색 하트 땡땡이가 있는 면 팬티와 브래지어를 발견하곤 풉— 하고 웃었다. 남자를 꼬신다고 옷차림은 성숙한 여자인 척 입어 놓고 속옷은 미처 생각을 못 했나 보다. 그 완벽하지 못한 어설픔조차 귀여웠다.

"이 씨. 지금 작다고 웃는 거예요? 아까는 괜찮다며!"

눈을 치켜뜨며 그녀가 두 팔로 가슴을 가렸다. 그러자 얼굴이 발갛게 달아올랐다.

"누가 뭐래? 크기가 중요한 게 아냐."

그녀의 방어에도 별 상관 없다는 듯 강철이 다미의 등 뒤로 손을 집어넣어 브래지어의 후크를 손쉽게 풀었다. 브래지어를 벗겨 냄과 동시에 봉긋한 그녀의 가슴이 탱글탱글하게 인사를 했다.

"그럼 크기 말고 중요한 게 뭔데? 탄력? 촉감?"

고개까지 갸웃하는 폼이 벌써 정신이 딴 데 팔린 모양이다. 어림 없지.

"이거?"

강철이 한 손으로 가슴을 감싸 쥐면서 혀로 젖꼭지 주변을 돌렸다. 곧이어 곧추선 작은 젖꼭지를 입에 물고 쪽쪽 강하게 빨기 시작했다.

"으으응—"

그녀의 입에서 야릇한 신음이 새어 나왔다. 이번에는 젖꼭지의 아랫부분을 살짝 물고 혀로 은근히 뭉갰다.

"하앗."

이게 뭔데? 다미에겐 생전 처음 받아 보는 애무였다. 평상시 이런 감각이 있는지도 몰랐는데 짜릿짜릿하고 아래가 간질간질하면서 젖어 들었다. 짜릿한 쾌감에 저도 모르게 야릇한 신음 소리가 흘러나왔다.

그의 입 속으로 빨려 들어가는 느낌. 그가 유두를 자근자근 씹으며 혀로 톡톡 건드릴 때마다 다미는 거칠게 숨을 할딱였다. 저도 몰랐던 저의 모습이다. 부끄럽다가도 더 강하게 해 줬으면 싶은 마음도 들었다.

"히잉."

절로 투정 어린 신음이 나왔다. 옹녀가 되어야 한다고 생각은 했지만, 막상 그 과정은 상상해 보지 못했다. 아니, 그동안 수많은 야동을 통해 경험했지만, 눈으로 보는 것과 직접 경험하는 것은 너무 달랐다.

'4D 텔레비전이 나와도 안 돼, 이건. 달라도 너무 다르잖아.'

머리가 쭈뼛 서고 온몸에 찌릿찌릿 전기가 통하는 것은 화면을 통해서는 느낄 수 없었던 것이다. 머리가 너무 팽팽 돌아가고 기분이 이상해졌다.

그녀가 모르는 사이 그는 재빨리 그녀의 팬티를 내려 허공으로 던져 버렸다.

"엄마야."

부끄러워진 다미가 손으로 그 부분을 가리려고 하자 강철이 한 손으로 그녀의 양 손목을 잡아 위로 올렸다. 그러곤 뜨겁고 단단한 몸으로 다미의 몸을 덮어 버렸다. 이마, 눈썹, 콧등, 입에 자잘하게 입을 맞추더니 여린 목과 귓불은 자근자근 씹어 댔다.

"엄마 말고 내 이름 불러야지. 강철 씨라고 불러 봐."

귓속에 들어오는 뜨거운 바람에 몸이 부르르 떨렸다.

"가, 강철 씨……. 흐읏……."

"옳지, 우리 귀염둥이 잘했어."

강철의 입가가 길게 휘었다. 얼굴을 보며 귀엽다 했지만, 정작 귀여운 곳은 엉덩이였는지, 그의 손이 엉덩이를 감싸고 주무르기 시작했다. 다미는 저도 모르게 허리를 들썩였다. 배운 적은 없지만 본능이 알아서 몸을 움직이고 있었다.

그의 입술이 다시 턱과 귓불, 목선, 쇄골에 자잘한 키스를 남기며 손으로 팬티 안쪽을 어루만지기 시작했다.

"자, 잠깐만, 거, 거긴."

아직 남아 있는 이성의 끈이 두 다리를 오므리게 했다. 하지만 그는 다미의 저항쯤은 간단히 무시한 채 팬티 사이로 손을 밀어 넣었다. 아니, 어쩌면 다리를 오므린 건 일종의 반사 작용이었지 딱히 의도된 행동이 아니었을 수도 있다.

돌기를 슬쩍 스친 손가락이 이내 아래로 내려가 촉촉한 샘에 다다라 그곳을 건드리자 다미는 자지러지고 말았다.

"아흣!"

이런 쾌감이 있다니. 평생 처음 겪는 감각이지만 머리가 쭈뼛 설만큼 좋고 강렬했다. 애인이 생기면 다들 이런 관계를 맺는 거야? 이런 걸 겪고 다들 그런 태연한 얼굴로 다니고 있었던 거야?

"앗!"

강철의 손가락이 돌기를 만질수록 아래 여성은 왈칵왈칵 젖어 들었다. 엉덩이가 자신도 모르게 움찔거리자 당황해서 입술을 깨물며 고개를 흔들었다.

"아, 안 돼. 그만……."

"뭘? 위? 아래? 어디를 그만두라고. 내가 알아들을 수 있게 구체적으로 말해 봐."

강철이 짓궂게 웃으며 보드라운 가슴을 좀 더 세게 깨물곤 손가락으로 그녀의 클리토리스 주변을 동그랗게 움직이며 괴롭혔다.

맙소사. 지금 젖가슴 애무하는 것 좀 잠깐 멈춰 줄래요, 라고 할 수도 없고, 내 아래에서 손가락 좀 치워 줄래요, 라며 말할 수도 없을 것 같은데요.

게다가 입으로는 계속 안 된다고 말하고 있지만 사실은 그가 멈추길 바라지 않았다. 더 빨리, 더 강하게 무언가를 더 해 주길 바라고 있었다. 이런 기분을 어떻게 설명해. 강철의 어깨를 붙잡은 손에 힘이 들어갔다.

그가 그녀의 다리 사이에 얼굴을 묻었다. 중심을 벗어난 곳에 부드럽게 입을 맞추자 허벅지가 기대감에 미세하게 떨렸다. 조금씩, 조금씩 중심으로 가까워지던 입술이 갑자기 중심을 잡고 쪽, 하며 빨았다.

"아, 아웃!"

온몸에 퍼지는 강한 자극에 전율했다. 그가 다미의 허벅지를 잡고 여성의 입구에 혀를 슬그머니 밀어 넣었다. 등골이 오싹하고 저릿한 느낌이 해일처럼 다미를 덮쳤다. 허리가 저도 모르게 자꾸 뒤틀렸다.

그의 움직임이 아래에서 진동을 일으키며 온몸으로 퍼졌다. 그에게 완전히 잠식당하는 기분이었다. 본능적으로 허리를 뒤틀며 벗어나려고 했다.

하지만 허벅지를 쥔 그의 손에 힘이 들어가고 그의 입술이 벌을 주듯 클리토리스를 따라붙으며 빨아 당겼다. 그러곤 그녀의 질 속으로 손을 넣었다. 입으로는 클리토리스를, 손으로는 여성의 내부를 건드렸다.

예민하게 부푼 클리토리스를 그가 잘근잘근 씹는 순간, 다미는 자지러지듯 허리를 뒤틀었다. 온몸에 피가 미칠 듯 빠르게 도는 기분이었다. 빠르게 돌진하는 차가 충돌 사고를 일으키듯이, 온 감각이 충동을 일으켜 펑, 하고 터지는 기분이었다.

"웃! 아흐훗!"

모든 것이 박살이 났고 하얗게 변했다. 또한 모든 것이 폭발하여 산산조각이 나는 기분. 다미는 울음을 터트리고 말았다.

그러자 그가 다미를 안고 다시 입술을 포갰다. 눈도 못 뜨는 와중에도 다미는 그와의 키스에 반응을 하고야 말았다. 한차례 지나간 폭풍으로 온몸이 녹진하게 퍼지는 기분이었지만 그 와중에 아랫배 부분이 간질간질, 무언가를 기다리고 있었다. 저도 모르게 자연스럽게 벌어지는 다리 사이로 그의 손이 와 닿았다.

그래요, 거기. 거기 좀 어떻게 해 줘요. 그녀의 텔레파시라도 들은 듯 그가 자신의 페니스를 꺼내 흠뻑 젖은 여자의 입구에 뭉근하게 문지르며 애액을 페니스에 묻혔다.

"아……."

그의 입이나 손이 닿는 것과는 또 다른 쾌감. 그는 다미의 다리를 어깨에 올린 뒤 몸을 숙였다. 그러자 다미의 몸이 긴장으로 굳어졌다.

"긴장 풀고, 몸에 힘 좀 빼 봐. 그럼 더 좋을 거야."

그가 느릿하고 유혹적인 목소리로 다미의 귓가에 속삭였다. 섹스만 하게 되면 수많은 동영상에서 보았던 것처럼 요래조래 움직이며 남자를 후릴 줄 알았건만 그것도 기술이라고, 눈으로만 보고 익힌 거로는 도대체 뭘 할 수가 없었다.

'10년 공부 도로 아미타불이로구나.'

게다가 팔다리에 힘이 다 빠져 그냥 강철이 하는 대로 있을 수밖에 없었다.

'아씨, 공부만 하느라 체력이 너무 달리나 봐.'

게을렀던 지난날도 반성했다.

그 순간 그의 페니스가 단번에 깊숙이 들어왔다. 이게 진짜! 자기 속 아니라고! 이렇게 막! 난생처음 겪는 고통에 다미는 눈을 질끈 감고 입만 뻐끔댔다.

잠시 후 숨을 고른 다미가 눈을 뜨고 그를 노려보았다.

"미, 미안. 많이 흥분시킨다고 했는데도 아직 아픈가 보네. 다음엔 좀 더, 훗."

살짝 찡그린 미간과 송골송골 맺힌 땀. 그가 살짝 눈을 뜨고 미안한 눈으로 다미를 내려다보았다. 다미는 자기를 위해 참아 주는 그의 모습에 더는 화를 낼 수가 없었다. 그의 말대로 숨을 크게 쉬며 몸을 편하게 해 보려고 했다.

그런 다미의 노력을 알아챘는지 그가 다정하게 입술에 키스를 해 주었다. 그리고 천천히 다미의 젖은 몸속을 빠져나갔다 파고들었다를 반복했다.

찌꺽찌꺽 물기 어린 소리가 색스럽게 들렸다. 머리와 허리 아래가 따로 노는 느낌이었다. 생전 경험 못 한 통증에 머리가 아찔했던 게 조금 전인데, 그가 천천히 오갈수록 아픔이 점점 사라졌다. 그리고 반복되는 움직임 속에서 작게 일렁이던 감각이 커다란 쾌감으로 변해 가고 있었다.

"아흥. 훗! 핫!"

아픔과 쾌감 사이에서 다미는 강철에게 매달렸다. 다미의 입에서 나오는 소리가 조금씩 쾌감으로 변해 가는 것을 눈치챈 그의 움직임도 점점 힘차졌다.

"아파요? 아프면 말해. 살살 할까?"

귓가에 뜨거운 입김이 와 닿았다.

"아아, 아니, 아핫! 강, 강철 씨!"

아프긴 한데 살살은 싫어요. 더 세게. 응? 더! 더! 그녀는 입이
바싹 말라 말이 나오지 않았다. 그래서 그를 감싼 다리에 힘을 주
었다. 그 신호에 그의 움직임이 더 거칠어졌다. 퍽퍽 강하게 치대
는 하복부에 퍼지는 쾌감에 등골이 오싹하도록 저릿해졌다.

찌꺽찌꺽. 물기 어린 마찰 소리와 자극에 몸이 쫙쫙 조여들었다.
단단하게 피스톤 운동을 하던 그가 윽, 하고 다미의 허리를 강하게
잡아 더욱더 빠르게 속도를 냈다. 남자의 세찬 움직임에 다미의 몸
과 마음이 정신없이 흔들렸다. 갑자기 눈앞의 모든 것이 하얗게 점
멸하기 시작했다.

"아, 아핫!"

다미가 숨이 넘어갈 듯 날카로운 비명을 지르며 두 손의 손톱을
강철의 어깨에 박아 버렸다. 강렬한 경련에 몸이 활처럼 휘어지며
그대로 침대 위로 무너져 내렸다. 뜨거운 습기를 머금은 신음이 입
술 사이를 비집고 계속 흘러나왔다.

"으으……."

그녀가 절정을 맛본 것을 안 강철의 허리 짓이 더욱 세차졌다.
그의 이마에 송골송골 땀이 맺혔다. 그녀는 아무 말도 못 하고 강
철의 어깨를 더욱 세게 붙잡았다. 질 안에서 뜨거운 애액이 흘러
쫙쫙 조여 오자 강렬한 쾌감에 그의 얼굴이 찌푸려졌다.

"아핫!"

"흑!"

마지막으로 다미의 허리를 잡고 미친 듯이 강하게 자신을 밀어

넣다가 다미의 몸 위에서 절정을 쏟아 내었다. 이윽고 강철이 다미의 몸을 그대로 덮으며 만족스러운 미소를 지었다. 그러곤 온몸에 짜릿하게 퍼지는 쾌감을 선물해 준 다미의 머리를 곱게 쓰다듬어 주었다.

세상에, 어린애로만 봤는데 이렇게 자신과 딱 맞는 여자였다니. 앞으로 이 꼬맹이와 함께할 날들이 기대되기 시작했다. 한동안 잊고 지냈던 남자로서의 욕망이 다시 기지개를 켜는 기분이었다.

그는 자신의 맨가슴 밑에서 세차게 오르락내리락하는 가슴의 촉감이 너무 좋아 그녀에게 더욱 파고들었다.

5화
Restart

그 일이 있고 수영장을 나가지 않은 지 보름이 넘었다.

강철과의 밤은 짜릿했다. 뭘 모르는 그녀였지만 그날 밤 겪었던 감정과 쾌락이 모든 이들이 느끼는 것은 아니란 걸 알 수 있었다. 정말 그의 말대로 모든 걸 보여 줬고, 잘 대해 줬다.

"여자 꼬시는 솜씨가 보통이 아니었어."

문득 떠오른 생각에 자판 위를 날아다니던 손이 멈칫했다. 초점 없는 눈으로 멍하니 모니터를 바라보았다.

하룻밤 인연이지만 정말 사랑받는다는 느낌을 받았다. 혹시 운명적인 사랑처럼 나한테 첫눈에 반한 게 아닐까란 생각도 해 보았다. 하지만 그렇게 멋진 외모에 잠자리까지 완벽한 남자가 자신한테 그럴 이유는 없었다. 자신이 액막이 원나잇 강쇠를 찾듯 그 사람도 그냥 그 밤, 자신에게 꽂혔던 것이다.

하룻밤짜리 인연으로.

그런 사람에게 구질구질하게 매달려 봤자, 차이는 것을 드라마에서 많이 봤다. 그런 꼴을 당하기는 싫다. 게다가 어차피 처음부터 잘못된 인연이었다. 목적도 불순했고, 나이, 이름도 속였다.

"하, 아깝다. 액땜하려다가 내 인생의 월척을 놓친 느낌이야."

씁쓸한 입맛을 다셨다. 지나간 일은 잊자. 고개를 절레절레 흔들었다.

그리고 현재.

새로운 인생의 출발을 위해 매일 손가락이 부르트도록 이력서와 자기소개서를 써서 인터넷으로 접수했다. 하지만 공무원 공부 한답시고 그동안 쌓아 온 별다른 경력과 스펙이 없는 저에게 면접 보러 오라는 문자는 한 통도 없었다.

"에잇. 남자랑 한 번 자면 인생이 고속도로처럼 쫙 풀릴 줄 알았는데 그것도 아니네."

책상에서 벌떡 일어나 침대에 벌렁 누웠다. 하얀 천장 벽지 위로 그날 밤의 일들이 영화처럼 펼쳐졌다. 겉모습은 아닌 것 같았지만 속은 딱 변강쇠였는데, 그것보다 더 변강쇠일 수는 없을 것 같은데.

기절한 듯 잠깐 눈을 붙이고 일어났더니 어느 틈에 편의점에 갔다 왔는지 콘돔을 들이밀며 본격적으로 해 보자고 달려들었다. 그렇게 시작된 2회전은 새벽이 어슴푸레 밝아 올 때까지 계속되다가 다시 기절하듯 잠이 들었다. 그때 운 좋게 얼마 안 있다가 바로 눈이 떠졌기에 망정이지 안 그랬으면 아침에 멀뚱멀뚱 그와 마주칠 뻔했다.

밤의 마법이 풀린 아침에 그를 다시 볼 용기는 없었다. 그날 밤의 기억이 떠오르자 또다시 얼굴이 화끈 달아오르고 목이 바싹 말랐다. 손부채질을 해 봤지만 열은 내려가지 않았다.

"아우— 나 잘못해서 춘년병 걸리는 벌 받았나 봐."

지원할 회사에 제출할 자소서를 써야 하는데 이러다가 어느 세월에 완성시키나 싶어, 냉수라도 마시고 정신을 차리기 위해 다미는 침대에서 몸을 일으켜 세웠다. 거실에서는 라영이 팔짱을 끼고 소파에 앉아 골똘히 텔레비전을 보고 있었다.

"어? 너 언제 들어왔어?"

질문도 못 들은 듯 라영이 화면을 노려보았다.

"뭘 보는데 이렇게 집중해?"

또 대답이 없다. 도대체 왜 그러나 싶어 라영의 시선이 닿는 곳으로 고개를 돌렸다. 텔레비전 화면 속에는 요즘 한창 잘나가는 아이돌 그룹 HEXA가 나오고 있었다.

"너도 HEXA 좋아해?"

"그냥 틀었는데 나오기에 보는 중이야. 근데 제임스가 쟤야?"

라영이 턱으로 화면 속 제임스를 가리켰다.

"응. 맞아. 쟤가 제임스야."

"누나 눈에도 쟤가 멋있어? 쟨 도대체 매력이 뭐래?"

라영의 말투에 미묘하게 짜증 섞여 있었다.

다미의 시선이 텔레비전으로 다시 향했다. 뽀얀 피부, 170대 초반의 키에 50킬로는 넘을까 말까 한 가녀린 몸매, 은색 머리에 개구진 미소, 게다가 연하. 아무리 봐도 제 취향은 아니었다.

"내 취향은 아냐. 내 취향은 말이지……."

음, 하고 무언가를 떠올리다가 제풀에 놀라 붉어진 얼굴을 좌우로 세차게 흔들었다. 어쨌거나 자신의 취향이 아닌 것은 확실하지만, 보영이를 비롯한 요즘 여자들이 좋아하는 대세임은 분명했다.

조지 클루니를 닮은 의사 놈에게 당한 후 어찌 된 일인지 보영이 빠지는 남자는 죄다 이런 취향이었다. 그러나 이런 남자들이 실생활에 존재할 리도 없지 않은가? 그래서 번번이 선 자리에 나가 퇴짜를 놓고 오기 일쑤였다.

"나는 별로인데 요새 인기 많잖아. 보영이도 그렇고. 보영이 요새 쟤한테 빠져서 장난 아니던데."

"멋있긴 개뿔. 내가 더 괜찮지 않아?"

멋있다는 말에 라영의 얼굴이 심하게 일그러졌다.

"아우, 이 자뻑 대장."

말은 그렇게 하면서도 이해는 갔다. 엄마를 닮은 다미와 달리 라영은 아빠를 많이 닮았다. 187cm의 훤칠한 키에 살짝 마른 듯하지만 넓은 어깨, 몸과는 다른 뽀얗고 오밀조밀한 얼굴, 쌍꺼풀 없이 가로로 긴 눈에 도톰하니 항상 붉고 촉촉한 입술까지.

이런 외모의 덕으로 라영이는 고등학교 때부터 길거리 캐스팅을 당하기도 여러 번, 대학 입학 후에는 틈틈이 모델 일로 돈도 잘 벌고 있다. 가끔은 원수 같은 동생이지만 그래도 저 멸치보다는 백만 배 낫지 싶다.

'하지만 너 잘났다고 내 입으로는 말 못 하지.'

쪼르르 냉장고로 가서 시원한 보리차를 한 잔 가득 유리컵에 따른 후 자신의 방 책상 앞으로 돌아왔다. 다시 허리를 곧추세우고 눈을 커다랗게 힘주어 떴다. 자소서에 쓸 한 줄의 내용을 위해 또 다시 지원할 회사 정보를 수집해야만 한다.

그때, 드르륵드르륵 책상 위의 핸드폰이 진동을 했다.

"합격 전화인가!"

독수리가 병아리를 낚아채듯 핸드폰을 잡아 발신자를 확인했다. 하지만 '박 여사' 세 글자에 온몸의 긴장이 탁 풀렸다.

"어. 엄마."

귀와 어깨 사이에 핸드폰을 끼고 건성으로 대답하며 두 손은 바삐 자판을 두드렸다.

— 취직은?

"아직."

— 잘됐다. 네 아부지가 취직자리 알아 놨다.

"응? 무슨 자리? 아빠가?"

취직자리라는 말에 혹시 내가 잘못 들었나 싶어 몸을 세우고 핸드폰을 두 손으로 경건하게 귀에 갖다 댔다.

— 그, 네 아부지 동창 중에 경주에 사는 아저씨 알지? 이씨 아저씨.

"아, 기억날 것 같아. 그 키 작고 통통하니 잘난 척만 하는 아저씨."

오래된 기억을 더듬느라 미간이 찌푸려졌다.

— 그래 그 양반. 그 양반 형의 아들네 회사서 직원을 하나 뽑는대.

"무슨 자리인데?"

— 사보 만드는 일이래. 일단은 임시인데 잘하면 정규직이 될 수도 있대.

"정말? 회사 이름이 뭐야? 어디 있는 건데?"

— 종로에 있는 무슨 속옷 회사라고 했는데. 하여튼 그쪽에 네 연락처 알려 줄 테니까 전화해서 인사 잘하고 이력서 인터넷인가 머시긴가로 보내 봐. 이야기는 다 된 건데 그래도 이력서는 받아야 한다더라. 전화번호 받아 적을 수 있지?

"응."

재빨리 펜을 들고 필기 자세를 취했다.

— 이름은 이기영. 무슨 팀장이란다. 전화번호는……

엄마의 말에 따라 종이 위에 전화번호를 꾹꾹 눌러 적었다.

"엄마 다 적었어."

— 그래, 하여튼 네 아빠가 누구한테 아쉬운 소리 하고 그러는 성격 아닌 거 알지?

"알지."

평생을 교사로 자부심을 느끼고 고지식하게 살아오신 분이다. 게다가 이씨 아저씨는 동창이지만 돈이 최고라고 그깟 교사가 돈을 얼마나 버느냐고 아빠 자존심을 박박 긁던 밉상이었다. 그런 분이 자식 취업을 위해 이씨 아저씨에게 부탁했을 것을 생각하니 마음이 편치 않았다. 못난 자식이 아빠만 힘들게 하는구나 싶었다.

'아부지. 소녀 꼭 성공해서 이 은혜를 갚겠사옵니다.'

허공에 대고 꾸벅 인사를 했다.

— 네 아빠 생각해서 일 잘해. 너, 내 신랑 욕먹게 하면 가만 안 둔다. 잘려서 쪽팔리게 해도 가만 안 둔다.

"응 알았어, 엄마. 아빠한테 고맙다고 전해 줘."

— 인사는 말로 하는 게 아니야. 돈으로 하는 거지. 첫 월급 타

면 인사 다시 해.

뚝.

실속 없는 인사치레는 필요 없다는 듯 박 여사의 전화가 끊겼다.

자신의 실력이 아닌 낙하산이란 사실이 조금 꺼림칙하기는 하다. 하지만 지금 처지에 낙하산이라고 자존심 세울 이유가 없다. 기회가 오면 잡고, 최선을 다하면 된다.

다시 정신을 차리고 쪽지 속 전화번호를 몇 번이나 확인하며 이기영이라는 사람에게 전화를 걸었다. 이기영 팀장은 일단 이력서를 자기에게 보내 달라 했고, 다음 주 월요일부터 출근하라 했다.

오늘이 수요일이니 4일이 남은 것이다. 그동안 집에서 쉬어도 백수 신분이라 쉬는 것 같지 않았다. 하지만 이제 취업이 결정되었으니 마음 편히 집에 내려갔다 와서 쉬고, 월요일부터 출근하면 되겠네.

다미는 벌떡 일어나 방문을 열고 나갔다.

"야! 이라영! 누나 취직했다!"

참으려고 해도 목소리가 한껏 들뜨고 어깨에 힘이 절로 들어갔다.

"그래? 그럼 이제부터 집세랑 생활비 받는다."

라영이 텔레비전에서 시선을 떼지도 않고 심드렁히 대답했다.

"야, 인간적으로 축하가 먼저 아니냐?"

"내가 인간적이니 그동안 집세도 안 받고 생활비도 안 받았지. 인간이 아니었어 봐. 십 원짜리까지 계산해서 받았을 건데, 뭔 소리야?"

그렇지. 아무리 누나라고 해도 공짜로 먹여 주고, 재워 주고 하는 게 어디 쉬운가. 가끔 지랄맞지만 대체적으로 훌륭한 동생이다.

"그래, 알았다. 내가 월급만 받으면 다 계산해 준다."

나도 돈만 벌면 우리 동생한테 팍팍 쓸 수 있다 그거야.

다미가 어깨를 으쓱거렸다.

"대신 오늘 취업 기념 축하 파티는 내가 쏠게."

힐끔 다미를 보며 라영이 말을 흘렸다.

"동생님 정말이세요? 뭐 사 줄 건데요? 저 지금 옷 입고 나올까요?"

갑자기 축하 파티를 열어 준다는 말에 거들먹거리던 태도가 순간적으로 나긋나긋해졌다. 라영의 옆으로 달려가 폴싹 소파에 앉았다.

"뭐든지 먹고 싶은 거 있으면 말해. 다 사 줄게. 그리고 보영 누나도 불러야지?"

"보영이도 사 줄 거야?"

두 눈이 휘둥그레졌다.

"그럼 둘이 죽고 못 사는 사이면서 취업 파티는 빼고 하려고?"

"아니 얻어먹으면서 혹까지 데리고 가면 미안해서 그러징—"

"그 정도 재력은 있으니까 불러."

"캬! 역시 돈 잘 버는 모델 동생님은 다르시다. 그치?"

어깨춤을 추며 보영이에게 전화했다. 얘기를 들은 보영도 자기가 합격한 것보다 좋아하며 약국 문 닫고 합류하겠다고 했다.

장소는 동네에 단골로 가는 퓨전 주점으로 정했다. 먼저 도착한 라영과 다미가 자리를 잡았다. 자리에 앉자마자 다미는 잽싸게 메뉴판을 펼쳤다.

"보영 누나 언제 온대? 먼저 시켰다가 음식 다 식은 다음에 오는 거 아냐? 이따 오면 시켜."

라영이 힐끗 문 쪽을 쳐다보았다.

"아냐. 곧 도착한다고 주문해 놓으랬어. 와서 음식 없으면 화낼 거야."

보영의 취향까지 고려해 시푸드 샐러드를 시작으로 닭고기 대파 구이, 일본식 오징어 다리 튀김, 스지 조림과 사케를 주문했다.

음식이 하나둘씩 나오기 시작했지만, 생각보다 보영이 늦었다. 샐러드와 닭고기 대파구이가 다미의 입 속으로 사라졌을 즈음 보영이 헐레벌떡 출입문으로 들어섰다. 닭고기 꼬치를 물고 한쪽 손을 번쩍 드니, 그 모습을 보고 쪼르륵 와서 다미의 옆에 앉았다.

"뭐 하느라 이렇게 늦었어? 음식 다 식겠다. 다시 시켜."

라영이 보영이 쪽으로 메뉴판을 슬쩍 밀었다.

"응, HEXA 공방 티켓 땜에 홈마랑 통화 좀 하느라고."

목이 탔는지 다미의 물 잔을 뺏어 벌컥벌컥 들이켰다.

"그래서 얻었고?"

"당연하지. 너도 갈래?"

발그레하게 상기된 볼이 급하게 오느라 그런 건 줄 알았더니만 HEXA 공방 티켓을 얻은 흥분 때문이었나 보다.

"안 돼. 나 취직했잖아. 이젠 그럴 시간이 없을 것 같아."

그동안 보영이 이렇게 자신이 좋아하는 아이돌 공연 티켓을 얻어 오면 다미도 종종 따라나섰다. 공부하다 쌓인 스트레스를 풀고 오기에는 아이돌 공연이 최고였다. 하지만 입사한 마당에 더 이상

거기 따라갈 시간이 있을 것 같지는 않았다.

"그렇구나. 어쩌지?"

보영이 어깨를 늘어뜨리며 울상을 지었다.

"어쩌긴 어째. 혼자라도 가서 제임스 님 영접해야징—"

보영은 금세 울상을 짓다 미친년처럼 다시 어깨춤을 추었다. 그 모습을 보고 라영이 얼굴을 찌푸렸다.

"아니, 애도 아니고 이제 아이돌 쫓아다닐 나이는 아니지 않아? 그런 멸치 같은 놈 뭐가 좋다고."

코웃음을 날리며 내뱉는 라영의 말 한마디에 보영의 미소 짓던 표정이 굳으며 매섭게 변했다. 레이저라도 쏴서 태워 버릴 듯 세모 눈으로 라영을 노려보았다.

"이 쪼그만 게 뭘 안다고 제임스 님을 욕해?"

조그맣다는 소리에 라영의 얼굴이 급격하게 일그러졌다. 젓가락을 잡은 손가락의 관절이 하얗게 변했다.

160cm가 간신히 될까 말까 한 보영이 자기보다 머리 하나는 큰 라영을 애 보듯 했다. 중학교 2학년 때 라영을 처음 본 보영의 눈에 그는 아직도 머리 하나는 작은 코 찔찔이 초등학생에 불과했다.

"그 조그맣다는 이야기 그만 좀 하면 안 돼? 내가 누나보다 머리 하나는 크거든!"

"그래서 지금 네가 나보다 크다고 유세 떠는 거야? 이게 진짜. 단순히 키만 말하는 게 아니잖아. 어린 게 어디서 누나가 말하는데 토를 달아."

신나게 어묵탕을 떠먹던 숟가락으로 라영의 머리를 탁 때렸다.

라영이 머리를 두 팔로 감싸며 억울한 표정을 지었다. 딱, 하는 알찬 소리에 옆 테이블에서 술을 마시던 무리가 고개를 빼꼼 내밀고 쳐다보았다.

"누나가 좋아하는 제임스가 나보다 어리거든? 나보고는 어리다고 하면서 그 핏덩이한테는 님님 거리고 싶냐?"

"이게 진짜 보자 보자 하니까! 나 나잇값 못 한다고 괄시하냐!"

보영이 몸을 움직임과 동시에 퍽, 하는 둔탁한 소리가 테이블 밑에서 들렸다. 머리에 있던 라영의 두 팔이 이내 정강이를 감쌌다.

성인 남녀가 초딩들 저리 가라는 모습으로 싸우고 있었다. 뭐 한두 번 싸우는 것도 아니고 저 사이에 괜히 끼어들었다가는 둘 모두에게 원망만 듣게 된다. 다미는 조용히 스지 조림에 사케 잔을 비웠다.

卍

회사 휴게실에 18층 회계부의 나영과 미연, 17층 미래 사업 개발 연구 본부 소속의 신소재 개발팀 호연이 모였다. 세 여직원은 입사 동기로 이렇게 모여 잠깐의 수다를 즐기는 게 회사 생활의 유일한 낙이었다.

"야, 요새 오 본부장 장난 아니라며?"

그중 강철은 회사 내 직원들, 특히 여성들 사이에서 이슈 메이커였다. 입사 초기에는 수려한 외모에 화려한 경력으로, 입사 후에는 회사를 놀랍도록 빠른 속도로 발전시키는 탁월한 사업 감각과 추진

력으로 주목을 받았다.

물론 17층 대부분의 직원들은 워커홀릭인 상사 때문에 일에 치여 죽을 맛이었지만, 많은 미혼 여성들과 다른 층의 직원들은 그 모습마저도 섹시하다며 강철에게 관심을 두었다. 저렇게 일에 열정적인 남자가 자신의 여자와 침대에서 나누는 일엔 얼마나 더 열정적일까, 많은 여성들이 강철을 상대로 은밀한 상상을 하면서 그의 행동 일거수일투족에 관심을 집중했다.

"뭐가?"

자기도 모르는 사이 오 본부장의 열애설이라도 터졌나 싶어 호연이 소파에서 몸을 일으켰다.

"오본이 아주 직원들 닦달한다고 하던데?"

"에이, 난 뭘 또."

호연이 다시 편안하게 소파에 몸을 기대며 여유롭게 커피를 홀짝였다. 침대에서 이렇게 굴려 주면 좋으련만 이놈의 오 본부장은 회사에서만 주야장천 자신을 굴리고 있다.

"원래 그러던 인간인데 뭘 새삼스레. 참! 놀라운 일이 있었긴 했지."

"뭔데?"

나영과 미연의 몸이 호연 쪽으로 숙여졌다.

"한동안은 출근 시간도 몇 분씩 늦고, 퇴근도 정시에 하고 그래서 직원들이 놀랐잖아."

누가 들으면 안 된다는 듯 호연이 작은 목소리로 소곤댔다.

"아니, 그게 왜."

나영과 미연의 눈이 커다래졌다.

"안 하던 짓을 하기에 연애를 시작했나 싶어서."

오 본부장의 그런 행동, 이상하긴 하다며 둘이 고개를 끄덕였다.

"그럼 연애하는 거야?"

그동안 누구를 사귄다는 소리는 없었는데. 나영과 미연이 떨떠름한 표정을 지었다.

"근데 며칠 못 가더라고. 그냥 요새 수출 계약 건이랑 제3공장 설립 건들 술술 잘 풀린다더니 그것 때문에 그랬나 봐."

호연이 어깨를 으쓱하며 다시 소파에 몸을 기댔다.

"하긴 맨날 회사에 틀어박혀 있는 사람이 연애는 무슨."

세 여자의 표정에 슬쩍 안도의 미소가 번졌다. 매력적인 싱글의 연애 소식만큼 미혼 여성들을 속 쓰리게 하는 건 없다. 어차피 내가 못 가질 거라면 혼자가 낫다. 세 여자가 여유 있게 커피를 홀짝였다.

"아니 시장 조사 하라는 게 그리 어렵습니까? 뭘 조사해야 할지 아직도 모르겠습니까? 이딴 대학생 리포트 수준의 시장 조사로 무슨 수요 예측을 하고 소비자 니즈를 파악한단 말입니까? 브랜드 론칭이 장난입니까? 그냥 내키는 대로 디자인 내서 만들면 끝이에요?"

본부장실 안에서 맹수의 포효와 같은 소리가 벽을 뚫고 비서실까지 쩌렁쩌렁 울려 퍼졌다. 슬쩍 열린 본부장실과 비서실의 문 사이로 강철의 목소리가 우렁차게 뚫고 나왔지만, 비서실 직원들은 클래식이라도 듣는 듯 평온한 얼굴로 각자 자기 일에 집중하고 있었다.

"저, 리서치 업체에서 그렇게······."

슬쩍 핑계를 리서치 업체에 넘겼다. 김 과장의 반쯤 벗겨진 이마 위로 진땀이 송골송골 맺혔다. 항상 하던 방식이었다. 전에 있던 본부장들이 항상 오케이 하던 방식으로 별 신경을 쓰지 않고 의뢰를 맡겼다. 이제껏 문제 된 적이 없었기 때문에 방심했다. 저 오 본부장이 얼마나 꼼꼼한 인간인지 깜박한 것이다.

"이 프로젝트 기획을 리서치 업체에서 했습니까? 뭐를 조사할 것인지 김 과장님이 지시하신 것 아닙니까? 뭘 알고 싶다, 무엇을 알아 달라 똑바로 지시했는데 리서치 업체가 일을 이따위로 한 건가요? 그렇다면 제가 지금 리서치 업체에 가서 따져야겠군요."

강철이 서류로 책상을 내리쳤다. 걷어 올린 셔츠 아래로 서류철을 붙잡은 손등의 힘줄이 도드라졌다.

"아, 아니 그게 아니라······."

말을 꺼냈다가 본전도 못 찾을 것이다. 어찌할 바 모르는 김 과장의 동공이 흔들렸다.

"한두 푼 들어간 시장 조사도 아니고, 기간을 아주 짧게 드린 것도 아닙니다. 이 일에 대해서는 분명히 책임 규명이 있어야 할 겁니다. 나가 보셔도 됩니다."

매섭게 노려보는 야수 같은 눈빛에 직장 생활에 이골이 난 김 과장의 등줄기에도 서늘한 땀이 흘렀다.

"네, 네. 그럼 전 이만."

잔뜩 움츠린 어깨로 김 과장이 본부장실을 나갔다.

답답했다. 강철은 넥타이를 느슨하게 풀고 셔츠의 맨 위 단추도 풀었다. 흐트러진 책상 위 빈 종이 여기저기에 무의식적으로 적어

둔 이름 석 자가 눈에 들어왔다. 이라영.

"젠장!"

언제 또 저걸 적고 있었는지 제 손을 잘라 버리고 싶은 심정이었다. 이게 다 그 꼬맹이 때문이다. 그날 밤은 정말 끝내줬다. 너무 좋아서 몇 번이나 즐겼으니까. 극에 달한 몇 번의 쾌락 끝에 오래간만에 푹 잠도 잤다. 그런데 자고 일어나니 그사이 꼬맹이가 도망을 갔다.

'어디 갔지? 잠깐 나간 거겠지? 혹시 배고파서 뭐라도 사러 마트에 간 건가?'

기대감에 부풀어 두 시간을 기다렸다. 하지만 이내 꼬맹이가 도망쳤다는 사실을 알아 버렸다. 도대체 말도 없이 흔적도 남기지 않고 사라진 이유가 뭘까, 온종일 고민했다. 시간이 흐를수록 자신을 버리고 간 그 얄미운 꼬맹이에게 화가 치밀어 올랐다.

그리고 월요일 아침에 수영 수업에 득달같이 나갔지만, 꼬맹이의 머리카락 한 올도 볼 수 없었다. 데스크에 갔지만, 회원 개인 정보라 알려 줄 수 없다고 했다.

그러면 안 되는 줄 알면서도 데스크 직원에게 성질이 났다. 혹시 이러다가 그녀를 볼 수 없는 것은 아닌지, 마음이 불안하고 초조해지기 시작했다. 일하면서도 불쑥불쑥 그 여자가 떠오르면 머릿속이 금방 어지럽혀졌다. 회의 시간에 내용을 놓친 게 몇 번이고, 이유 없이 직원들에게 짜증을 낸 게 몇 번이었다.

그깟 꼬맹이가 뭐라고. 무시하고 잊어 보려고도 했다. 하지만 일주일이 지나도 생각나는 빈도가 줄어들지 않았다. 오히려 왜 그랬는가에 대한 오만 가지 상상으로 짜증 지수만 높아지는 듯했다.

게다가 그녀와 뜨거웠던 하룻밤으로 인해 봉인에서 풀려난 성욕이 밤마다 그를 미쳐 날뛰게 했다. 청소년 때도 별일 없이 넘겼는데 그날 이후로 밤마다 꿈에 나타나는 그녀 때문에 자다가 깨기 일쑤였다. 그렇게 잠을 깨면 흥분으로 뜨거운 몸 때문에 찬물에 샤워라도 하고 자야 했다. 이렇게 밤잠을 설치니 더 예민해지는 악순환이 계속되었다.

'이대로 영영 그녀를 볼 수 없다면.'

생각만으로도 숨이 턱턱 막히게 답답했다. 생전 처음 자신이 간절히 원하던 것을 눈앞에서 바보같이 놓쳐 버린 절망감에 휩싸였다.

당황은 분노로 분노는 절망으로 절망은 두려움으로 바뀌었다. 영영 그 여자만 그리다 이대로 늙어 죽는 건 아닐까 걱정되었다. 그 여자를 어떻게 내 눈앞에 다시 나타나게 할 수 있을까 미친 듯이 고민했다.

'아는 거라고는 이라영이라는 이름 세 글자뿐인데…….'

흥신소라도 붙여야 하나? 영화에서나 봤지 흥신소라는 곳에 어떻게 연락해야 하나부터 그 여자 찾는 데 얼마나 걸릴까, 근데 나싫다고 연락처도 안 남기고 도망간 여자한테 사람 붙여 찾아낸들 뭐라고 해야 될지, 여러 고민을 거듭했다.

'그날은 내가 너무 성급했다고? 앞으로 사귀면 진짜 잘해 주겠다고?'

"하! 젠장."

골이 지끈했다. 생각만 해도 어이없는 상황에 짜증 섞인 탄성이 흘러나왔다. 자기 입에서 나온 자신의 감정을 고스란히 드러내는 목소리에 스스로 정신이 환기됐다. 책상 앞에 처리해야 할 서류를 산더미처럼 쌓아 놓고 또 딴생각으로 빠진 것이다.

'이게 다 그 꼬맹이 때문이야.'

바득바득 이를 갈았다.

'너 걸리면 죽는다.'

이라영이라는 이름 석 자가 빼곡히 적힌 종이를 힘주어 구겼다. 그는 다시 마음을 다잡고 의자에 앉았다.

'안 되겠다. 뭘 하지? 아, 그게 있었지.'

짜증 난 마음을 달래기에는 일이 최고였다. 강철은 수화기를 들고 내선 번호를 눌렀다.

"이 팀장 자리에 있으면 사보 어떻게 진행되고 있는지 보고하라고 하세요."

― 네, 알겠습니다.

잠시 후, 그가 네 번째 결재 서류에 사인을 마쳤을 무렵 노크 소리가 들렸다.

똑똑.

"네, 들어오세요."

기영은 움직이지 않는 발을 다독여 간신히 본부장실로 들어왔다. 180cm가 넘는 키에 100kg이 넘는 몸무게. 까만 피부와 험한 인상으로 사람들에게 불곰 팀장으로 불리는 이기영 팀장이었다. 평소에는 그 체격만으로도 사람들에게 위압감을 주지만 지금 오본 앞에 서 있는 기영은 겁먹은 테디베어일 뿐이었다.

"이번 호 사보 어떻게 진행되고 있습니까?"

책상 위에서 바삐 서류를 뒤적거리던 강철이 고개도 들지 않고 말했다.

"네, 저번에 지적하신 사항들 수정 중입니다."

"내일모레 인쇄 들어가야 하는 것 아닙니까? 일 처리가 이렇게 늦어서 어떡합니까?"

"인쇄는 차질 없이 들어갈 수 있습니다."

"한 번 더 볼 시간이 없을 것 같은데, 실수 나지 않도록 조심해 주세요."

"네."

기영의 목이 한없이 움츠러들고 있었다.

"아, 그리고 저번에 인원 충원 한다고 하지 않으셨습니까?"

"네. 그래서 뽑았습니다."

"어떤 사람입니까?"

"어떤, 사람……이라니요?"

주춤거리는 기영의 목소리에 강철이 삐딱하게 고개를 들었다.

"아니 사람을 뽑았으면 어떤 경력이 있다, 실력이 있다, 말씀을 해 주셔야 제가 새로 오는 직원을 파악할 것 아닙니까?"

"저, 그게……."

"네? 뭐라고요? 안 들리니 크게 말씀해 주세요."

가뜩이나 짜증 나는 상황에 강철이 미간을 잔뜩 찌푸렸다.

"저, 문창과 졸업했다는 것밖에 저도 잘……."

"아니 일할 사람 없다고 하도 그러셔서 인원 충원 하라고 컨펌했더니 이제 대학 갓 졸업한 사람을 뽑으신 겁니까? 아무리 인사 권한을 위임했어도 경력이 있는 분을 뽑으셔야 이기영 팀장님도 편하신 거 아닙니까? 왜 그런 어이없는!"

그는 하, 하고 숨을 내뱉었다. 이해가 가지 않는다는 표정으로 말을 줄였다.

"아니, 저 그게 대학을 갓 졸업한 건 아니고 스물아홉 살이라던데……."

"아, 그래요? 문창과도 나오고 이쪽 일을 쭉 해 온 건가요? 그러면 이전에는 어디서 어떤 업무를 보셨다는 겁니까?"

"아니, 그게 문창과를 졸업하고 지금 스물아홉 살이긴 한데 딱히 경력이랄 것이……."

"그게 도대체 무슨 말입니까?"

점점 알아들을 수 없는 기영의 말에 강철의 얼굴이 확 일그러졌다. 목소리가 눈앞의 것들을 베어 버릴 양 날카로웠다.

"아니, 저도 그게 아는 분이 부탁한 거라……."

강철의 목소리가 커질수록 기영의 목소리는 작아졌다.

"그러니까, 지금 이 팀장님 재량으로, 즉, 낙. 하. 산으로 뽑았다는 말씀이신 겁니까?"

앙다문 잇새로 한 음절, 한 음절 천천히 말을 내뱉었다. 평상시 인맥이나 청탁으로 다른 업체를 선정하고 일하는 것을 누구보다 싫어하는 오 본부장이었다. 점점 포악하게 변하는 강철의 얼굴에 기영이 눈을 질끈 감았다.

지난주 일이 주마등처럼 스쳐 지나갔다.

평소 아버지와 네 자식 잘났니, 내 자식 더 잘났다로 싸워 대던 작은아버지가 아버지의 환갑잔치에 참석했다. 이번에는 아버지가 먼저 대기업 다니는 내 아들이 잘나서 사람도 뽑는 자리에 있다고 일자리 필요하면 말하라고 형제들에게 자랑을 했다.

그걸 들은 작은아버지가 그 일자리에 자기 친구 딸을 넣어 달라고 했다. 문창과를 나왔다며, 아버지도 그거면 딱이라고 네가 힘좀 써 보라고 부추겼었다.

'기영아. 좋은 일 하면 삼대가 복을 받는 겨. 니는 복 받을 겨. 꼭 붙여야 헌다. 내는 그리 알고 간다. 에헴.'

하여간 어른들 위신 세우기에 자신만 터지게 생겼다.

'나 인사 청탁 뭐 이런 거로 복은커녕 콩밥 먹는 거 아냐? 콱!'

이 자리에서 녹아 없어지고 싶은 기영이었다.

"아니 지금 때가 어느 때인데. 낙하산을……."

비수와 같이 귓가를 찌르는 강철의 목소리에 기영이 눈을 번쩍 떴다.

"당장 이력서 갖고 오세요."

"저, 이력서는 여기."

어차피 맞을 매 빨리 맞자는 심정으로 애초에 이력서도 함께 챙겨 왔다. 꼴찌 한 성적표 엄마에게 내미는 아들내미처럼 불안한 마음으로 천천히 이력서를 강철에게 내밀었다.

답답한 강철이 이 팀장의 손에서 이력서를 확 낚아챘다. 불만스러운 표정으로 이력서를 훑어보던 강철의 얼굴이 순간 눈에 띄게 굳었다.

"오 본부장님, 이력과 경력이 너무 형편없어서 많이 놀랬……죠?"

정신이 반쯤 나간 기영이 되지도 않는 유머를 구사했다. 하지만 오 본부장은 이력서만 뚫어져라 계속 쳐다보았다. 아니 노려보았다.

이건 분명 꼬맹이였다. 머리 기르고, 화장하고, 정장 입은 꼬맹이지만 이건 분명 꼬맹이가 틀림없었다. 딱 보면 안다.

'왜냐고? 밤마다 꿈에서 보니까!'

젠장, 사진 옆의 이름 칸으로 눈을 돌렸다.

이름 : 이다미

'이름이 이라영이 아니라 이다미야?'

이게 도대체 무슨 일인가 싶다. 그 밑의 나이를 봤다.

나이 : 29세(만 27세)

'스물아홉 살이라고? 내가 혹시 사람을 잘못 봤나? 혹시 쌍둥이처럼 닮은 언니가 있나?'

조금 전까지 가졌던 강한 확신도 혼란스러워졌다. 그래도 이 여자를 당장 만나 봐야 한다는 것엔 변함없었다.

이다미가 이라영이든, 이다미가 이라영의 언니이든, 분명 둘이 관계가 있는 것은 분명했다. 이 여자를 보면 자신을 혼란스럽게 했던 그 꼬맹이의 정체를 알 수 있을 것이다.

드디어 풀리지 않을 것만 같았던 문제를 해결할 절호의 기회가 왔다.

"이 사람이 이기영 팀장이 뽑은 사람이라고요?"

강철이 앙다문 잇새로 간신히 말을 내뱉었다.

"네. 시, 시정하도록 하겠습니다. 경력직으로 다시 제대로 뽑겠······."

"아니에요."

뭐야. 그럴 필요도 없이 나를 자른다는 건가? 기영의 다리가 후들후들 떨렸다.

"일단 한번 써 보도록 하죠."

"네?"

"혹시 보기보다 능력이 있을지 모르니까 한번 써 봅시다."

"정말······ 그래도 됩니까?"

"네. 일 잘하면 정규직으로 돌리고, 아니면 그냥 몇 달간만 정규직 뽑을 때까지 임시로 쓰면 되지 않겠습니까?"

강철이 서릿발 어린 시선으로 기영을 보았다. 믿기지 않는다는 듯 기영이 눈만 끔벅거렸다.

"내일부터 당장 출근하라고 하세요."

기영을 내보내고 강철은 책상에서 일어나 창밖을 보았다. 한동안 비가 안 와서 미세 먼지가 그득해 하늘이 뿌옇고 누런빛을 띠었다.

"아, 날씨 좋다―"

창밖을 보는 강철의 입꼬리가 길게 휘었다.

卍

다음 날 오전 7시.

어제 축하 파티 중에 이기영 팀장으로부터 전화가 왔다. 일정이 변경되어 내일부터 당장 출근하라는 내용이었다.

그 전까지 온갖 종류의 술을 시켜 마시던 다미는 술잔을 딱 내려 놓았다.

'나 내일 출근해야 하니까 여기까지만 마실게.'

캬! 이런 직딩의 멘트를 날리는 날이 오다니. 물론 그 전까지 마시던 것이 있어 약간 취하기는 했지만, 긴장 때문인지 새벽 5시에 눈이 딱 떠져서 일찍 준비하고 집을 나섰다.

대기업들의 본사가 밀집된 종로에는 이른 시각이지만 정장을 차려입고 바삐 움직이는 사람들로 가득했다. 버스에서 내린 다미는 남색 정장 투피스를 툭툭 쳐서 옷매무새를 매만졌다.

그때 저 앞의 신호등 불이 바뀌었다. 예전의 다미라면 어차피 남는 것이 시간, 절대 뛰지 않았다. 하지만 지금은 다르다.

'나도 갈 곳이 있단 말이지.'

당당히 어깨를 펴고, 다른 사람들을 따라 바쁜 듯 종종 뛰어 왕복 8차선의 횡단보도를 건넜다. 이기영 팀장과 약속한 시각보다 1시간 반이나 일찍 회사에 도착했다.

'내가 일할 곳이니까 주변을 좀 둘러보는 것도 좋겠지?'

출근길의 무표정한 사람들 무리 속에서 혼자 놀러 온 것처럼 다미는 신나게 돌아다녔다. 그러곤 1시간 넘게 종로 주변을 산책한 후 도착한 Y.N.L 본사 앞에서 깊게 숨을 들이쉬었다.

"아, 좋다."

입가에 만족의 미소가 걸렸다. 비록 매연이 가득해 코 안을 시커멓게 만들 더러운 공기였지만 지금 그녀에게는 그저 대기업의 공기

일 뿐이었다. Y.N.L의 건물 로비에 들어서니 아이보리빛 대리석 바닥이 펼쳐져 있었다. 공무원 학원의 회색빛 낡은 바닥과는 때깔부터 달랐다.

또각또각. 대리석과 맞닿는 구두 소리가 경쾌하고 듣기 좋았다. 주변을 슬쩍 둘러보았다. 이른 아침이라 그런지 1층 로비 근처에는 사람들이 별로 없었다. 자신이 마치 컬링의 스톤이 된 것처럼 반지르르한 바닥을 쓱 유영해 보았다.

"음. 좋아, 좋아."

모든 것이 완벽하게 좋은 아침이었다. 가벼운 발걸음으로 17층 기획팀에 들어섰다. 제각기 바쁜 사람들은 아무도 그녀에게 신경을 쓰지 않았다. 핸드폰을 꺼내 들고 기영의 전화번호를 눌렀다.

그때, 바로 앞쪽 책상에 엎드려 있던 한 남자가 부스스 떨며 몸을 일으켰다. 지난밤 동기들과의 한잔으로 축 처져 있던 기영은 책상을 울리는 진동에 어이쿠, 화들짝 놀라 몸을 일으켰다.

"저, 혹시 이기영 팀장……님?"

하지만 곧이어 자신을 부르는 청아한 목소리에 그는 더 깜짝 놀랐다. 이렇게 다정하고 예쁜 목소리로 자신의 이름을 불러 주는 이는 누구란 말인가? 재빨리 몸을 일으켜 인사를 했다.

아담한 체구에 날씬한 몸매, 그중에서도 뽀얀 피부와 유난히 반짝거리는 눈동자, 방실거리는 입매가 호감 가게 생긴 여자였다.

"네, 네. 제가 이기영 팀장입니다."

부스스한 머리, 자다 일어나 벌겋게 눌린 얼굴, 잔뜩 구겨진 셔츠와 두툼한 뱃살이 꽤 정감 넘치게 보였다. 다미는 한 손으로 입을 막으며 풋, 하고 미소 지었다.

"안녕하세요. 저는 이다미라고 합니다. 잘 부탁드립니다."

꾸벅 이 팀장에게 90도 인사를 했다. 놀란 기영이 손사래를 쳤다.

"아니, 아니 저한테 그렇게까지 하실 필요 없어요."

"제가 워낙 가정 교육을 잘 받아서요. 하하하."

다미가 생긋 웃으며 말했다.

"하하하."

이 여자 농담까지 제 취향이다. 귀엽게 생긴 외모에 소탈한 성격까지 한눈에 봐도 마음에 쏙 드는 여자였다. 기영도 호탕하게 웃었다.

"저 그런데 제 자리는 어디인가요?"

그래도 책상 하나는 있겠지. 이 작은 책상 하나를 얻기 위해 5년 전부터 나는 그렇게 개고생을 했나 보다. 다미는 반짝반짝 기대 어린 눈으로 기획팀 안을 둘러보았다.

17층에는 기획팀, 디자인팀, 신소재 개발팀과 본부장실이 있다. 기획팀은 상품 기획, 홍보 기획, 마케팅팀으로 나뉘는데 사보팀이 따로 있는 것이 아니라 홍보 기획 소속인 기영이 그동안 외주 업체와의 연계를 통해 사보 작업을 진행해 왔다. 회사가 커지자 기영의 일이 점점 늘어났기 때문에 인력 충원을 하게 된 것이라 아직 책상을 갖춰 두지는 못한 상황이다.

"아, 그건 아직……."

바쁜 업무들 때문에 자리 준비까지 생각 못 한 게 미안해 기영이 머리를 긁적였다.

그때 기영의 책상 위에 내선 전화가 울렸다. 몸 둘 바를 모르던 기영이 재빨리 전화기를 낚아챘다.

"감사합니다. Y.N.L 기획팀 이기영 팀장입니다."

— 비서실입니다. 사보팀 충원된 인력 도착했는지 본부장님이 알아보라고 하십니다.

"네, 지금 막 도착했습니다."

안절부절못하는 눈빛으로 기영이 사무실을 두리번두리번 둘러보는 다미를 힐끗거렸다.

— 그러면 바로 데리고 오시랍니다.

어휴. 이 미친 꼼꼼함. 뭐 이런 거까지 챙겨. 기영이 수화기를 내려놓으며 최대한 별일 아니었다는 표정으로 다미를 돌아보았다.

"저, 일단은 본부장님이 한번 보자고 하십니다."

"본부장님이요? 저 아직 합격한 거 아닌 건가요?"

물어보는 표정에 불안이 서렸다.

"아니요, 그건 아니고. 그냥 앞으로 같이 일할 직원이 어떤 사람인지 한번 보자는 말씀이신 것 같습니다."

금세 힘 빠진 듯한 다미의 표정에 기영이 재빨리 변명했다. 그제야 그녀의 표정이 누그러졌다.

"그럼 자리는 갔다 와서 한번 정해 보죠."

늦으면 또 난리가 날라, 재빨리 몸을 움직이는 기영을 따라 다미도 기획실을 나섰다.

본부장실로 향하는 기다란 복도를 지나며, 다미는 혼자만의 생각에 빠졌다. 본격적으로 일을 시작하기 전 본부장님과의 자리, 충분히 조심해서 열심히 일 잘할 수 있는 직원임을 인식시키는 것이 중요하다는 것은 본능적으로 알고 있었다.

그동안 수많은 면접을 봐 왔던 실력이 있었다. 잘할 수 있다. 하지만 자신감이 넘치다가 이렇게 직급이 높은 사람은 처음이잖아 싶은 마음에 다시 온몸이 긴장되고 가슴이 두근거렸다.

'그래도 거의 다 된 거였다고 하니까, 또라이 짓만 하지 않으면 탈락하지 않을 거야. 긴장 풀고.'

크게 심호흡을 하고 마음을 다잡았다. 자신이 정말 Y.N.L에 입사하다니 꿈만 같다. 돌팔이 같았던 그 뽀로로 도사의 점괘가 맞았단 말이야? 이게 정말 그 남자와의 하룻밤 때문에 이루어진 일일까 궁금해졌다.

나에게 이런 행운을 주고 그 사람은 어디서 뭘 하고 있을까? 몰래 수영장을 한번 찾아갈까? 아냐, 아냐. 중요한 순간에 무슨 잡생각을 하는 거야! 집중, 집중. 아직 큰 관문이 남아 있어. 정신 차려, 이다미!

그녀가 고개를 세차게 가로 저었다.

"그런데 본부장님은 어떤 분이신가요?"

적을 알고 나를 알면 백전백승! 본부장님이 어떤 사람인지 알아야 형식적인 면접이라도 잘 보겠지? 나란히 본부장실을 향해 걸으며 조심스레 물었다.

"완벽주의자입니다. 워커홀릭이에요. 모든 일을 열심히, 잘해야 합니다. 게다가 한 번 밉보이면 오 본부장님 뇌리에 특별 관리 대상이 되니 꽤 조심하셔야 합니다."

"아, 네……."

"그리고 지금 사보팀 조직 개편 인사권도 가지신 분이라 본부장님께 좋은 인상, 최선을 다하는 모습 보여 드리면 정직원 채용에도 많은 도움이 될 겁니다."

'그 남자, 완벽주의자. 한 번 밉보이면 끝.'

절대 밉보이지 말아야지 다짐하는 순간, 왠지 모를 서늘한 기운에 등골이 서늘해졌다.

몸조심해서 우리 오래오래 같이 다녀요, 기영이 애절한 당부의 눈빛을 다미에게 보냈다.

"네."

절대 놓치지 않을 거예요. 비장한 눈빛으로 대답했다.

본부장실 앞 비서실에는 오른쪽으로 책상 두 개와 남녀 두 명, 그리고 왼쪽에 책상 하나가 있었다. 기영과 다미가 온 것을 본 지윤이 본부장실에 들어가 이들이 왔음을 알렸다.

"들어오시라고 해요."

중저음의 신뢰가 느껴지는 남자의 목소리가 들렸다.

갑자기 아까보다 더한 한기가 온몸을 휘감았다. 이상하다, 대기업이라 아직도 에어컨을 빵빵하게 틀어서 그런가? 재빨리 두 팔뚝을 쓱쓱 비빈 후, 앞서는 기영을 따라 본부장실 안에 들어갔다.

조심스레 들어가 눈을 든 순간 강철의 눈과 다미의 눈이 허공에서 부딪쳤다.

'엄마야.'

너무 놀라 엄마야란 소리가 입 밖으로 튀어나오려는 걸 간신히 참았다.

'저, 저 인간이 왜 여기 있어!'

심장이 철렁 내려앉고 온몸이 뻣뻣하게 굳었다. 다시는 보지 말아야 할 사람을 하필 이곳에서 마주쳤다. 분명 눈은 뜨고 있는데 눈앞이 캄캄해져 왔다.

"이번에 사보팀에 새로 온 이다미 씨입니다."

기영의 소개에 눈을 질끈 감았다.

강철은 그런 다미를 무표정으로 쳐다보기만 할 뿐 쉽게 움직이
거나 말을 내뱉지 않았다. 혹시 이다미라는 여자가 이라영의 언니
가 아닐까란 생각을 했었다. 하지만 실제로 본 순간 확실히 알아
버렸다. 저 여자가 그 꼬맹이라는 사실을.

'도대체 스물아홉 살의 다 큰 여자가 나이, 이름도 속이고 그렇
게 수영장에 남자를 사냥하러 다닐 이유가 뭐란 말인가?! 게다가
자기를 잡았으면 계속 붙잡고 늘어지든가, 사귀면 될 것을 그날 밤
왜 달아났단 말인가?'

제 앞에 있는 여자를 다그쳐 물어보고 싶었다. 그러나 다른 한편
으로는 저 여자에게 기회를 주고 싶었다. 저에게 사과하고 제 입으
로 진실을 말할 기회를. 게다가 이곳은 회사였다. 회사 안에서, 그
것도 사무실 안에서 그런 개인적인 감정을 드러낼 수는 없었다.

기분 나쁜 적막감이 실내를 제압했다. 몇 시간처럼 느껴지는 몇
초의 시간이 흐른 후 천천히 강철이 자리에서 일어나 그녀의 앞에
섰다.

다미는 강철이 제 앞으로 다가올수록 가슴이 미친 듯이 뛰기 시
작했다. 휘청거리는 몸을 곧추세우고 다리에 힘을 주었다.

'원나잇한 남자와 회사에서 재회라니! 앞으로 다신 볼 일 없을
줄 알았는데 이렇게 취직된 회사에서 상사와 직원으로 만나다니!'

게다가 원나잇만 한 게 아니라 자기는 나이도 이름도 속였다. 추
가로 수영 강사에게 침을 질질 흘리는 모습까지 보였다.

'세상에 하나만 걸려도 망신일 판에 삼관왕이라니……'

이젠 현기증까지 날 지경이었다. 이대로 기절이라도 해 버리면 좋으련만, 살면서 코피 한 번 흘려 본 적 없는 건강한 몸뚱어리가 제 소원을 들어줄 것 같지는 않았다.

'망신, 개망신. 운이 풀리는 게 아니라 올해 망신살이 붙은 거 아냐?'

당장 뒤로 돌아 문밖으로 뛰쳐나가고 싶지만, 도무지 발이 말을 듣지 않았다. 아랫입술을 살짝 깨물었다.

하지만 그럴 수 없다. 아빠가 어렵사리 잡아 준 자리였다. 이곳에서 토끼면 아빠는 친구한테 출근 첫날 도망가는 요상한 딸을 두었다고 비아냥거림을 당할 테고, 나는 엄마의 손에 맞아 죽을 거다.

게다가 지금은 비록 임시직이지만 잘만 하면 정규직으로 전환도 시켜 준다고 했다. 변변한 경력도 없이 나이만 많은 내가 어딜 가서 이렇게 좋은 직장을 구해.

'내가 이 자리 얻으려고 무슨 짓을 했는데!'

이 기회를 뻥 차고 나갈 자신이 없었다. 어쩌지란 단어만 머릿속에서 맴돌았다. 바싹 마른입을 혀끝으로 축였다. 그 순간.

"처음 뵙겠습니다. 저는 Y.N.L의 본부장 오강철이라고 합니다."

남자의 목소리가 들렸다. 정신을 차리고 고개를 드니 언제 왔는지 바로 제 눈앞에서 그가 친절한 미소와 함께 악수를 청하며 손을 내밀고 있었다.

'처음? 처음이라고?'

무표정하게 자신을 내려다보는 깊은 눈빛에서는 도저히 어떤 의

도도 알아채기 힘들었다.

'나를 몰라보는 건가?'

이름도, 나이도 속였다. 수영장에서는 내내 민얼굴이었고 트레이닝복 차림이었다. 회식 날 섹시한 옷차림과 보영의 프로페셔널한 메이크업도 분명 평상시의 제 모습은 아니었다. 지금의 단정한 오피스 룩과 간신히 분칠 정도만 하고 나온 제 화장과는 차원이 다른 것이었다.

'여자가 꾸미면 못 알아보는 사람들이 있다던데. 저 남자, 나를 진짜 몰라보는 건가?'

자신을 아무 감정도 담지 않고 바라보는 두 눈동자와 시원하게 휘어진 입매. 만약 자신을 알아봤다면 저런 표정이 나올 수는 없을 것 같다. 그제야 엇박자로 세차게 뛰던 심장이 조금씩 제 속도로 돌아오는 것이 느껴졌다. 호랑이 굴에 들어가도 정신만 차리면 된다.

'그렇다면……'

꿀꺽. 마른침을 삼켰다.

"아, 안녕하세요. 처음 뵙겠습니다. 저는 이다미라고 합니다."

도저히 눈을 맞추고 인사할 자신은 없어 고개를 숙이고 자기소개를 했다. 최대한 자연스럽게 인사하고 싶었지만, 입꼬리에 살짝 경련이 일었다. 긴장으로 목도 따끔거렸다. 다미가 시선을 내리깐 탓에 '처음'이라는 단어에 강철의 한쪽 눈썹이 꿈틀거리는 것은 보지 못했다.

'내가 진짜로 자기를 몰라본다고 생각하는 건가? 아니 어떻게 그렇게 멍청한 생각을 할 수 있는 거지?'

게다가 냉큼 처음 본다고 맞장구치며 말하는 걸 보면 자기가 먼저 진실을 밝힐 생각은 없어 보였다. 속에서 분노가 이글이글 일었다.

자기가 찾을 때는 세상에 존재하지 않았던 사람처럼 흔적도 없이 사라졌다가, 회사 임시직 자리에 이렇게 먼저 나타난 그녀의 모습을 보니 어이가 없었다. 게다가 자기를 처음 본다고 하는 저 인사까지. 나를 뭐로 봤나 싶기까지 했다. 눈빛에 살기가 언뜻 스쳤다. 이를 앙다물었다.

다미는 자신의 앞에 내밀어진 강철의 손을 보았다. 생각 같아서는 악수 따위 생략하고 싶지만 그랬다가는 일만 더 키울 것 같아 주춤주춤 손을 내밀어 강철의 손끝을 살짝 잡았다. 따뜻하고 단단한 느낌에 온몸에 짜르르 전기가 올랐다. 깜짝 놀란 다미가 손을 빼려고 했다.

'어딜 도망가려고.'

빠져나가려는 다미의 손을 강철이 본능적으로 낚아챘다. 화들짝 놀란 그녀가 똥그랗게 눈을 뜨고 강철을 올려다보았다. 강철과 다미의 시선이 허공에서 맞닿았다.

강철은 이내 무슨 문제라도 있냐는 듯 미소를 지었다. 그런데 저 여자, 가까이서 볼수록 어이가 없다.

'낼모레 서른인 여자가 저렇게 초롱초롱 말간 눈을 갖고 있는 게 어디 있어? 그러니 속을 수밖에 없잖아.'

저 여자 앞에서 온몸에 미친 듯이 아드레날린이 분출되는 것이 느껴졌다. 속으로 욕지거리가 올라오는 걸 간신히 참고 재빨리 이기영 팀장 쪽으로 시선을 돌렸다.

"이다미 씨 자리는 배정했나요?"

"아니요. 그건 아직……."

"그러면 비서실에 빈자리가 있으니 그쪽으로 하죠."

재빠르고 단호한 목소리였다. 그리고 비서실이란 소리에 놀라 토끼 눈이 된 다미를 보자 그간 쌓인 분통이 조금은 해소되는 기분이었다.

"아니 사보팀 직원을 왜 비서실에……."

갑작스러운 강철의 지시에 당황한 건 기영도 마찬가지였다.

"사보가 단순히 책상머리에 앉아서 글만 쓰는 부서는 아니지 않습니까? 우리 Y.N.L에 대해 속속들이 알아야죠. 회사를 속속들이 알기 위해 여기보다 더 좋은 자리가 있을까요? 저랑 같이 공장도 다니고, 회의도 참석하다 보면 회사 구석구석 잘 알게 될 겁니다."

하지만 마치 준비라도 한 듯 청산유수처럼 내뱉는 본부장의 말에 기영은 대꾸할 수 없었다. 게다가 입만 웃어 보이며 더 이상 토 달지 말라는 매서운 눈빛이 입 다물고 있기에 충분한 이유가 되었다.

'그런 게 어디 있어?!'

세상에 사보 만드는 직원이 본부장 비서실에 책상 놓고 일한다는 소리는 들어 본 적이 없다. 자신을 못 알아본다고 해도 좀 아니, 아주 많이 껄끄러울 것 같았다.

다미의 표정이 울상이 되었다.

"저, 제가 모르는 게 많아서 이 팀장님 옆에서 배울 게 많을 것 같습니다. 그러니 저는 기획실에서……."

"네, 그래서 드리는 말씀입니다. 물론 이 팀장님 밑에서 사보에 대해 알아 가는 것도 필요하지만, 비서실에 있으면서 제 옆에서, 회사 돌아가는 것을 배우는 것도 중요한 부분입니다."

안절부절 갈 곳 잃고 방황하는 다미의 두 눈동자를 바라보며 강철이 온화한 미소로 쐐기를 박았다. 제 발로 제 앞에 깡충깡충 찾아온 토끼를 더 이상 놓칠 수는 없었다. 최대한 달콤한 당근으로 토끼를 꼬셨다.

"그래야 정직원도 빨리 되실 것 아닙니까. 저희도 우리 회사를 내 몸과 같이 속속들이 알고 글을 써 줄 정규직 직원이 필요합니다."

정규직, 정직원! 정직원이라는 단어에 생기를 잃어 가던 눈이 빛났다.

"네. 저, 저도 최선을 다하겠습니다."

하나에 꽂히면 앞뒤 안 보는 성격은 어딜 안 가는군. 그녀의 대답에 강철이 흡족한 미소를 보였다.

엉겁결에 열심히 일하겠노라 대답하고 다미와 기영은 본부장실을 나섰다.

'내가 지금 뭔 짓을 한 거야?'

본부장실에서 나오자 긴장이 풀려 다리가 후들거렸다. 반쯤 넋이 나간 다미의 어깨를 기영이 두드리며 격려했다.

"많이 당황했죠? 괜찮아요. 그 정도면 안 얼고 인사 잘한 거예요. 앞으로 모르는 것 있으면 저한테 주저 말고 연락하세요. 제가 옆에서 많이 도와 드려야 하는데……."

비서실에 떨구고 가는 것이 참으로 안타깝다는 표정이었다.

"네, 네. 본부장님. 알겠습니다. 지시하신 대로 처리하겠습니다."

전화를 끊은 지윤이 자리에서 일어나며 다미를 위아래로 훑어보았다.

"아, 저분이 저 책상의 주인인가 보죠?"

뭐가 마음에 들지 않는지 짜증이 섞인 목소리였다. 아까 들어갈 때는 긴장한 탓에 제대로 보지 못했던 여직원이었다. 167cm는 충분히 되어 보이는 키와 날씬한 몸매에 다미와 같은 남색 투피스 정장을 입었다. 아직 어색하기만 한 다미와는 달리 여성 패션 잡지의 오피스 레이디 룩에 지금 당장 사진을 올려도 될 만큼 잘 어울려 보였다.

날 선 지윤의 눈빛에 혹시 다미가 마음 상해 할까 봐 기영이 둘 사이에 끼어들었다.

"아, 소개해 줄게요. 이쪽은 비서실 최지윤 씨. 저쪽은 비서실 박지훈 실장. 이쪽은 저희 사보팀에 새로 충원된 이다미 씨입니다."

"처음 뵙겠습니다. 이다미라고 합니다. 잘 부탁드립니다."

"박지훈이라고 합니다."

"최지윤이에요."

사람 좋게 웃으며 인사를 건네는 지훈과 달리 지윤은 뾰족한 표정이었다.

"제가 옆에서 가르쳐야 하는데 어쩌다 비서실에 있게 되었네요. 잘 부탁드려요."

최대한 공손한 표정으로 허리까지 살짝 굽히며 부탁을 했다.

"여기가 학교예요? 가르치긴 뭘 가르쳐요. 안 가르쳐도 일할 사람 널렸는데. 가뜩이나 비서실이 얼마나 바쁜데 이런 임시직 사원 교육을 하라고, 본부장님도 참."

지윤이 팔짱을 끼고 본부장실을 힐끗 보았다.

"아하하. 그래도 본부장님이 여기서 최대한 빨리 회사 내부 사정을 익혀야 한다고, 정직원 전환도 생각하시는 것 같아서……."

기영이 허허 웃으며 뒷머리를 긁적였다. 임시직이라는 지윤의 말에 상처 입을까 봐 정직원 얘기도 슬쩍 흘리는 게 다 티가 났다. 참 좋은 사람이구나 싶다.

"알았어요. 저도 최선을 다해서 회사에 대해 알려 드리도록 할게요. 이다미 씨? 따라오시죠?"

지윤이 새침하게 말하며 몸을 홱 돌려 비서실 밖으로 나갔다. 다미는 잽싸게 지윤을 따라 움직였다.

비서실을 나와 지윤이 데리고 간 곳은 사내 자료실이었다. 지윤은 자료실 한쪽 서가를 가리켰다.

"이 칸부터 이 칸까지가 사보 구역이에요. 여기 있는 자료들 다음 주 월요일까지 모두 읽고 창간호부터 지금까지의 흐름 파악해서 보고서 제출하세요. 초창기 자료들은 데이터 자료들로 저장되어 있으니 자료실 사서분께 말씀드리면 찾아 주실 거예요."

"네? 이걸 다요?"

"당연하죠. 회사에 입사하고 그냥 한 철 왔다가 가실 것 아니면 이 정도는 파악하셔야죠. 저희 본부장님 여간 완벽주의자에 깐깐한 분이 아니에요. 그냥 설렁설렁했다가는 아마 정직원 되기 힘드실 거예요."

눈을 살짝 내리깔고 도도하게 말한 지윤이 자기 할 말만 쏙 하고 자료실을 나갔다.

입사 기념 아드레날린 분출은 정확히 출근 후 1시간 만에 생산이 중단되었다.

"와 이거 세렝게티일 거라고 생각을 하긴 했지만 장난이 아니네."

아프리카 초원 위에 뚝 떨어진 집 강아지가 된 기분이었다. 하지만 원나잇, 거짓말, 개망신의 3관왕까지 달성하고도 시침 뚝 떼고 들러붙기로 한 자리다. 더 악착같이 열심히 해서 꼭 정규직이 되어야 한다. 아니, 되고 싶었다. 그것만이 부끄러운 자신의 3관왕에 대한 속죄가 될 것 같았다.

정신을 차린 후 사서에게 몇 가지 질문을 던진 후 자료실 이용 방법을 숙지했다. 보통 기업 내 자료실의 경우 출근 시간부터 퇴근 시간까지 운영되는 경우가 많은데, 이 자료실의 경우 24시간 자료실 이용이 가능하다고 했다.

대학교 도서관도 아닌데 무슨 24시간을……. 의아해하는 다미에게 삼십 대 후반의 인상 좋아 보이는 여자 사서가 그렇게 된 이유를 슬쩍 일러 주었다.

"오 본부장님이 자기가 자료 찾아보기 쉽게 하려고 규정 바꾸신 거예요. 여기 자료실은 오 본부장님이 VIP랍니다."

미친 듯이 사보를 보느라 시간이 가는 줄도 몰랐다. 12시가 넘어 혼자 어색하게 구내식당에 가서 밥을 먹은 후 다시 자료실에 자리를 잡았다.

자료실로 돌아온 후에는 더 미친 듯이 자료들을 살펴보았다. 남아수독오거서(男兒須讀五車書 : 남자는 자고로 다섯 수레 정도의 책은 읽어야 사람이 된다)라고 했거늘 모름지기 나도 다섯 수레 정도의 자료는 읽어야 정직원이 될 수 있는 거야! 다미수독오거서의 정신으로 자료를 살펴보았다.

한참을 시간 가는 줄도 모르고 일하고 있는데 문자가 왔다. 보영이었다.

[어때?]

[대박.]

[그렇게 좋아?]

[구구절절함. 이따 얘기 요망.]

핸드폰을 내려놓고 사보에 집중했다.

卍

털썩.

집에서 보기 위해 대출해 온 사보 보따리를 책상 위에 던져 놓고 그대로 침대에 풀썩 앉았다.

"후—"

하루가 일주일은 된 것처럼 길게 느껴졌다. 회사에서는 시간이 너무 정신없이 흘러가 인식하지 못했던 일들이 하나하나 곱씹어지기 시작했다.

"아……"

당황해서 말도 안 나왔다. 다 속이고 원나잇한 남자랑 한 회사,

그것도 같은 사무실에서, 이게 말이 돼? 게다가 최선을 다하겠다는 말까지. 이게 무슨 개막장 드라마야. 부끄러운 마음에 쥐구멍에라도 들어가고 싶었다.

그때 전화벨이 울렸다.

"CCTV 설치했니? 어떻게 도착하자마자 알고 전화야."

전화받을 기운도 없어 침대에 벌러덩 누워 핸드폰 스피커 기능 버튼을 눌렀다.

— 이 언니가 워낙 감이 좋잖니. 그래, 뭐가 구구절절이야? 나 궁금해 죽어. 빨리 말해 줘.

"결론부터 말하자면, 나 다비드랑 한 회사 다니게 됐어."

— 헉.

수화기 너머 보영이 거칠게 숨을 들이켜는 소리가 생생하게 들렸다.

"게다가 그 사람은 본부장이고 난 그 사람 비서실에 책상 놨어."

보영은 아무 말이 없었다. 하지만 놀란 그녀가 아무 말도 못 하고 입만 뻥긋거리는 게 느껴졌다.

잠시 후 마음을 추스른 보영이 다시 질문을 이었다.

— 그 사람 반응은 어때?

"나를 몰라보던데? 처음 보는 사람처럼 대하더라."

— 뭐?

"놀랐지? 나도 놀랐어. 그래도 못 알아봐서 쪽팔린 와중에 다행이라고 생각……."

— 야! 이 멍충아!

보영의 목소리가 쩌렁쩌렁 울렸다.

"아 왜—"

— 바보냐? 옷 바꿔 입고, 화장 좀 했다고 사람 못 알아보게? 진짜 못 알아보면 그게 동태 눈깔이지 사람 눈깔이냐?

"아냐. 진짜 못 알아봤어. 그 깨끗하고 깊은 눈 보고 동태 눈깔이라니."

— 못 알아보긴, 이 멍충아. 모른 척하는 거지!

속 터져 죽겠는지 자기 가슴을 팡팡 치는 소리가 여기까지 들린다.

"모른 척? 모른 척을 왜 해?"

자기라면 모를까, 그 사람이 자신을 모른 척할 이유는 하나도 없어 보였다. 나 창피할까 봐 배려해 준 건가? 고개를 갸웃했다.

— 그냥 쿨하게 넘어가자는 거지.

"뭘 쿨하게?"

— 이 멍충아! 둘이 원나잇한 거. 서로 아무 일 없었던 것처럼 서로 모르는 척. 너는 네 인생, 나는 내 인생 각자 갈 길 가자는 거지. 그게 그 바닥의 불문율이야. 오케이?

"그게, 그런 뜻이야?"

만일 그런 거라면 그의 반응이 조금은 이해가 간다. 그렇다. 남자로서도, 직장 상사로서도 임시직으로 온 여자와 원나잇을 했다는 게 밝혀지는 건 그리 자랑스러운 일은 아닐 것이다. 게다가 괜히 알은척했다가 자신이 들러붙기라도 하면 그도 곤란해질 것이다.

하지만, 그 눈빛. 그 눈빛이 자꾸 걸렸다. 접대용 미소를 발사하던 그 표정에서는 도무지 속내를 읽을 수가 없었다.

"근데 표정이 진짜 아무것도 모르는 눈치였단 말이야."

— 네가 뭘 몰라서 그러는데 원래 그 바닥이 그래. 서로 좋아서 한 일 그냥 깊게 생각 안 하는 거지.

"누가 보면 너 그 바닥 꽤 잘 아는 것처럼 보이겠다?"

— 야! 꼭 똥인지 된장인지 먹어 봐야 아냐? 살다 보면 다 알게 돼 있어. 너야 공부만 하고 사느라 모르는 게 많겠지만.

"그런가?"

어찌 되었건 자신을 진짜 몰라봤든, 모르는 척해 주는 것이든, 지금의 상황으로는 오히려 잘된 것이다.

"근데! 그 무당, 사기꾼 아냐? 인생 쑥쑥 풀린다더니 개뿔."

그냥 조용히 있다가 이 회사에 갔으면 이런 낯부끄러운 일도 없었을 텐데. 괜히 액땜이니 뭐니 하다가 치명적인 실수를 만든 것 같다.

— 야, 우리 도사님 욕 하지 마! 봐 봐. 얼마나 용하니. 너 취업도 딱 시켜 주셨잖아.

"해 주시려면 아예 한 방에 정직원으로 찰싹 붙게 해 주셔야지 이렇게 찝찝하게!"

— 이게 진짜! 인간이 그 정도 노력은 해야지. 그 노력도 안 하니? 너까지 이렇게 잘되게 해 주시는 것 보니까 나라도 가서 인사드리고 싶은 심정이거든?!

"하긴 진인사대천명이라 했는데 너무 노력을 안 하는 것도 예의가 아니긴 하지. 안 그래도 열심히 일하려고 첫날부터 일감도 갖고 왔어. 근데 너 도사님한테 또 가게?"

— 응. 사실은 요새 나도 만나는 남자마다 수준이 확확 떨어져

서, 이러다가 괜찮은 놈 영영 안 나타날까 봐 가서 여쭤 보려고.

　사실 보영은 선보고 올 때마다 박수무당을 찾아 그 사람과 자기가 잘 맞는지 물어봤다. 그런데 당최 이 지구 상에는 보영과 맞는 사람이 없는 건지 물어볼 때마다 번번이 최악의 조합이라는 답변만 듣고 왔다.

　'거봐. 나랑 안 맞았다니까?!'

　그럴 때마다 보영은 가뜩이나 외모도 마음에 안 드는 그 남자들을 차 버려야 하는 당당한 이유를 얻은 듯 빵빵 차 버렸다. 게다가 보영의 부모님도 조지 클루니 사건 이후 무당의 조언을 어느 정도 믿는 눈치셨다.

　"야, 그러다 너도 나처럼 이상한 액땜 하게 되면 어쩌려고."

　— 그럼 따라야지. 용하신 도사님 말인데. 너도 잘 생각해 봐. 도사님 말씀 따라 했으니 그나마 이 정도라도 풀리는 거라니까.

　저 신실한 믿음에 태클을 걸다니, 내가 미쳤나 보다.

　"아— 알았어. 그만. 나 일해야 해. 그건 갔다 오고 나서 말해 줘."

　— 알았어. 꼭 열심히 해서 정직원 되어야 한다. 알았지?

　"응."

　보영과의 통화를 끝내고 이제 저녁 먹고 일이나 해야겠다, 생각하며 몸을 일으켰다.

　"엄마야, 깜짝이야!"

　심장 떨어질까 봐 가슴을 손으로 눌러 고정했다. 라영이 열린 방문 문틀에 기댄 채 팔짱을 끼고 한심한 듯 자신을 내려다보고 있었기 때문이다.

"너, 너 여기서 뭐 해?"

놀라서 목소리가 뻣뻣하게 나갔다. 하지만 라영의 태도는 다미의 질문 따위는 중요하지 않은 듯 자못 심각해 보였다.

"지금 그 통화 내용 뭐야?"

어디서부터 들은 건데?! 다비드 얘기도 들었나? 누나가 원나잇을 했다는 사실을 알게 된 걸까? 그래서? 심장은 미친 듯이 뛰지만, 목소리만은 네가 무슨 말을 하는지 모르겠다는 듯 새침하게 물었다.

"뭐, 뭐가?"

"그러니까 누나 지금 점집 가서 점 보고 왔다는 거네? 거기서 하라는 대로 해서 취직을 했다고 믿는 거고."

"……."

아무리 봐도 원나잇 얘기는 못 들은 것 같지? 다소 마음이 놓였다.

"근데, 하라는 대로 뭘 한 거야? 굿이라도 했어? 아빠가 그런 거 싫어하는 거 알 텐데, 그치?"

눈은 감았지만 열린 귓구멍으로 라영의 목소리가 쏙쏙 박혔다. 다소 놓였던 마음이 아빠라는 소리에 다시 철렁 내려앉았다. 점집 갔다 온 걸 아빠한테 걸리면 돼지게 혼나는 거다.

옛날 할머니가 그 많던 재산, 할아버지 바람기 잡는다며 굿판에 쏟아붓느라 집안을 말아먹은 뒤 아빠는 하다못해 고스톱 점도 싫어하시게 되었다.

'저 자식이라면 충분히 이를 거야.'

살기 위해 머리를 굴렸다. 그리고 눈을 반짝 떠 라영을 바라보았다.

"라영아, 너 좋아하는 잡채 해 줄까?"

"누나가 해 주는 잡채 맛없어."

"그래. 내가 음식 솜씨는 없긴 하지."

고개를 끄덕였다. 안타깝게도 인정할 수밖에 없는 사실이었다.

"그러면 월급 타면 용돈 줄게."

돈? 얼마나 필요해, 원하는 만큼 주겠어. 비장한 표정을 지어 보였다.

"내가 누나보다 잘 버는데 벼룩의 간을 빼먹지."

다미의 표정에 라영이 콧방귀만 꼈다.

"그럼 뭐!"

라영을 쏘아보았다. 나, 이대로 집에 내려가서 머리 밀리는 거 아닌가 하는 공포가 엄습했다.

"그 점집 어디야?"

이게 웬 자다가 봉창 두드리는 소리야? 왜 이야기 포커스가 그리로 튀어? 자기가 거길 알아서 뭘 어쩌겠다고? 혹시 설마······.

"왜? 굿했으면 깽판치고 굿값 받아 오려고? 그런 거 한 적 없어. 그냥······. 그래, 생활 태도 좀 바꿔 보라고 해서 바꿨을 뿐이야. 돈은 안 들었어. 진짜야. 내가 돈이 어디 있니?"

두 손을 흔들며 열심히 돈을 쓰지는 않았노라 변명했다.

"아니. 깽판은 안 칠 거야. 누나가 점집만 알려 주면 아빠한테도 비밀로 해 줄게."

기다란 손가락으로 입에 지퍼를 채우는 시늉을 하며 라영이 눈을 반짝였다.

"왜, 너도 가려고?"

아빠를 닮아 점이라고는 질색하는 애가 갑자기 점집은 왜 알려 달라는 건가. 일이 잘 안 풀리나 싶었다.

하지만 내 코가 석 자인데 지금 라영을 신경 써 줄 마음의 여유가 없다. 게다가 공범이면 신고 못 하겠지. 그래, 차라리 그게 낫겠다 싶었다.

"글쎄."

라영이 알 듯 모를 듯 한 미소를 지었다.

"알았어. 알려 줄게."

잽싸게 핸드폰을 들어 보영이 보내 주었던 명함과 약도를 갈무리해서 라영이에게 전송해 주었다.

"근데 여기 용해? 여기 무당 말이라면 보영이 누나가 깜빡 죽을 만큼?"

문에 기댔던 몸을 일으키며 라영이 지나가듯 물었다.

"그치, 걔 아주 이 무당 맹신자야, 맹신자. 아주 그냥 그 무당이 죽으라면 죽을걸? 아니, 근데 뭐 무조건 믿는 건 아니고, 그 무당이 워낙 잘 맞추니까……."

왠지 친구를 무속에 미친 정신없는 애로 만드는 것 같아 목소리가 점점 사그라졌다.

"그래? 알았어. 땡큐."

메시지가 도착한 것을 확인한 라영이 기댔던 몸을 바로 세워 돌렸다.

"휴—"

그래도 애가 웃는 게 표정이 밝아 보여 다행이다. 설마 저런 표정으로 나한테 뒤통수치지는 않겠지, 생각하며 놀란 가슴을 연신 쓸어내렸다.

불행 끝 행복 시작일 줄 알았던 회사 생활은 행복 잠깐, 불행 시작이 되어 버렸다.

본부장이 과연 나를 진짜로 못 알아본 것인가, 아니면 알면서도 모르는 척하는 것인가에 대한 궁금증이 계속되었다.

하지만 당장 월요일까지 봐야 할 자료가 많았다. 그 많은 자료를 정리하는 데도 꽤 시간이 필요할 것임이 틀림없었다. 회사에 들어와서 처음 맡은 임무였다. 최대한 잘해 내고 싶은 마음이 가득했다.

일단 해결할 수 없는 궁금증은 제쳐 두고 주말까지 반납하여 내리 4일을 꼬박 자료실에 붙어산 결과 회사의 역사와 발전 과정, 브랜드, 신제품에 대한 사항을 익힐 수 있었다.

월요일 아침, 다미는 꽤 두툼한 보고서를 들고 출근했다. 정해진 시간보다 30분이나 일찍 출근했지만, 비서실에는 벌써 지윤이 와 있었다.

다미는 재빨리 가방 속에서 보고서를 꺼내 지윤의 책상 위에 조심스레 올려놓았다.

"이건가요?"

자리에 앉은 지윤이 무성의하게 보고서 뭉치를 휘리릭 넘겼다.

혹시 질문할까 싶어 며칠 동안 정리했던 내용을 머릿속에 떠올려 보았다. 긴장감에 입이 바짝 탔다. 하지만 지윤은 프린트 뭉치를 자신의 책상 한쪽에 내려놓은 채 한쪽 눈을 치켜떴다.

"그러면 Y.N.L의 역사는 이 정도로 된 것 같고, 지금부터는……."

그때, 본부장실의 문이 열렸다. 그곳에서 강철이 나와 성큼 걸어 지윤의 앞에 섰다. 후다닥 일어나 자세를 갖추는 지윤의 모습에 다미도 덩달아 허리를 바로 세웠다.

주말 내내 미친 듯이 자료실에 처박혀 있느라 다크서클이 한 뼘은 내려온 저의 모습과는 달리 멀끔하고 당당한 모습에 왠지 어깨가 움츠러들었다.

"저 지금 신소재 개발팀으로 내려갑니다. 바이오 소재 프로젝트 건 브리핑 준비 하라고 전달해 주세요."

단호하고 군더더기 없는 명령이었다. 자신에게는 너무 낯선 모습인데 아랫사람에게 지시하는 모습이 너무 자연스럽다. 저게 저 사람의 본모습일까? 수영장에서 처음 보았을 때는 장난기 많고 오지랖 넓은 이상한 사람이었고, 같이 자던 그 밤에는 세상에서 자신을 제일 사랑해 주는 사람처럼 굴었다.

하지만 지금은…….

'난 저 사람 눈에 그냥 투명 인간인가 보다.'

지난 일에 대해 언급하지 않음에 안도하면서도 이상하게 가슴이 따끔거렸다.

"네. 알겠습니다."

지윤이 재빨리 전화기를 들고 연결 버튼을 눌렀다. 그는 흐트러짐 없는 모습으로 그 앞을 지켜 섰다. 눈에 안 보이게 좀 피하고 싶은데 아직 지윤과 말을 안 끝낸 터라 움직이기도 쉽지 않다. 일부러 눈을 데굴데굴 굴려 비서실 이곳저곳을 훑었다.

전화를 끊은 지윤이 재빨리 회의록을 집어 들며 다미를 보았다.

"다미 씨, 전달 사항은 이따가 회의 다녀와서……."

"아, 최지윤 씨 됐습니다."

강철이 손을 들어 일어나려는 지윤을 저지했다. 지윤의 움직임을 따르던 다미의 눈동자가 자신을 빤히 쳐다보고 있는 강철을 바라보았다.

꿀꺽— 갑작스러운 그의 시선에 마른침이 절로 삼켜졌다.

'아까 투명 인간 취급 한다고 서운해한 거 취소다. 그냥 안 보이는 척해 주세요.'

마음으로 간절히 빌었다. 하지만 자신의 기도발이 먹힐 리가 없었다.

"이다미 씨도 회사 돌아가는 일은 익혀야 할 테니 회의는 이다미 씨와 함께 가겠습니다."

'아니, 지금 나랑 미팅 가자는 거야? 너랑 나랑 둘이서요? 왜? 왜요? 왜 나랑 거기에 가는데요? 그리고 그건 최 비서님 업무잖아요!'

눈을 동그랗게 뜨고 강철과 지윤을 번갈아 가며 쳐다보았다. 두 사람의 안중에는 다미의 의사 같은 건 없는 듯했다. 오후에 열리는 해외 바이어 미팅 건으로 정신이 없던 지윤이 슬쩍 시선을 피하고 냉큼 회의록을 다미에게 들이밀었다.

"별것 없어요. 회의 내용 기록하고 나중에 저에게 전달해 주시면 됩니다. 정리는 제가 따로 할 테니 크게 부담 안 가지셔도 돼요."

헐. 회사의 미래가 달린 일인데 어찌 이런 큰일을 저한테 맡기시는 건가요. 당황스러운 표정으로 강철을 보았지만, 그는 빨리 준비하라고 재촉하듯 눈썹을 살짝 올렸다.

'같은 사람 맞네, 맞아.'

사람 곤란하게 괴롭히는 게 딱 그 다비드가 맞았다. 못 하겠다고, 다른 사람 시키시면 안 되느냐고 물어볼 상황도 아닌 듯했다.

'그래, 못 할 것도 없지.'

회의록을 받아 든 손에 힘이 들어갔다. 그 모습을 본 강철이 몸을 돌려 비서실을 나갔다.

얼른 쫓아가라는 지윤의 손짓에 다미도 제 자리로 가서 가방을 열고 필기도구를 챙겼다. 신소재 개발팀이 어디 붙어 있는지도 모르는데 이러다 그를 놓치면 길을 잃을 수도 있다. 다미는 후다닥 문을 나섰다.

"아야!"

아무것도 없을 줄 알고 전속력으로 뛰쳐나가던 다미는 문밖의 거대한 벽과 부딪치고 말았다. 갑작스러운 충격에 두 손으로 머리를 감싸고 주저앉았다. 그 바람에 손에 쥔 회의록과 필통이 바닥에 떨어졌다.

'아, 쪽팔리게 누구야.'

쪼그리고 앉은 채 오른쪽 이마를 쓱쓱 문지르며 살짝 눈을 떴다. 아이보리색 대리석 위에 먼지 한 톨 없이 깔끔한 남자의 고급 수제화가 보였다. 혹시 그가 문 앞에서 날 기다린 건가. 고개를 들자 눈앞에 보인 것은 오 본부장의 얼굴이 아니라 동그란 달덩이 같은 이기영 팀장의 얼굴이었다.

"엄마야!"

생각지도 못한 얼굴에 깜짝 놀라 휘청하는 걸 기영이 재빨리 허리를 잡아 주었다. 너무 놀라 잡아 줘서 고맙다는 말도 하지 못하고 입만 뻥긋거리는 사이 저 멀리서 '쯧쯧' 하는 소리가 들렸다.

오 본부장이 팔짱을 끼고 둘을 삐딱하게 노려보고 있었다.

"지금 회사에서 영화 찍습니까?"

"아, 아닙니다."

기영에게서 후다닥 떨어진 다미가 재빨리 옷매무새를 만졌다. 기영에게는 고맙다는 듯 목 인사를 건네고 벌써 사라진 강철의 뒤를 종종걸음으로 쫓아갔다.

복도를 도니 그는 벌써 저만큼 앞서 나가 있었다. 기다란 다리로 쭉쭉 걸어 나가는 모습을 보니 모델 워킹 부럽지 않았다. 하룻밤의 인연으로 치근덕대기엔, 그는 너무 멋있었다.

따라가느라 바쁜 와중에도 두 눈이 그의 뒷모습을 관찰하고 있었다. 지금은 안 보이지만 저 바지 속의 엉덩이가 어떻게 생겼는지 생생하게 떠올랐다. 어느새 다미는 자신의 의지로 걷는 것이 아닌 그의 엉덩이를 따라 걷고 있었다.

"이럴 줄 알았으면, 그날 열 번쯤 더 주무르고 올걸."

그의 뒷모습을 보며, 아쉬운 마음에 손을 오므렸다 폈다를 반복했다.

신소재 개발팀에서는 오 본부장이 온다는 연락이 내려온 후 한바탕 난리가 났다. 다른 임원들과는 달리 오 본부장은 걸핏하면 사무실로 내려와 진행 사항을 체크했다. 문제는 어떤 프로젝트 건으로 회의를 시작해도 이내 다른 프로젝트들도 줄줄 엮어서 체크하기일쑤였다.

바이오 소재 이외에 다른 프로젝트의 담당자들도 혹시 모를 회의 준비를 위해 일사불란하게 움직였다.

제 앞에서 나 잡아 봐라, 도망가던 엉덩이가 딱 멈추자 다미도 멈칫하였다. 무슨 일이지? 정신없이 강철을 쫓아가던 다미도 그제야 제가 무슨 일로 이곳에 따라왔는지 떠올렸다.

'아차. 내가 이럴 때가 아니지.'

창피한 마음에 혼자 큼큼대며 시선을 살짝 내리깔았다. 그때 신소재 개발팀의 김 대리가 다가왔다.

"부장님께서는 지금 연구소에서 바이오 소재 프로젝트 연구 결과를 갖고 오시는 중입니다. 브리핑은 직접 하시겠다고 합니다."

"네. 회의실에서 기다리도록 하겠습니다."

강철은 가벼운 묵례 후 개발팀 안쪽에 있는 회의실로 걸음을 옮겼다. 그 뒤를 따라 걷다가 강철의 뒷모습에 눈이 하트가 되어 쳐다보는 여직원들의 모습을 보았다. 못 올라갈 나무를 쳐다보는 그 눈빛, 텔레비전 속 연예인을 보던 보영의 눈빛과 같은 종류의 것이었다. 그 없어 보이는 모습이 조금 전까지의 자신의 눈빛과 다를 바 없었다.

어머, 침들 흘리시겠어요. 그만 좀 쳐다보시죠. 자신의 턱 밑도 손으로 쓱 확인했다.

"후우—"

회의실에 들어서자마자 네 평 남짓한 공간을 채우는 그의 존재 감에 절로 한숨이 흘러나왔다. 생각보다 크게 나온 숨소리에 아차 싶었지만 이미 그의 시선을 끈 이후였다.

"뭐, 하고 싶은 말 있습니까?"

"아, 아닙니다."

아무 일도 아니라는 듯 재빨리 손사래를 쳤다. 그러고선 후다닥 그와 가장 멀리 떨어진 회의 테이블 쪽에 앉았다. 그가 불만스럽게 미간을 찌푸리다 이내 고개를 숙이고 서류를 보았다.

서류를 보느라 정신이 없는 틈을 타서 그를 조심스레 힐끗 훔쳐 보았다. 주말 내내 머리 한구석으로 밀어 두었던 고민이 슬슬 자리를 폈다.

'나를 정말 못 알아보는 건가? 아니면 모르는 척하는 건가?'

자신이 회사에서 본 그의 모습에 낯설어하는 것처럼 그도 자신을 낯설어하며 아예 그날 그 사람이라고 생각지도 못하나 싶었다.

'물어볼까?'

입이 달싹거렸다.

하지만 망설여졌다. 못 알아보는 거면, 괜히 긁어 부스럼 만드는 거고, 알아봤어도 원나잇한 사람들끼리 서로 모른 척하자는 말을 알아듣지 못하고 이상한 짓을 해 버리게 되는 것이다.

입술이 바짝바짝 말랐다. 아, 부장님 언제 오시지. 괜히 시선을 돌려 창문 블라인드 너머를 두리번거렸다.

서류를 살피던 강철이 힐끗 눈을 돌려 다미의 모습을 보았다. 회의에 굳이 그녀를 데리고 올 필요는 없었다. 그래도 굳이 그녀를 데리고 온 건 혹시 그날은 경황이 없어서 말을 못 했나 싶어, 기회를 다시 한 번 주고 싶었던 것이다. 하지만 먼저 이야기를 꺼낼 것 같지는 않은 모습에 왠지 실망감이 커졌다. 계속 이렇게 지낼 수는 없었다.

"이다미 씨."

"네? 네, 네."

밖을 살피던 다미가 고개를 들고 겁에 질린 표정으로 그를 쳐다봤다.

"혹시 우리 예전에 만난 적 있던가요?"

"아, 아니요!"

생각할 겨를도 없이 손부터 내저었다.

"제가 얼마 전 이다미 씨랑 비슷하게 생긴 사람을 봤는데……."

눈을 가늘게 뜨며 다미를 쳐다보았다.

"아, 아닐 겁니다. 저와 닮은 사람을 보신 듯합니다."

자신은 절대 아니라는 듯 두 팔을 뻗어 세차게 부정했다.

"닮은 사람?"

"제가 좀 흔하게 생긴 얼굴이거든요."

"이다미 씨가 흔하게 생긴 얼굴이라고요?"

이번엔 흥미롭다는 표정이었다.

"보세요. 제 얼굴이 얼마나 흔한지. 동그란 얼굴에 이 생기다 만

쌍꺼풀, 낮은 코, 작은 입술. 얼마나 흔합니까? 대한민국 표준이라고 자부합니다. 하하하."

어색하게 웃으며 자기가 얼마나 흔한 얼굴인지 어필하는 꼴이라니, 강철은 기가 찼다.

겨울철 찐빵처럼 윤나고 뽀얀 피부에 살짝 쌍꺼풀이 생기다 말긴 했지만 커다란 눈에 반짝이는 눈빛은 그 어느 유리구슬보다 투명하고 맑았다. 거기에 앙증맞게 솟은 코, 오동통 귀여운 입술까지. 어디가 흔한데 대체?

이렇게 해서 될 일이 아니었다. 팔짱을 끼고 테이블 앞으로 몸을 숙였다. 밀폐되어 있는 실내에서 테이블을 두고 마주한 두 남녀가 흡사 취조실의 분위기를 연상시켰다.

"혹시 이라영이라고 아십니까?"

"이, 이라영이요?!"

가뜩이나 커다란 눈이 튀어나올 듯 커졌다. 지금 저 사람이 묻는 건 내 동생 이라영이 아니라 이라영의 이름을 쓴 이다미를 찾는 것이다.

어떡하지? 온몸이 터질 듯하게 긴장됐다.

"압니다."

다미는 굳은 결심을 한 듯 당차게 대답했다. 그제야 그녀가 진실을 말하려는가 싶어 강철은 흡족한 미소를 지으며 의자에 몸을 기댔다.

"제, 이종사촌 여동생입니다."

"이, 이종사촌 여동생?"

생각지도 못한 답변에 그의 미간이 좁혀졌다.

"네, 우리 집 애들이 외탁해서 다들 얼굴이 똑같습니다."

지금 저 말을 나한테 믿으라는 거야? 눈살을 찌푸리며 그가 그녀를 쳐다보았다.

"정말 쌍둥이처럼 똑같나 봅니다. 무척 흥미롭군요."

"네, 저희도 만나면 누가 누군지 부모님들도 몰라볼 만큼 똑같다니까요."

엄마, 아빠, 외삼촌, 이모, 죄송해요. 괜히 가족들을 다 이상하게 만드는 기분이 들었다.

"그 정도라면 학계에 보고할 정도로 유전자가 강한 집안이군요."

"그, 그렇죠. 거의 도플갱어 수준이죠."

이건 아닌데 싶었지만, 흥미로워하는 그의 표정을 보니 도저히 멈출 수가 없었다.

"그럼 이라영 씨 연락처 좀 주시겠습니까?"

"라영이 연락처는 왜요?"

강철이 손을 내밀었다. 연락처 달라는 게 가슴을 보여 달라는 것도 아닌데 무엇 하나 내줄 수 없다는 듯 두 팔을 교차하며 가슴을 가렸다. 아마 지금 자기가 무슨 말을 하고 있는지 생각도 안 하고 내뱉고 있는 듯하다. 그게 아니라면 지금 저렇게 얼토당토않은 얘기를 할 인간은 없을 테니까. 어디까지 하나 싶어 계속 말을 이었다.

"제가 이라영 씨를 만나 긴히 할 얘기가 있어서요."

"라영이 지금 서울, 아니 한국에 없어요."

"한국에 없다고요?"

"지금 유럽으로 유학 갔어요."

"그러면 그 유럽 쪽 연락처를 주시죠."

그 연락처 지금 당장 내놓으라는 듯 손바닥을 그녀 쪽으로 더욱 디밀었다.

"아니, 유럽은 잠깐 경유하는 거고, 거기 지나서 아프리카로 갔어요. 아프리카에서도 경비행기 타고, 배 타고, 걸어서 한참 들어가야 하는 곳이래요. 전화 연락도 안 된대요. 앞으로 3년간은 자기 없다 생각하고 살래요."

세상에, 세 살짜리가 거짓말을 해도 저것보다는 잘하겠네. 근데 이 상황에서도 저 여자가 거짓말해서 사람 뒤통수를 칠 일은 없겠구나 싶어 피식 웃음이 났다.

'거짓말을 눈치챈 걸까?'

이게 말인지 뭔지, 본인이 생각해도 어처구니없는 상황이지만 어떻게든 지금 이 거짓말이 통하길. 그를 쳐다보는 눈빛이 사냥꾼에게 살려 달라고 애원하는 사슴처럼 애처로웠다.

"아, 그러니까 내가 알고 있는 이라영이라는 여자는 제2의 마거릿 미드(뉴기니, 발리 섬 등의 원주민들과 함께 생활하며 그들의 삶을 관찰하여 연구한 문화 인류학자)를 꿈꾸며 아프리카로 유학을 갔다는 거군요?"

뭔 말인지는 이해를 못 하겠지만, 저 남자가 대충 알아들은 것 같아 세차게 고개를 끄덕였다. 거짓말 조금만 더 하게 했다가는 기절할 것 같은 표정의 그녀였다.

'저 여자, 아직은 때가 아닌가 보네.'

강철은 낮게 한숨을 쉬었다.

"어서 오세……. 야, 너 얼굴이 왜 그 모양이야?"

손님인 줄 알고 인사를 하던 보영이 문을 열고 들어오는 다미의 얼굴을 보고 깜짝 놀랐다. 저녁이나 먹자고 불렀더니 초상이라도 치러 줘야 할 얼굴이었다.

"나 죽을 것 같아. 기운 나게 하는 게 뭐지? 아, 자양 강장제랑 심장이 빨리 뛰는데 우황청심환도 먹어야 할까? 그것도 좀 줘 봐. 그리고 속도 울렁거려. 멀미약도."

다미가 약국 한쪽에 배치된 기다란 소파에 눕듯이 뻗었다.

"그리고 옆에 병원 왜 이렇게 시끄러워?"

"새 병원 들어온다고 인테리어 공사 하느라 요새 좀 시끄러워."

"그럼 두통약도 좀……."

지끈거리는 머리를 싸매며 한 손을 보영에게 뻗었다. 반쯤 넋 나간 듯 중얼거리는 다미가 불쌍했는지 세 살 정도의 작은 여자아이가 자기가 먹고 있던 막대 사탕을 다미에게 쑥 내밀었다.

"그래, 넌 참 착한 아이구나. 복 받을 거야. 나중에 커서 언니처럼 거짓말하고 살지 말고. 그러다가는 이 언니 꼴 되니까."

덕담인지 악담인지 모를 말에 아이가 웃으며 다미 쪽으로 다가가자 아이의 엄마는 지지라 말하며 아이의 손을 이끌고 약국을 빠져나갔다.

"그 정도로 죽겠냐? 왜, 아예 쥐약을 줄까?"

보영이 웃으며 냉장고에서 시원한 에너지 드링크를 하나 꺼내 건넸다.

"누가 죽겠다고 그랬나. 진짜 아파서 그러는 거지. 골도 지끈거리고 온몸에 기운이 쫙 빠졌단 말이야."

힘겹게 몸을 일으키며 입을 삐쭉거렸다. 그러나 손은 이미 보영이 건네는 음료를 받아 뚜껑까지 딴 상태였다.

"증세 말고, 원인이 뭔데?"

"다비드가 이라영에 대해 물어봤어."

"의외네? 모른 척할 줄 알았는데 먼저 그 일을 입에 올렸단 말이야?"

"응. 나도 생각도 못 했는데, 당해서 그만……."

"그만? 뭔 사고를 쳤는데?"

"거짓말을 했어."

"거짓말?"

"이라영 아느냐고 묻기에 사촌 동생이라고 했어."

"어? 그걸 믿어?"

그 말을 진짜 믿었겠냐는 듯 어이없어하는 표정이다.

"근데 믿는 것 같아. 별말 안 하던데?"

"말도 안 돼. 너 바보냐? 그게 어떻게 믿는 거야? 어이가 없어서 말을 안 하는 거지."

"됐어. 네 말 안 믿어. 이 바닥 룰이 어쩌고저쩌고, 너 말만 믿고 있다가 불시에 당했잖아."

귀를 막고 고개를 흔들었다. 사실 그 사람이 먼저 말을 꺼내리라고는 생각도 못 했다. 어쩌면 제가 오해를 했나 싶었다.

"야, 현실을 부정하고 싶은 마음은 알겠는데, 뭐 어릴 때 보고 헤어진 동네 친구도 아니고 며칠 전에 몸까지 섞은 여자를 몰라볼 남자가 얼마나 된……!"

말을 마치기도 전에 손으로 보영의 입을 막고 좌우를 둘러보았다. 작은 약국에 둘 이외에는 들을 사람이 아무도 없는데 말이다.

"아니야. 그때는 트레이닝복 입고, 마지막에는 꾸민 모습만 봤으니 이런 수수한 직장 여성 이다미를 알아볼 리가 없잖아?"

동의를 구하는 다미의 표정에 보영이 그녀의 이마를 짚었다.

"넌 앞으로 봐도 이다미, 뒤로 봐도 이다미, 토끼 탈을 쓰고 있어도 이다미야."

어릴 때부터 얼굴이 어찌나 그대로인지, 지금도 교복을 입혀서 여고 교실에 집어넣으면 위화감 없이 잘 어울릴 얼굴이었다. 유치원 때의 사진 속 수십 명의 아이들 중에서도 이다미는 단번에 짚을 수 있을 정도로 한결같은 얼굴이다.

게다가 유난히 생기가 돌아 반짝거리는 눈빛은 도저히 남을 속일 수 있거나 흉내 낼 수 있는 성질의 것이 아니었다.

"아닐 거야. 근데 문제는 내가 라영이 유학을 아프리카로 갔다고 했어."

"뭐? 아프리카?"

어이없음을 넘어 한 편의 코미디가 따로 없었다. 보영이 코끝을 찡그렸다.

"그래서? 그걸 그 사람이 믿어?"

"어. 제2의 누구냐, 그 무슨 학자 따라서 아프리카 유학 간 거냐고 묻던대."

"어휴, 내 친구 공시 공부만 하다 보니 세상 물정을 몰라도 너무 모른다. 이걸 어쩌면 좋아. 야동 보지 말고 시사 교양 뉴스 좀 보게 할걸."

"이 과학으로 가득한 세상에서 무속에 환장하는 너한테 그런 말 듣고 싶지는 않아."

삐졌는지 양어깨에 올려진 보영의 두 손을 툭 하고 밀어 냈다.

그나저나 보영은 그 사람이 뭔 속셈으로 그걸 믿어 주는 척했던 건지 이해할 수 없었다.

"알았어. 일단은 네가 먼저 나서지는 마. 그냥 버텨."

"나 심장 터질 것 같은 데 정말 그래야 할까?"

"천만 분의 일의 확률로 널 진짜 다른 사람이라고 착각할 수도 있으니까 버텨. 나가라고 할 때까지 버티는 거야. 알았지?"

다미가 먼저 나서서 말을 한다고 달라질 건 없어 보였다. 아무래도 뽀로로 도사에게 가서 무슨 영문인지 점을 좀 봐야겠다고 생각했다.

"알았어."

다미가 고개를 끄덕였다.

卐

Trrr Trrr

"네. 홍보 기획팀 이다미입니다."

강철과의 대면 후, 다음 날 그는 다미를 힐끗 보더니 더는 알은 척을 안 했다. 이대로 그냥 넘어가려나 보다. 불안한 마음을 애써 외면하며 며칠을 지내다 보니 어느새 제법 익숙해졌다.

— 다음 달 사보 구성 방향 진행 다 되었으면 들고 와요.

다만 이 목소리만큼은 절대 익숙해지지 않았다. 평온하던 다미의 얼굴이 급격히 굳었다.

"이 팀장님 올라오시라고 할까요?"

되도록 만남을 피하고 싶은 마음이다.

— 아니요. 바쁜 사람 굳이 부를 일 뭐가 있습니까? 어차피 지금 그 건 이다미 씨가 진행하고 있지 않아요?

아니, 그렇게 효율성을 따지면 그냥 메일로 받으시지. 속으로 구시렁거렸다.

"네, 알겠습니다."

뭐가 급한지 대답도 하기 전 끊긴 수화기를 서운한 눈길로 쳐다보았다.

"다미 씨, 무슨 전화인데 표정이 그래요?"

걱정스러운 표정의 박 실장이었다.

"본부장님께서 사보 구성 진행 상황 보고받으시겠다고 하십니다."

"다미 씨보고 들어오라 했어요? 그거 원래 이기영 팀장님 업무 아니에요? 사보 일에 대해서 뭘 얼마나 안다고 다미 씨를 불러요?"

"제 말이요."

동조의 눈빛으로 물끄러미 지윤을 보았다. 기획팀, 디자인팀, 신소재 개발팀의 일들도 어마어마한 듯한데 도대체 무슨 시간이 남아 사보 보고를 받겠다고 나를 이렇게 부르는 건지.

"다미 씨가 왜 몰라요? 실무자인데. 이 팀장도 다미 씨 일 잘한다고 칭찬하던데."

옆에서 듣고만 있던 박 실장이 은근히 다미의 편을 들어 주었다.

"그래도 중요한 일은 이 팀장님이 직접 하셔야죠. 어떻게 아무것도 모르는 이다미 씨한테 다 맡겨 놓고 코빼기도 안 비춰요?"

저 여자는 제가 본부장실에 들어가는 것이 몹시 못마땅한가 보다. 저 대신 가서 강하게 어필 좀 해 주시죠. 길게 한숨을 쉬었다.

"앞으로 사보팀을 책임질 수도 있는 인물이니 미리미리 일하는 능력을 파악하시려고 그러는 거겠지. 오 본부장님 원래 거의 모든 일을 직접 관리하시니 너무 부담 갖지 말고 미팅 잘하고 오세요."

지훈이 작게 파이팅을 해 주었다. 그 모습에 다미가 고개를 크게 한 번 끄덕였다. 그리고 진행 중인 사보 시안을 챙겨 들고 본부장실로 들어갔다.

똑똑.

노크하고 슬쩍 문을 밀고 들어갔다. 짙은 브라운색의 책상과 검정 의자를 배경으로 흰색 셔츠를 입은 모습이 대비되어 유난히 눈에 띄었다. 들어오라고 해 놓고 그 사실을 잊은 건지, 아니면 제가 들어온 걸 눈치채지 못한 건지 별다른 반응은 없었다.

조심조심 강철의 앞으로 걸어갔다. 강철은 흰 셔츠의 소매를 두어 번 걷어 올린 채 두 손을 바삐 움직이며 서류를 검토하고 있었다.

"여기 있습니다."

강철이 보고 있는 서류가 차지하는 공간을 피해 책상의 한쪽에 파일을 슬쩍 올려놓았다. 하지만 그 말이 안 들렸는지 그는 대꾸 없이 하던 일에만 집중하고 있었다.

어색한 상황을 피해 눈을 돌려 사무실 안을 둘러보았다. 그러고 보니 그의 사무실, 아니 이런 임원급의 사무실은 처음이다. 드라마나 영화에서만 보아 오던 고급 사무실이었다. 꽤 넓은 사무실의 중앙에는 10명도 넘게 앉을 수 있는 회의 테이블이 있었다.

'야근하다 졸리면 저 위에서 침낭 깔고 자도 되겠다.'

저 혼자 널브러져 자기에도 충분히 넓은 테이블이 눈에 들어왔다. 요 며칠 고민으로 잠을 설쳤다. 게다가 아침 일찍부터 일어나 만원 버스에 시달려 출근하고, 처음 하는 일에 긴장을 놓치지 않고 있다 보니 집에 갈 때쯤이면 녹초가 되었다. 온종일 푹 자고 싶다는 생각밖에는 안 들 정도였다.

또다시 두리번거리다가 집무실의 한쪽을 차지하는 블랙의 튼튼한 가죽 소파를 발견했다.

'오호, 저기도 잠자기 좋아 보인다.'

게다가 외부의 소음과 완벽히 차단된 이 공간은 휴식을 취하기에 딱 좋아 보였다. 그러다가 문득 예전에 직장 생활을 하기 전에 갖고 있던, 말도 안 되는 상상들이 떠올랐다. 영화나 드라마만 보고 회사에서는 예쁘게 오피스 룩으로 갖춰 입고 인정받는 커리어 우먼이 되고, 직장에서 멋진 동료나 상사를 만나 비밀 연애도 하는 줄 알았는데.

하지만 그건 상상이 아니라 망상 수준이었다. 그래도 뭐, 드라마 속 남자 주인공처럼 멋있는 남자가 눈앞에 있기는 하네, 하며 강철을 바라보았다. 그는 아직도 아까와 똑같은 자세로 서류를 보고 있었다. 딱 벌어진 어깨의 양쪽 끝이 팽팽하게 당겨졌다.

'저렇게 몸에 셔츠가 붙으면 안 불편한가?'

상체를 훑은 눈이 예리하게 늘씬한 허리에 꽂혔다.

'캬! 저렇게 앉아 있어도 뱃살 하나 없네?'

걸을 때 일품인 긴 다리도 보고 싶었지만 커다란 책상에 막혀 안 보였다. 쩝, 아쉬운 입맛을 다셨다. 그리고 보니 완벽한 몸매의 남자와 커다랗고 튼튼한 책상. 무언가 머릿속에서 상상되고 있었다.

'저건 위에서 흔들거려도 흔들림이 없고, 소리도 안 나겠다. 음, 그리고 두 사람이 눕기에도 충분해 보이는걸?'

동영상에서 보았던 핫한 영상이 머릿속에서 그만 상상이 되어 버렸다. 게다가 눈앞의 남자와 하룻밤을 보낸 사실을 온몸이 기억 하고 있었다. 어느새 얼굴이 점점 뜨거워지고 이상한 기분이 들었 다.

'미쳤다, 이다미. 뽀로로 도사가 옹녀라니까 아주 정신을 못 차 리지.'

아랫입술을 깨물고 제 손으로 머리를 쥐어박았다.

그 부산한 움직임에 강철이 시선을 올렸다. 별다른 이유 없이 다 미를 부른 후 강철은 후회 중이었다.

'어차피 이 여자한테 보고받을 일도 아닌데 왜 부른 거야?'

그녀가 회사에 취직하기 전부터도 계속 머릿속을 온통 헤집고 다니는 통에 일에 집중하기 힘들었다. 그런데 이제는 문만 열면 저 여자가 있고, 언제든 찾아갈 수 있는 집 주소를 알고 있다는 사실 이 그를 미치게 했다.

때때로 전화를 걸어 보고 싶었고, 밤마다 차 키를 만지작거리던 게 몇 번이다. 지금도 서류만 보는 것에 엄청난 노력을 기울여야 함에도 쌔근쌔근 작게 들리는 숨소리와 향긋하게 코로 들어오는 체 취가 미치도록 좋았다.

'예전에는 내가 어린 여자 좋아하는 변태인가 고민하게 하더니, 이제는 내가 이상 성욕자인가 싶게 만드는군.'

안 되겠다. 얼른 내보내야지, 하고 생각하고 있던 찰나 그녀의 부산스러운 움직임이 느껴졌다.

"뭐 하십니까?"

자기를 바라보는 눈이 유난히 촉촉하다. 두 볼도 상기되어 있고 살짝 가쁘게 오르락내리락하는 가슴을 보니 이상한 상상이 들 지경이었다.

'미치겠네, 정말.'

길게 한숨을 쉬었다. 언제까지 이 숨바꼭질을 계속해야 하는지 절로 한숨이 나왔다.

"아닙니다. 그냥, 혼자 이것저것 생각 중이었습니다."

눈을 내리깔고 당황하는 표정이 역력했다. 그 모습에 괜히 장난기가 발동했다. 다미를 보는 한쪽 입술이 씩, 하고 올라갔다.

"혹시 이 책상에서 하는 거, 상상했습니까?"

"네?!"

비명에 가까운 답이 흘러나왔다. 강철은 더욱 덤덤한 표정을 지었다.

"아니, 뭘 그렇게 놀라십니까?"

"아니, 저는 그냥……… 이상한 말씀을 하시니까. 하하하……."

왜 이리 덥지? 서늘한데 땀이 나는 기분이었다. 방향을 잃은 두 손과 눈빛이 이리저리 흔들리고 있었다.

"뭐가 이상합니까? 이 책상에서 열심히 일하는 모습을 상상했느냐고 물은 것뿐입니다."

정말 그것뿐이라는 듯 단정한 눈빛에 제가 실수를 했구나 싶어 다미가 눈을 질끈 감았다.

"이 책상 괜찮아 보이지 않습니까?"

책상에 관해서 묻는 것이니 이상한 상상 그만하고 똑바로 대답하자.

"네, 아주 괜찮아 보입니다."

"사보실 개편할 때, 직원들 책상은 이걸로 하면 어떨까 생각 중입니다."

"좋은 생각 같습니다."

이렇게 직원의 편의를 생각하는 좋은 상사인데 넌 무슨 생각을 하는 거니 진짜. 다미는 고개까지 크게 끄덕이며 동조를 했다.

"이다미 씨가 생각해도 그런 것 같죠? 크고 단단한 책상. 아무리 흔들려도 소리가 나지 않는 그런 책상. 사람이 눕기에도 충분히 큰 책상."

설명하면 할수록 오 본부장의 목소리가 점점 나른하고 끈적끈적해지는 것 같았다. 뭐, 뭐지? 이거 이상한 거 맞지? 나만 이상한 상상 하는 거 아니지? 두 눈이 휘둥그레졌다. 그의 입가에도 짧게 웃음이 스쳤지만 그걸 볼 여유 따위는 없었다.

"직원들 보니까 야근할 때 좁은 책상에 엎드려 주무시는 분들이 계셔서요. 아예 편하게 쉴 수 있게 큰 책상을 준비해 드리는 게 어떨까 생각을 했습니다."

미간까지 찌푸리며 정말 고민이라는 듯 말하고 있었다. 근데 그 내용이 야한 소리 같기도 하고, 그냥 업무에 관한 소리 같기도 하다. 도저히 뭐라 말할 수 없는 찜찜함 때문에 거의 미칠 지경이었다.

"아하하 그건 총무팀에서 알아서 하시겠죠. 본부장님은 바쁘신데 무슨 책상까지 신경을……."

아예 이 이야기를 않는 게 낫겠다 싶다. 제발 그만해 주세요. 애원하는 눈빛으로 그를 바라보았다.

"아, 이다미 씨는 책상 이야기를 별로 안 좋아하시는군요. 죄송합니다. 제가 아는 그분, 그러니까 그 이라영이라는 분은 책상을 무척 좋아하셔서요."

아뿔싸. 그날 밤 분위기에 취해 자기의 섹스 로망은 뭐냐는 질문에 모두가 퇴근한 사무실 오피스 섹스가 꿈이라는 얘기, 어떤 체위를 해 보고 싶다는 얘기들을 주절거렸던 기억이 떠올랐다. 다미는 당장에라도 쥐구멍에 들어가고 싶은 생각에 눈을 질끈 감았다.

"이라영 씨와 저는 책상에서 함께 많은 추억을 쌓자고 약속했었죠."

뚫린 귀에 마치 비밀을 얘기해 준다는 듯 은근한 목소리가 들렸다. 온몸이 간지러운 느낌에 부르르 몸을 떨었다.

"무슨 약속인지 안 궁금하십니까?"

"하나도 안 궁금합니다!"

두 눈을 번쩍 뜨고 손사래를 쳤다.

"사촌 동생에 관해 관심이 없으신가 봅니다? 자기랑 똑 닮은 사촌 여동생인데."

눈을 가늘게 뜨고 자기를 바라보는 눈빛을 보자니 미칠 지경이었다.

"하하하 글쎄요. 라영이가 워낙 우등생이니까, 공부를 열심히 하자고 했나?"

잘 모르겠다는 듯 어색하게 어깨를 으쓱하며 답했다.

"아닙니다. 가족들은 이라영 씨의 본모습을 잘 모르는군요."

"가족끼리도 프라이버시는 지켜 줘야 한다고 생각합니다. 전 꼭 동생의 프라이버시를 지켜 주고 싶습니다."

제발 그만 좀 해라. 본부장님아. 더한 말이 나올까 봐 저 입을 틀어막고 싶은 기분이었다.

"그래요. 뭐, 그 이라영 씨의 본모습 저만 아는 것도 나쁘지는 않네요."

마지막 서류에 사인한 강철이 서류철을 다미에게 건넸다. 그녀는 인사도 대충 건네고 도망치듯 사무실에서 뛰다시피 나갔다.

다미는 간신히 비틀비틀 제 자리에 와서 털썩 주저앉았다. 그 모습을 보고 비서실장이 다가왔다.

"다미 씨 괜찮아요? 안색이 안 좋아 보여요. 어디 아파요?"

"아, 아니 괜찮습니다."

"괜찮긴, 여기 이렇게 식은땀이 나는데요."

비서실장이 걱정스레 다미를 쳐다보았다.

"아니 좀 전까지 멀쩡하던 사람이 왜 이래요? 혹시 본부장님께 많이 혼났어요?"

비서실장이 슬쩍 본부장실을 쳐다보았다.

"우리 본부장님이 워낙 꼼꼼하셔서 잘못된 점 뭐 하나를 그냥 넘어가는 법이 없어요. 처음에는 그게 좀 어려울 수 있는데 일도 배울 수 있고 좋아요. 버텨 봐요. 잘하면 그만큼 보상은 또 확실하니까."

다미가 본부장에게 왕창 깨지고 멘붕이 되었다고 생각한 비서실장이 어깨를 두드리며 격려해 주었다.

"뭐 조금 혼난 거 가지고 이렇게 티를 내요?"

고개를 삐딱하게 들고 지윤이 말했다.

"직장 생활 처음 해 봐요? 아, 맞다. 첨이랬지."

혼잣말인 듯, 반말인 듯한 말에 묘하게 비아냥거림이 섞인 목소리였다. 뭐라도 한마디 해 줘야겠지만, 지금 이 상태로는 그쪽으로 고개를 돌릴 힘도 없었다. 다미는 그대로 책상에 머리를 찧었다.

째깍째깍.

아직도 시계는 퇴근 시간 5분 전을 가리키고 있었다.

아까의 충격에서 벗어나 빨리 집에 가서 쉬고 싶은 마음밖에 안 들었다. 비서실 직원들이야 본부장이 퇴근할 때까지 기다린다 치더라도 자기는 비서실 소속도 아니었다. 그동안은 그래도 비서실 직원들이 퇴근할 때까지 남아 있었지만, 오늘만큼은 집에 일찍 들어가 욕조에 몸을 누이고 싶은 마음이 간절했다.

머릿속에 뜨끈한 욕조에 누워 있는 상상을 하며 모니터 속 시간만 노려보고 있었다.

3분 전, 2분 전, 1분 전. 땡.

"저, 그럼 제가 오늘 몸이 안 좋아서 먼저 퇴……."

"자, 그럼 오늘은 이만 퇴……."

눈치 게임도 아닌데 6시 땡 하자마자 퇴근하겠다고 튀어나온 본부장과 다미를 지훈과 지윤이 번갈아 보았다.

지금 나가면 저 본부장이랑 엘리베이터를 같이 타야 할 수도 있다. 다미는 아무 일도 없었다는 듯 슬며시 의자에 앉아 컴퓨터의 전원을 켰다.

"본부장님 퇴근하십니까? 네, 조심히 들어가십시오. 그리고 다미 씨도 아프다면서 그만 가 봐요. 눈치 볼 것 없습니다. 할 일 다 끝냈는데 뭘 남아요."

"그래요. 퇴근하겠다고 일어선 사람이 왜 갑자기 다시 자리에 앉아서 일하는 척이에요? 아까 보니까 집중도 못 하는 것 같던데 그냥 지금 퇴근하세요."

지훈과 지윤의 말에 다미가 눈을 질끈 감았다.

"아니요. 생각해 보니 아직 할 일이 남아서…… 이거 조금만 더 하고 가겠습니다."

기어들어 가는 목소리로 말하고 더욱더 깊숙이 의자 속으로 엉덩이를 들이밀었다.

"저런, 아까 안에서도 안색이 안 좋더니 아프셨군요. 우리 회사 그렇게 부려 먹는 회사 아닙니다. 그만 퇴근하세요."

강철이 환하게 웃으며 안타깝다는 눈빛으로 친절히 말했다. 저 잘난 얼굴로 저렇게 걱정을 해 준다면 가슴이 떨려야 마땅하지만, 지금 제 책상 옆에 딱 붙어 일어나길 기다리는 모습이 마치 저승사자처럼 느껴졌다. 강철의 환한 얼굴에 울고 싶어졌다.

"그래요. 그만하고 가요, 다미 씨."

"인제 와서 무슨 일을 한다고. 그냥 가요."

여러 사람의 재촉에 황천길을 따라가는 심정으로 컴퓨터 전원을 다시 껐다. 그제야 강철이 비서실을 나섰다.

가방을 열어 혹시 자신이 빠뜨리고 가는 소지품은 없는지 하나하나 다시 체크를 했다. 립글로스, 집 열쇠, 핸드폰, 배터리, 수첩

과 삼색 볼펜, 이어폰, 초코바, 사탕 세 알, 휴지 쪼가리까지 확인
한 후 가방을 닫고 일어섰다.

"네. 저 그럼 먼저 퇴근해 보겠습니다."

최대한 천천히 인사를 꾸벅하고 느릿느릿 비서실을 나왔다. 제발
그사이 저 긴 다리로 쭉쭉 가서 내 시야에서 사라졌으면 하는 마음
에 고개를 빼꼼 내밀어 보았다. 다행히 하늘이 그 소원은 들어주었
는지 복도에는 개미 한 마리의 흔적도 없었다.

'휴— 그럼 이젠 진짜 집에 가서 뜨거운 물에 몸을 넣고……'

생각만으로도 벌써 몸이 노곤해졌다. 긴장이 풀린 몸이 연체동물
처럼 흐느적거렸다. 엘리베이터가 있는 모퉁이로 몸을 돌린 순간,
내려가는 엘리베이터가 열려 있는 것이 보였다. 저걸 놓치면 또 몇
분은 기다려야 할지도 모른다. 오늘 같은 날은 딱 일 분도 더 이
회사에 남아 있고 싶지 않았다.

"잠깐만요!"

급하게 외치고 몸을 돌려 엘리베이터를 잡았다.

"엄마야!"

엘리베이터 버튼을 누르고 있는 강철을 보고 귀신을 만난 양 크
게 소리를 질렀다. 기함할 정도로 놀란 그녀와 달리 강철은 무슨
일 일어났냐는 듯 평온한 모습이었다.

"그렇게 조심하실 필요가 있다고 말씀드렸는데……. 하여튼, 넘
어지지 않아서 다행입니다."

분명 걱정해 주는 말이었는데 입꼬리를 활짝 올리며 웃는 모습
에 또 저를 놀리는 말처럼 들렸다. 생글생글 웃으며 유난히 반짝거
리는 눈이 마음에 안 들었다.

'아까부터 이상하게 기분이 좋아진 것 같단 말이지.'

왠지 수영장에서 저를 놀려 먹던 그 못된 다비드의 모습과 겹쳐져 보였다.

"안 가셨습니까? 저는 먼저 가신 줄 알고……."

먼저 가시지 아직도 안 가고 뭐 하셨는지.

"이다미 씨가 아프다고 해서 엘리베이터 잡아 놓고 있었습니다. 이렇게 아플 때 엘리베이터까지 안 오면 얼마나 짜증이 나겠습니까?"

물론 그렇긴 하지만 지금 본부장님이랑 같이 타느니, 차라리 걸어서 내려가고 싶은데요, 란 말이 목구멍까지 올라왔다.

"빨리 안 탑니까? 안색이 안 좋은 게 빨리 가서 쉬어야 할 것 같은데요."

빨리 들어오라는 듯 그가 고갯짓을 했다.

'이게 다 누구 때문인데. 잠깐만요 해 놓고 안 타기도 뭐하고, 아픈 부하 직원을 위해 엘리베이터를 잡아 줬다는데 됐다고 할 수도 없고 뭐가 이리 맨날 진퇴양난이야.'

아랫입술을 쭉 내밀고 느릿느릿 엘리베이터를 탔다. 강철과의 최장 거리를 유지하기 위해 문 앞에 딱 붙어 섰다. 하지만 뒤통수가 따가웠다. 은색의 벽을 통해 슬쩍 쳐다보니 손잡이에 기대 팔짱을 낀 채 자신을 훑어보는 모습이 보였다.

도대체 뭘 보고 있는 건지. 머리 뒤통수가 눌리지는 않았는지, 재킷이 더럽지는 않은지, 스타킹 올이 나가지는 않았는지 머리부터 발끝까지 신경이 곤두섰다.

"그나저나 이다미 씨는 어머니랑 사이가 좋으신가 봅니다?"

"그냥저냥 보통인데요."

갑자기 엄마 얘기는 왜 꺼내는 거야? 엘리베이터 문을 통해 강철의 얼굴을 보았다.

"아하, 저는 하도 시도 때도 없이 꽤 자주 엄마를 찾기에 어머님과 사이가 각별하신 줄 알았습니다."

존댓말을 쓰는데 이상하게 놀리는 듯한 목소리였다.

'내가 엄마 찾는 게 그리 못마땅한가? 아니, 놀라서 엄마 찾는 거야 대한민국 사람들 대다수의 버릇 아닌가? 뭘 그런 것까지 못마땅해하는 거야. 게다가 내가 뭘 얼마나 자주 엄마를 찾았다고.'

지금 엘리베이터 앞이랑 저번에 비서실 앞에서 이기영 팀장님이랑 부딪칠 때 한 번 찾은 게 다인데 뭘 또…….

그 순간 지난번 같이 보냈던 그 밤이 떠올랐다. 그리고 엄마를 몇 번 찾았던 기억이 났다.

'설마 지금 말하는 시도 때도 없이, 꽤 많이에 그 밤이 들어가나? 지금 그 얘기를 하는 거야?'

일순간 숨이 턱 막히고 온몸이 경직되었다. 눈앞이 하얗게 변하는 느낌에 눈을 질끈 감았더니 심장이 터질 듯 뛰는 것이 느껴졌다.

'아닐 거야, 아닐 거야. 지금 그걸 말하는 게 아닐 거야.'

아닐 거라고 아무리 기억을 더듬어 봐도 회사에 들어와서 엄마를 찾은 건 딱 두 번밖에 없었다. 등줄기로 식은땀이 흘렀다. 미간을 찌푸리며 미친 듯이 생각을 뒤져 보았기만 딱히 더 떠오르는 기억은 없었다. 오히려 그날 밤 강철의 밑에서 엄마를 외쳐 대던 자신의 모습만 떠올랐다.

엄마야를 외치면 자신의 이름을 알려 주고 자신의 이름을 말하라던 그. 그 사람의 아래서 강철 씨를 얼마나 외쳐 댔는지 몽땅 다 떠올라 버렸다.

'엄마야! 하앙⋯⋯. 강철 씨⋯⋯. 강철 씨. 엄마. 하웃, 강철 씨⋯⋯.'

두 눈을 감은 것으로 모자라 입술을 꾹 깨물었다. 조금 전 자신을 태울 듯이 바라보던 그 눈빛에 발가벗겨진 채 서 있는 듯한 느낌이 들었다. 등 뒤로 한기가 흘러 저도 몰래 온몸이 부르르 떨렸다.

비틀. 다리에 힘이 풀려 손잡이를 잡았다. 손잡이를 잡은 손가락의 마디가 하얗게 변했다.

띵— 엘리베이터 문이 열리는 소리에 눈을 번쩍 떴다. 빨리 이곳을 나가야 한다. 저 인간에게서 멀어져야 한다. 하지만 바닥에 붙은 듯 다리가 움직이지 않았다.

"다미 씨 몸이 많이 안 좋은 것 같은데 제가 오늘 집에 데려다⋯⋯."

그의 말에 젖 먹던 힘까지 발휘해 다리에 힘을 주었다. 너 오늘 제대로 안 움직이면 가만 안 둬!

"아, 아닙니다. 괜찮습니다. 혼자 갈 수 있습니다."

꾸벅 인사를 하고 미친 듯이 엘리베이터에서 튀어 나갔다.

"하여간 토끼도 아니면서 도망은 엄청 잘 다닌다니까."

강철은 멀어지는 그녀의 뒷모습을 바라보며 아쉬운 듯 입맛을 다셨다.

卍

어떻게 왔는지 모를 정도로 정신없이 집에 도착한 다미는 그대로 방으로 직행했다. 옷도 벗지 못한 채 침대에 대자로 뻗어 버렸다.

"망했어, 망했어. 이번 생은 망했어."

이불을 부여잡고 탄식 섞인 말을 뱉어 냈다. 그것으로도 속이 시원해지지 않아 이불을 뒤집어쓰고 악악 소리를 지르며 발을 동동거렸다. 뜨거운 물에 샤워고 뭐고 이대로 냉동 인간이 되어서 영영 안 깨어났으면 좋겠다.

자기를 못 알아본 것도 아니고, 원나잇하던 사람이라 쿨하게 넘어가자는 것도 아니었으며, 라영을 사촌 동생이라고 한 거짓말에 속은 것도 아니었다.

그동안 저를 보며 무슨 생각을 했을까, 하는 마음에 얼굴에 열이 화르르 올랐다.

'내 이놈의 강보영을 그냥!'

뒤집어썼던 이불을 홱 젖히고 핸드폰을 찾아 전화를 걸었다.

"야! 강보영!"

— 어, 다미야아— 너 전화 잘해써어. 나 어떠케애.

아직 초저녁인데 벌써 혀가 꼬인 말투였다.

"왜 그래?"

혼자서 이렇게까지 취할 리가 없는 보영이였다. 다미는 발딱 몸을 일으켰다. 어느새 전화를 건 목적 따위는 새까맣게 잊어버렸다.

— 나 이번 인생은 망해써어. 이 언니가 이제 주글 거야. 이대로 주그며언…… 처녀 귀신 되까? 나 처녀 귀신 되며언…… 네가 내 위령제, 천도재 좀 치러 줘워어.

그 소리에 미간이 찌푸려졌다.

"뭐야, 무슨 일인데?"

— 나 어떠케 다미야. 으앙.

결국, 전화기 너머의 보영이 울음을 터트렸다. HEXA의 해체 소식이라도 떴나? 아니면 제임스의 열애설? 하지만 그동안 거쳐 갔던 본진의 탈퇴, 그룹 해체, 열애설 소식 때 들렸던 목소리와는 달리 한층 더 심각했다.

"왜? 왜? 무슨 일인데?! 찬찬히 말 좀 해 봐!"

울고 있는 보영을 다그쳤다. 혹시 고향에 계신 부모님께 나쁜 일이라도 생겼나 싶어 가슴이 철렁했다.

— 아아아, 몰라 몰라. 진짜 콰아아악 죽어 버릴 거야아아아!

오래 살겠다고 봄가을마다 몸에 좋은 한약을 직접 지어 먹는 보영이 이런 말을 하다니, 도대체 무슨 일인지 걱정이 되어 미칠 지경이었다.

"야! 강보영 정신 차리고 너 어디야?!"

— 나? 집. 훌쩍. 그냥 집에서 곱—게 죽어야 네가 뒤처리하기 편할 것 가타서어……. 훌쩍.

그나마 집이라니 다행이었다. 가슴을 쓸어내렸다.

"너 딴짓하지 말고 딱 기다려!"

잽싸게 침대에서 몸을 일으켰다. 옷을 갈아입을 여유도 없었다.

퇴근한 옷차림 그대로 신발만 운동화로 갈아 신고 집을 나섰다.

집 앞에서 택시라도 잡아탈까 했지만, 택시가 잡히지 않아 그길로 냅다 보영의 오피스텔까지 뛰었다.

보영의 집 앞에 도착한 후 간신히 문에 기대어 비밀번호를 눌렀다. 달려오느라 기운이 빠진 탓에 비밀번호를 누르는 손가락이 바들바들 떨렸다.

곧 문이 열림과 동시에 후다닥 안으로 들어갔다.

"보영아!"

조용했던 실내에 날카로운 목소리가 쩌렁쩌렁 울렸다. 실내는 불이 꺼져 있었고 아무런 인기척도 느낄 수 없었다.

설마, 심장이 터질 듯 뛰었다.

"야! 강보영! 강보영!"

다급하게 보영의 이름을 불러 보았다. 하지만 역시 아무런 반응이 없었다. 재빨리 거실 조명 스위치를 올리고 보영을 찾아 나섰다.

"강보영! 강……."

보영은 식탁 위에 엎드려 퍼져 있었다. 불빛에 몸이 움찔대는 것을 봐서는 아직 죽은 것 같지는 않았다.

"야! 너 지금 뭐 하니?"

불안했던 마음에 안도감이 퍼졌다. 그러다가 이 나이에 무슨 일로 사람을 이렇게 기겁시키나 싶어 화가 치밀었다. 날카로워진 다미의 목소리에 보영이 고개를 들었다.

"으아아아앙— 다미야아아—"

다미를 발견하자 몸을 일으키며, 물이 뚝뚝 떨어지는 얼굴로 대성통곡을 했다. 그리고 이내 양팔을 크게 벌리고 다미에게 달려들었다. 와락 품에 안긴 몸에서 알코올 냄새가 훅 났다.

"도대체 초저녁부터 얼마나 마신거야."

얼굴을 찌푸리고 거실 바닥과 식탁 위를 둘러보았다. 소주병에 맥주 캔, 그리고 나중에 남자 꼬실 때 먹겠다며 담가 두었던 복분자주까지 뚜껑이 열려 있었다. 아주 집에 있는 술을 다 아작 낸 듯했다.

"내 코가 너어무 노파서어 접시 물에 코를 콕, 박고 주글 쑤가 업써. 접시에 코를 박았는데에— 숨이 너어어무 잘 쉬어져어. 코 수술도 안 했는데 왜 이로케 쓸데없이 노픈거야아아. 으앙—"

무슨 말을 하는 건가 싶어 몸에 들러붙은 보영을 떼어 냈다. 보영의 코끝이 빨갛게 부어오르고 촉촉했다. 식탁 위에는 접시가 나동그라져 있고 그 주변은 물에 흥건히 젖어 있었다.

"지금 접시 물에 코 박고 죽으려다가 실패해서 우는 거야?"

"응, 훌쩍. 나 어떠케에?"

보영이 축 처진 눈을 하고 고개를 크게 끄덕거렸다.

"그것보다 맞아 죽는 게 빠르겠다. 너 이리 와."

팔을 들어 보영의 등을 때리는 시늉을 했다.

"그게 빠를까아? 아라써어. 아푸게찌만 참아 보께에— 훌쩍."

평상시 같으면 번개와 같은 몸짓으로 손을 피했을 텐데, 웬일인지 순순히 등을 내주었다. 그 행동에 허공에 떠 있던 다미의 팔이 멈칫했다.

다시 천천히 팔을 내리며 보영의 안색을 살폈다. 목숨 갖고 장난친 게 괘씸해 혼내 주려 했는데 반응이 심상치 않다. 다미의 표정이 짐짓 심각해졌다. 일단 보영을 다시 식탁에 앉히고 의자를 끌고 와 그 옆에 나란히 앉았다.

"뭐야? 대체 무슨 일이야."

걱정스러운 표정으로 보영에게 물었다.

"도사님이…… 훌쩍."

보영의 코 밑에 반짝이는 물방울을 보고 냉큼 티슈 몇 장을 뽑아 보영에게 건넸다. 티슈를 받아 든 보영이 코를 팽 풀더니 휴지를 바닥에 던졌다. 그제야 식탁 밑을 보니 쌓여 있는 휴지가 자그마한 산을 만들고 있었다.

세상에 언제부터 울고 있었던 거야?! 놀라지 않을 수 없었다. 하지만 티를 내고 묻는다면 보영이 입을 꾹 다물고 아무 말도 안 할 수 있다.

"점 보러 갔다 왔어?"

속은 답답했지만, 최대한 부드러운 목소리로 물었다.

"응……."

보영이 고개를 작게 주억거렸다.

"저번에 너 짝 찾는 거 물어본다고 했잖아. 그거 물어본 거야? 도사님이 뭐랬는데?"

살살 어르는 목소리로 물었다. 울음이 잦아든 보영의 입이 달싹거리는 것이 보였다. 하지만 계속 입을 달싹거리기만 할 뿐 말이 되어 나오지는 않았다.

게다가 시선을 내리깐 채 식탁 위만 보고 있는 모습에 슬슬 속이 답답해져 왔다.

"응. 그거 물어봐써어. 근데에……."

"근데?"

오랜 기다림 끝에 보영의 입에서 나온 말에 귀를 쫑긋 세우고 들었다.

'근데 뭐, 빨리 좀 말해 봐. 친구야.'

"근데에……. 뭐라고 했는지는 말 모태에."

아니, 내가 이 말을 들으려고 여기까지 와서 이제껏 기다렸단 말인가? 말도 안 된다. 이유를 꼭 들어야 했다. 도대체 그 망할 도사가 뭐라고 했기에 애가 이렇게 죽는다고 이 난리냔 말이다.

"야, 우리 사이에 못 할 말이 뭐가 있어? 뭔 말을 해야 같이 머리를 굴릴 것 아니야, 친구야."

부드러운 목소리와 웃음을 유지하는 입가가 파르르 떨렸다.

"그게……."

보영이 다시 코를 팽 풀더니 그 휴지를 만지작거렸다.

"그래, 말해 봐. 친구야."

보영의 어깨에 팔을 두르며 가까이 다가갔다. 귀를 열고 보영의 입 쪽으로 들이밀었다.

"그게 사시르은……."

"그래, 사실은."

침을 꼴깍 삼켰다.

"아! 나 말 모태에, 말 못 해! 말하면 저주가 썬다고 해딴 말이야아."

보영이 두 팔을 식탁 위에 올리고, 그 사이로 얼굴을 폭 파묻었다.

하, 고개를 위로 올려 천장을 한 번 쳐다보았다. 도대체가 궁금해 죽겠다. 보영을 이 지경으로 만든 그 나쁜 도사 놈의 말이 무엇인지 궁금해 미칠 지경이었다. 게다가 오늘 다비드와의 일을 보영에게 말하고 고민 상담을 하려 했는데, 그 얘기는 꺼내지도 못하겠다. 당장 내일부터 얼굴을 또 봐야 한다는 생각에 막막했다.

용량을 초과한 머리가 지끈지끈 아파 왔다. 자기와 보영의 인생을 자꾸 꼬이게 하는 것을 보니 아주 돌팔이임에 틀림이 없었다.

'망할 도사. 내가 쫓아가서 가만 안 둬!'

식탁 위에 내팽개쳐져 있던 맥주 캔을 따서 한입에 털어 넣었다.

卍

다음 날 출근길에 다미는 쓰린 배를 부여잡고 버스 안에서 평정심을 유지하기 위해 엄청난 노력을 했다.

바깥은 꽤 쌀쌀한 가을 날씨임에도 불구하고 만원 버스 안에는 많은 사람이 쏟아 내는 열기와 이산화탄소로 뜨뜻미지근한 상태가 되어 있었다. 거기에 덜컹거리는 적당한 버스의 진동은 딱 좋은 타이밍이었다.

속 울렁거리기에.

버스 하차 문 앞에 서서 문이 열릴 때마다 찬 공기를 바삐 들여 마셨지만 6시간 전까지 섭취한 알코올 덕에 정신은 쉬이 돌아오지 않았다.

'휴— 망할 도사 놈 때문에 둘 다 처녀 귀신 되겠네.'

어젯밤 일들이 떠올랐다. 자기는 저주받은 운명이라며 울다 웃던 보영은 시간이 지나자 이번엔 자신의 운명이 그럴 리가 없다며 절대 신처럼 믿던 도사에게 쌍욕을 날렸다.

배도 슬슬 고프고 보영이도 빈속에 계속 술만 먹게 하면 안 되겠다 싶어 동네 김밥집으로 갔다. 하지만 밥을 다 먹고 다미가 계산하는 동안 보영이 쏜살같이 뛰쳐나갔다. 계산을 마친 다미가 후다닥 쫓아 나가 보영을 찾은 곳은 클럽 앞이었다.

'야, 뭐 해. 집에 가자.'
'시러어어. 나 저기 갈 끄야아. 저기 가서, 내 인생을 내 스스로 개척할 끄야아.'

술에 취한 보영의 힘은 상상 이상이었다. 다미는 보영에게 질질 끌려 클럽 안으로 들어갔다. 클럽 안에 들어간 보영은 자리에 앉을 새도 없이 젊은 남자가 있는 테이블마다 돌아다니며 혀 꼬부라진 소리로 '저랑 결혼하실래요? 저랑 결혼해 주세요, 저랑 결혼 안 하시면 전 처녀 귀신이 됩니다'를 외쳤다.

하지만 클럽에는 어울리지 않게 유난히 단정한 정장 차림에 운동화를 신은 제 꼴이나, 울어서 메이크업이 얼룩덜룩 지워진 채 퉁퉁 부은 얼굴로 이상한 말을 해 대는 보영을 바라보는 남자들의 시선이 고울 리 없었다.

다미는 기운 센 천하장사 보영의 팔에 매달려 다니며 연신 죄송하다며 사과를 해야 했다. 그 와중에 술 안 마시면 또 다른 남자를 찾아 떠난다는 보영을 말리기 위해 마신 술이 몇 잔인지 셀 수도 없었다. 그 술들이 지금까지 진한 숙취로 남아 있었다.

버스에서 내린 다미는 퇴근길보다 더 무거워진 몸을 이끌고 17층으로 올라갔다. 비서실에는 박 실장만이 있었다.

"안녕하세요."

"다미 씨도 좋은 아침! 아니 근데 얼굴이 왜 그래요?"

인사를 하다 다미의 얼굴을 확인한 박 실장의 눈이 커다래졌다.

"어제 좀 아픈 것 같더니 오늘은 안색이 더 안 좋네? 진짜 병난 거 아니에요?"

박 실장이 걱정스러운 표정을 지었다. 혹시라도 제 몸에서 술 냄새가 날까 봐 안 다가와 주길 바랐지만, 박 실장은 다미의 책상 앞쪽으로 성큼성큼 걸어왔다.

"어디 어디, 열이 나는지 한번 봅시다. 심하면 그냥 쉬지 뭐 하러 나왔어요."

박 실장이 다미의 이마로 손을 뻗었다.

"하하하, 저는 괜찮습니다."

박 실장의 손을 피해 의자를 슬쩍 뒤로 젖혔다. 그때, 지윤과 강철이 들어왔다.

"박 실장님, 무슨 일입니까?"

두 사람이 가까이 밀착하는 것을 본 강철의 목소리가 날카로웠다. 그 목소리에 지훈이 움찔했다. 강철은 검은 오라를 뿜어 대고 있었다.

"이다미 씨가 오늘은 더 아픈 것 같습니다. 아무래도 의무실 가서 좀 쉬어야……."

'아니, 난 아무 말도 안 했는데?! 아프다고 안 했는데 왜 이러세요, 박 실장님?!'

제가 아프다고 하지도 않았는데 순식간에 아픈 사람으로 만들어 버렸다.

놀라서 쳐다본 강철의 눈빛이 금세 걱정스러운 눈길로 바뀌었다. 날카롭던 눈빛이 아픈 원인이라도 찾듯 다미를 샅샅이 훑고 있었다.

"어디 아픕니까?"

"아니, 그게……."

"아프면 병가를 내지 왜 출근을 합니까?"

안 그래도 어제 상태가 별로였는데 그것도 모르고 제가 놀린 것 때문에 더 아픈 건 아닌가 싶다. 당장에라도 그녀를 집으로 데리고 가서 밥 먹이고 약 먹여 푹 재워야 하나. 그녀를 바라보는 눈빛이 한없이 다정했다.

하지만 그런 강철의 모습을 보는 지훈의 얼굴이 일그러졌다. 저 인간이 저렇게 친절한 상사였던가. 지훈이 넉 달 전 미국 출장을 갔다가 인천 공항에 내리자마자 다시 홍콩으로 끌려갔던 기억을 떠올렸다.

그것뿐이던가. 신제품 출시를 앞두고는 디자인 유출이 되면 안 된다고 관련 인물들을 모두 근 한 달간 분당의 한 연수원에 감금시 키다시피 했던 인물이다. 또한 새로 연락하던 예쁜이와 주말 데이트 좀 하려고 아파서 병원 좀 가야겠다고 핑계를 대던 자신에게 약 봉지를 던져 주며 참으라던 인간이었다.

근데 왜 이다미 씨한테만 저러는데? 지훈이 의심의 눈초리로 강철을 보았다.

"아니요. 저는 괜찮……."

그 와중에 이다미 씨는 당황한 것처럼 보였다. 둘 사이의 미묘한 분위기를 파악하려던 찰나, 지윤의 목소리가 들렸다.

"괜찮을 거예요. 어젯밤 12시에 클럽 Z에서 봤는데 아주 신나서 헌팅하시던데요, 뭘."

별일 아니라는 듯 툭 내뱉는 지윤의 목소리에 세 사람의 시선이 지윤에게 쏠렸다. 그 시선에 더욱 의기양양해진 듯 지윤이 팔짱을 낀 채 새초롬하게 두 눈을 내리깔며 다미를 내려다보았다.

"어제 친구들 만나 클럽 Z 갔는데 이다미 씨를 보고 저도 놀랐어요. 반가워서 가서 인사나 할까 했는데 어찌나 열심히 계속 헌팅을 하시던지, 인사할 틈도 없던데요."

말을 마친 지윤이 어깨를 으쓱하며 자신의 자리로 돌아갔다.

다미는 눈을 질끈 감았다. 지금 이 순간 저런 쓸데없는 자신의 행적을 밝히는 지윤도 얄미웠지만, 이 말을 강철도 들었다는 생각에 일순간 머리가 아찔했다.

'도대체 나를 뭐로 볼 거야? 맨날 남자 꼬시러 다니는 여자로 보는 것 아니야?'

수영장에서 남자를 잡기 위해 껄떡대던 자신의 모습들이 스쳐 지나갔다. 게다가 이제는 제가 그 이라영이라는 게 빼도 박도 못하게 드러난 상황이다. 이 사람과도 하룻밤을 보냈으니 다른 남자와도 쉽게 원나잇하는 여자로 오해하면 어쩌지? 눈앞이 캄캄하고 온몸이 경직되었다.

비서실 안은 냉랭한 기운이 감돌았다. 심장이 콩알만 하게 쪼그라들었다. 미간을 잔뜩 좁힌 채, 무서운 것을 용기 내어 보듯 실눈을 뜨며 강철 쪽으로 슬슬 고개를 돌렸다. 그때, 지윤에게서 자기

쪽으로 고개를 돌리는 강철의 눈과 마주쳤다.

슬로 모션으로 움직이는 고개와 다르게 뜨겁게 노려보는 눈빛에 어깨가 한층 더 움츠러들었다. 당장에라도 잡아먹을 듯 무서운 눈빛이었다. 도저히 그 얼굴을 계속 볼 자신이 없어 시선을 내렸다.

"아하?! 어제 아프다고 퇴근하시고서, 저녁때는 클럽에 가서 헌팅을 하셨다고요?"

나지막이, 제가 잘 못 들을까 봐 하나하나 짚어 주듯 친절하고 천천히 말하는 그 목소리가 오히려 제 목을 조르는 기분이었다. 이상하게 가슴이 턱턱 막혀 숨이 잘 쉬어지지 않았다. 애인에게 바람피우는 현장을 걸린다면 이런 기분인 걸까? 왜 저 남자 때문에 이런 기분이 드는지 알 수 없었다.

정시에 퇴근하고, 정시 출근했다. 따지고 보면 제가 잘못한 일이라고는 하나도 없다. 하지만 왜 이렇게 마음이 불편한지, 마치 큰 죄라도 지은 것처럼 가슴이 콩닥거렸다.

"아니 저 그게 아니라……."

"그게 아니라면, 최지윤 씨가 잘못 본 겁니까?"

그의 감정을 억누른 목소리가 앙다문 입술 사이로 흘러나왔다.

그랬으면 좋으련만, 실상은 그게 아니지만, 겉으로 보기에는 충분히 그렇게 보일 만한 일이었다. 아니라고 하면 결국 지윤이 거짓말을 한 게 된다. 물론 내가 흠 잡힐 만한 일을 슬쩍 흘린 지윤이 얄미웠지만 그렇다고 거짓말도 아닌데 뒤집어씌울 수는 없다. 게다가 딱히 다른 변명 거리도 떠오르지 않았다. 욱신 머리가 아파 왔다. 아랫입술을 꾹 깨물었다.

"아니요. 맞습니다. 어제 친구와 클럽 갔습니다. 최지윤 씨가 본

거 저 맞습니다……."

말하는 목소리가 점점 잦아들었다. 가슴 한곳이 따끔따끔했다.

"이다미 씨는 그런 자리들을 꽤 즐기시나 봅니다?"

툭 내뱉는 말에 비아냥거림 한가득이었다. 다미의 고개가 다시 떨궈졌다. 이유가 있으면, 그 이유라도 말해 주면 좋으련만, 고개만 푹 숙이고 있는 모습이 제 말이 맞는다는 걸 증명하는 것 같아 강철의 기분은 더욱 나빠졌다.

"네, 뭐 다 큰 성인이 근무 외 시간에 무엇을 하든 무슨 상관이 겠습니까. 다만 회사 일에 지장이 안 되는 선에서 하세요."

강철이 쌩하는 바람을 일으키며 본부장실로 들어갔다.

"어휴, 본부장님 뭐가 안 풀리는 일이 있으셨나? 오늘따라 유난히 까칠하시네. 너무 신경 쓰지 말아요. 아프면 의무실을 가 보든가."

박 실장이 다미의 어깨를 툭툭 쳐 주고 다시 자신의 자리로 갔다.

그가 사라진 후 다미는 그의 비아냥거리는 목소리에 반항기 어린 마음이 불쑥 올라왔다. 원래 쥐도 도망갈 길을 열어 주고 몰아야 한다고, 어제부터 은근슬쩍 이어지는 강철의 공격에 삐딱한 마음이 들었다.

'남이사, 그런 자리를 즐기건 말건, 그렇다고 그렇게까지 비난할 필요는 없잖아!'

자신이 어제 클럽 간다고 조퇴한 것도 아니고, 지각을 한 것도 아니다. 물론 다크서클이 턱 밑까지 내려온 몰골로 회사에 출근한 게 시각적 테러라면 할 말은 없지만 맡은 일은 최선을 다해 임할

체력은 되었다.

'게다가 회사 출근 때문에 술도 마음대로 못 마셨는데!'

어제 강철의 말과 보영의 일로 스트레스가 풀릴 때까지 마시고 싶은 마음이 간절했었다. 자기의 술잔을 넙죽넙죽 받아 주지 않는 다미를 보며 보영이 이제 우리의 우정이 식은 거냐고 난리를 부릴 때도 출근을 위해 눈치를 보며 받아 마셨다.

그리고 무엇보다 그가 자신을 그렇고 그런 여자로 보는 듯한 눈빛은 도저히 참을 수가 없었다. 벌떡 일어난 다미가 아무 서류철이나 하나 들고 일어섰다.

"왜? 의무실 가려고? 그래요. 가서 좀 쉬어요."

"아니요. 일해야죠. 지금 작성한 다음 달 아웃라인 좀 검토받으러 가겠습니다."

지훈이 말릴 새도 없이 본부장실 안으로 들어갔다.

"어허, 본부장님 저렇게 저기압일 때는 안 들어가는 게 상책인데. 다미 씨 참 빠르네."

본부장실 문을 보고 혀를 끌끌 찼다.

"내버려 둬요. 그렇게 다른 사람 말도 안 듣고, 제멋대로라니. 당해도 싸죠, 뭐."

다시 키보드를 두드리는 지윤의 손놀림이 가벼웠다.

"무슨 일입니까?"

고개를 들고 자신을 보는 그의 눈빛이 매서웠지만, 오해받기는 싫었다.

"드릴 말씀이 있습니다."

용기를 내어 그의 앞쪽으로 걸어갔다.

"제가 지금 바쁘니 이따가 부르면 다시 오세요."

"꼭. 지금 드리고 싶습니다."

"하— 해 보시죠."

지금 자신이 누구 때문에 이렇게 열을 받았는지 모르는 모양이었다. 이성적으로 대할 자신이 없어 이따가 다시 부른다는데도 주저함 없이 자신의 앞으로 오고 있다. 보통 사람들 같으면 이 정도로 하면 알아듣던데. 그런 면에서는 거침이 없다, 저 여자.

"이게 아니라 아까 얘기요. 제가 어젯밤 클럽 Z에 간 것은 사실입니다."

"그래서요?"

"근데 최지윤 씨 말대로 헌팅을 위해 갔던 것은 아닙니다."

"……."

계속 말해 보라는 듯 눈썹을 올리는 표정이 다소 누그러져 있었다. 다미는 점점 안정되는 마음을 느끼며 다시 말을 이었다.

"어제 친구가 너무 속상한 일이 있어 옆에 있어 줬던 것뿐입니다. 그 친구가 술이 너무 취해 이 테이블 저 테이블로 다니는 걸 제가 제지시키려고 옆에 있었던 거지 절대 헌팅을 목적으로 기웃거린 것은 아니었습니다."

"아, 그랬나요?"

그 친구 누군지 알기만 하면 가만두고 싶지 않았다. 그래도 뭐, 자신이 상상했던 그런 목적으로 클럽에 간 것이 아니라고 하니 마음이 한결 편안해졌다. 이제 자신의 궁금증들을 풀어 주려는 것일까? 그동안 겪은 수많은 일들에 대해 말하겠지 싶어 다미를 쳐다보았다.

하지만 그녀는 할 말은 다 했다는 듯 후련한 표정이었다. 이게 끝이 아닐 텐데?

"그럼 뭐 또 다른 할 말은 없습니까?"

"다른 말이요?"

그토록 당당하던 다미의 표정에 금세 당혹감이 번졌다. 하지만 더는 기다려 줄 여유 따위 그에게는 없었다.

"첫째, 왜 이다미는 스물한 살 이라영인 척하였는가? 둘째, 왜 이다미는 그다음 날 그렇게 도망쳤는가? 셋째, 왜 이다미는 입사 후 나를 보고 모르는 척했는가? 넷째······."

손가락을 하나하나 꼽으며 질문을 해 대는 폼이 무슨 청문회를 연상케 했다. 손가락을 꼽을수록 다미의 얼굴이 붉으락푸르락, 급기야는 하얗게 질려 버렸다.

"아닙니다. 전 제가 할 말 다 했습니다. 그럼 전 이만."

네 번째 질문이 시작되기도 전, 다미는 꽁지 빠진 새처럼 쪼르르 본부장실을 나갔다.

"하는 김에 좀 다 말하고 가지. 감질나네."

닫힌 문을 바라보는 강철이 아쉬운 듯 입맛을 다셨다.

30분 후 본부장실의 문이 열렸다.

하필 이럴 때 미팅이야. 문 쪽을 바라보는 비서실장의 얼굴에 짜증이 실렸다.

오늘 점심은 중국의 한 온라인 회사와 업무 협약(MOU) 체결에 앞서 서로 간의 입장을 정리하는 자리였다. 한국으로서는 중국에

법인을 설립하고 5년간 500억 규모의 온라인 마켓 공급 계약까지
이어 갈 수 있는 중요한 자리였다. 물론 중요한 자리인 만큼 오늘
강철은 한껏 예민해 있을 것이다.

저 성질 어쩔 거야. 이런 날 기분까지 별로라니, 가는 길 내내
그 불똥이 자신에게 떨어질 것은 자명한 일이었다. 박지훈 비서실
장은 재빨리 재킷을 정리하며 일어섰다. 하지만 집무실을 나온 강
철의 표정은 생각보다 멀쩡했다.

"자, 이제 출발합시다."

지훈은 성큼 앞서 걷는 강철을 따라나섰다. 복도 반대편에서 걸
어오던 마케팅팀의 김형석 팀장이 묵례했다.

"안녕하십니까."

가볍게 묵례하고 길을 가던 강철이 멈칫하더니 뒤를 돌아보았다.

"저, 김 팀장님."

자신을 부르는 강철의 목소리에 김형석 팀장이 철렁하는 마음으
로 몸을 돌렸다. 안 그래도 어제 올렸던 보고서가 엉망이었다는 피
드백을 비서실장을 통해 보고받았다. 보고서 수정 전까지 이리저리
강철을 피하던 참이었다. 하지만 내게 그런 복이 있을 리 없지. 그
냥 넘어가나 했는데 딱 걸려 버렸다.

"어제 받은 보고서 말입니다."

"그건 최대한 빨리 수정해서……."

"김 팀장님, 그 보고서 아이디어는 아주 좋았습니다. 다만 몇 군
데 절차상의 오류가 있어서 그 부분만 수정해 주시면 될 것 같습니
다. 역시 김 팀장님의 마케팅 기획력을 따라갈 사람은 없을 것 같
습니다. 하하."

혼날 것이라고 예상한 것과는 달리 강철은 기분 좋은 칭찬을 하고 다시 제 갈 길을 갔다. 이게 뭔 일이래? 나도 몰라. 김형석 팀장이 보내는 눈빛에 가볍게 어깨를 으쓱하고 지훈은 다시 저만큼 가 있는 강철을 따라갔다.

"본부장님 오늘 기분이 좋아 보이십니다."

"기분이 나쁠 이유가 없잖습니까?"

아까까지만 해도 인상을 쓰고 사무실에 들어갔던 인간이 30분 만에 기분이 좋아져서 나올 일이 무엇이란 말인가.

"그런데 이다미 씨는 어디 갔습니까?"

"홍보 기획팀에 잠깐 내려갔습니다."

홍보 기획실에는 이기영 팀장이 있다. 아마도 일을 보고하거나, 무엇인가 전달을 받고자 내려갔을 것이다. 그걸 뻔히 알면서도 다미를 바라보던 이 팀장의 눈빛이 떠오르자 기분이 불쾌해졌다.

"우리 회사 모든 시스템은 온라인 결제 및 인트라넷을 통해 주고받을 수 있지 않습니까?"

"네, 그렇기는 합니다. 근데 그건 갑자기 왜……."

"아니, 그렇게 돈 들인 시스템이 있으면 활성화하고 많은 사람이 사용하도록 해야지, 왜 굳이 얼굴을 보고 일을 처리하도록 합니까?"

저게 말이야 방귀야? 지훈이 잠시 혼란스러운 표정으로 그를 보았다. 물론 대부분의 일은 인트라넷을 통해 가능하지만, 꼭 면대로 샘플을 보고 이야기해야 하는 부분들도 있다. 본인도 맨날 뻔질나게 실무진들 불러 회의하고 보고받으면서 저건 무슨 망발인가 싶었다.

오늘 별일도 아닌 이다미 씨 클럽 건으로 화를 내던 것도 그렇고, 생각해 보니 30분 만에 기분이 풀린 것도 어쩌면 이다미 씨가 본부장실을 갔다 온 것과 관련이 있을지도 모른다. 게다가 지금도 이다미 씨가 홍보실에 갔다는 소리에 뭔가 신경을 쓰는 기분이다.

'혹시 두 사람⋯⋯.'

지훈이 눈을 가늘게 뜨고 강철의 뒷모습을 바라보았다.

　오늘은 할머니의 제사가 있는 날이었다. 6시 정각에 본가로 출발하기 위해서는 마무리해 두어야 할 일들이 많았다.

　아침 일찍 출근한 다미는 열심히 사보를 편집했다. 그때 책상에 올려 둔 핸드폰이 드르륵거렸다. 보영이었다.

　[그제는 고마워. 내가 고마운 마음을 담아 너에게 선물 하나 메일로 보냈다. 확인해 봐.]

　뭐, 음료 쿠폰이라도 보냈으려나. 메일함을 열었다. 아무것도 온 것이 없다.

　"뭐야? 아무것도 없는데."

　보영에게 아무것도 없다는 문자를 보냈다. 업무를 시작하기 전에 달달한 커피라도 한 잔 타 마셔야겠다며 탕비실로 이동했다.

　[용량이 커서 아직 안 갔나 보다. 네가 완전 좋아할 거야. 아

무한테도 주지 말고 꼭 너만 봐. *^^*]

아하, 뭔지는 안 봐도 뻔했다. 그 선물의 정체는 야동임이 틀림없을 것이다. 간혹가다 선물이랍시고 새로 뜬 야동을 보내 주는 장난을 치는 보영이였다.

"계집애 싱겁긴."

한동안 안 하던 장난인데 무슨 바람이 불었나 몰라. 커피 믹스 두 개를 넣어 머그잔 하나 가득 채웠다. 음, 이 한 잔의 부드러운 여유를 외치며 커피 향을 음미하고 나오던 다미는 탕비실 입구에서 그대로 얼어 버렸다.

강철이 꽤 진지한 얼굴로 자신의 모니터를 뚫어져라 쳐다보고 있다. 팔짱을 낀 채 한 손으로 턱을 문지르는 모양새가 꽤 진지해 보였다.

"음……."

"뭐, 뭘 봐요!"

달려가 온몸으로 화면을 가렸다. 그 바람에 책상과 그 사이에 끼인 꼴이 되었다.

"〈뜨거운 오피스, 그날 밤 본부장과 인턴에게 무슨 일이〉 봤습니다."

"엄마야! 뭘 그런 걸 직접 말해요?"

얼굴이 시뻘게진 채 두 손으로 그의 입을 막았다.

"말하라고 해서 말한 것도 죕니까?"

다미가 막은 손 사이로 그는 웅얼웅얼 할 말은 다했다. 뜨거운 입김에 손바닥이 간질거려 그녀는 후다닥 손을 뗐다.

"누가 아침부터 그런 말을 입에 담아요?"

혹시나 이 불경한 장면을 누가 보고 들을까 싶어 좌우를 두리번대며 핀잔을 줬다.

"그럼 아침부터 사무실에서 이걸 보겠다고 연 사람은 뭡니까?"

시작은 본인이 해 놓고서 왜 또 저렇게 놀라실까. 정신없이 두리번대는 다미를 내려다보았다.

"내가 보려고 찾은 거 아니에요. 친구가 선물로 보내 줬어요."

이씨, 강보영 만나기만 해 봐.

"친구가? 선물로?"

질문하는 강철의 한쪽 눈썹이 올라갔다.

"네, 그러니까 이건 제 의사가 하나도 들어가지 않은……."

"이런 걸 보낼 정도면 아주 친한 친구겠네요?"

눈을 가늘게 뜬 강철이 그녀 쪽으로 몸을 숙였다. 그제야 그와 저의 거리가 얼마만큼 가까운지 인식이 되었다.

서늘한 사무실 안의 공기와는 다른 무겁고 뜨거운 공기가 둘을 감싸고 있었다.

"그, 그렇긴 하죠. 친한 친구이긴 한데, 장난이에요. 장난. 어릴 때나 치던 장난인데 어머 얘가 미쳤나 봐."

보영이 미친 것인지, 제가 미친 것인지 모를 일이었다. 심장은 쿵쿵대고 얼굴은 뜨거워졌다. 아니라며 두 손을 가로로 흔들다가, 부채질을 하다가 부산하기 그지없었다.

"그러니까, 다미 씨 취향이 오피스 섹스라는 거군요."

그 한마디에 부산하던 그녀가 그대로 얼어붙었다. 집요하게 추궁하듯, 놀리는 듯한 눈빛에 뭐라고 한마디 해 주고 싶은데 두 손을 책상에 올리고 다가오는 그의 얼굴을 보자 아무 말도 할 수 없었다. 다리에 힘이 풀려 그만 책상에 주저앉았다.

"친한 친구가 선물이라고 보낼 정도로 좋아하는, 아주 오래된 취향."

아니라고는 할 수 없었다. 지금도 머릿속에서는 〈아무도 없는 비서실에서.avi〉가 자동 재생 되고 있으니까.

머릿속에 울리는 경고음에 그가 다가올수록 몸이 점차 뒤로 넘어갔다.

그때, 균형을 잃고 휘청이는 다미의 등을 그가 왼팔로 휘감았다.

"그래도 아침부터 이렇게 누워 버리면 곤란한데."

말은 그렇게 하면서도 등을 쓰다듬는 손길이 부드러웠다. 안으로 들어오고 싶어 하는 듯 스커트 허리선을 따라 움직이는 손길에 온몸에 소름이 오소소 돋았다.

'설마 지금 키스하려는 걸까?'

키스가 아니라면 이렇게 가까운 포즈를 취할 이유가 없다. 내가 본 그 영화와 드라마의 모든 장면이 그랬단 말이야!

그의 한쪽 입술이 매혹적으로 휘었다. 그의 체취와 체온까지 느껴질 정도로 가까운 거리에 심장이 터질 것처럼 뛰었다. 앞으로 닥칠 현실을 보면서 확인하기가 겁났다. 저도 몰래 눈이 스르륵 감겼다.

"이런 건 호환마마보다 무서울 수 있으니 앞으론 보지 말고."

'키스가 호환마마보다 무섭다고요?'

뭔 말인가 싶어 슬쩍 눈을 뜨니 그의 시선이 자신이 아닌 자신의 어깨너머에 꽂혀 있는 것이 보였다. 어안이 벙벙한 그녀를 두고 그가 몸을 일으켰다. 한동안 멍하니 있던 다미는 지윤이 들어오는 소리에 간신히 정신을 차렸다.

"이다미 씨, 책상 위에서 뭐 해요? 잠은 집에서 자고 와요. 괜히 열심히 하는 척 일찍 와서 회사에서 그렇게 넋 놓지 말고. 잠 좀 깨요."

후다닥 책상에서 내려온 다미는 모니터를 봤다. 그제야 강철이 무슨 짓을 한 건지 알 수 있었다. 보영이 보내 준 메일이 감쪽같이 사라진 것이다.

'뭐야? 삭제한 거야?'

그가 보영이 보낸 메일을 말도 없이 삭제했다는 것에 대한 분노보다는 그에게 자신의 취향을 들키고, 게다가 키스까지 바란 듯 벌러덩 책상에 누워 버렸다는 사실이 창피했다.

이 얼마나 부끄러운 추태란 말인가. 말없이 책상에 머리를 쿵쿵 찧기 시작했다.

오전의 일로 온종일 일이 손에 잡히지 않았다. 작은 소리가 날 때마다 깜짝깜짝 놀랐다.

'이대로는 심장 떨려 못 살아.'

가뜩이나 첫 만남도 별로고, 그 이후에 사고 친 것도 있는데, 회사에서 야동까지 선물 받는 여자라니. 뭔가 이대로 가만히 있으면 안 될 것 같았다.

'그런데 뭘 어떻게 해?'

한참을 굳게 닫힌 본부장실을 바라보다가 다시 모니터로 시선을 옮겼다.

'들어가서 무슨 말부터 꺼내야 하나? 수영장에 남자 꼬시러 다닌 이유부터? 아냐, 아냐. 굳이 액막이 강쇠 얘기는 안 해도 되지 않을까? 그러면 덥석 하룻밤을 잔 것부터? 아니면 다음 날 도망간 것부터? 그것도 아니면, 여기 와서 첫 대면에 모르는 척한 것부터?

생각해 보니 변명할 게 한둘이 아니었다.

책상에서 혼자 머리를 흔들다가, 입술을 물어뜯었다가, 미간 찡그리기를 반복했다.

"자, 그러면 우리도 밥 먹으러 갑시다."

지훈의 목소리에 시계를 보니 어느덧 12시였다. 아침 내내 딴생각하느라 시간이 흘렀는지 몰랐나 보다. 두 사람이 식사하러 가면, 들어가서 이야기를 해 볼까? 꿀꺽, 마른침을 삼키며 본부장실을 바라보았다.

"자자, 나는 오늘 동기들이랑 점심 선약이 있으니 지윤 씨가 오늘 다미 씨랑 같이 좀 먹어요."

"네?"

"제가요?"

놀란 다미가 지훈을 쳐다봤다. 지훈의 말에 대답하는 지윤의 목소리가 살짝 높아졌다. 미간도 살짝 찌푸리며 퉁명스레 말했다.

"저도 오늘 동기들이랑 밥 먹기로 했는데요."

"잘됐네. 어차피 호연 씨, 주연 씨랑 먹을 거 아니야? 어차피 주연 씨도 홍보 기획팀이니까 다미 씨 소개도 좀 해 줘요. 어차피 한 부서인데. 부탁해, 지윤 씨!"

이렇게라도 다미 씨를 챙기면 나중에 이 복이 다 자신에게 돌아오지 않을까 하는 기대감에 지훈이 싱글벙글 웃었다.

"아니 저는 안 먹어도 되는데, 할 일도 있고. 본부장님은 오후 스케줄이 어떠신가요? 점심은 안 드신대요?"

역시 그렇고 그런 사이였어, 하는 눈빛의 지훈과 달리 지윤은 비아냥거리는 웃음을 날렸다.

"다미 씨가 비서도 아닌데 그런 건 왜 체크해요? 혹시 본부장님께 관심 있어요?"

지윤이 별걸 다 궁금해한다는 듯 한쪽 눈썹을 들어 올리며 물었다.

"아, 저 그게 아니라."

"농담이에요, 농담. 어머, 다미 씨 무슨 농담도 못 하겠어요."

농담이라는데 뭐라 더 할 말도 없고, 하여간 사람 기분 은근히 나쁘게 하는 데 뭐가 있는 여자였다. 하지만 눈치 빠른 지윤에게 이 일을 들키고 싶지는 않다. 왠지 약점이 될 것 같았으니까.

"아뇨, 가요. 배고파 죽겠네요."

배를 쓱쓱 문지르며 앞장서 나갔다.

지윤과 다미는 구내식당으로 갔다.

배식을 받고 테이블 쪽으로 갔을 때, 호연과 주연이 이미 자리를 잡고 있었다. 지윤과 다미를 발견한 주연과 호연이 반갑게 손을 흔들어 주었다. 지윤이 새침하게 테이블에 먼저 앉고 다미도 지윤의 옆에 자리를 잡고 앉았다.

"안녕하세요! 저 홍보 기획팀 신주연입니다. 우리 홍보 기획팀에 새로 오신 이다미 씨죠? 저희 저번에 인사 나눴는데 기억하실지 모르겠어요."

기영과 같은 팀이라 저번에 인사를 나누었던 주연이 먼저 반갑게 인사를 건넸다.

"네, 안녕하세요. 이다미입니다."

"아, 저도 저번에 오본이랑 같이 저희 부서 오셨을 때 봤어요. 그땐 비서실 소속인 줄 알았는데."

다미가 주연과 호연에게 웃으며 살짝 묵례했다. 여직원들이라 혹시 텃세를 부릴까 싶었는데 그런 걱정은 안 해도 될 것 같은 친절한 사람들이었다.

한 여자만 빼면.

"야, 너희들 버릇없이 반말하면 안 돼. 경력은 없으셔도 스물아홉 살이셔."

세 살 차이가 무슨 서른 살 차이라도 되는 듯 갑자기 어마무시한 노인 공경 정신을 담아 스물아홉이라는 단어에 유난히 힘을 주며 지윤이 말했다.

그 말에 주연과 호연이 쟤 왜 저래? 라는 표정으로 지윤을 바라보았다.

'음, 사람 마음 다 비슷하군.'

다미의 입꼬리가 슬쩍 올라갔다.

착한 사람들이라 그런지 처음의 어색함도 밥을 다 먹어 갈 때쯤엔 많이 풀려 있었다.

"사보 일이 많죠? 그것까지 하느라 마감 때마다 죽을 맛이었는데 요새 다미 씨가 있어서 얼마나 도움이 되는지 몰라요."

"아직은 저도 처음이라 많은 도움이 못 되는 것 같아요. 앞으로 열심히 해서 더 도움이 되도록 할게요."

"정직원이 되어야지 계속 도울 수가 있죠. 계약 기간 끝나면 뭐—"

지윤을 제외한 세 여자의 숟가락질이 멈칫했다. 멀뚱멀뚱하게 지윤을 바라보는 다미와 다르게 주연과 호연의 얼굴이 더 당혹스러운 듯 변했다.

"하긴 뭐 본부장님 스케줄까지 본인 업무에 별 쓸데도 없는 걸 체크하는 걸로 봐선 일에 대한 의욕이 대단해 보이세요. 곧 정직원 되시겠네요."

콩나물국을 휘휘 저으며 지윤이 계속 말을 이었다.

"쓸모없다니요. 보고드릴 게 있어서 언제 들어오시는지 궁금했을 뿐입니다."

거짓말이 아니었다. 보고는 보고다. 다만 공적인 보고가 아니라서 그렇지.

다미의 대꾸에 지윤이 고개를 들어 바라보았다.

'뭐? 보면 어쩔 건데?'

지윤을 보는 두 눈에 더욱 힘을 주었다. 두 여자의 시선이 팽팽하게 부딪쳤다.

"그나저나 아까 사무실에서도 신경 쓰시더니 혹시 제가 오 본부장님한테 관심 있나 걱정하시는 거예요? 이상하게 유난히 그 문제에 더 신경 쓰시는 것 같은데요? 누가 보면 최 비서님이 오 본부장님 좋아해서 신경 쓰시는 거로 보이겠어요."

태연한 다미와 달리 지윤의 낯빛이 점점 붉으락푸르락해졌다.

"어머! 이다미 씨! 무슨 말을 그렇게 해요. 어디 가서 이상한 소문 내고 다니는 거 아니에요?!"

지윤이 정색하며 톡 쏘아붙였다.

"에이, 농담이에요, 농담. 어머, 지윤 씨 무슨 농담도 못 하겠어요."

별거 아니라는 듯 허공에서 손을 휘휘 저었다. 아까 지윤이 자신에게 했던 말 그대로다. 지도 사람이면 뭐라고 못 하겠지. 지윤이 입술을 꾹 깨물었다.

"아니 그게 아니라, 예전에 비서실에 있던 직원이 자꾸 오 본부장한테 추파 보내고 그래서 오본이 잘랐거든요. 일하러 온 사람이 일 안 하고 잿밥에 관심 있다고. 아마 지윤 씨가 그래서 그런 스캔들에 예민한 걸 거예요."

경쾌하던 젓가락질이 공중에서 딱 멈췄다.

"아, 네……."

알수록 놀라운 인간이다.

"그것뿐만이 아니라 업무 시간에 사우나 갔다 오거나 주식에 투자하고 그런 경우도 임원진이라고 봐주지 않고 자르니 다미 씨도 조심해요."

비밀 정보라도 되는 듯 손으로 입을 가리며 말해 주는 주연이였다.

세상에 주식에 투자하다가 걸려도 잘리는 판에 야동이라니. 욕을 먹어도 할 말이 없는 행동이다. 게다가 본인한테 관심 좀 보였다고 사람을 자르는 게 그 사람한테는 회사에서 좋아하는 티도 절대 내면 안 되는가 보다. 회사에서는 죽도록 일만 하자가 신조인 사람인가 싶다.

남자 꼬시기에 원나잇, 게다가 야동까지. 저 사람 눈에 난 어떤 사람으로 비칠까. 등 뒤로 소름이 쫙 돋았다.

드르륵—

요란스러운 진동음에 발신자를 확인할 겨를도 없이 대충 전화를 받았다.

"여보세요? 어? 라영이야? 벌써 도착했어?"

라영이라는 소리에 지훈의 귀가 움찔했다. 라영? 어디서 많이 들어 본 이름인데. 어디서 들었더라. 이상하게 신경에 거슬리는 단어였다.

"아, 미안. 깜박했다. 야, 이라영. 그렇다고 너 설마 누나를 버리고 간다는 건 아니겠지? 알았어. 나 지금 나갈 테니까 조금만 기다려."

이라영! 드디어 생각났다. 얼마 전 강철의 책상에서 구겨져 뒹굴던 종이에 쓰여 있던 이름, 이라영.

회사와 관련된 일 중에 이라영이라는 이름과 연관된 직원, 거래처는 하나도 없었다. 처음 오 본부장을 보필했을 때부터 무언가에 몰두하면 무의식적으로 끼적대는 버릇이 있음을 알았다. 아마 무의식중에 끄적거리던 흔적일 것이었다. 그리고 그걸 발견하고 마음에 안 들어 구겨 버렸을 것이다.

아니, 남들도 모르게 연애하다 차였나 싶어 신기했더랬다. 도대체 누구인가 싶어 수소문했지만, 도저히 정체를 알 수 없는 여자였다.

근데, 여자가 아니라 남자였어? 그것도 이다미 씨 동생?

지훈은 두 손으로 입을 틀어막았다. 드디어 강철과 다미 사이의 일들이 이해가 가기 시작했다. 다미의 입사 직전까지 보였던 그의 히스테리가 그녀의 입사 이후 급격하게 줄어들었다. 게다가 이다미 씨를 보면 실실 웃기까지. 아마도 그녀를 통해 이라영이라는 사람과 다시 연결되어서 기뻤던 모양이다.

이를 어째, 쯧쯧. 그가 작게 혀를 찼다.

"그러면 저 먼저 가 보겠습니다. 실장님."

어느새 퇴근 준비를 마친 다미가 꾸벅 묵례를 하고 사무실을 나섰다. 그때 반대편 쪽에서 들어오던 지윤과 문 앞에서 부딪쳤다. 그 바람에 들고 있던 핸드폰이 바닥에 떨어졌다. 핸드폰이 커버, 배터리, 본체로 3단 분리가 되었다. 재빨리 폰의 잔해들을 수거해 가방에 쑤셔 담았다.

"죄송해요. 지윤 씨. 그럼 먼저 퇴근해 볼게요."

인사를 마친 다미가 후다닥 나가자 지윤이 다미가 사라진 쪽을 노려보았다.

"뭐가 저리 급하다고 난리예요? 뭐 정문 앞에 애인이라도 기다리나."

그 애인이 이다미 씨 애인이 아니고 본부장님 애인이지 아마? 입이 간지러웠다. 그때, 본부장실의 문이 열리고 강철이 나왔다.

"무슨 일입니까?"

집무실에서 나온 강철이 날 선 목소리로 물었다. 조금 전 부산한 소동을 다 들었나 보다.

"이다미 씨가 밑에서 남자가 기다리는지 급하게 퇴근하다가 그만 저와 부딪쳐서요. 다행히 크게 부딪치지는 않았습니다."

다미와 부딪친 팔을 다른 손으로 문지르며 지윤이 아픈 표정으로 말했다. 그러자 강철이 미간을 찌푸렸다.

"아, 저 그게……."

지훈이 이라영 씨라고 말을 하기도 전 강철은 벌써 사라지고 없었다.

남자가 기다리는지. 남자가 기다리는지. 지윤이 했던 말이 머리에서 떠나지 않았다. 젠장. 엘리베이터 버튼을 누르는 그의 손길이 거칠었다. 도대체 이번에는 또 누구란 말인가. 그는 옆에서 안녕하십니까, 직원들이 인사하는 소리도 귀에 들어오지 않았다.

어떤 거지 같은 놈을 회사 앞까지 끌어들이는지 궁금해 미칠 지경이었다. 그리고 도대체 나는 그 여자한테 뭔지, 자괴감이 느껴졌다.

1층에 도착한 후 재빨리 정문으로 나갔다. 흰색 승용차 앞 희멀겋게 생긴 남자가 손을 흔들고 있었다. 그녀와 비슷한, 어쩌면 조금 어릴 수도 있는 이십 대 중반의 남자였다. 수영 강사와는 달리 이번엔 모델처럼 훤칠한 키에 세련된 패션 감각을 보이는 남자였다.

쪼그만 게 뭐 저리 빨라. 남자를 보고 통통 뛰어가던 그녀의 뒷모습이 차 안으로 쏙 들어가자마자 남자도 차에 올라 곧 출발했다.

이럴 수는 없다. 내가 뻔히 보고 있는데 눈앞에서 다른 남자와 사라져 버렸다. 그가 재빨리 핸드폰을 꺼내 전화를 걸었다.

— 지금 거신 전화는 고객의…….

"뭐야, 지금 전화도 꺼 놓은 거야?"

다저녁때, 남자랑 둘이 있으면서 전화기를 꺼 놓는 이유는 무엇이란 말인가. 조용한 곳에서 남들의 시선을 피해 둘만의 일에 집중하고자 하는 것 아닌가.

단둘이, 조용한 곳, 둘만의 집중.

"아우 젠장!"

차가 사라진 곳을 향해 강하게 헛발질을 날렸다.

"고속도로 안 막히겠지?"

계기판의 시계를 확인하며 다미가 걱정스레 물었다.

"그렇게 일찍 나온다고 출근까지 먼저 한 사람이 뭐 하느라 퇴근 시간을 까먹어?"

먼저 출근해서 생긴 일 때문에 온종일 시간이 어찌 흘렀는지도 모를 지경이었다. 그에게서 나던 은은한 남성 로션 냄새와 허리를 쓸던 감촉이 다시금 떠올랐다.

"어휴, 더워. 라영아 에어컨 좀 켜 봐."

두 손으로 볼을 감쌌다.

"갱년기야? 이 날씨에 무슨 에어컨?"

"이씨. 이게 누나한테 갱년기라니."

한 대 치려고 폼을 잡았다.

"어허, 지금 동생 운전 중인 거 안 보여?"

말은 버럭버럭하지만, 몸은 반사적으로 차 문 쪽으로 빼고 있었다. 더 장난을 치다가는 자신의 생명까지 위험해질 수 있다.

"넌 집이었음 죽었어."

라영이 힐끗 다미를 봤다.

"얼라? 얼굴도 진짜 빨간데?"

"뛰어와서 그래. 내가 너 안 기다리게 하려고 얼마나 뛰었는데."

뭐 그것도 반 정도, 아니, 20% 정도는 영향이 있으니까.

"아이고, 사무실에서는 엘리베이터 타고 내려왔을 테고, 겨우 로비 뛰어나오면서 얼굴이 그리됐다고? 평소에 운동을 안 하니 체력이 그 모양이지. 운동 좀 해."

"어휴, 이 잔소리쟁이. 엄마한테 전화할 테니까 조용히 해."

가방에서 주섬주섬 분리된 핸드폰을 꺼내 맞추고 전원 버튼을 눌렀다. 하지만 전원이 들어올 기미가 안 보였다.

"어라, 안 되네?"

"뭐야? 핸드폰 고장 났어?"

"아까 떨어뜨렸는데 그때 망가졌나 봐."

"어이구, 이 칠칠이."

이 정도 가지고 칠칠이라니, 아침에는 야동도 걸린 대왕 칠칠이다.

신호 대기 중임을 놓치지 않고 라영의 옆구리를 찔렀다. 그리고 라영의 핸드폰을 집어 들었다. 패스워드가 걸려 있었다.

"비밀번호 몇 번이야?"

"0617."

"어, 그거 보영이 생일이랑 같네?"

"그래?"

"응, 왜 비번을 보영이 생일로 걸었어?"

"6월 17일에 강보영만 태어났어? 그날 내 데뷔일이야."

헛기침하더니 라영이 앞으로 고개를 돌렸다. 에어컨 바람이 너무 추웠나? 다미가 온도를 조절했다.

"아닌데? 너 처음 잡지에 실린 게 8월 호 여름 수영복이었던 것 같은데."

"촬영일 기준이야. 촬영일. 빨리 엄마한테 전화나 해. 기다리시겠다."

재빨리 집 단축키를 눌러 아예 전화기를 다미의 코앞으로 들이밀었다.

卍

평일 아침의 커피숍은 아침잠을 깨우기 위해 커피 하나씩을 받아 든 사람들, 가볍게 아침을 때우기 위해 모여든 사람들로 그득했다.

"다음 손님 주문하시겠습니까?"

"아메리카노, 아니 에스프레소로 주세요. 더블 샷으로."

낮고 그윽한 목소리다. 주문을 마친 여자가 그 목소리의 주인공이 누구인가 싶어 몸을 돌리던 순간, 그만 깜짝 놀라고 말았다. 초췌한 표정의 오 본부장이 검은 오라를 펼치며 메뉴판을 노려보고 있었기 때문이다. 슬금슬금 줄을 빠져나온 여자가 동료 직원을 붙잡았다.

"오 본부장님 오늘 왜 저 모양이에요?"

"그치? 오늘따라 다크한 분위기 풍기는 게 너무 섹시하지 않아?"

"맞아. 웬일도 저 완벽주의자가 수염도 안 깎고 넥타이도 안 맸대? 뭐가 그리 급해서?"

"밤을 새웠는지 눈에 핏발도 선 거 같은데 밤새 뭐 했으려나?"

수다를 떨던 여자들의 얼굴이 발그레 달아올랐다.

"밤새 뭐 하긴, 야근이나 했겠지. 아주 집에서 서류 쌓아 놓고 밤새 그거 보고 있었을 인간이잖아."

오 본부장 소속의 17층에 있으면서 가장 많이 혹사를 당하는 마케팅팀 직원이었다.

"오본이 야근한다고 흐트러지는 꼴 보여 주던 인간이었어요?"

"아니지. 그럼 뭐 계약이 잘못되었나?"

"우리 이번 중국 온라인 마켓과의 MOU 잘 체결되고, 제3공장 신축도 잘되고 있다고 하던데. 그런 소식 없던데……."

사람들이 자신의 몰골의 원인을 탐색하느라 바쁜 와중에도 강철은 그런 것들이 눈에 들어오지 않았다.

'이다미, 밤을 새워?'

어젯밤 당장 그녀의 집 앞으로 찾아갔다. 남자를 만나도 저녁에는 집에 들어오지 않을까 싶었다. 저녁이었던 시간은 어느덧 밤이 되었다. 들어오기만 해 봐, 가만 안 두겠다고 벼르던 마음은 12시가 넘자 설마 집에 안 들어오는 건 아닌가 초조해졌다.

지금 어딘가에서 어떤 새끼와 뒹굴고 있는 상상이 떠올라 미칠 지경이었다. 물론 다미가 그렇게 헤픈 여자가 아니란 건 안다. 남자를 꼬시는 스킬 따위 없는 여자였다. 게다가 분명, 그녀는 처음이었다.

처녀인데 원나잇한 여자, 야동을 선물 받는 여자, 남자와의 모든 것이 서툰 여자. 그 간극이 강철을 미치게 했다.

그렇게 불 꺼진 그녀의 집 앞에서 지옥 불구덩이에 처박혀 있다가 집으로 돌아간 것이 새벽 4시였다.

집으로 돌아가서도 혹시 내가 오고 바로 집에 들어간 것은 아닐까? 아니면 어디 사고라도 나서 병원에 있는 건 아닐까? 사람을 풀어서 병원 응급실들을 뒤져야 할까? 지금 당장 경찰에 신고해? 근데 가족도 아니고, 친구도 아닌데 내가 신고하면 받아 주나?

그런 고민들로 그는 밤새 뒤척였다.

"주문하신 음료 나왔습니다."

"네, 감사합니다."

계산하고 돌아서 나가는 길이 홍해처럼 갈라졌다.

출근 후 다미는 주인 없는 본부장실을 힐끗 보았다. 그러다가 정신을 차리고 고개를 작게 흔들었다. 아, 내가 이럴 때가 아니지. 다미가 모니터로 시선을 돌렸다.

오늘까지 이기영 팀장을 대신해 사보 레이아웃 편집 작업을 마무리해서 퇴근 전까지 넘기기로 했다. 어제 온종일 딴생각하고, 일찍 퇴근하느라 아직 마무리가 덜 되어 있었다. 레이아웃 편집이 생각만큼 쉽지도 않다. 이렇게 한가하게 딴생각할 시간이 없었다.

꼬르륵. 순간 배에서 소리가 났다.

새벽에 도착하자마자 옷만 갈아입고 회사로 왔다. 아침도 제대로 먹지 않고 일하자니 죽을 지경이었다.

그때 비서실의 문이 살짝 열리는 소리가 났다. 기영이 동그란 얼굴을 빼꼼 문 사이로 내밀며 쑥스러운 듯 웃고 있었다.

"다미 씨 많이 바빠요?"

다미가 벌떡 일어나며 대답했다.

"아니요. 괜찮습니다. 근데 지금 박 실장님 잠깐 외근 나가셨는데요."

비서실의 박지훈 실장과 이기영 팀장은 입사 동기로 꽤 친했다. 본부장을 보러 오는 김에 지훈과 편하게 이야기를 나누는 기영의 모습을 본 적이 있었다.

"박 실장은 조금 전에 만났어요. 박 실장이 다미 씨 아침밥도 못 먹고 일한다고 하길래……."

기영이 비서실 문을 열며 슬쩍 몸을 들이밀었다. 부끄러운 듯 미소를 지으며 갈색 종이봉투와 부드러운 거품이 올라간 카푸치노를 건넸다. 봉투 안에는 크랜베리 치킨 샌드위치가 자리 잡고 있었다.

"어머, 저 주시려고 사 오신 거예요? 우와, 잘 먹겠습니다."

다미의 눈이 휘둥그레졌다. 가뜩이나 배고팠는데 기영이 이렇게 자신의 끼니를 챙겨 주다니. 먹을 것 주는 사람, 좋은 사람. 그녀가 배시시 웃었다.

그 모습에 기영의 얼굴이 살짝 빨개졌다.

"편집은 잘돼 가요?"

"실은 지금 제목 레이아웃 잡는데 원하는 대로 잘 안 되네요."

"그래요? 어디 한번 볼까요?"

기영이 책상을 돌아 다미의 뒤쪽으로 와서 마우스를 잡았다.

"아, 여기 설정을 잘못했네요. 여기에서는 이렇게, 이렇게 들어가서……."

"우와! 이 팀장님은 어떻게 이렇게 툴을 잘 다루세요?"

"자잘한 사항들 수정은 업체에 맡기면 시간이 너무 걸리니까 그냥 책 보면서 조금씩 익혔어요."

역시, 성공한 사람들은 이유가 있다. 자기에게 주어진 일만 열심히 하는 게 아니라 일의 효율을 높일 방법까지 생각하며 자기 개발을 한다.

나도 이렇게 열심히 해야지 부끄럽지 않은 정직원이 되겠지? 기영을 보는 눈이 존경으로 반짝였다.

"대단하세요. 그 책 뭐예요? 저도 좀 보고 공부할래요."

"그래요? 그러면 주말에 나랑 만나서……."

기영의 말이 끝나기도 전에 비서실의 문이 열리고 강철이 들어왔다. 갑작스러운 그의 등장에 다미가 엉거주춤 자리에서 일어났다.

"본, 부장님. 출근하십니까?"

그 어느 때보다 날카로운 강철의 눈빛에 기영은 뭔가 대역죄를 저지른 듯한 기분이었다.

"본부장님. 좋은 아침입니다."

다미 역시 재빨리 몸을 일으켜 세우고 인사를 했다. 아니 어제까지만 해도 멀쩡했는데 오늘따라 왜 이렇게 초췌하지? 일하느라 밤새웠나? 다미가 걱정스러운 눈빛으로 그를 바라보았다.

하지만 기영과 다미를 번갈아 보던 강철이 미간을 살짝 찌푸렸다. 그 작은 강철의 움직임에도 심장이 내려앉는 기분이었다.

혹시 내가 일은 안 하고 회사에서 다른 남자 꼬신다고 생각하려나, 덜컥 겁이 났다. 계속해서 자신을 무심한 듯 그러나 뚫어지게 바라보는 모습에 왠지 나쁜 짓을 하다 걸린 것처럼 가슴이 심하게 쿵쾅거렸다.

"어? 이 팀장, 사무실에 빨리 올라가야 한다던 사람이 왜 여기 있어?"

이어서 들어온 지훈이 세 사람을 번갈아 바라보았다. 그러다가 이내 다미의 책상 위의 커피와 샌드위치를 발견했다. 어쩐지, 다미 씨 이야기를 많이 꺼내더라니. 내가 왜 눈치를 못 챘지? 동기 좀 도와줘야겠다고 생각했다.

"아니, 다미 씨가 툴을 잘 못 다루겠다고 해서 설명해 주느라……"

"에이, 저 샌드위치랑 커피를 보니 다미 씨 배고플까 봐 아침 사 왔구만?"

박 실장이 짓궂게 놀렸다. 하지만 그 모습을 보는 강철의 표정이 더욱 딱딱하게 변했다.

"이다미 씨. 이렇게 사무실에서 노닥거릴 시간 있습니까? 다음 달 사보에 실을 제3공장 신축 기사 취재는 다 했습니까?"

"아, 그건 이 팀장님이 올 초에 준공했을 때 사진 있다고 그거 쓰면 된다고 하셨고, 기사는 공장장님이 메일로 보내 주시기로……"

"기사를 그렇게 앉아서, 이 팀장에게 대충 자료 받아서 짜깁기할 거면 저희가 직원을 채용할 이유가 뭐가 있습니까? 컴퓨터 잘 다루는 아르바이트생이나 쓰면 되지."

무뚝뚝하게 내뱉는 말이 가슴에 콕 박혔다. 저렇게 정직원 이야기를 꺼내니, 제가 꼭 제대로 일하지 않고 뺄질대려는 임시직 아르바이트생이 된 것같이 느껴졌다. 네 마인드가 그따위니 넌 정직원이 되지 못하는 거라고, 꼭 그렇게 말하는 것처럼 들렸다.

수영장에서는 철저히 인간 대 인간이었지만 지금의 나는 을이다.

고로 내 목숨 줄을 쥐고 있는 저 사람의 말이 법인 것이다. 그와 비교되는 자신의 처지와 거리가 더욱 사무쳤다. 임시직이라 이런 말을 듣는 게 슬펐고, 그 말을 저 사람에게 듣게 된 것이 못 견디게 부끄러웠다.

내 취업의 결정권이 저 사람의 손에 달려 있다는 사실이 비참했다. 이 회사에 안 왔다면, 그냥 남자와 여자로 만났을 수 있었을까? 인제 와서 이 회사에 들어오게 된 것이 저주처럼 느껴졌다. 그러면서도 이까짓 자리라며 박차고 나가지도 못하고 꼭 정직원이 되고 싶다는 제 처지에 눈물이 차오를 것 같았다.

눈앞이 자꾸 뿌옇게 변하는 것 같아 고개를 푹 숙였다.

"이 팀장님, 저희 란제리 패션쇼 홍보 기획안 다 작성하셨습니까? 그럼 지금 진행 사항 보고 부탁드립니다."

"아, 네?!"

생각지도 못한 호출에 기영의 표정이 사색이 되었다.

"그럼 들어오시지요."

말을 마치고 본부장실로 들어간 그를 기영이 뒤따랐다.

그로부터 영혼이 반쯤 나간 기영이 본부장실을 나온 것은 한참 후의 일이었다.

기영이 나간 후 강철은 자리에서 일어나 재킷을 벗어 소파에 던졌다.

"젠장!"

도대체 무슨 보고를 받았는지도 기억이 나질 않았다. 애먼 직원에게 화풀이하다니, 평소의 그답지 않았다.

'그래요? 그러면 주말에 나랑 만나서…….'

그 말 한마디에 그동안 참았던 이성의 끈이 툭 하고 끊어지는 기분이었다. 밤새 걱정되어 한숨도 못 자게 해 놓고 정작 본인은 너무 태평스러운 모습이라 화가 났다. 게다가 다미의 등 뒤에서 몸을 밀착시키고 모니터를 바라보던 두 사람의 모습을 본 순간 당장에라도 이 팀장을 때려눕히고 싶은 충동을 느꼈다.

아직도 가시지 않은 흥분에 주먹이 절로 쥐어졌다. 다미에게 치근대던 이 팀장에게도 화가 났지만, 외간 남자가 치근덕거리는데 생글거리며 거부감 없이 앉아 있던 다미의 모습에 더 짜증이 났다.

단정하게 매어져 있던 넥타이를 푸는 손길이 거칠었다.

"뭐 저렇게 아무나 보고 생글거려!"

창밖 풍경을 보던 강철의 주먹 쥔 손이 하얗게 변했다. 순진한데 남자들이 끊이지 않는 그녀를 보고 있자니 심장을 누가 쥐어짜듯 고통스러웠다.

참으려고 해도 자꾸만 가슴에서 뜨거운 것이 치밀었다. 언제나 냉철하게 사태를 파악하고, 여러 경우의 수를 생각하고, 가장 합리적인 방법을 찾던 그의 모습은 찾아볼 수 없었다.

강철은 수화기를 들었다.

천안에 있는 제3공장은 Y.N.L의 기존 공장들이 원단 공급처들을 통해 구매해 제품을 만들던 것과는 달리 회사가 특수 소재의 생산부터 제품 완성까지 원스톱 공정으로 관리하기 위해 만들어진 공장이다. 신소재 개발을 공부했던 강철인 만큼 이 공장에 대한 애정은 남달랐다.

이에 따라 기존의 공장들과는 달리 국내에서는 잘 사용하지 않는 최첨단의 기계들을 갖춰 최신 기술을 이용한 최고급의 제품 생산을 목표로 하고 있다. 이번 사보에서는 새로 신설된 제3공장의 내부 모습과 공정에 관한 내용을 싣기로 했다.

아침에 다미를 닦달했던 그곳으로 강철이 직접 데리고 가는 중이었다.

천안으로 가는 고속도로 안, 차 안은 음악도 없이 적막했다. 아침부터 냉담한 강철의 태도와 숨소리마저 들릴 것 같은 적막에 숨이 콱콱 막혀 왔다.

어색한 분위기에 최대한 몸을 조수석의 문 쪽으로 붙이고 창밖을 봤다. 고속도로에 들어서자 창밖으로 빨리 지나가는 풍경이 그나마 숨구멍을 틔워 주었다. 아까는 갑작스러운 출장에 당황했지만, 다시 생각해 보면 단둘이 이야기를 나눌 절호의 기회였다.

힐끗 강철을 훔쳐보았다. 운전하며 무언가 생각에 빠진 듯했다. 그윽한 눈빛, 오뚝한 코, 굳게 다문 입술이 프랑스 배우 같은 분위기를 만들어 내고 있었다. 지금의 분위기에 이런 말은 좀 안 어울리지만, 아까 강철의 태도를 보았을 때 더는 자신을 오해하게 만들고 싶지는 않았다.

길게 심호흡을 하며 다미가 그를 불러 보았다.

"저, 본부장님……?"

목소리가 너무 작았는지 강철의 반응이 없었다. 조금 더 큰 목소리로 말을 했다.

"저, 제가 좀 드릴 말씀이 있는데요."

"네. 하시죠."

그가 전방만 주시하면서 건성으로 대답했다. 사실 천안 출장 건은 핑계였고 저 여자를 혼자 두기가 싫었다. 자기 눈앞에 온종일 묶어 두고만 싶었다. 아침부터, 저녁까지 도대체 무슨 생각을 하고, 누굴 만나는지 모두 알고 싶었다. 궁금해하는 것만으로는 더 이상 참을 수 없을 거 같았다. 오늘은 반드시 모든 걸 밝히고 정리하고만 싶었다.

저 둔한 여자가 자기 마음을 알아채 줄 것 같지는 않다. 이 터질 것 같은 마음을 알리지 못한다면 내일부터 떠나는 출장에 머리가 돌아 버릴지도 모르겠다는 두려움마저 일 정도였다.

하지만, 도저히 어디서부터 어떤 말을 꺼내야 할지 막막했다. 지금 이야기를 해야 할지, 이따 일을 끝낸 저녁때 다시 시간을 만들어야 할지, 완벽주의자 성향이 말 한마디 꺼내는 것마저 어렵게 만들었다. 이런저런 나름의 계획을 세우느라 머릿속이 정신이 없었다.

"저, 어디 휴게소라도 좀……."

"많이 급합니까? 공장 거의 다 왔습니다. 여기 요금소만 나가면 금방입니다."

화장실 이야기가 아닌데, 말귀를 못 알아먹는 강철 때문에 속이 답답해졌다.

"아니, 화장실 가고 싶다는 게 아니라 그동안 제가 본부장님께 너무 이상한 모습들을 자주 보여 드린 것 같아서요. 그 부분들에 대해 설명해 드려야 할 것 같습니다. 특히 저희의 원나잇에 대해……."

끽— 덜컹.

갑자기 고속도로에서 차가 크게 한 번 휘청했다. 다행히 주변에는 차들이 없었다. 안심할 새도 없이 강철이 눈을 치켜뜨고 격양된 표정으로 다미를 쳐다보았다.

"운전 중에 갑자기 그런 말을 하면 어떡합니까?"

"아니 그래서 휴게소 가자고 제가 말했잖아요!"

"후, 운전 중이니 잠깐 기다려요. 휴게소 들를 테니."

휴게소에 도착한 강철은 카페에 들러 따뜻한 커피를 두 개 사서 자신의 차로 향했다.

아우. 저 여자는 도대체 종잡을 수가 없다. 그렇게 이야기를 하라고 멍석을 깔아 줘도 안 하더니, 오늘 이렇게 고속도로 한복판에서 이야기를 꺼낼 줄이야.

언제쯤, 어떠한 상황에서 진실을 말해 줄까 수백 번도 더 생각을 해 보았다. 하지만 이렇게 대낮에 고속도로 휴게소에서 이런 이야기를 나누게 될 줄은 꿈에도 몰랐다. 놀라기는 했지만 한편으로는 기대가 되었다. 저 여자가 무슨 말부터 꺼낼지 궁금했다.

그녀에게 묻고 싶은 게 많았다. 어젯밤 그 남자는 누구인지, 왜 나이와 이름을 속였는지, 왜 그날 그렇게 사라진 건지, 자기에 대한 감정은 진짜 아무것도 아니었는지.

그가 약간은 긴장된 마음으로 차에 올라타며 커피 하나를 다미에게 건넸다.

"자, 말해 봐요."

다미는 시선을 내리깔고 그가 건넨 커피를 만지작거렸다. 이야기는 시작도 안 했는데 심장이 터질 듯하게 뛰기 시작했다. 머리도 어질어질한 것이 제대로 이야기를 할 수 있을까 걱정이 되기까지 했다.

"후—"

길게 심호흡을 한 다미가 몸을 틀어 강철과 눈을 맞췄다. 어서 빨리 말하라는 듯 재촉하는 눈빛에 오히려 입 안이 바싹 말랐다. 들고 있는 커피를 한 모금 마셨다. 생각보다 뜨거운 커피에 얼굴을 살짝 찡그리다 강철을 다시 보았다. 여전히 자신을 재촉하는 눈빛이다. 더는 미룰 수 없었다.

"저, 제가 사실은 얼마 전에 점을 봤는데요……."

강철이 갑자기 무슨 말이냐는 듯 미간을 찌푸렸다.

'갑자기 웬 점이냐는 거겠지. 이야기하는 자기도 당황스러운데 듣는 본부장님 마음, 충분히 이해합니다.'

"제가 점을 봤는데요. 음……. 저에게 나쁜 기운을 쫓아내기 위해서는 남자랑 하룻밤을 보내야 한다고 해서요……."

차마 자신의 운명이 옹녀였다는 얘기까지는 해 줄 수 없었다. 간신히 용기를 내서 꺼냈지만, 목소리가 점점 기어들어 갔다.

"지금…… 점괘 때문에 나랑 잤다는 겁니까?"

믿지 못할 소리에 제가 들은 것이 맞나 싶어 되물었다.

"네……."

제가 생각해도 말도 안 되는 상황이라 다미가 고개를 푹 숙였다.

아무래도 잘못 들은 건 아닌 것 같다. 뭐 이런 여자가 다 있어?! 강철의 얼굴이 심하게 일그러졌다. 점괘 때문에 몇천만 원짜리 굿판에 돈 갖다 바치고, 무당 말 따르다가 집안 말아먹는 여자는 봤어도, 남자랑 잤다는 여자는 처음 봤다. 뉴스에서 그런 여자들을 보고 욕을 얼마나 해 댔는데! 그는 매우 당황스러웠다.

그나마 나를 만났으니 다행이지, 다른 이상한 놈 만났으면 인생이 완전히 꼬일 수도 있었어, 이 여자야! 당장 저 작은 어깨를 쥐어흔들고 싶은 충동이 일었다.

그러다 문득 아차 싶었다. 꼬맹이의 처음 타깃이 자신이 아닌 수영 강사였다는 것이 떠올랐기 때문이다. 그 말인즉슨, 그 하룻밤 상대가 수영 강사가 될 뻔했다는 것이다. 수영 강사의 힘찬 허리짓 밑에서 신음을 흘리는 다미를 생각하니 머리를 둔기로 맞은 것 같은 충격이 전해졌다.

그나마 나랑 그렇게 돼서 다행이라고 생각해야 하는 거야, 지금?! 갑자기 관자놀이에 지끈거리는 통증이 몰려와 손으로 꾹꾹 눌렀다. 그러다가 문득 어젯밤 다미가 어떤 자식의 차를 타고 사라졌던 것이 생각났다.

"그럼 어제 회사 앞으로 데리러 온 남자는 뭡니까? 설마 나 하나로 모자라서 또 다른 남자를 만나야 한다고 점쟁이가 그러던가요?"

"아니에요. 아니에요. 제 동생이에요. 어제 본가에 제사가 있어서 데리러 온 거예요."

"아하……."

격렬하게 부정하는 그녀의 모습에 안도가 되었다. 새로운 남자가 아니었다니. 그것만으로도 어젯밤부터 머릿속과 가슴을 누르던 묵직한 돌들이 내려앉은 듯했다.

"근데 그건 어떻게 아셨어요?"

"퇴근길에 정문 앞에서 그놈, 아니 동생 차에 타는 걸 제가 직접 봤습니다."

차마 질투심에 눈이 멀어 집 앞까지 찾아갔다는 이야기는 못 꺼냈다.

"네……."

고개를 폭 숙인 채 고개만 주억거렸다. 강철은 예쁘게 윤기가 나는 작은 머리통을 물끄러미 내려다보았다. 그리고 도대체 이 여자가 뭔 짓을 한 건지 천천히 다시 생각해 보았다.

수영장에서 남자 꼬시러 왔다고 신나게 통화하던 일, 개강 파티 때 그 수영 강사 꼬셔 보겠다고 예쁘게 차려입고 왔던 일, 그러다가 자기와 같이 밤을 보냈던 일, 그리고 다음 날 사라졌던 일.

이해할 수 없던 부분들의 조각이 대충 맞춰졌다.

평소 욕하던 점에 미친 여자를 만나서 황당하지만 그래도 그 덕에 저 여자를 만났으니 다행이라는 안도감이 들었다. 세상에, 지금 내가 돌팔이 무당한테 고마워해야 하는 거야?! 망할, 이라는 단어가 저도 모르게 입에서 흘러나왔다.

그 소리에 다미의 어깨가 움찔했다.

"점 보러 다니는 거 좋아하는 겁니까?"

"아, 아니요, 아니에요. 제 인생에서 처음이었고 다신 안 갈 거예요!"

그녀가 깜짝 놀란 얼굴로 두 손바닥을 펼치고 미친 듯이 흔들어 댔다. 저렇게 경기 일으키는 모습을 보니 앞으로 다시는 안 갈 것 같았다. 만약 다시 간다고 하면 내가 절대 못 가게 할 것이다.

"그런데, 이름이랑 나이는 왜 속였습니까?"

"……"

뭐라고 말을 하는 것 같긴 한데 고개를 숙인 채 웅얼거리는 것이 너무 작아서 안 들렸다.

"뭐라고요?"

강철이 몸을 다미 쪽으로 기울였다. 그 작은 몸짓에 무슨 폭탄이라도 터진 듯 다미가 문 쪽으로 찰싹 달라붙으며 비명을 질렀다.

"쪽, 쪽팔려서요! 쪽팔려서 그랬습니다."

진짜 많이 놀란 듯 다미의 가슴께가 심하게 오르락내리락했다. 아니, 지금 이 상황에서 놀란 게 누군데 자기가 더 놀란 척인지, 어이가 없어 피식 웃음이 나왔다.

그 모습에 다미가 코끝을 찡그렸다.

"뭐가 쪽팔렸습니까?"

"본부장님이 저 처음부터 놀렸잖아요! 남자 꼬시려는 것도 다 걸리고, 남자는 그렇게 꼬시는 게 아니라는 조언도 막 하고, 수영장에서도 막 약 올리고……."

그때 일이 생각나서 억울함 반, 짜증 반 섞인 목소리가 나왔다.

"그래서 그랬다고요?"

"네. 게다가 제가 처음부터 속이려고 속인 게 아니고 본부장님이 처음부터 막 어린애 취급 하고, 반말하고 스물하나냐고 하니까, 스물아홉이라고 밝히는 게 더 쪽팔릴 것 같아서……. 그리고 어차피 두 번 볼 사람 아니라고 생각해서 이름도……. 아, 죄송합니다……."

투정 부리듯 말을 시작하다 슬슬 제 잘못이 얼마나 부끄러운 일이었는지 깨닫게 되었다. 고개를 꾸벅 숙이며 사죄의 인사를 했다.

몇 마디 하면서 시시각각 변하는 다미의 감정 표현에 강철은 헛웃음이 계속 났다.

"하긴, 그때 제가 어린애로 착각하고 꽤 약 올렸죠."

스스로 생각해도 뭐 잘한 건 없었다. 이렇게 다 큰 숙녀한테 그런 장난을 친 건…… 진짜 잘못한 일이다.

'근데, 그러니까 누가 이렇게 귀여우래?'

지금 다시 봐도 주머니에 쏙 넣고 싶게 사랑스러웠다. 커피 잔을 만지고 있는 꼬물대는 손가락 하나하나에도 쪽쪽 입을 맞추고 싶고, 저 삐죽대는 입술도 뜨겁게 삼키고 싶었다.

그리고 아무리 생각해도 신기한 인연이었다. 정말 우연히 그 어설픈 계획 때문에 평생 처음으로 가슴 뛰는 인연을 만나다니. 정말 인연이란 게 존재하는가 보다 싶었다. 앞으로 살아가면서 우리의 만남을 생각할 때마다 꽤 재미있는 추억이 될 것이란 생각이 들었다.

얼마나 돌고 돌아 이곳에 왔는지 모르겠다. 이제 모든 것이 밝혀졌다. 처음부터 다시 시작하면 되는 것이다. 다미를 보는 강철의 눈이 반짝였다.

"그러니, 저 회사 들어오기 전에 있었던 일은 없었던 걸로 해 주셨으면 좋겠습니다. 엊그제처럼 절 놀리는 행동도 그만해 주셨으면 좋겠고요. 앞으로 일만 열심히 하겠습니다."

부드럽게 휘어진 입술 모양이 다미의 그 말에 일순간 일자로 굳게 닫혔다.

"없, 었던 일이요?"

다미가 다시 고개를 들었다. 이번엔 간절함이 담긴 표정이었다.

"네, 본부장님과의 하룻밤은 저의 명백한 실수였습니다. 저 원래 그렇게 문란한 여자 아닙니다. 저번에 클럽에 간 것도 기분 안 좋은 친구 달래 주다 간 거였지, 결코 헌팅하러 다닌 게 아니었습니다. 저 그렇게 아프다고 핑계 대고 놀러 가거나, 직장 생활에 영향을 미칠 만큼 놀고 그러는 사람 아닙니다. 야동도 그냥 친구가 장난으로 보낸 것이니 회사에서 그런 거 보는 사람 아닙니다."

그동안 자신이 억울했던 일들을 속사포처럼 내뱉었다. 하지만 두 사람의 만남, 기억을 없었던 것으로 해 달란 그 말 때문에 강철은 혼란스러웠다. 왜 저런 말을 하는지, 왜 그래야 하는지 이해가 가질 않았다. 강철이 당혹스러운 표정으로 다미를 쳐다보았다.

"잊어만 주시면 앞으로도 열심히 일해서 Y.N.L에 꼭 필요한 인재가 되겠습니다."

그러니 제발 과거의 추태는 모두 잊어 달라는 말이었다. 열심히 일해서 꼭 정직원이 되고 싶었다. 괜히 지난 과거 때문에 오 본부장이 자신에 대한 편견을 갖거나 자르게 되는 일은 바라지 않았다.

마음……쯤은 얼마든지 숨길 수 있다. 욱신거리는 마음을 무시한 채 간절한 눈빛으로 그를 올려다보았다.

간절한 눈빛으로 잊어 달라는 다미를 보고 강철은 충격을 받았다. 오해를 풀고 다시 시작하자는 게 아니었다.

'그날 밤 침대에서 그렇게 섹시한 신음을 흘리고 내 몸에 반응해 놓고 그게 실수였으니 잊어 달라고? 술 취해서 그런 거니 잊어 달라고? 다시 시작하자가 아니라 잊어 달라고?'

그날 이후 자신을 계속 흔들고 있는 그 밤을 술기운에 벌인 실수로 만들어 버리는 다미의 말에 강철의 얼굴이 강하게 일그러졌다.

어이가 없었다.

'그날 일이 저 여자한테는 아무것도 아니었던 것일까?'

가슴이 칼로 베인 듯 욱신거렸다. 강철이 이를 악물었다. 그러자 이를 악문 입가가 파르르 떨렸다.

"제 생각은 안 묻습니까? 제 감정은요?"

상처받은 듯한 강철의 눈빛에 아차 싶었다. 저만 신경 쓰느라 그가 무슨 생각을 하는지 들여다보려고 하지도 않았다.

"다미 씨는 점괘 때문이었겠지만, 저는 왜 이다미 씨랑 하룻밤을 보냈을까요?"

그의 질문에는 정말 아무리 생각해도 답이 나오지 않았다. 아무 여자에게나 그러는 남자도 아니고, 그날 밤 술에 취해 저지른 실수 같지도 않다.

그러면 남은 것은 자신이 좋아서 그랬다는 건데, 그건 아무리 생각해도 정답과 제일 먼 답 같았다. 심장을 두근거리게 하는 답이긴 했지만, 정답은 아니기 때문에 오해했다가 상처받게 될 마음이 너무 두려웠다. 혹시 자신을 좋아하는 건 아닐까란 생각이 들 때마다 더욱 세차게 마음속으로 부정했다.

"제가 아무 여자와 함부로 자고 다니는 남자로 보입니까?"

"······."

"그러면 아무도 없는 사무실에서 여사원한테 신체 접촉 하는 변태 상사로 보입니까?"

다미가 절레절레 고개를 흔들었다.

"아니면 제가 여사원이 어떤 남자 차에 타고 퇴근했다고, 백 번도 넘게 전화하고 이력서 뒤져 가며 그 직원 집 앞에서 밤새우는 미친 스토커처럼 보입니까?"

"아, 니요."

"그럼 제가 왜 그랬을까요?"

"혹시 저 좋아하세요?"

그렇게 들어 놓고도 혹시란다. 어떻게 그걸 모를 수 있지? 정말 눈치라곤 약에 쓸라고 해도 없는 모습에 자신이 더 놀라웠다. 어디서부터 잘못된 것인지 알 수가 없었다. 내가 내 마음을 표현하지 않았나? 아니면 저 여자가 둔한 건가?

"혹시가 아닙니다. 확실하게, 입니다. 제가 이다미 씨 좋아합니다."

"그럴 리가 없습니다."

"네?"

"그럴 리가 없다고요. 오 본부장님이 저를 좋아하실 리가 없습니다. 그냥, 그런 일이 일어났고, 본인이 실수가 아니라고 믿고 싶은 건 아니신지……."

저렇게 멋진 사람이 자신을 좋아할 리는 없다. 그건 드라마나 영화에서나 가능한 것이다. 현실에서는 도저히 일어날 수 없는 일이었다.

자신을 좋아한다 했다가 저 사람이 실수였다고 하면, 그때는 도저히 돌아갈 자신이 없을 것 같았다. 저런 사람과 사랑을 했다가 헤어진 후의 상처는 상상조차 할 수 없었다. 아니, 헤어진다는 네 음절을 생각하는 것만으로도 가슴이 미어지는 느낌이었다.

제 속을 털어놓으면 모든 것이 해결될 줄 알았다. 눈치가 없는 여자이니까 제대로 말을 하면 알아들을 줄 알았다. 하지만 이렇게까지 얘기했는데 그 말을 아예 안 믿을 줄은, 정말 그도 생각지 못한 전개였다.

내 감정인데, 자기가 아니란다. 억울하다는 게 이런 걸까? 누명을 쓰고 자신이 짓지도 않은 죄를 명받은 사람의 마음이 이런 걸까? 이루 말할 수 없이 속이 타들어 갔다.

"그러면 제가 어떻게 하면 좋겠습니까?"

도대체 저 여자는 무슨 생각인지 진심으로 궁금했다.

"그냥 없었던 일로 해 주셨으면 좋겠습니다. 입사 전, 그리고 입사 이후에 제가 했던 거짓말, 실수 모두 잊어 주시면 좋겠습니다."

머릿속이 하얘져 아무런 생각도 할 수 없었다. 제 마음을 본인이 아니라고 판단하는 저 여자를 쥐고 흔들고픈 충동이 일었다. 하지만 자신의 말을 안 믿고, 자신의 감정도 안 믿는 사람에게 더 말해봤자 무엇하나, 란 생각이 들었다.

"이다미 씨 뜻 잘 알겠습니다. 제 신경 쓰지 말고 맡은 일, 열심히 하시길 바랍니다. 원하시는 정직원의 꿈, 꼭 이루시길 바랍니다."

강철이 부들부들 떨리는 입술을 꾹 닫고 그동안 사업을 하면서 갈고 닦은 부드러운 미소와 함께 나긋한 목소리로 대답했다.

강철의 말에 다미가 멍하니 그의 얼굴을 바라보았다. 잊어 달라고 한 건 저인데 별일 아니라는 듯 말하는 강철의 말에 오히려 가슴이 따끔거렸다.

잘된 일이었다. 강철이 자기를 문란한 여자로 보고 혹시 정직원으로 채용 안 하면 어쩌나 내내 걱정을 했었다. 하지만 지금 그날 일은 일하는 것과 상관이 없다고 말해 주고 있는 것 같았다. 그러면 앞으로 직장 생활만 조심하면 된다. 앞으로만 이상한 짓 하지 말고, 일만 열심히 하면 정직원이 될 수 있는 것이다.

정직원이 될 수 있는 길이 밝게 비쳤는데 이상하게 가슴 한편이 싸했다.

"네. 본부장님과의 하룻밤, 그런 일 있었다고 앞으로도 그런 일이 생길 거라 헛되이 기대하지도 않고, 그 일로 본부장님을 다시 괴롭히지도 않고, 앞으로도 치근덕대지 않고, 일만 열심히 하겠습니다."

자꾸 이상해지는 마음 때문에 더 씩씩하게 대답했다. 강철에게 하는 말이라기보다는 스스로에게 전하는 다짐과 같은 것이었다.

그 모습을 보는 강철의 눈빛이 차갑게 변했다.

卍

딩—동.

보영은 잠결이라 초인종 소리가 꿈인지 생시인지 아련하게 들렸다.

요 며칠 망할 이라영 때문에 밤잠을 편하게 잔 기억이 없다. 약국 문을 닫자마자 공방이고 뭐고 다 포기하고 집으로 돌아왔다. 씻지도 않고 대충 옷을 벗고 이불 속으로 파고들었다.

딩동 딩동.

근데 간만의 단잠을 저 초인종 소리가 방해한다. 옆집인가? 옆집이겠지. 이 시간에 우리 집에 올 사람이 누가 있겠어. 이불을 머리 끝까지 끌어 올렸다.

딩동딩동딩동딩딩딩.

이불을 걷어 젖히고 벌떡 일어났다.

"라영인가? 이 자식 설마 또 찾아온 거야?"

벌떡 일어나 인터폰을 확인했다. 다미였다.

"뭐야 이다미. 너 비번 알잖아. 알아서 들어오⋯⋯."

"안 보여, 안 보인단 말이야."

울음 섞인 목소리의 다미가 그대로 보영의 어깨로 얼굴을 묻었
다.

"뭐야. 이다미 무슨 일이야?"

"비번이 안 보여. 하나도 안 보여. 안 보여서 문을 못 열겠단 말
이야. 너 왜 이렇게 내 맘 몰라. 왜 안 열어 줘."

횡설수설 정신이 없어 보인다. 다미를 이끌고 거실로 들어갔다.
빨개진 얼굴에 눈이 퉁퉁 부어 있는 걸 보니 벌써 운 지 한참 된
모양이다. 히끅 히끅 딸꾹질도 했다. 보영은 재빨리 시원한 물 한
잔을 따라 다미에게 건넸다.

"물 말고 나 술 줘."

너무도 속상해 보이는 다미였기에 보영은 아무 말 없이 냉장고
에서 맥주를 꺼내다 주었다.

"왜? 무슨 일인데?"

휴지를 뽑아 건네며 표정을 살폈다. 다미와 10년 넘게 알았지만
이렇게 우는 모습은 처음이었다. 항상 씩씩하던 친구였는데 이게
도대체 무슨 일인가 싶었다.

"다비드가, 아니 본부장님이, 아니, 그 사람이 나 좋대."

"잘됐네. 그럼 웃어야지 왜 울어? 너도 그 사람 좋아했잖아."

둘이 서로 좋아하는데 뭐가 문제란 말인가? 지난번 뽀로로 도사를 만났을 때, 제 인생에 남자는 이라영 하나라는 소리에 내가 지금 얼마나 미칠 지경인지 네가 모르니 그러지. 내가 보기에 넌 지금 복 터진 것 같다, 이것아. 지금 이라영 때문에 미치기 일보 직전인 자신의 처지에 비교해 보면 쌍방 러브는 얼마나 아름다운 것인가 말이다.

근데 지금 다미의 반응은 서로 호감을 인정한 남녀의 태도가 아니었다. 꼭 열렬히 사귀다 헤어진, 아니 차인 여자의 반응이었다.

"뭐가 문제인데?"

"내가 그 사람 좋아하는 건 당연한 거잖아. 그렇게 멋있는 남자를 안 좋아할 여자가 어디 있어. 근데, 근데 그 사람이 날 좋아한다는 건 말이 안 되잖아."

빨갛게 부은 눈을 제대로 뜨지도 못하고 히끅거리며 간신히 말을 했다.

"그게 왜 말이 안 돼."

"키도 작고, 외모도 별로고, 아직 번듯한 직장도 없고, 하여튼 그 사람보다 더 별로인 사람들에게도 차이던 난데, 왜 이런 나를 그 사람이 좋아하겠어."

그동안 말은 안 했지만, 이래저래 마음 상하던 일이 많았던 모양이다. 하긴 그렇게 절박하니 그렇게 칠색 팔색 하던 점도 보러 가고 도사님 말 한마디에 열심히 매달렸겠지.

"사람이란 게 꼭 순위가 있고 그 순위끼리 어울려야 하는 건 아니잖아."

네가 얼마나 괜찮은 여자인데. 그동안 고시 준비, 입시 준비를 하면서 자존감이 많이 떨어졌던 모양이다. 끅끅거리고 우는 다미의 모습이 마치 제 일인 듯 속이 상했다.

"너도 나 알잖아. 로또 오천 원짜리도 당첨된 적 없고, 시험 보는 족족 다 떨어지고, 나한테 그런 기적이 일어날 리 없잖아."

그동안 다미가 얼마나 열심히 살아왔는지 잘 안다. 남이 가진 것에 한 번도 욕심을 부린 적 없는 친구였다.

"그냥 한 번 눈 딱 감고 욕심 부려도 돼. 잘못된 것도 아니고 둘이 서로 좋아하는데 뭐가 문제야."

"만약 그 사람 말만 믿고 연애하다가 나중에 아, 제가 생각했던 사람이 아니군요, 하면 그땐 난 어떡해? 지금도 이렇게 힘든데 그때 돼서 그 사람이 아니라고 하면 난 뭐가 되냐고."

그러니까 지금 오지도 않은 미래에 상처를 받을까 두려워서 저러는 거다. 자기는 벌써 사랑에 빠졌는데, 사랑에 빠지길 두려워하는 친구라니, 무슨 말을 해 줘야 할지 모르겠다. 펑펑 우는 친구가 안쓰러웠다.

보영은 말없이 한참 다미의 어깨를 두드려 주었다.

8화
관계의 재정립

그 일이 있고, 사흘이 지났다. 그날 이후 그를 볼 수 없었다. 중국으로 출장을 갔기 때문이다. 이게 잘된 일인지 잘못된 일인지를 알 수가 없었다. 당장에라도 그를 붙잡고 아니라고 번복하고 매달리는 꼴을 안 보이니 다행이다, 싶다가도 볼 수 없으니 마음이 더 애달파졌다.

나중에 힘들어질까 봐 거절했건만 밤마다 눈물 바람이었다. 이럴 줄 알았으면 그때 그가 내민 손을 잡았어야 하는 건가. 뒤늦은 후회가 가슴을 후볐다.

가로수에서 떨어지는 마른 잎들을 보니 제 처지 같았다. 어차피 떨어질 텐데 저 나뭇잎은 왜 저리 아등바등할까. 나뭇잎아, 그러다가 떨어지면 더 아플지 몰라.

가방 속 핸드폰이 부르르 떨렸다. 보영이었다.

[이제 좀 괜찮아?]

[안 괜찮아. 눈 퉁퉁 부어서 개구리 왕눈이 됐어. 눈 쓰라려.]

[그렇게 후회할 짓을 왜 해. 그냥 일단 지르고 보지.]

[매도 먼저 맞는 게 낫다는 심정이랄까. 지금도 힘든데 진짜 사귀다 나중에 헤어지면 감당할 자신 없어.]

[사람 마음이 그렇게 칼로 무 잘라 내듯 딱 잘라지니? 그런 칼 있으면 나도 좀 주라. 나도 좀 잘라 내게.]

[뭐 이제 엎질러진 물이고 나만 감정 정리 하면 되겠지.]

말은 쉽게 했지만 어찌해야 할지, 얕은 한숨이 절로 나왔다.

卍

"그래서 본부장님은 언제쯤 온대?"

"오늘 그쪽이랑 MOU 체결식이 있으니 내일쯤 오시지 않겠어요?"

"그러면 우리 자유 시간도 오늘이 끝이겠구만. 마셔, 마셔."

회식 자리 옆 테이블에서 들려오는 본부장이라는 단어에 다미가 멈칫했다.

"다미 씨, 뭔 생각을 그리해요? 이것 좀 먹어 봐요."

잘 익은 고기를 가리키는 옆자리의 기영이였다. 본부장이라는 소리에 저도 모르게 신경이 옆 테이블로 향했나 보다. 그 사람에 대해 신경을 안 써야지, 생각하지 말아야지 할수록 머릿속에서는 그사람이 더 떠올랐고, 저 멀리서 들리는 오본이라는 단어에 온몸의 신경이 그쪽으로 향했다.

어제는 10m는 족히 떨어진 휴게실에서 들려오던 오본이라는 소리에 귀를 쫑긋 세우고 있는 자신을 발견했다. 이러다가 나 소머즈 되겠어.

"고기 익는 소리에 취해서 제가 잠시 넋 놓고 있었네요."

다시 젓가락을 고쳐 잡았다.

"고기 첨 먹어요?"

다미의 건너편에 앉아 있던 지윤이었다. 다미를 보고 지윤이 꼴사납다는 듯이 톡 쏘아붙였다.

"네. 제가 뱀 고기, 개구리 고기는 잘 아는데 소고기는 잘 몰라서요."

뱀, 개구리라는 소리에 지윤이 경악한 표정으로 다미를 보았다. 안 그래도 요새 기분도 안 좋은데 건드리긴 왜 건드려. 요즘 머리를 얼마나 많이 썼는지, 신경이 예민해질 대로 예민해진 상태였다.

"하하하. 역시 우리 다미 씨 센스가 넘쳐요. 이쪽은 안창살인데 쫄깃하니 맛있어요. 그리고 이쪽이 안심인데 이건 입 안에서 스르르 녹습니다. 또 이쪽은 채끝인데 부드러워서 제가 특히 좋아하는 부위예요. 한번 드셔 보세요."

주는 대로 잘 먹는 다미가 신기했는지 고기를 옮겨 주는 기영도 신이 나는 눈치였다.

"다미 씨는 손이 없대요? 뭘 그런 것까지 챙겨 줘요?"

"이런 게 다 사람 사는 정 아니겠습니까? 지윤 씨도 하나 드……. 아니 알아서 잘 드시죠?"

조금 전에 쌈 싸 먹으라고 권했더니 립스틱 지워진다고 칠색 팔색 하던 지윤이 떠올랐다. 지윤을 주기 위해 집었던 고기를 다시 다미의 접시 위에 올려 주었다.

그런 다미와 기영을 지윤이 흥, 하고 노려보았다. 그러거나 말거나 다미와 기영은 일일이 지윤의 성질에 대꾸해 주기도 귀찮았다.

고기 한 점, 소주 한 잔, 다시 고기 한 점, 소주 한 잔, 술이 쭉쭉 들어갔다.

"다미 씨, 천천히 마셔요. 왜 이렇게 급하게 마셔요."

"고기가 입 안에서 살살 녹잖아요. 이렇게 맛있는 고기 처음 먹어요."

그동안 학생과 다름없는 신분 때문에 소고기를 접할 기회는 거의 없었다. 초등학교 평교사로 지내시다가 마지막에 교장으로 퇴직하신 아버지가 있었지만 자식 둘 건사하느라 고기는 항상 돼지고기 삼겹살, 그나마 특별한 날은 돼지갈비에 냉면이었다.

그런데 회식에 소고기라니. 저번 회식에서 처음 소고기를 먹고 이 회사는 엄청 좋은 회사임이 틀림없다고, 어떻게 해서든 이 회사의 정직원이 되어야겠다고 보영이에게 자랑했던 것이 떠올랐다. 치, 그깟 정직원이 뭐라고. 그러고 보니 소주가 오늘처럼 단 날도 처음이었다. 다시 술을 한 잔 들이켰다.

그렇게 한참 시간이 흘렀다. 머리가 너무 아프다. 그래도 머리 아프니 딴생각 안 나는 건 좋다. 테이블에 쿵 머리를 박았다.

주변의 몇몇은 벌써 사라진 지 오래였고, 남은 사람들도 거의 꼭지까지 마신 탓에 다미를 챙겨 줄 사람은 없었다. 가게 입구 쪽이 약간 소란스러웠지만, 고개를 돌릴 힘도 없었다. 아, 좀만 쉬었다 집에 가야겠다. 스르륵 눈을 감았다.

"본, 본부장님. 어쩐 일로……."

내일이나 온다고 했던 본부장이 오늘 회식 장소에 나타났다. 그나마 술에 덜 취한 직원들이 저승사자를 만난 것보다 더 놀란 표정으로 엉거주춤 그를 반겼다.

"기획팀 회식에 제가 당연히 참석해야죠."

말을 하면서도 그의 눈이 실내를 두리번거렸다. 한쪽 테이블에 엎드려 있는 다미와 그런 다미를 흐뭇하게 바라보는 이 팀장이 보였다. 절로 얼굴이 찌푸려졌다.

"맞는 말씀입니다. 저희가 그동안 얼마나 본부장님이랑 회식하고 싶었는데요. 하하하. 이쪽으로 앉으시죠."

술에 취해 벌게진 얼굴로 기획팀 한석영 부장이 안절부절못하며 방석을 준비했다.

"아닙니다. 자리에 앉으려고 온 건 아니고, 이거 드리려고 왔습니다."

상의 안쪽에서 봉투를 꺼내 한석영 부장에게 전달했다. 본부장의 눈치를 보던 직원들도 휘파람을 불며 금일봉을 환영했다.

"그럼 전 이만 가 보겠습니다. 즐거운 시간 보내십시오."

깍듯하게 인사를 하고 강철이 떠났다.

"봉투만 주고 갈 거면서 여긴 왜 왔대?"

"알게 뭐야. 봉투까지 받았겠다, 오늘은 그냥 마시고 죽자."

남은 사람들은 왁자지껄 술잔을 기울이느라 비서실장이 몰래 들어와 슬쩍 다미를 데려가는 것을 눈치채지 못했다.

"이다미 씨 머리 조심해요, 조심."

낑낑거리며 다미를 차에 태운 지훈이 운전석을 보았다.

"제가 운전할까요?"

"아닙니다. 제가 하겠습니다. 그럼 내일 봅시다."

인사를 건네고 차의 시동을 걸었다.

멀어져 가는 검은 세단을 지훈은 한동안 바라보았다.

한참을 달린 차는 다미네 집 근처 한적한 골목에 주차되었다. 강철은 옆에서 새근새근 자고 있는 다미를 물끄러미 바라보았다.

"누구는 며칠 동안 잠도 못 자게 해 놓고 잘도 주무시네요. 이다미 씨."

출장을 가 있는 동안 밤마다 그녀가 바니걸 복장으로 클럽 안을 깡충거리며 남자를 꼬시러 다니는 꿈을 꾸었다. 꿈속에서 그 토끼를 잡느라 제가 얼마나 쫓아다녔는지 지금도 그 장면이 떠오르면 식은땀이 흐를 정도였다.

꿈속에서 결국 갖은 방법을 동원해 바니 다미를 잡았고, 결국 저 여자가 바니걸 복장으로 제 몸 위에서 요염하게 팔딱거리는 장면에서 꿈이 끝났다. 하지만 제가 정작 원하는 곳이 아닌 다른 곳에 기운 뺀 일이 기분 좋을 리는 없었다. '형, 여기가 어디야?' 하며 고개를 빼꼼하게 내미는 분신이 자기를 놀리는 것 같아 짜증이 났다.

MOU 체결을 끝내고 계획상 양쪽 실무진이 참여하는 자리가 준비되어 있었지만, 다른 임원들에게 맡기고 그대로 한국행 비행기에 몸을 실었다. 그런데 자신을 이렇게 만든 여자는 제 차 안에서 아주 숙면을 취하고 계신 것이다. 그런데도 이 여자가 밉지가 않다. 미워하려고 해도 자꾸만 생각나 미칠 지경이었다.

"내가 미친 거지."

작게 한숨을 쉬며 그녀의 작은 얼굴을 가린 머리카락을 손으로 정리했다. 낯선 손길에 다미가 스르륵 눈을 떴다.

아, 또 헛것이 보인다. 오늘은 술도 마셔서 생각 안 날 줄 알았는데. 아무래도 알코올이 부족한 모양이다. 더 먹어야겠다.

"내 고기는요?"

"지금 내가 앞에 있는데 고기 타령입니까?"

뭐 그래도 남자가 아니라 고기라 다행이라고 해야 하나, 아니면 인간도 아닌 고기에 밀렸다고 슬퍼해야 하나. 그가 어이없다는 듯 피식 웃었다.

"내가 어떻게 얻은 고기인데요."

이깟 고기나 배부르게 먹겠다고 그를 포기했다. 그러니 그 소고기를 놓칠 수는 없었다.

"내가 고기보다 별로예요?"

의자에 옆으로 누워 웅얼거리는 얼굴이 너무 귀여웠다. 가까이 다가가 그녀와 눈을 맞췄다.

"치, 남의 속도 모르고."

"내가 다미 씨 속을 몰랐어요? 다미 씨 속은 뭔데요?"

그럴 리가, 당신이 내 속을 모르는 거겠지. 하지만 술에 취한 사람을 데리고 무슨 할 말이 있겠는가. 다만 술에 취한 그녀가 어떤 진심을 내보일지는 궁금했다.

"후— 아니 그게 아니라요오— 오 본부장님은 어차피 못 먹을 고기고요오— 먹고 싶다고 티도 내면 안 되는 고기! 하여튼 그런거고요오— 제가 먹을 수 있는 고기는 거기 있는데 그걸 못 먹게 하니까……."

아직 채 깨지 않은 술기운에 횡설수설하지만 오 본부장=못 먹을 고기 이론은 정확히 전달했다.

"내가 왜 못 먹을 고기예요. 먹으려고 노력도 안 하면서 먹을 수 있는지 없는지 어떻게 알아요?"

"오 본부장님이— 못 먹을 고기지이, 그럼, 제가 먹을 고기예요?"

"아무도 못 먹게 막은 사람 없는데?"

말하는 그의 입이 웃음을 참지 못하고 씰룩댔다. 술 먹고 이렇게나 횡설수설하는 걸 보니 이 여자도 속 꽤나 끓었나 보다 싶은 게 즐거워졌다. 나 혼자만 속이 탄 게 아니란 사실에 며칠 동안의 피곤이 날아가는 기분이었다.

"먹고 싶으면 먹어요. 말리는 사람도 없는데. 아니, 원래 몰래 먹는 게 더 맛있다던데."

나른한 중저음이 꽤나 유혹적이었다. 소고기를 먹으란 건지, 저를 먹으란 건지 헷갈렸다. 술에 너무 취했나 보다. 근데 그 와중에도 저 입술이 참 맛있을 거라는 생각이 들었다. 자신을 유혹하는 듯한 그의 나른한 표정, 그의 향으로 가득 찬 따뜻한 차 안에서 몸이 나른하게 풀렸다. 가슴이 콩콩 뛰기 시작했다.

얼굴을 들어 강철의 눈을 보았다. 깊이를 알 수 없는 깊은 눈빛이다. 별이라도 들어가 있는 듯 유난히 반짝거리는 눈빛이 제 머리에서 눈으로, 코로, 입으로, 귀로 조금씩 시선을 옮기는 것이 보였다. 그의 시선이 닿는 곳마다 간질거렸다.

그러다 그 눈빛이 다시 자신의 입술에 와 닿았다. 거긴 왜 그렇게 뚫어지게 보는 거야. 볼이 금세 발갛게 달아올랐다. 구두 속의 발가락이 자동으로 꼼지락거렸다. 발가락부터 다리, 팔뚝, 손가락,

귀까지 온몸 여기저기 심장이 달린 듯 두근두근 뛰었다.

참을 수가 없다. 팔을 뻗어 그를 자신 쪽으로 끌어당겼다. 아니, 손만 댄 것 같은데 스르르 잘도 넘어왔다. 입술에 와 닿는 그의 입술이 부드러웠다.

'어쩜, 이 남자의 입술은 항상 이렇게 짜릿할까?'

자신의 입 속을 부드럽게 헤엄치는 그의 황홀한 감각에 온몸의 힘이 쏙 빠졌다. 감은 눈 사이로 별들이 반짝반짝하고 가슴이 콩닥콩닥 뛰었다.

다미와 입을 맞추는 강철의 입술이 길게 휘었다.

"소고기보다 좋죠?"

"네. 좋아요."

반쯤 달뜬 목소리로 간신히 대답했다.

"그러니까 잊으면 안 돼요?"

그의 당부가 꿈결처럼 아련하게 들렸다.

卍

다미의 방에서 들리는 비명에 몸을 벌떡 일으킨 라영이 후다닥 뛰어 들어갔다.

방문 옆 스위치를 올리자 다미가 들어가 있을 것으로 추측되는 이불 덩어리가 꿈틀대고 있었다. 라영은 재빨리 이불을 걷어 젖혔다.

"왜, 왜, 무슨 일이야? 도둑이라도 들었어? 악몽이라도 꿨어?"

이불 속에서 웅크린 채 머리를 쥐어뜯고 있는 다미의 모습은 흡사 귀신이라도 본 표정이었다.

"라영아, 악몽을 꿨어."

"무슨 악몽?"

"소고기가 사람이 됐어. 내가 그래서 그 사람을 맛있게 먹었어."

"뭔 소리야?"

"내 앞에서 본부장이, 아니 소고기인가? 하여간 나를 유혹해서 내가 다 먹어 버렸다니까? 근데 그 사람이 찹쌀떡으로 변했다?"

어쩜, 이 남자의 입술은 항상 이렇게 짜릿할까? 생각하며 자신의 입 속을 부드럽게 헤엄치는 그의 황홀한 감각에 온몸이 사르르 녹을 때였다.

제가 어린 시절에 그렇게 좋아하던 찹쌀떡보다도 부드럽고 말캉하고 맛있어 좋아 죽을 지경이었다. 맛있는 찹쌀떡을 입 안 가득 넣고 열심히 오물거렸다. 근데 이놈의 찹쌀떡이 먹을수록 숨이 막히는 거다! 할, 할머니 나 죽는 거야? 그렇게 파랗게 질려 가던 순간.

'거봐라. 니 꺼 아닌 거에 욕심내면 이 꼴 나는 겨. 먹을 수 있을 만큼만 먹어. 잘못 먹어 뒈지지 말고.'

할머니의 강력한 등짝 스매싱에 목에 걸린 찹쌀떡이 툭 튀어나오며 눈이 떠진 것이다.

근데 나 지금 무슨 개꿈을 꾼 거니? 슬며시 정신을 차리고 라영을 보았다. 한쪽 눈만 슬쩍 뜨고 내려다보는 꼴이 자신이 제정신은 아닌 듯싶었다.

"어휴, 자다 일어나서 웬 봉창이야."

"내 운명이 너무 가혹한 거 같아. 신은 이겨 낼 시련만 주신다더니 나한테는 왜 이런 시련을 주실까?"

꿈속에서 일어난 일뿐임에도 그 꼴이 기억나자 밝은 형광등 밑도 부끄러웠다. 젖혀진 이불 한 자락을 잡아 머리 위로 덮으려고 했으나 라영이 강하게 이불을 끄집어 내리고 코를 들이댔다.

"어제 술 마셨어? 지금이 몇 시인데 아직까지 술 냄새가 진동이야? 술 마시고 사고 쳤어? 내 그럴 줄 알았다. 근데, 어제 술 보영 누나랑 같이 마신 거야? 둘이 사고 같이 쳤어? 뭔 사고를 쳤는데?!"

머리가 지끈거리는 와중에 라영의 속사포처럼 쏟아지는 잔소리가 딱따구리처럼 머리를 쪼아 대는 느낌이었다.

"야, 저리 가!"

이불 속 짧은 다리를 허공에 날렸다.

卍

사람이 이렇게 미칠 수도 있는 거구나. 이제는 뭐가 꿈이고 뭐가 생시인지 구별되지도 않았다. 무슨 놈의 망할 꿈이 생각할수록 생생해져 심장 벌렁거리게 하는지 미칠 지경이었다.

어젯밤 기억에서 허우적대는 다미를 깨운 건 버스 스피커에서 나온 정류장 이름이었다. 퍼뜩 정신을 차리고 문이 닫히기 전 간신히 버스에서 내렸다.

아주 그냥 일상에서도 모자라 꿈속에서도 생쇼를 하는구나. 엘리베이터에 오른 다미가 벽에 쿵쿵 머리를 박다가 사람들의 시선에 흠칫 동작을 멈추고 17층에서 내렸다.

간신히 자신의 자리에 앉아 본부장실을 힐끗 쳐다보았다. 이 사람, 아직 한국에 오지도 않았는데 제 일상은 태풍 앞의 나무처럼 흔들리고 있다. 안 보면 지나가는 소낙비인 줄 알았다. 잠깐 우산 쓰면 피할 수 있는 가랑비인 줄 알았다.

"하……."

자그마한 입술 사이로 길게 한숨이 새어 나왔다.

그때 비서실 출입문이 열리는 소리에 반사적으로 고개가 돌아갔다. 비서실장님이었다.

"안녕하세요. 실장님."

"응. 다미 씨. 어제 집에는 잘 들어갔지?"

의미심장한 눈빛에 뜨끔했다. 그러고 보니 집에 어떻게 돌아갔는지 기억이 없었다. 나 혹시 추태를 부린 건가? 아니, 어제 그 자리에 없던 사람이 그건 어떻게 알지? 벌써 회사에 소문 다 난 거야?

"아하하……."

어색한 웃음으로 때우며 허둥대는 사이 지윤이 들어왔다.

"다들 안녕하세요."

눈도 안 마주친 채 휙 인사를 날리고 자리에 앉은 지윤이 그제야 허리를 꼿꼿하게 세우고 다미를 쳐다보았다.

"그나저나 아침에 카페인 섭취를 못 했더니 정신이 없네요. 다미 씨 커피 안 땡겨요?"

난 탕비실에 있는 커피 믹스면 되는데. 본인은 꼭 1층 브랜드 커피만 마시면서 저런 소리 하더라.

"아, 저, 근데 오 본부장님 출근하실 시간 된 거 아니에요? 본부장님 출근하시는 시간에 제가 자리 비우면 안 될 것 같은데요."

그를 다시 보면 어떤 표정을 지어야 할지 밤새 고민했다. 아무일 없었다는 듯 열심히 일하는 모습을 보여야지, 하다가도 그게 의미가 있을까 싶어 다시 뫼비우스의 고민을 하긴 했지만. 하여튼 마음의 준비를 하고 마주치고 싶지 커피 심부름이나 하다가 불쑥 마주쳐 당황하고 싶지는 않았다.

"아, 내가 말 안 했어요? 오늘 본부장님 조찬 모임 있으셔서 거기 갔다가 카탈로그 촬영 있는 스튜디오 들렀다가 오실 거예요. 그러니 괜찮아요."

그래도 며칠 동안 자리를 비웠으니, 회사로 출근할 줄 알았는데 아니었구나. 생각대로 되는 것이 하나도 없었다.

"아, 네."

"그런데 다미 씨까지 여유 있는 건 아닐걸요?"

지윤이 슬쩍 고개를 돌리며 벽시계를 보았다.

"요기 청담 스튜디오에서 오늘 9시부터 카탈로그 촬영하는데 빨리 가서 그쪽 취재하셔야 할 거예요. 어제 그쪽으로 출근하라고 말씀드렸어야 했는데, 정신이 없어서 말 못 했네요."

거짓말쟁이. 어제 회식 때 같은 테이블에 있었으면서. 어깨를 으쓱하며 생긋 웃는 표정에 왠지 미안함보다 고소함이 묻어나 보이는 건 내 착각이 아니겠지?

"그럼 전 잠이 덜 깨서 커피 좀 마셔야겠네요."

지윤이 늘씬한 몸을 일으켜 샤넬 로고가 큼지막하게 박힌 지갑을 꺼내 들고 문 쪽으로 발걸음을 돌렸다.

하지만 대거리를 할 시간 따위는 없었다. 빨리 가서 조금이라도 더 사진과 기삿거리를 건져야 한다.

"네. 그러면 어디로 가면 되죠?"

아차차. 물어본다고 제대로 대답해 줄 여자가 아니지.

"그냥 제가 이 팀장님한테 물어볼게요."

수화기를 들려던 찰나, 문을 거의 나서던 지윤이 잽싸게 튀어와 수화기를 낚아챘다.

"아니에요. 제가 알려 줄게요."

지윤이 다시 잽싸게 다미의 책상에 있는 포스트잇과 펜을 낚아챘다. 스튜디오 이름, 담당자 전화번호, 약도, 지하철 출구, 스튜디오 약도까지 꼼꼼하게 적어 주었다. 웬일로 이렇게 친절하시나.

"네. 그럼 이 팀장님께 들러서 취재 어떤 방향으로 해야 하는지 물어보고 바로 출발하도록 하겠습니다."

코트를 들고 나서려는 다미의 앞을 또 한 번 지윤이 가로막았다.

"아니요. 그러실 필요 없어요. 자료실 가면 작년도 11월호에 카탈로그 촬영 현장 기사 있을 거예요. 그거 한 번 보고 가시면 대충 어떻게 기사 써야 하는지 감이 잡힐 거예요. 아니다. 제가 카탈로그나 시에프 촬영장 스케치한 기사 있는 사보 찾아 줄게요. 따라와요."

잠이 안 깨서 힘들다더니 아침부터 참 날라 다니고 있네. 같은 여자가 봐도 알다가도 모를 여자의 변화에 고개를 내저으며 지윤의 뒤를 따랐다.

지윤과 다미가 자료실을 향해 걷는 중, 휴게실을 지날 때 누군가 지윤을 불렀다. 신소재 개발팀의 호연이였다.

"어머! 오랜만이에요."

"호연 씨도 오랜만이에요. 이번 주엔 얼굴 처음 보는 거 같아요. 얼굴 보기 힘들어요."

"요새 내가 다이어트를 좀 하느라고요. 점심을 안 먹어서, 하하. 비서실은 항상 바쁘죠?"

"항상 그렇죠. 뭐."

"그나저나 이번 체육 대회 본부장님은 무슨 종목에 참여하세요? 배구? 농구?"

"잘 모르겠어요. 스케줄이 좀 빡빡해서. 그때 되어 봐야 알 것 같아요."

"아 그렇구나. 하여튼 시간 좀 내고 밥이나 한번 같이 먹어요."

"네, 그래요. 근데 제가 지금은 바빠서 이만."

셋은 가볍게 묵례하고 각자의 길을 갔다.

"우리 체육 대회 있어요?"

"아, 다미 씨는 몰랐어요? 다음 주 금요일이잖아요. 회사 일에 관심 좀 가져요."

다들 알고 있는 사실을 나만 몰랐나 보다. 깔끔한 흰색 트레이닝 복을 위아래로 입은 강철이 배구의 강스파이크를 날리는 장면이 상상되었다. 에이, 상상하면 뭐할 건데. 다미가 머리를 흔들었다.

"네, 근데 본부장님이 운동 잘하시나 봐요? 어느 종목에 출전할 지에 다들 관심을 두고."

머리는 진정시켰는데 입은 또 제멋대로 움직인다. 네가 그런 거 궁금해서 뭐할 건데. 입술을 꾹 다물었다.

앞서 걷던 지윤이 발걸음을 멈추고 다미를 쳐다보며 픽, 하고 웃었다.

"다미 씨 순진한 거예요, 아니면……."

지윤이 얼굴을 살짝 찡그렸다.

"본부장님 참가 종목이 궁금한 게 아니라, 본부장님 참가 여부를 알아보려고 물어보는 거잖아요?"

"그거랑 그게 다른 거예요?"

"진짜 뭘 모르네요. 그 사람들한테 본부장님이 배구를 하든, 농구를 하든 그게 뭔 상관이 있겠어요. 오느냐, 안 오느냐 그게 중요한 거지."

그러니깐 그게 다른 거냐고요. 내 귀엔 흰말 엉덩이랑 백마 궁둥이 수준인데? 도무지 무슨 말인지 알 수 없어서 미간을 좁히며 고개를 갸웃댔다.

지윤은 그런 다미를 위아래로 훑더니 머리를 절레절레 흔들고 자료실로 쏙 들어가 버렸다.

卍

다행히 출근 시간이 지나서인지 청담동으로 가는 지하철은 지옥철은 면한 수준이었다.

청담동 스튜디오 근처에 도착 후 근처 편의점으로 들어갔다. 뜨거운 커피들과 비스킷, 음료수 페트병, 종이컵, 초콜릿 등을 양손 가득 챙겨 들고 스튜디오에 들어섰다.

난생처음 들어선 스튜디오의 첫인상은 시장통이었다.

하지만 그 뒤에서 야, 누구야 3번 의상 신발 어디 있어? 얘 메이크업 왜 이따위야, 등의 짜증 섞인 목소리들과 미친 듯이 뛰어다니는 스텝들의 모습은 놀라울 지경이었다.

게다가 퍽퍽 터지는 듯한 조명의 소리와 찰칵거리는 셔터 소리, 뜨거운 조명은 흡사 전쟁터처럼 느껴졌다. 여기서 방해했다가는 뼈도 못 추리겠다. 조심스럽게 스튜디오 안으로 들어갔다. 그러곤 부산스러운 실내를 조용히 둘러보았다.

높은 천장과 회색의 커다란 실내에 한쪽으로 흰색 공간이 만들어져 있고 그 위에는 이번에 발표될 신제품을 입고 여유로운 포즈를 취하는 모델들이 제일 먼저 눈에 들어왔다.

그 바로 앞에는 포토그래퍼가 쉴 새 없이 찰칵거리며 셔터를 눌러 댔다. 잠깐 쉬는 시간에는 메이크업 아티스트, 헤어 디자이너, 스타일리스트 세 명이 모델에게 달라붙어 매만지기 시작했다. 다른 한쪽 구석에는 다음 촬영을 기다리는 모델들과 옷걸이에 주르륵 걸린 속옷들이 한눈에 들어왔다.

그리고 뒤쪽으로 시선을 돌리다 순간 흠칫했다. 그다! 그가 여기 있다! 그를 발견한 순간, 온몸의 세포들이 죄여 오는 기분이었다. 여기는 오후 일정이라기에 기대도 안 했는데. 예상치 못한 만남에 가슴이 세차게 뛰기 시작했다.

사무실에 들어오면 시선을 45도 내리깔고 좋은 아침입니다, 인사를 한 후 다시 모니터를 응시한다는 대처 매뉴얼을 생각했지만, 이렇게 스튜디오에서 만나는 건 생각도 못 했는데 어쩌지.

내가 먼저 다가가서 안녕하십니까, 인사를 드려야 하나? 근데 날 보고 인사를 해 주면 그다음은? 정말 어색할 것 같은데? 주저주저 발만 동동 굴렀다. 슬금슬금 백 스텝으로 맨 뒤 벽 쪽에 달라붙었다. 그가 자신을 볼 수 없다는 걸 깨닫자 마음이 조금은 진정이 되었다.

그는 뒤쪽 커다란 책상에 엉덩이를 걸치고 앉아 스튜디오 전체를 장악하고 있었다. 이렇게 시끄러운 곳에서 촬영에만 집중하느라 제가 온 줄도 모르는 모양이다.

들킬까 봐 가슴은 두근대는데 이놈의 망할 발이 저절로 그쪽으로 한 발짝 움직인다. 며칠밖에 안 되었는데 중국에서의 일정이 꽤 힘들었는지 살이 좀 빠져 보였다. 그러고 보니 어제 꿈속의 그도 저렇게 날렵한 얼굴이었는데.

하지만 어제 꿈속의 그가 한없이 뜨겁고 부드러운 눈으로 자신을 보던 것과는 달리 지금의 그의 눈빛은 스튜디오에서 일어나는 일들은 하나도 놓치지 않겠다는 듯 매서웠다. 짙은 색 정장 바지에 검정 셔츠를 입은 모습이 더 섹시한 분위기를 자아냈다.

그때, 누군가 자신을 툭 쳤다. 제 또래의 남자였다. 청바지에 빨간색의 면 티를 입은 사람이 몇 명 보이는 거로 봐서는 스튜디오 직원인가 보다.

"어디서 오셨나요?"

"Y.N.L 홍보실에서 나왔습니다. 다음 달 사보에 이번 촬영 기사가 들어가서 취재하러 나왔어요."

"아, 연락받았어요. 그러면 짐은 이쪽으로 내려놓으시고, 작가님 촬영 뒤쪽에서만 촬영해 주세요. 소리는 최대한 내지 마시고요."

주의 사항을 전달한 스태프가 다미의 짐을 들어 강철이 앉아 있는 커다란 테이블 위에 올려놓았다. 하지만 모델 촬영에 집중하느라 강철은 옆에서 부스럭대는 줄도 모르고 꿈쩍도 안 했다. 자신이 온 줄도 모르고 촬영장만을 매섭게 노려보는 그를 보자니 그의 관심사에서 밀려난 제 처지가 생생하게 와 닿았다.

"저, 이거 마셔도 되죠?"

짐을 올려 주었던 스텝이 하얀색 비닐봉지 안의 캔 커피를 손으로 가리키며 작게 말했다.

"아, 네."

다미가 재빨리 봉투에서 캔 커피를 꺼내 그 남자 스태프에게 건넸다. 그러자 옆에서 지켜보던 다른 스태프들도 슬그머니 다가오더니 봉지 안으로 손들을 집어넣었다. 이러다가는 그가 마실 커피도 다 없어지겠다 싶어 다미가 잽싸게 마지막 커피를 낚아챘다.

사람들이 간식들을 챙겨 각자의 자리로 돌아간 뒤 다미는 주춤주춤 강철의 옆으로 다가갔다.

뭐라고 말을 걸어야 하지? 내가 말을 걸면 화낼까? 아니면 모르는 척? 어떤 반응을 보여도 왠지 원치 않는 반응이 나올 것만 같았다. 어제의 꿈처럼 달콤한 눈빛으로 날 볼 일은 이제 없겠지.

그와 두 발자국 떨어진 곳에서 더는 가까이 가지 못하고 안절부절못했다. 이렇게 가까이에 있는 것만으로도 입이 바싹바싹 마르는 기분이었다.

"이거, 제가 마셔도 돼요?"

고개를 돌려 보니, 키가 175cm 정도 되는 늘씬한 여자 모델이 서 있었다. 다음 촬영을 기다리는지 속옷 위에 두꺼운 모포를 대충 걸친 모습이었다. 얼굴이 낯이 익어 유명한 모델인가 싶어 빤히 바라보는 사이, 모델이 기다란 팔로 다미의 손에 든 커피를 낚아챘다.

뒤늦게 '아니요. 죄송하지만 주인 있어요.'라고 말을 꺼내기도 전에 그 여자는 캔 커피를 따고 뜨거운 커피를 홀짝거렸다.

이씨, 먹고 배탈이나 나라.

"어휴, 얇은 옷 입고 촬영 기다리느라 추웠는데 이거라도 마시니 조금 낫네."

뭐 이런 사람이 다 있나 싶어 다시 얼굴을 쳐다봤다. 그런데 묘하게 여자의 얼굴이 익숙했다.

가만, 저렇게 싼 티 나게 생긴 모델은 텔레비전에서 본 적 없는데 누구지? 미간을 좁히며 그 여자를 기억해 내려 애썼다. 그러다가 기억 속의 한 장면이 떠올랐다.

이화란인지 이화초인지 그 여자다! 스포츠 센터 회식 자리에서 강철에게 추파를 던졌던 그 여자가 틀림없었다.

자신을 쳐다보는 시선에 화란도 고개를 돌렸다. 그제야 다미의 얼굴을 확인한 화란의 미간이 살짝 찌푸려지다 펴졌다. 하지만 스태프 옷도 입고 있지 않고, 출입 카드도 없는 다미를 보고 알겠다는 듯, 비웃음을 흘렸다.

"배달 왔나 봐? 여기 아무나 오는 곳 아니니까 그만 가 봐. 갈 때 쓰레기들 챙겨 가고."

뭐라 설명할 사이도 없이 화란은 캔을 내려놓고 몸을 돌려 강철의 옆쪽에 엉덩이를 들이밀어 자리를 잡았다.

"어머 강철 씨, 이것 봐요. 얼마나 추운지 닭살이 다 돋았어요."

책상에 걸터앉아 다리를 쭉 펴고 보란 듯 그의 눈앞에서 흔들어 댔다. 아주 여기저기 다니면서 민폐를 끼치는 게 저 여자의 캐릭터인가 보다. 가슴에 뜨거운 것이 울컥했다.

아니, 그렇게 추우면 그 모포 좀 꼼꼼하게 여미고 있지 누구 보라고 걸친 듯 만 듯 한 차림새로 저 난리야? 게다가 언제 봤다고 강철 씨야, 강철 씨가. 부루퉁한 얼굴로 세모눈을 하고 모델을 노려보았다.

뭐야, 설마 저 여자를 알고서 일부러 모델로 섭외한 건가? 언제부터 둘이 따로 연락을 주고받은 거야? 팔짱을 끼고 둘을 번갈아 쳐다보았다. 강철의 옆에서 살랑거리는 꼴이 아까 커피를 빼앗겼을 때와는 비교도 할 수 없게 짜증이 났다. 그리고 그 여자에게 옆자리를 내주고 있는 그에게도 배신감이 일었다.

"자, 다은 씨 이번 컷은 여기까지. 다음, 화란 씨 이쪽으로 와요."

"네, 감독님."

"그럼 강철 씨, 저 촬영하는 동안 이것 좀."

느릿하게 몸을 일으킨 화란이 강철의 앞에서 슬로 모션으로 모포를 벗었다.

아니, 모포를 벗는데 왜 목욕 가운 벗듯이 벗어 재끼는 건데. 모포를 강철에게 건네며 의미심장한 미소를 지은 화란의 볼썽사나운 모습에 눈살이 찌푸려졌다.

근데 저 남자, 그 끈적끈적한 눈빛에도 거부 반응이 없다. 저번과는 확실히 다르다. 저 여자가 주는 모포 따위 패대기를 쳐도 모자랄 판에 그걸 받아서 제 옆에 둔다.

게다가 심각한 표정으로 화란의 뒷모습을 쳐다보는 시선이라니. 그 모포가 화란의 마음이라도 되는 듯 그걸 받아 드는 모습에 불쾌감이 일었다.

이씨, 얼마 전까지만 해도 그렇게 나 좋다고 난리더니, 이젠 저 여자야? 다미는 마음이 울컥했다. 어느새 그를 잊어야 한다며, 우린 이루어질 수 없는 사이라며 실연의 여주인공처럼 울어 대던 모습은 기억 속에서 깡그리 지워졌다.

나는 그렇게 힘들었는데 그는 이제 자신과의 일은 모두 잊은 듯 단정한 모습이다. 야릇한 표정의 화란과 속을 알 수 없는 강철의 표정에 이성의 끈이 툭 끊겼다.

"아, 저 본부장님……."

옆으로 다가가 말을 걸려던 찰나, 강철이 일어나 포토그래퍼 쪽으로 성큼 걸어갔다. 닭 쫓던 개가 멀어지는 닭을 쳐다보는, 그런 느낌이었다. 휑하고 가슴이 시렸다. 저도 모르게 멀어지는 강철을 바라보며 팔짱을 꼈다.

"저 모델 이미지가 너무 야합니다. 저희 이번 컨셉은 최대한 건강한 이미지를 강조하는 것입니다. 최대한 야한 이미지를 죽여 주세요."

힐끗 화란을 바라보며 말했다. 포토그래퍼에게 컨셉에 대해 주문하는 강철의 얼굴에 못마땅한 기운이 가득했다.

몇 년간 심혈을 기울인 론칭 브랜드의 카탈로그 촬영이었다. 모델 섭외까지 신경을 썼건만. 그중 한 모델이 촬영장에 오는 중 교통사고를 당했다는 연락을 받았다. 그 바람에 할 수 없이 에이전시가 섭외한 모델을 쓸 수밖에 없었다.

하지만 에이전시가 충원한 모델의 프로필 자료를 받아 보고 그는 놀라지 않을 수 없었다. 하필이면 그 수영장에서 몇 번 봤던 이 화란이라는 여자였다. 이러다가 카탈로그 촬영을 망치지 않을까 싶어 아침 약속이 끝나자마자 이곳으로 왔다.

혹시나 싶어 스튜디오까지 쫓아왔건만 상황은 생각했던 것보다 더 안 좋았다. 결과가 별로면 재촬영을 해야 할지도 모른다. 그러면 신제품 출시일에 차질이 생길 수 있다. 여러 가지 생각에 머리가 지끈거렸다. 하지만 주사위는 제 손을 떠났다. 이곳에 있어 봤자 더 나아질 것은 없어 보였다.

"김 실장님. 그러면 전 이만 가 봐야 하니 결과 나오는 대로 제 메일로 파일 보내 주세요."

그리고 아까 책상 위에 놓아두었던 재킷을 집어 들기 위해 몸을 돌렸다. 그 순간, 눈에 들어온 것은 재킷이 아닌 다미였다. 어젯밤 술주정으로 제 속내를 다 드러내던 모습이 떠올라 슬쩍 웃었다.

그런데 저 여자 표정이 이상하다. 볼에 바람을 잔뜩 넣고 팔짱을 낀 채 노려보고 있었다. 뭐야? 내가 잘못 본 걸까? 다미를 향해 걸어갔다. 조금씩 다가가도 표정이 바뀔 기미가 없어 보였다. 왜 나를 보고 저런 표정을 짓는 거야? 이해가 가지 않았다.

어제 키스도 저 여자가 먼저 했다. 제 위에 올라타 사람 숨도 못 쉬게 키스할 때는 언제고 다시는 찹쌀떡 함부로 안 먹을게요, 하면서 자동차에서 폴짝 뛰어내려 집으로 올라간 것도 저 여자였다.

그런데 지금 저 표정, 자신에게 무척이나 화나 있는 표정이었다. 아니, 먹다 버린 찹쌀떡 취급 받은 사람이 누군데 왜 자기가 화를 내? 혹시 내가 안 잡고 그냥 집에 보내서 화가 난 걸까? 깊이 생각하느라 미간이 좁혀지는 줄도 모르고 다미의 앞에 섰다.

"이다미 씨?"

그녀가 고개를 빳빳하게 들고 자신을 노려봤다.

"네, 오 본부장님. 사보팀 계약직 직원 이다미입니다."

어제처럼 다정하고 사랑스러운 모습은 어디 가고 찬바람만 쌩쌩 부는 모습이다. 게다가 계약직 직원이라는 단어는 왜 꺼내는 건데? 마치 뭔가 시비를 걸려는 사람 같잖아.

"어제는⋯⋯."

"네. 본부장님이 말씀하신 사항들 어제까지 다 정리해 놨습니다."

표정이 꽤 억울해 보였다. 근데 어제 일을 기억을 못 하는 건가?

"어제 회식은 잘 마치고 집에 들어갔습니까?"

다미의 얼굴이 발갛게 달아올랐다.

"조금 취하기는 했지만, 업무는 차질 없게 진행했습니다. 전 공과 사는 구별하는 여자니까요."

뭐야, 이거. 어제 일을 기억 못 한다는 거잖아. 근데 그 말끝의 시선이 제 어깨 뒤를 향하고 있었다. 그제야 다미가 왜 저렇게 뾰루퉁한 표정을 짓는지 조금은 감이 왔다.

"그런데 저 여자, 이화란이라는 여자 아닌가요? 그때 수영장에서 봤던. 언제 따로 연락을 주고받으신 건지."

강철은 그녀의 표정에 스치는 질투를 놓치지 않았다. 너무 뻔한 질투에 입꼬리가 씰룩거리는 걸 꾹 참느라 고개를 푹 숙였다.

다미는 푹 숙인 강철의 머리통을 짜증스레 쳐다봤다.

다시 그가 고개를 들었을 때 표정을 읽을 수 없는 얼굴과 굳게 다물어져 있는 강철의 입매가 더욱 짜증 나게 했다. 반듯하게 일자로 다물려 있던 그의 입이 천천히 열렸다.

"화란 씨가 워낙 뛰어난 모델이니."

강철의 눈빛이 유난히 반짝거렸다.

"칫, 뛰어나긴 개뿔."

회사 입사 후 강철의 앞에서 항상 존댓말을 써 오던 다미였지만 갑자기 울컥하는 마음에 반말이 툭 하고 튀어나왔다. 자신도 생각지 못한 반응에 다미가 아차, 싶어 입을 꾹 닫았다. 그리고 반대편 쪽으로 후다닥 뛰어갔다.

그런 다미의 모습을 바라보는 강철의 입가가 아까보다 더 길고 오래 휘어졌다.

9화
토끼 사냥법

　사무실로 돌아간 강철이 다시 스튜디오에 나타난 것은 촬영이 거의 끝날 무렵이었다.

　회사에 일이 태산일 텐데 본부장이라는 사람이 왜 뒤풀이를 챙겨야 하는지 다미는 이해가 가지 않았다. 또한 그의 모습을 보아도 하나도 반갑지 않았다.

　회사에서도 회식이 있으면 잠깐 들러 회식 봉투를 전해 주는 게 다라고 들었다. 그런데 직접 이탈리아 레스토랑까지 예약했다고 들었다. 거기다가 다들 가서 같이 식사하자고 한다. 생전 안 하던 짓을 하다니 왜일까. 불길한 생각에 속이 울렁거릴 지경이었다.

　쉬고 싶다고 집에 간 몇몇과 약속이 있다고 빠지는 몇몇을 제외하고 포토그래퍼, 메이크업 담당, 의상 담당과 모델들까지 대략 열다섯 남짓한 사람들이 이탈리아 레스토랑에 모였다.

일행이 레스토랑에 들어가자마자 화란이 힐끗, 다미를 노려보더니 긴 다리로 성큼 강철의 옆자리를 차지했다. 다미는 할 수 없이 강철의 맞은편 대각선 자리에 앉았다.

자신을 흥미롭게 보는 강철의 눈빛에 속내를 들킨 듯 부끄러웠다. 슬그머니 메뉴판을 세워 얼굴을 가렸다.

"화란 씨는 뭐 드실래요?"

그가 자신이 아닌 그 여자에게 먼저 말을 건넸다. 그런 그의 모습에 심장이 툭 내려앉았다.

"음, 전 뭘 먹는 게 좋을까요. 요새 자꾸 살이 쪄서…… 강철 씨가 추천해 주세요."

슬쩍 자신의 가슴골을 그의 앞쪽으로 내미는 모습이라니. 너무 노골적이잖아. 다미가 눈살을 찌푸렸다.

하지만 그는 아무렇지도 않은 모양이다. 오히려 한결 여유로워진 표정이었다. 그리고 그는 슬쩍 웃으며 화란과 나란히 메뉴판을 보고 있었다.

메뉴판을! 둘이서!

"아참, 이다미 씨는 고기를 참 좋아하니까 스테이크 어때요? 이집 스테이크 맛있는데."

강철이 저에게 물었다. 생글거리는 그를 보고 있자니 속이 뒤틀리는 기분이었다. 고기를 먹으라는 말도 삐딱하게만 들렸다.

"네, 저 고기 엄청 좋아해요. 세상에서 소고기가 제일 좋아요. 본부장님께서 이렇게 추천해 주시니 꼭 먹어 보고 싶네요."

오기 어린 표정으로 냉큼 메뉴판을 다시 주워 들었다. 주문을 받기 위해 다가온 웨이터에게 '여기서 제일 양 많고 비싼 게 뭐예요'

를 외치며 메뉴를 골랐다.

씩씩대며 메뉴를 고르는 바람에 다미는 메뉴판에 가려진 그의 어깨가 작게 들썩이는 것을 보지 못했다.

잠시 후 음식이 나오고 화란이 샐러드 접시 위에 올려진 손가락만 한 그릴드 치킨 두 조각과 방울토마토 한 개, 양상추 몇 조각을 집어 먹은 후 포크를 내려놓았다.

"아이 배불러. 어머, 근데 다미 씨는 그거 혼자서 다 먹어요?"

어떻게 여자가 그 많은 음식을 다 먹느냐는 듯한 눈빛이었다.

"그럼 시킨 걸 남겨요?"

"어머, 그래도 여자가 어떻게 그걸 다 먹어요. 난 그렇게 먹으면 금방 살찌던데."

라고 말하면서 네가 그렇게 먹으니 살이 찌지란 눈빛으로 다미의 배 주변을 힐끗거렸다. 그 소리에 주변의 사람들도 화란 씨의 프로 의식이 대단하다며, 그렇게 먹으니 그런 훌륭한 몸매를 유지하는 거란 칭찬들을 앞다투어 내뱉었다.

"나중에 골다공증으로 늙어서 휠체어에 앉아 다니지 않으려면 잘 먹고 잘 운동해야 하지 않겠어요?"

뾰로통하게 말을 하고 더 힘차게 스테이크를 팍팍 잘라 꼭꼭 씹어 먹었다. 그 스테이크가 꼭 누구처럼 느껴져서.

식사를 마치고 파우더 룸에서 나오는 길, 복도 한쪽에 그가 서 있었다.

"이다미 씨, 이따 끝나고 나랑 이야기 좀 합시다."

"네? 이야기요?"

자신에게 눈길도 안 주기에 우울하던 참이었는데, 이야기하자니. '네, 해요. 저도 할 말 많아요!' 소리라도 지르고 싶었다.

"이다미 씨한테 할 얘기가 있으니 먼저 사라지지 말고 기다려요."

급한데 지금 당장 말하면 안 돼요? 조급한 눈으로 그를 쳐다봤다.

"저, 무슨 말씀을 하실 건지 힌트라도……."

"그건……."

강철이 입을 열려던 찰나, 그의 오른손에 들린 핸드폰에서 지이잉 진동음이 들렸다.

"잠시만요."

그가 핸드폰을 들고 레스토랑 바깥으로 급히 나갔다.

무슨 말을 하려는 거지? 혹시 그때 그 이야기? 다미는 긴장되었다. 제자리로 돌아와 자신의 물 잔을 들어 벌컥벌컥 마셨다.

오늘은 제대로 말해야지. 마지막 기회일지도 몰라. 무엇을, 어떻게 말할 것인지 생각에 잠긴 사이 누군가 어깨를 두드리는 바람에 깜짝 놀랐다.

"엄마야!"

"다미 씨 놀랐어요? 미안해요."

상품 기획팀에서 카탈로그 촬영 지원을 나온 수현이였다.

"그런데 무슨 일로 그러세요?"

"조금 전에 오 본부장님이 가시면서 다미 씨한테 말 좀 전해 달라고……."

아니, 무슨 그런 말을 다른 사람을 통해 전해. 자신과 오 본부장의 일을 수현 씨가 알아도 되나 싶어 부끄러웠다.

"네, 무슨 말씀인가요?"

"오늘 화보 기사 쓰고, 기사 내용은 이기영 팀장에게만 컨펌받으면 되고, 대신 사진은 꼭 본부장님께 컨펌받고 쓰라고 하시네요."

생각지도 못한 답변에 당황한 다미의 두 눈이 커다래졌다.

"네? 그게 다예요?"

"네. 다예요."

"정말 그게 끝인가요?"

간절하게 저에게 매달리는 다미를 보고 수현이 이상한 사람 다 있다는 듯 어깨를 으쓱하고 제자리로 돌아갔다.

다미는 간단한 회식 자리를 마치고 답답한 마음에 보영의 집으로 향했다.

딩동—

하지만 안에서는 아무런 인기척이 없었다. 아직 집에 안 왔나. 비밀번호를 꾹꾹 누르고 안으로 들어갔다.

아무도 없을 거라 생각했는데 현관문에서 바로 보이는 거실 한가운데 보영이 똬리를 틀고 앉아 있었다.

"야, 있으면서 왜 대답을 안 해."

"조용히 해. 어제 콘서트 가서 건진 HEXA 일본 공연 실황 DVD 감상 중이시다."

HEXA 관련 영상을 볼 땐 차라리 말을 안 거는 게 나았다. 어차피 말을 걸어 봐야 나중에 무슨 말을 했는지 기억도 못 할뿐더러 짜증만 내기 때문이다.

신발을 벗다 잡동사니들로 좁아진 현관문 주변에 얼굴을 찡그렸다.

"뭐야 이건."

못 보던 잡동사니들을 찬찬히 둘러보았다.

현관문 입구에는 제임스의 실제 크기만 한 판넬, 보영의 몸 반만 한 제임스 캐릭터 인형, 제임스의 얼굴이 박힌 맨투맨 티, 제임스의 캐릭터가 그려진 흰색 반소매 티, 보영이 들고 설쳤을 것이 틀림없는 플래카드, HEXA 로고가 박힌 모자와 풍선 막대가 산처럼 쌓여 있었다.

그리고 간신히 지뢰들을 피해 거실로 들어오니 식탁과 테이블 위에는 HEXA의 달력, 교통 카드, 모자 등이 널브러져 있었다. 딱 보니 어제 HEXA의 콘서트에 갔다가 다 털어 온 모양이었다.

"같이 갈 사람 없다더니 누구랑 같이 갔다 왔나 보네?"

아니면 팬심으로 저걸 다 들고 왔으려나? 발로 쓱쓱 밀며 사람이 다닐 수 있는 길을 만들었다.

"어, 어?!"

다미의 혼잣말에 보영이 당황스러운 표정을 지었다.

"아니, 저 많은 걸 어떻게 혼자 들고 왔나 해서."

"어, 어?"

정신이 어디 팔렸길래 왜 이리 못 알아들어. 당황해서 버벅거리는 보영을 보며 다미가 손을 내저었다.

"됐어, 그냥 보던 거나 봐. 지가 언제부터 HEXA 자료 볼 때 대답을 다 했다고. 사랑의 힘으로 이고 지고 했나 보지 뭐."

거실로 들어와 DVD 케이스, 제임스 사진들을 치우며 제가 앉을 자리를 만들었다. 보영이 작게 안도의 한숨을 쉬며 고개를 돌렸다.

대충 자리를 마련하고 보영의 옆에 앉으니 보영이 DVD를 껐다.

"왜, 마저 봐."

한번 틀면 끝까지 봐야 예의라던 보영이 DVD를 중간에 끄다니. 이런 일이 없었는데 이상하다.

"다 봤어. 봤는데, 아냐, 이건 아냐. 예전 그 느낌이 안 나."

세상에서 소중한 무언가를 뺏긴 듯한 허망한 표정이었다. 보영이 뒤로 벌렁 누웠다.

"빠순이가 본진을 영접하고도 아무 느낌이 안 난다니. 너 혹시 다른 연예인으로 갈아타는 거야?"

"아니야. 잘생겼어. 끼 넘쳐. 음악도 잘 만들어. 연기도 잘해. 아직 이만큼 걸출한 인물이 연예계에는 없지."

아직 우리 오빠가 제일 잘났어요, 모드인 걸 보니 현자타임이 온 건 아닌데.

"그럼 뭐 연애라도 하냐?"

"무, 무슨 소리야."

벌떡 일어나는 보영의 표정에 당황한 기색이 역력했다. 저거 남자 만난다는 소리는 없었는데 뭔가 수상하다.

"너 수상해. 저번에 나 왔을 때도 생각해 보니 이상했어. 막 고민 중이었던 거 같은데."

"이 둔팅이가 어디서 셜록 흉내야. 안 그래도 답답하던 참인데 맥주 사 왔어? 술이나 한잔할까?"

보영이 말꼬리를 돌리며 다미의 옆에 놓인 편의점 비닐봉지를 뒤적였다.

"아, 이거."

잊고 있던 비닐봉지를 열어 마테차 캔 음료를 하나 따서 보영이에게 건넸다. 맨날 보던 맥주 캔의 디자인이 아닌, 보기만 해도 몸이 좋아질 것 같은 그린색의 캔 디자인에 보영이 설마, 하는 표정을 지었다.

냉큼 캔을 낚아채 캔 음료의 정체를 확인한 보영의 얼굴이 확 일그러졌다.

"뭐야 이거. 요새 과일 맛, 무슨 맛 소주 나온다더니, 이건 마테차 맛 맥주인 거야? 아님 소주야?"

"아닌데. 그냥 마테차인데."

봉지에서 또 한 캔을 꺼내 뚜껑을 딴 뒤 다미가 마테차를 홀짝거렸다.

"캬—"

입 안에 감도는 쓴 감각에 캬, 소리가 절로 나왔다. 오늘 하루 쓴맛을 너무 봤더니 이 정도 쓴맛은 쓴맛도 아니게 느껴졌다.

"너 미쳤어? 초딩 입맛이 무슨 마테차야 마테차. 놀리지 말고 빨리 맥주 꺼내."

"맥주 없어. 나 이제 술 끊을 거야. 마테차가 다이어트랑 심신 안정에도 좋대. 뭐 보약 사 먹을 돈은 없고 이거나 마셔야지."

"뭐? 네가 술을 끊어? 개가 똥을 끊지. 뭔 소리야? 무슨 일 있어?"

그제야 평상시와 같지 않은 모습을 눈치챈 보영이 다미를 요모조모 뜯어보았다. 그러자 다미가 집요한 시선을 피하며 보영의 얼굴을 손바닥으로 밀었다. 그러다 주저주저 이야기를 꺼냈다.

"그 사람 출장 갔다 왔어."

"근데?"

"내 쪽으로는 시선도 안 돌려. 마음 정리 다 끝났나 봐."

"아니 그게 고작 며칠이나 된다고 사람 마음이 그래? 그거 완전히 바람둥이 아냐?"

다미보다 더 분개해 주는 보영이였다.

내가 무슨 짓을 해도 내 편인 친구. 종일 헛헛한 마음이 조금은 위로받는 느낌이었다.

"어휴, 이 바보야. 뭔 일이야. 빨리 자세히 말해 봐."

보영이 두 손으로 다미의 허벅지를 붙잡고 몸을 끌어당겨 앉았다.

다미는 오늘 스튜디오 촬영 때 화란을 대하는 강철의 태도, 그리고 레스토랑에서 있었던 일 등을 모두 이야기했다.

"……."

이야기를 다 들은 보영의 표정이 이루 말할 수 없이 복잡해졌다.

"야, 이야기를 들었으면 뭐라고 말 좀 해 봐. 나 어떡해."

"그러게 굴러들어 온 복을 차도 유분수지. 그때 그냥 얼씨구나 하고 잡지. 이건 뭐 아주 지 복을 지구 밖으로 차 버렸구먼."

제가 다 속상한 표정이었지만 보영이라고 별 뾰족한 수가 있을 리는 만무했다.

"어쩌지? 다시 좀 꼬셔 볼까?"

"언제 네가 꾀어서 넘어왔냐? 그 사람이 특이 취향이라 알아서 넘어왔지?"

"그래도 그런 취향이면 또 넘어올 수 있잖아."

"네가 그렇게 했는데, 제정신이면 있던 정도 다 떨어졌겠다. 솔직히……."

보영이 다미를 훑어보았다.

"그 꼴을 당하고 또 빠질 정도로 네가 매력적이지는 않잖아?"

다미의 가슴속에 있던 두려움의 근원을 푹 찌르는 보영의 말에 가슴이 저릿했다. 점점 어두워지는 표정을 본 보영이 안쓰러웠는지 다미의 등을 쓸어 주었다.

"어휴, 그러게 천금 같은 기회를 왜 날려 먹어, 날려 먹긴. 그래도 어쩌겠니. 다시 열심히 꼬셔 봐야지. 그 인간이 콩깍지 안 떨어졌으면 다행이고. 너나 나나 어쩌냐. 어휴."

보영이 다시 땅이 꺼져라 길게 한숨을 쉬었다.

卍

다음 날 다미는 아침부터 일어나 부지런히 움직였다.

물론 개강 파티 때 보영이 부려 주었던 마법 같은 메이크업은 혼자서 흉내 낼 수 없었다.

하지만 몇 번 연습한 끝에 꽤 만족스러운 메이크업을 할 수 있었다. 그리고 어젯밤 미리 다리미질해 놓았던 카멜색의 플레어 원피스와 트렌치코트, 깨끗이 닦아 놓았던 검은색 에나멜 하이힐을 신고 현관 거울 앞에 섰다.

아무리 생각해도 이대로 끝낼 수는 없었다. 그때는 미처 몰랐던 자신의 마음을 전하고 싶었다. 어차피 지금 상황에서도 상처를 안 받는다는 것은 불가능하다는 걸 깨달았기 때문이다. 되든 안 되든 진심을 전하고픈 욕구가 매일매일 커져 가 숨기기 곤란한 지경에 이르렀다.

어젯밤 잠자리에서 밤새 연습도 해 보았다. 이제 출근해서 강철과 이야기만 잘하면 된다.

"이다미 사전에 포기란 없다. 넌 할 수 있어. 아자아자 파이팅!"

거울 속에 비친 스스로에게 파이팅을 해 주고 기세 좋게 현관문을 나섰다.

하지만 아침부터 준비하느라 너무 신경을 썼는지 지각은 아니지만, 평상시보다 조금 늦게 회사에 도착했다.

"안녕하세요. 제가 너무 늦게 왔나 봐요."

비서실 문을 열고 인사를 하며 종종걸음으로 자신의 책상으로 걸어가 자리에 앉았다.

"와, 다미 씨, 몰라보겠어요. 너무 예쁜데요."

"정말요? 감사합니다."

꾸민다고 꾸몄는데 혹시나 이상하면 어쩌지, 걱정했었다. 그런데 지훈의 칭찬이 그런 걱정을 날려 주어 안도의 웃음이 났다.

그 사람 눈에도 괜찮아 보이겠지? 본부장실 입구를 쳐다보았다.

그때 본부장실의 문이 열리고 강철이 나왔다. 말끔한 네이비 슈트에 화이트 셔츠, 블루 스트라이프 넥타이가 눈부시도록 멋있었다. 그의 모습을 보는 것만으로도 가슴이 다시 세차게 뛰기 시작했다.

이렇게 좋아하는 마음이 커질 줄은 몰랐다. 제 마음이니까, 제가 그만, 이라고 말하면 제 마음도 그즈음에서 멈출 줄 알았다. 하지만 그를 다시 본 순간, 이제 제 마음은 제 것이 아니란 것을 깨달았다.

제 마음의 주인은 저 사람이다. 그러니 주인을 만난 가슴이 이렇게 쿵쾅댈 수밖에. 저 여기 있다고, 당신을 향한 이 마음을 알아 달라고 세차게 울고 있는 것이다.

다미가 떨리는 가슴을 진정시키며 입가에 미소를 지어 보였다. 긴장한 탓에 입꼬리가 살짝 떨렸다.

하지만 다미의 모습을 머리부터 발끝까지 슬쩍 훑은 강철의 표정이 밝지 않았다. 아니, 오히려 미간까지 찌푸리는 표정이 무언가 단단히 마음에 안 드는 눈치였다.

별로인가? 그의 작은 표정에 가슴이 철렁 내려앉고 자신감이 절로 상실되는 기분이었다. 새벽 5시부터 일어나 준비를 하면서 쌓은 자신감이 순식간에 와르르 무너졌다.

그래도 말이라도 좀 해 줄 수는 있는 거겠지? 그를 올려다보는 표정에 간절함이 묻어났다.

"그러면 나 없는 동안 업무 잘 보고, 무슨 일 있으면 바로바로 연락해 주세요."

하지만 그는 다미 쪽으론 시선도 주지 않은 채 비서실장에게 그 말만을 남기고 재빨리 서둘러 방에서 나갔다. 뭔가가 어그러진 기분이었다.

"본부장님 어디 가세요?"

"이번 주 내내 프랑스 출장 가시잖아요. 아마 다음 주쯤 오실걸요?"

비서실장의 말에 왠지 모를 실망감이 들었다. 다미는 자신의 의자에 그대로 풀썩 주저앉고 말았다.

금요일 체육 대회 당일 아침.

체육 대회에 참여하는 직원들은 회사에 모여 대형 관광버스로 함께 이동하기로 했다. 그리고 버스가 체육 대회 행사가 있는 곳에 도착한 것은 오전 10시쯤이었다.

버스에서 내리던 다미는 다른 직원들의 차림을 보다가 문뜩 자신의 옷으로 시선을 내렸다.

강철이 출장을 간 이후로 모든 것이 귀찮아지기 시작했다. 오늘 아침도 일어나 대충 씻고 손에 잡히는 트레이닝복을 주워 입었다.

'오늘 회사에 체육 대회 있다더니 동네 마실 가?'

다미의 옷차림을 본 라영이 기어이 한마디를 했다.

'됐어. 잘 보일 사람도 없는데 챙겨 입어서 뭐해.'
'사람들이 비웃겠어. 그렇게 입고 다니면 관심 있던 남자도 도망간다니까?'

어이없는 표정으로 다미의 등 뒤에 그려진 커다란 토끼를 손가락으로 가리켰다.

'내버려 둬. 내 맘이야.'

하지만 라영의 예언은 적중했다.

대부분의 직원들이 청바지에 후드 티, 아니면 엊그제 갓 산 것 같은 새 트레이닝복을 입고 있었다. 패션쇼에 온 것인지 체육 대회에 온 것인지. 하여튼 그중에 체육이라는 목적에 어울리게 충실히 옷을 입은 것은 저만이 유일했다.

같이 온 직원들은 토끼가 그려진 유치한 핑크색 트레이닝복을 입은 다미를 힐끗거렸다.

"어머, 다미 씨 트레이닝복 너무 귀여워요."

"이런 귀여운 트레이닝복은 어디서 팔아요? 우리 조카 좀 사다 주게."

"오늘 체육 대회 인기상 노리는 거예요? 완전 시선을 잡아 끄는 패션인데?"

그사이 친해진 몇몇 직원들이 다미의 옷차림을 보고 킥킥대며 웃었다.

"네, 잘 갖고 놀다 제자리에만 놔 주세요."

심드렁하니 대답을 하고 시선을 돌렸다.

그때, 강철의 차가 주차장으로 들어오는 것이 보였다. 뭐, 뭐야. 체육 대회 안 온다더니 온 거야? 다미가 화들짝 놀라고 말았다. 차에서 누군가 내리는 모습에 손으로 얼굴에 그늘을 만들고 눈까지 게슴츠레 뜨며 확인을 했다. 그가 틀림없었다.

아씨! 오늘 안 온다며?! 다미는 비명이라도 지르고 싶은 기분이었다. 이런 거지 같은 꼴은 절대 보이고 싶지가 않았다. 내 맘만 생각하지 말고 남들의 눈도 신경 좀 쓸걸. 괜히 아침에 라영을 타박한 게 후회가 될 지경이었다.

꼴사나운 모습이라 그의 앞에 당당히 나서지도 못하겠다. 자신과는 달리 차에서 내린 그의 주변으로 젊은 여직원들이 하나둘씩 모이기 시작했다. 역시 이래서 사람은 준비가 중요한 건데. 재빨리 나무 뒤로 몸을 숨기고 고개만 빼꼼하게 내밀어 그를 쳐다보았다. 여직원들이 그에게 다가갈수록 나무 기둥을 부여잡은 손가락에 힘이 들어갔다.

나무 뒤에서 점점 울상이 되어 가는 다미의 표정을 본 강철이 새어 나오는 웃음을 간신히 참았다.

저런다고 안 보일 줄 아나? 안 보일 수가 없다. 차에서 내리기 전부터 촌스러운 핑크, 아니 꽃분홍색 트레이닝복이 한눈에 들어왔으니까. 저 여자가 한눈에 들어온 것이 옷 때문인지, 그게 저 여자 때문인지 피식 웃음이 났다. 눈앞에 있는 자기를 보고도 나무 뒤에 숨는 모습이라니. 그러게 있을 때 잘하지. 그가 혀를 끌끌 찼다.

그날 스튜디오와 식당에서 보인 그녀의 행동은 질투가 틀림없었다. 끝나고 이야기를 할까 하다가 프랑스 합작 문제로 회사에 다시 들어가느라 제대로 이야기를 못 나눴다. 문제를 해결한 후 다시 연락해 볼까 하다가 새벽 1시가 넘은 시간을 보고 포기했었다.

하지만 다음 날 섹시한 옷을 입고 출근한 다미를 보고 확실히 눈치채 버렸다. 지금 저 꼬맹이가 자기를 꼬시려 하고 있다는 걸.

출장 가는 상황에서 너무 예쁘게 차려입은 그녀를 회사에 남겨둬야 한다는 게 마음에 들지 않았지만, 그래도 그 옷차림이 다른 사람도 아닌 자신을 위한 것임을 알기에 출장을 가 있는 동안 참을 수 있었다. 맨날 도망만 다니더니, 이제야 어떻게 하면 토끼를 잡을 수 있는지 깨닫게 되었다.

강철은 배구공 대여섯 개가 들어간 그물망을 들고 낑낑거리는 여직원의 옆으로 다가갔다.

"무거우실 텐데 제가 들어 드리겠습니다."

"어머, 정말요? 본부장님, 감사합니다. 너무 친절하세요."

강철은 더욱 일그러지는 다미의 표정을 힐끗 본 후 하얀 치아를 환하게 드러내며 활짝 웃었다.

일도 안 하고, 먹을 것들이 넘쳐 나고, 재미있는 게임을 하고, 이 와중에도 월급은 계산된다는 좋은 날이었다. 그럼에도 불구하고 다미의 기분은 좀처럼 나아지지 않았다. 즐겁게 게임을 하는 강철의 모습이 왠지 야속했다.

응원은 도저히 할 자신이 없었다. 산책이나 해 볼 심산이었다. 시끄러운 운동장을 나와 조용한 숲길을 지날 즈음 '이다미'라는 단어가 들렸다. 걸음을 멈추고 귀를 쫑긋 세워 봤다. 키 큰 나무들 저편으로 여자들의 수다 떠는 목소리가 들려왔다.

"이다미 씨 낙하산이라며?"

"그 사보팀에 새로 온 신입?"

"응, 그 신입."

"대박, 그럼 본부장님 낙하산인가?"

"본부장님 애인?"

"설마……."

갑자기 심장이 쪼그라드는 기분이었다.

"그건 아닌 것 같고. 나도 미선 씨한테 들었는데, 며칠 전에 우리 카탈로그 촬영했잖아. 거기 모델이 본부장님이랑 다미 씨랑 같은 스포츠 센터를 다녔나 봐."

"아, 그럼 원래 알던 사이라는 거네?"

"둘이 진짜 뭐 있는 거 아냐?"

둘이 사귀다가 걸릴 수도 있을 거라 걱정한 적은 있지만, 이렇게 사귀지도 못하고 딱 걸려 버릴 줄은 생각도 못 했다. 이번엔 쪼그라들었던 심장이 세차게 뛰었다.

"그건 아니라니까. 그때 그 모델이 저 이다미라는 여자를 본부장님이 회사에 취직시켜 준 거냐고 물었는데."

"물었는데?"

"그냥 스포츠 센터에서 몇 번 본 사이라고, 그런 거 아니라고 불쾌해했대."

불쾌라는 단어에 심장이 욱신거렸다. 역시 혼자만의 착각이었다. 자신이 그와의 관계를 정리하자고 말한 이후 모든 것이 깨진 것이다. 그것도 모르고 자신은 깨어진 관계를 어떻게든 이어 붙여 보려고 혼자 전전긍긍한 것이었다.

눈시울이 뜨거워졌다. 그러곤 이내 뜨거운 눈물이 솟구쳤다. 당황한 마음에 손등으로 눈물을 쓱 닦았다. 훌쩍. 저도 모르게 훌쩍거리게 되었다. 왜 이렇게 날씨는 춥고 난리야. 콧물 나오잖아. 다미는 재빨리 발걸음을 돌려 다른 방향으로 바쁘게 걸어갔다.

그때 저 앞에서 강철이 자신 쪽으로 걸어오는 것이 보였다. 하필이면 이런 상황에서 마주치다니, 정말 하늘도 너무하구나. 다미가 또 재빨리 몸을 돌렸다.

"이다미 씨? 어디 갑니까?"

제 맘도 모르고 장난치듯, 경쾌한 그의 목소리에 발걸음이 저절로 멈췄다. 움직여야 하는데, 그의 말을 못 들은 척 빨리 사람들 속으로 숨고만 싶은데 발이 미련을 떨고 있었다.

그사이 가까이 다가온 강철이 다미의 트레이닝복 모자 부분을 장난스럽게 두 손가락으로 잡았다.

"또 도망가려고 그러십니까, 이다미 씨?"

"내가 뭘 도망가요?"

재빨리 고개를 떨어뜨렸다. 도망이 아니라 돌진하다가 까이고 산산이 깨진 기분이었다.

"맨날 도망가 놓고 지금 아니라고 우기는 겁니까?"

자신의 앞으로 상체를 쑥 내밀로 장난스럽게 웃는 강철의 얼굴을 보자 참았던 울음이 터졌다.

"내가 뭐 언제 도망갔다고 그러세요. 훌쩍……."

다미가 창피함에 고개를 돌린 거라 생각하고 장난을 걸었는데, 울고 있는 모습에 당황한 건 오히려 강철이었다.

"지금 울어요?"

"내가 언제 울었어요. 흑흑……."

눈물이 나려면 이따가 날 것이지, 눈치도 없는 눈물이 야속했다. 다미가 두 손으로 얼굴을 가렸다. 강철은 그녀의 작은 어깨를 감싸 쥐고 근처 벤치에 앉히려 했다. 우느라 정신이 없던 다미도 순순히 벤치에 앉았다.

"뭐가 그렇게 속상해서 울어요. 고백해 놓고 차여서 울 사람이 누군데."

토닥토닥 등을 어루만져 주는 따스한 손길에 울컥했다.

"흑, 누가 뭐 차고 싶어서 찼어요?"

"그럼 누가 나 차라고 시켰어요?"

"상황이, 상황이 그렇잖아요. 내가 그동안 했던 행동도 있고, 당신, 아니 오 본부장님은 직장 상사인데, 어떻게 냉큼 사귄다고 그래요."

"아하, 다미 씨가 생각할 시간을 안 주고 말한 제 잘못이 크네요. 그렇죠?"

말도 안 되는 투정을 받아 주는 목소리가 따뜻했다. 그러자 그동안 마음속으로 앓고만 있던 말들이 생각할 새도 없이 계속 흘러나왔다.

"그리고 사람이 어떻게 그렇게 금방 변해요? 나한테 고백할 때는 언제고 또 다른 여자들 보고 웃고, 잘해 주고."

그가 다른 여자들을 보며 웃을 때, 자신을 무심하게 지나칠 때마다 칼날 위에 서 있는 것처럼 아팠다. 이럴 줄 알았으면 상처받는 게 두려워 그를 피하는 바보 같은 짓은 저지르지 않았을 것이다. 지금도 충분히 아프니까.

"내가 다른 여자 보는 게 싫었구나. 그렇죠?"

"……."

그렇다고 말하고 싶었지만, 사람이 염치가 있지. 강철을 차 버려 놓고 그 사람이 누굴 만나든 무슨 상관이란 말인가.

"대답 안 할 거예요? 그럼 나 계속 다른 여자 만나도 괜찮은 건가?"

슬쩍 자리에서 일어나려는 그의 팔을 붙잡았다. 할 말 있으면 해 보라는 듯 그가 눈썹을 치켜세웠다. 하지만 입이 쉽게 떨어지지는 않았다. 그저 작게, 고개를 가로저었다.

그 작은 움직임을 확인한 강철이 다시 벤치에 앉았다.

"그러면 냉큼은 힘들고, 지금은 괜찮아요?"

지금 다시 한 번 기회를 준다는 걸까? 아니면 내가 잘못 이해를 한 걸까? 무슨 말인가 싶어 그의 얼굴을 빤히 바라보았다. 조금 전까지 그의 장난기 있던 목소리와 표정은 사라지고 없었다.

"그럼 다시 한 번 물을게요. 맨정신이고 시간도 충분히 줬으니까 제대로 대답해 줘야 해요."

왜 말을 하다 마는 건데. 다미가 다음 말을 기다리며 그의 입술을 바라보았다.

"이다미 씨 이제 그만 좀 사귑시다."

지나가던 바람에 마른 낙엽들이 흔들렸다. 붉게 물든 단풍잎이 다미의 머리 위로 떨어졌다. 하지만 반쯤 넋 나간 그녀는 미동도 없었다.

강철은 다미의 머리에 붙은 단풍잎을 떼었다. 곱네. 근데 이 여자는 더 곱다. 동그란 눈, 추워서 살짝 발그레진 볼, 우느라 빨갛고 도톰하게 부풀어 오른 입술. 말하지 않아도 표정만으로 그녀의 마음을 읽을 수 있었다. 하지만 그 마음을, 수줍은 고백을 꼭 듣고 싶은 욕심이 들었다.

"왜 대답 안 해요? 저 또 차이는 겁니까?"

다미를 내려다보는 눈이 다시 장난스레 반짝거렸다. 슬쩍 몸을 일으키자 다미가 다급하게 그의 소맷자락을 꼭 잡아 줘었다. 그리고 재빨리 그의 입술에 쪽 하고 입을 맞추었다.

으흥? 그가 눈을 크게 뜨고 바라보자 그제야 자신이 무슨 짓을 저질렀는지 깨달은 다미가 또 고개를 푹 숙이고 꼼지락댔다. 그런 다미의 모습에 강철이 다시 여유롭게 미소를 지었다.

"말로 들어야 하는데. 같이 잠을 자도 도망가고 모르는 사람이라고 우기는 여자인데 겨우 어린애 수준의 뽀뽀로는 안 되는데."

제 귀에 와 닿는 그의 목소리가 달달하다. 부끄럽다. 좋아한다고 말을 하기도 부끄럽고, 나를 쳐다보는 저 눈빛도 부끄러웠다.

"그냥 대충 좀 넘어가요."

"그건 아닌 것 같은데. 우리 그날 오피스텔에서부터 대충 넘어갔더니 이 사달이 난 거 아닌가?"

부끄러운 과거를 저렇게 놀려 먹다니, 괘씸한 마음에 그의 가슴을 팡팡 때렸다. 몇 번을 맞아 준 강철이 차가운 바람에 살짝 언 다미의 두 손을 따뜻하게 감쌌다.

"어? 대답도 안 하고 이렇게 때리면 상사 폭행인데? 애인이라면 이 정도쯤은 애교로 받아 줄 수 있지만, 직원이 이러는 거 용납할 정도로 착한 사람은 아닌데."

어릴 적 고백 정도야 당차게 하던 시절도 있었지만 지금 이 순간 온몸이 간질간질하고 가슴이 쿵쾅거려 쉽게 입을 열 수가 없었다. 입을 열었다가는 미친 듯이 뛰는 가슴이 입 밖으로 튀어 나갈 것만 같았다.

강철의 뜨거운 시선에 왠지 민망해져 자꾸만 시선이 내리깔렸다. 단단한 두 가슴에 놓인 손가락을 꼼지락대다가 그의 옷자락을 꼭 쥐었다. 주먹 밑으로 따뜻하고 쿵쾅거리는 그의 심장 박동이 느껴졌다. 저렇게 웃고 있는데, 웃고 있어서 안 그런 줄 알았는데 이 사람의 심장도 저처럼 뛰고 있다. 지금 자신의 마음과 똑같은 열기와 속도로 뛰고 있었다.

그러면 지금까지 내가 속상했던 만큼, 안절부절못한 만큼 그도 그랬을까? 혹시나 저 사람이 나를 더는 좋아하지 않게 될까 봐 걱정하면서? 그래서 저렇게 자꾸 확인하고 싶은 걸까, 란 생각이 문득 들었다.

생각해 보니 그랬다. 지금껏 그의 마음이 떠난 것 같다고 안달복달했지만 정작 그에게 자신의 진심을 보여 준 적이 없다는 것을 깨달았다. 갑자기 미안한 마음이 차올랐다.

"미안해요."

미안하단 소리에 반사적으로 강철이 미간을 찌푸렸다. 그의 옷자락을 쥔 다미의 손에 힘이 들어가며 말이 빨라졌다.

"아니, 안 사귀겠단 말이 아니라. 그동안 속이고, 고백했는데 거절이나 하고, 그래 놓고 질투랍시고……. 그런 거…… 미안해요."

다미의 말을 들은 후에야 그의 미간이 펴졌다. 그리고 아까보다 한결 짙어진 눈으로 다미를 응시했다.

"그리고?"

자기를 놀리기 위한 장난이라고만 생각했는데 지금 그의 눈을 바라보니 초조한 눈빛이었다.

왜 몰랐을까? 왜 그의 마음을 알려고 하지 않았을까? 이 사람도 나처럼 불안해하면서 나의 마음을, 그에 대한 확신을 원하고 있음을 이제야 알아챈 것이다. 움직이지 않아도, 말하지 않아도, 눈빛을 응시하는 것만으로도 그 마음이 고스란히 전해졌다.

쿵쾅쿵쾅.

아까부터 불규칙하게 뛰던 심장이 점점 더 터질 듯하게 뛰었다. 옷자락을 쥐고 있던 손을 풀어 그의 목 뒤에 살짝 둘렀다. 그러자 그의 한쪽 눈썹이 놀랍다는 듯 휘어졌다.

다미는 고개를 똑바로 들어 그의 짙고 깊은 눈과 자신의 눈을 맞췄다. 그의 맑은 눈 속에 자신의 모습이 비쳤다.

"아까 강철 씨가 말한 건 잊어요. 내가 오늘 처음 고백하는 거로 해요. 강철 씨 나랑 사귀어요."

그리고 그대로 강철의 입술에 자신의 입술을 포갰다.

날씨가 쌀쌀한 걸지도 모른다. 자신의 입술에 그의 따뜻한 입술이 닿자 온몸으로 따뜻한 온기가 퍼지는 느낌이었다. 부드럽게 느껴지는 그 온기가 너무 좋아 그의 품으로 파고들었다. 강철이 자신의 커다란 품속에 파고드는 다미를 꼭 껴안은 채 달콤한 입술을 마음껏 탐했다.

얼마 만큼의 시간이 흘렀을까.

"저, 이제 가 봐야 하지 않아요?"

강철의 품 안에 갇힌 다미가 눈만 치켜뜨고 강철에게 물었다.

가긴 가고 싶었다. 집으로. 지금 이 순간 이 여자를 데리고 사라진다면 직원들이 난리가 나겠지. 강철은 어쩔 수 없이 몸을 일으켜 세웠다.

체육 대회 행사장으로 가까워지자 다미가 슬그머니 잡고 있던 손을 빼려고 했다. 다미의 손을 꼭 쥐고 있던 강철이 그녀의 턱짓에 사람들과 가까워진 것을 발견하고 아쉬운 듯 손을 놓아주었다.

"먼저 가요. 전 뒤따라서 갈게요. 그리고 표정 관리 좀 해요. 자꾸 그렇게 웃으면…….”

오늘 체육 대회가 끝나기 전에 걸리는 건 일도 아닐 것이다.

“알았어요. 내 걱정 하지 말고 자기나 표정 관리 잘해요.”

금세 호칭이 자기가 되었다. 다미의 얼굴이 빨갛게 달아올랐다.

강철이 먼저 직원들이 모여 있는 곳으로 가고 조금 있다가 다미
가 자신의 자리로 돌아왔다. 그런데 이상하게 주변 사람들이 자신
을 힐끗거렸다.

혹시 내가 본부장이랑 키스한 모습이 걸렸나? 세상에서 감기랑
사랑은 숨길 수 없다더니 벌써 내가 티를 너무 냈나? 심장이 쿵쾅
대기 시작했다.

그때 주연이 눈을 게슴츠레 뜨고 다미의 옆으로 다가왔다.

“저, 혹시…….”

“네, 네?!”

걸리고 말았구나! 눈을 질끈 감았다.

“혹시, 오 본부장님한테 혼났어요?”

“네?”

“아니, 조금 전에 보니까 본부장님이랑 오는데 표정이 너무 안
좋아서요.”

주연이 작은 가방에서 손거울을 꺼내 건네주었다. 거울을 받아
들고 얼굴을 비치니 아까 울어서 빨개진 코끝과 팅팅 부은 눈이 보
였다. 게다가 거울을 움직이다가 목 부분이 너덜너덜해진 트레이닝
복을 보고 흠칫 놀랐다.

질질 짠 촌년 같은 얼굴에 낡아 빠진 트레이닝복을 입고 그에
게 사랑 고백을 한 것이다. 내가 미쳐. 다미가 눈을 질끈 감았다

가 떴다.

"아, 네. 좀."

대충 대화를 갈무리하고 강철을 슬쩍 쳐다보니 힐끗힐끗 이쪽을 향해 웃고 있었다. 이 꼬락서니를 보고도 저렇게 좋다며 웃다니. 스스로 생각해도 어이없는 상황에 다미도 피식피식 같이 웃어 버렸다.

卍

금요일 고백 이후 맞이하는 월요일 아침, 다미는 살짝 긴장했다.

금요일 체육 대회에서의 고백 이후 단둘이 있을 시간은 없었다. 갑자기 사귄다고 강철의 차를 타고 서울에 올라갈 수도 없고 해서 다미는 다시 관광버스에 몸을 실어야 했다.

집에 올라왔을 때는 월급 받았으면 재까닥 선물 사 오라는 엄마의 불호령에 라영과 함께 집에 내려갔다가 일요일 저녁 늦게 올라왔다.

중간중간 문자와 통화를 하긴 했지만, 아직 그 사실이 실감이 나지는 않았다. 게다가 회사에서는 어떻게 해야 할지, 다른 사람들에게 들키면 안 될 텐데, 라는 걱정만 한가득이었다.

회사에 도착한 다미는 잡생각을 버리고 컴퓨터의 전원 버튼을 눌렀다. 잠시 후 비서실의 문이 열리고 그가 들어왔다.

"출근하셨습니까, 본부장님. 좋은 아침입니다."

평상시와 같은 톤으로 인사하려 했지만 새어 나오는 미소는 숨길 수가 없었다. 이러면 안 되는데. 다미가 아랫입술을 살짝 깨물었다.

"둘만 있을 때는 이름으로 불러 주면 안 되나?"

눈을 찡긋하고 웃는 강철의 모습에 온몸이 간질거렸다. 아직은 어색하고 부끄러운 저와는 달리 강철은 벌써 적응이 된 듯 여유로 워 보였다.

누가 들어와서 듣기라도 하면 어쩌려고. 대답을 못 하고 우물쭈 물하고 있는 사이, 본부장실로 들어갈 줄 알았던 강철이 다미 쪽으 로 성큼 다가왔다. 강철의 돌발 행동에 잔뜩 긴장한 다미가 후다닥 의자에 앉아 컴퓨터 앞으로 몸을 당겼다. 최대한 강철을 피해 보려 는 반사 행동이었다.

"뭐 하고 있었습니까?"

"네? 네, 저번에 촬영한 화보 기사를 이 팀장님께서 주신 수정안 에 따라 수정하고 있었습니다."

연인에서 본부장 모드로 갑자기 바뀐 그 때문에 놀란 가슴이 파 닥파닥 뛰었다.

"수정할 것 많습니까?"

"아니요. 그다지 많지는 않습니다."

괜히 공과 사를 구별 못 하고 헤실거리다가 나만 망신당할 뻔했 네. 다미가 허리를 바짝 세웠다.

"그래요? 어디 봅시다."

강철의 커다란 그림자가 몸을 덮어 오자 다미가 다시 의자 깊숙 이 엉덩이를 묻었다. 그의 손이 마우스 가까이 오는 것을 본 다미 가 후다닥 손을 치웠다. 하지만 강철이 더 빨리 다미의 손 위로 자 신의 손을 덮은 채 마우스를 꼭 잡았다.

"저, 본부장님? 뭐 하세요?"

"둘이 있을 때는 이름 불러 달라니까."

그가 장난스레 씨익 웃었다. 그는 본부장의 탈을 쓴 강철이였다.

누가 들어올까 덜컥 겁이 난 다미가 손가락도 꼼질, 몸도 꼼질대면서 강철의 품에서 탈출을 시도했다. 그러나 강철은 요리조리 몸을 움직이며 오히려 더 다미를 제 품 안에 가둬 버렸다. 강철의 품 안에서 다미는 이러지도 저러지도 못하고 점점 울상이 되었다.

"제발 좀 그만해요."

"키스해 주면 그만하죠."

이 남자가 미쳤나?! 생각지도 못한 강철의 말에 다미의 눈이 휘둥그레졌다. 그 순간 강철이 놀란 다미의 입술에 쪽 하고 입을 맞추었다. 다미는 그대로 얼음이 되었다.

입술을 뗀 강철의 표정에서 웃음기가 사라졌다. 깊어진 눈매로 자신의 입술을 응시하는 강철의 표정에 다미의 가슴이 미친 듯이 뛰기 시작했다. 키스에 대한 기대감과 누가 들어올지도 모른다는 불안감이 동시에 일어 가슴이 미친 듯이 방망이질을 시작했다.

그 순간 강철이 재빨리 몸을 일으키고 다미의 의자를 원래의 위치로 돌려놓았다. 조금 전까지 그를 바라보던 다미는 어느 순간 모니터를 응시하는 모양이 되었다.

뭐지 싶었던 찰나, 문이 열리고 지훈이 비서실로 들어왔다.

"본부장님 출근하셨습니까?"

"좋은 아침입니다."

다정한 둘의 모습에 지훈이 흠칫했다. 이라영의 누나와도 저 정도로 친밀하다니, 이러다가 회사에 한바탕 난리가 나는 거 아냐?

이걸 그냥 놔둬야 할지, 회장님께 알려야 할지 잠깐 고민에 잠겼다. 하지만 지금 당장 티를 낼 수도 없는 노릇이다. 못 본 척 인사를 하고 자신의 자리로 갔다.

"비서실장님 오셨어요?"

얼굴이라도 마주쳤다면 뭔가 이상한 표정이 딱 걸렸을 것이다. 모니터 옆으로 얼굴만 금방 빼꼼 내밀어 인사를 하고 다시 모니터 뒤로 모습을 숨겼다.

"아, 다미 씨도 출근했어요? 그런데 본부장님께서 다미 씨한테는 무슨 일로……."

뭐라 대답해야 하는지 몰라 다미의 머릿속이 멍해지고 입이 바짝 말랐다.

"이번 화보 촬영 기사 사진 고르고 있었습니다."

"아, 그때 모델 사고 나서 다른 모델이 찍었던 컷이요? 잘 나왔나요?"

"뭐, 그런대로."

강철이 어깨를 으쓱했다. 그리고 마우스를 쥐고 다미에게 설명하기 시작했다.

"그래요. 이 사진하고 이 사진으로 합시다. 그리고 내용은……. 이렇게 추가하는 부분은 마음에 드네요. 이쪽은 생산 라인 쪽에 대한 설명이 좀 더 보충되면 좋을 것 같군요."

강철의 업무 지시에 지훈은 언제나 있었던 일이라는 듯 재킷을 벗어 걸고 자기 일을 시작했다.

"그럼 수고들 하세요."

말을 마친 강철이 본부장실로 발걸음을 옮겼다.

"네, 알겠습니다."

다미는 그가 사라진 문을 바라보다 모니터로 시선을 돌렸다. 언제인지 모르게 모니터는 대기 화면 모드로 바뀌어 있었다.

그가 들어간 본부장실을 멍하니 보다 다시 대기 화면 상태인 모니터를 한참 쳐다보았다.

[점심 같이 먹읍시다.]

점심시간, 주인 없는 다미의 컴퓨터에 메신저가 떴다.

잠시 후 본부장실 문이 열리고 강철이 나왔다. 강철은 텅 빈 비서실을 둘러본 후 벽에 붙은 시계를 확인했다.

12시 2분.

주말에 얼굴도 제대로 못 보고 오늘 회사에서도 아침에 잠깐 본 게 다였다. 점심이라도 같이 먹고 싶었는데, 애인이라는 여자가 고작 2분을 못 기다리고 혼자 밥 먹으러 간 것이다.

하, 어이가 없어 절로 헛웃음이 나왔다. 지가 뛰어 봤자 부처님 손바닥 안이지. 강철이 성큼성큼 발걸음을 옮겼다.

구내식당에 들어서자 직원들이 자연스럽게 강철에게 가벼운 묵례를 했다. 시간 절약, 고효율이 최고의 목표인 강철에게 구내식당과 사무실에서의 식사는 늘 있는 일이었다.

강철은 재빨리 시선을 굴려 목표물을 찾았다. 다미를 찾은 그의 눈이 먹잇감을 발견한 맹수처럼 번득였다. 어찌나 빨리 식당에 온 건지 볕 잘 들고 경치 좋은 창가 테이블을 차지하고 있었다.

강철은 배식을 받아 다미가 있는 테이블로 성큼성큼 발을 옮겼다. 등진 다미의 작은 머리통이 신나게 흔들거리는 것이 보였다.

그를 먼저 발견한 것은 기영이였다. 흐뭇한 미소로 다미를 쳐다보던 기영이 강철을 발견하고 일순간 얼굴이 굳어졌다.

"본부장님, 식사하시러 오셨습니까?"

기영의 말에 재빨리 몸을 돌린 다미의 두 눈이 휘둥그레졌다.

저 사람이 여긴 또 웬일이래? 아까 아침의 상황을 봤을 때 웬만해서는 회사에서 마주치고 싶지 않았다. 사람들이 있을 때와 없을 때 확확 바뀌는 그의 모습을 보는 것도 적응이 안 됐고, 그와 달리 자기만 표정 관리가 안 되는 것도 걱정이었다. 그러다 걸리기라도 하면…… . 소름이 오싹하게 돋았다.

"네. 오늘 점심 맛있습니까?"

"네. 저 혹시 일행이 없으시면 이쪽으로 오시겠습니까?"

청천벽력 같은 기영의 말이었다. 일부러 그를 피하려고 이 팀장님과 같이 밥을 먹는 건데! 오지 마요. 오지 마. 저리로 가요. 저리로 가란 말이에요. 눈에 힘을 잔뜩 주며 그에게 텔레파시를 마구 보냈다.

"그렇게 말씀하시니 저도 합석을 좀 하겠습니다."

하지만 강철은 다미의 신호를 가뿐히 무시하고 그녀의 옆에 앉았다.

설마 밥 먹는데 무슨 일이 일어나겠어? 이다미, 지금 너 너무 촌스러운 거야.

다미가 입술을 작게 깨물며 불안감을 숨겼다.

화기애애하던 테이블에 어색함이 감돌았다. 하지만 그 어색함을 만든 장본인만 그 사실을 모르는지 여유로운 표정으로 식사를 시작했다.

"둘이 많이 친하신가 봅니다. 이 팀장님이 회사도 소개해 주고 식사까지 같이 하시고. 저도 친하게 지내고 싶은데."

"캑."

사레가 들린 다미에게 우아한 몸짓으로 자신의 물컵을 건넨 후 강철은 다시 기영을 쳐다보았다. 농담 삼아 던지는 말 같은데도 무언가 날이 선 강철의 눈빛에 기영은 잠시 당황했다.

"아니, 그게 아니라 작은아버지가 다미 씨 아버지와 친구분이셔서 알게 됐습니다. 다미 씨와는 입사 첫날 본 게 다입니다. 그리고 식사는 제가 일과 관련된 부분에서 가르쳐 드려야 할 것이 많아 같이 먹는 겁니다."

기영은 강철이 던진 낚시의 떡밥을 덥석 물어 주절댔다.

"그냥 농담한 건데 그렇게까지 설명을 하시니 제가 너무 진지했나 보군요."

궁금증이 풀린 강철이 여유롭게 젓가락을 들었다. 감자 샐러드를 젓가락으로 집어 입 안으로 넣으며 다미 쪽으로 고개를 돌렸다. 안절부절못하게 흔들리는 눈빛으로 밥을 제대로 먹지 못하는 것이 눈에 들어왔다.

"이다미 씨는 왜 이렇게 못 먹습니까?"

다미가 고개를 홱 들어 강철을 보았다. 네가 그러시는 통에 제가 제정신으로 밥을 못 먹겠습니다.

"아하하, 반찬이 너무 좋아하는 거라 아껴 먹고 있었습니다."

"그래요? 그럼 이것도 더 먹어요."

강철이 손대지 않은 조기구이를 젓가락으로 덥석 집었다.

"아니요. 전 괜찮습니다."

이렇게 티를 내는 짓, 곤란하다. 이 사람이 이런 사람일 줄 상상도 못 했다. 사내 연애의 걸림돌이 다른 사람도 아니고 바로 저 사람의 장난이라니.

다미가 당황해 손으로 식판을 가려 보려고 했다. 하지만 그는 집요한 공격으로 다미의 생선 접시 위에 조기를 기어이 올려놓았다. 자기의 식판 위에 올려진 조기를 보자 다미는 가슴이 턱 하니 막혔다.

이다미 인생에 먹을 게 이렇게 반갑지 않을 수가. 다른 사람들이 눈치채면 어떡하지? 표정이 뻣뻣하게 굳었다. 하지만 어차피 실랑이해 봤자 자신이 질 것이 뻔했다. 숟가락으로 밥을 퍽퍽 퍼먹었다.

밥이 명치끝에 콱 걸린 기분이었지만 이깟 명치에 얹힌 음식은 또 다른 음식으로 밀어 버리면 내려가게 돼 있었다. 속으로 빨리 먹고 이 자리를 피하자는 생각으로 밥과 국, 반찬을 빠르게 싹싹 비웠다.

"자, 그러면 제가 커피 한 잔씩 살 테니 카페로 갈까요?"

다미가 식판을 싹싹 비우는 것을 흡족하게 바라보던 강철이 말했다. 마음 같아서는 저 이 팀장을 떼 버리고 다미와 둘이서만 커피라도 한잔 마시고 싶었지만, 회사에 보는 사람도 많고, 저 이 팀장을 떼어 버리고 갈 핑계도 딱히 없었다. 강철은 그냥 셋이 함께 움직이는 것을 선택했다.

"아, 네. 본부장님. 좋습니다."

딱히 원하는 상황은 아니었지만, 상사의 명령인지라 기영도 재빨리 대답했다. 그래도 뭐, 다미 씨랑 같이 커피라도 마시면 좋지. 좋은 게 좋은 거라고 기영은 좋은 쪽으로 생각했다.

"저는 좀 어디 들를 곳이 있어서 먼저 가 보겠습니다. 두 분 맛있게 커피 드세요."

슬금슬금 엉덩이를 움직이던 다미가 제 할 말을 마친 후 후다닥 자리에서 일어났다. 그러고 나서는 반 뜀박질로 입구 쪽으로 내달렸다.

그런 다미의 뒷모습을 두 남자가 당황한 표정으로 바라보았다. 어색한 상황에서 눈동자 굴리기에 바쁜 두 남자는 지나가는 직원들의 눈빛이 이상한 것을 눈치채지 못했다.

卍

중국 법인 설립과 현지 온라인 마켓 회사와의 MOU 체결로 회사가 정신없이 돌아가고 있었다. 다른 회사들처럼 기존의 라인에서 중국에 어울릴 만한 제품들을 골라 공급해도 될 일이었다.

하지만 오강철 본부장은 앞으로 중국 온라인 마켓에 진출하기 위해서는 중국인들의 체형과 취향을 고려한 제품을 개발해야 한다고 판단했다. 이에 따라 디자인팀, 기획팀, 신소재 개발팀 어느 한 곳도 비상이 안 걸린 곳이 없었다.

오늘은 본부장실에서 상품 기획팀의 프레젠테이션이 있는 날이다. 그리고 지금, 본부장실 안 스크린 앞에서는 한석영 부장의 프레젠테이션이 한창이었다.

십여 명이 앉을 수 있는 타원형의 테이블 양옆으로 앉은 직원들은 테이블 끝 강철의 표정을 힐끗거리며 반응을 살폈다. 다미 역시 그의 얼굴을 힐끗거리고 있었다. 물론 그들과는 다른 이유였지만.

처음 봤을 때는 오지랖 넓은, 잘생겼지만 재수 없는 사람인 줄 알았다. 하지만 사귀고 나서는 장난도 잘 치고 다정한 사람이라고 생각했다. 그리고 이렇게 열심히 일하고 있는 모습은 멋있다.

회의실이 어두워 제 표정이 보이지 않는 것이 다행이었다. 안 그러면 그를 보고 실없이 웃어 대는 저를 이상하다고 생각할 테니까.

"현재 중국 법인 설립과 현지 온라인 마켓 회사와의 MOU 체결로 중국의 온라인과 오프라인의 마켓으로 다각적 접근이 용이해졌습니다. 이에 따라 온라인을 통한 십 대와 이십 대를 메인 타깃으로 하는 중저가 브랜드 론칭 및 이, 삼십 대 여성을 메인 타깃으로 하는 프리미엄 브랜드 〈메이(may)〉를 입점시킬 예정입니다."

한 부장의 목소리가 멋진 BGM처럼 아련하게 느껴졌다.

길게 뻗은 속눈썹, 강인하게 뻗은 콧날, 굳게 다문 입술은 다소 고집 있게 생겼다. 강인한 턱을 끄덕이며 강철은 무언가를 끊임없이 노트에 적고 있었다.

"특히 〈메이(may)〉의 경우 국내에서는 5월의 여신이라는 의미로 이미지메이킹을 했지만, 중국 시장에서는 매혹할 매(魅)가 [méi]로 발음되므로, 이러한 동음을 이용하여 매혹적인 여성이라는 이미지를 구축할 예정입니다. 중국 여성들이 골드와 레드 컬러를 좋아하는 것을 참고하여 디자인 방향을 잡고자 합니다."

프레젠테이션 화면에는 새롭게 디자인한 란제리 라인들의 도식화들이 휙휙 지나갔다. 하지만, 그깟 도식화보다 강철의 얼굴이 더 흥미로웠다.

발표가 끝나고 불이 켜졌다. 갑작스러운 밝음에 눈을 찌푸렸다. 딴생각하느라 프레젠테이션이 끝나는 것도 눈치를 채지 못했다. 그 사이 기획팀 직원들이 재빨리 뒤쪽에 있는 토르소 마네킹(torso mannequin : 목, 팔, 다리 등이 없는 몸통만이 있는 마네킹)들을 회의 테이블 위로 올렸다.

어머, 부끄러워라. 란제리 회사에 입사했지만 이렇게 여성의 속 옷을 남자들과 같이 보는 것은 아직 부끄러웠다. 그것도 애인과 함 께라니.

하지만 자신과 같은 반응을 보이는 사람은 아무도 없었다. 다들 그냥 하나의 제품을 보듯 분석하는 모습이다. 엉뚱한 생각을 하던 게 부끄러울 지경이었다.

"한 부장님 발표 잘 봤습니다. 그동안 기획팀에서 많이 노력하신 것이 보이는군요. 그런데……."

부드러운 중저음으로 그가 말하는 것을 바라보았다. 음, 역시 목 소리도 좋다. 저 좋은 목소리로 저렇게 칭찬을 받으면 기분이 좋을 테지, 하고 주변을 둘러봤다. 그런데 한 부장과 기획팀 직원들이 이상하다. 모두가 얼어붙어 있는 모습이었다.

'저 망할 그런데.'

칭찬인 듯하지만 기획서나 발표의 약점을 잡아 물고 늘어지는 저놈의 그런데. 한 부장은 작게 입술을 깨물었다.

"중국 여성들과 우리나라 여성들과의 체형 차이점이 디자인에서 는 어떠한 고려 요소가 되는지 알고 싶습니다."

마치 정말 아무것도 모른다는 듯 묻고 있는 저놈의 표정. 악어의 눈물과 다를 바가 없었다.

"체형 분석, 말씀이십니까?"

그가 정말 몰라서 묻는 게 아니란 걸 안다. 하지만 그가 어디까지 아는지도 알지 못한다. 지피지기면 백전백승이라던데 상대방의 패를 모르니 대처 방법이 떠오르지도 않았다. 난처한 표정으로 오본의 말을 반복할 뿐이었다.

그러다가 퍼뜩 하나의 생각이 떠올랐다.

"동양 여성의 체형은 서양인들과 달리 비슷하기 때문에 체형의 차이가 크지 않아……."

"한 부장님?"

생긋 웃는 오 본부장의 표정에 오금이 저렸다. 본부장실 안에도 한기가 돌았다. 작은 바늘 하나를 떨어뜨려도 들릴 듯한 정적이 감돌았다.

"중국 성인 여성의 경우 가슴이 몸통에 비해 크며 용적도 큽니다. 게다가 한국 여성들에 비해 가슴도 벌어져 있어 젖꼭지 점이 바깥쪽을 향해 있다고 알고 있습니다. 그렇지 않나요?"

네 이놈! 다 알아 놓고선 그렇지 않느냐고 묻는 게 묻는 거냐. 한 부장은 소리를 지르고 싶은 심정이었다.

"속옷이 보기만 하는 물건이 아니고 직접 몸에 입어야 하는, 그 어떤 옷보다 인체 공학적인 옷이라는 걸 한 부장님이 모르실 리는 없을 테고요."

차라리 실수라면 좋을 텐데, 같은 동양 여성이라 그런 것을 고려해 본 적은 없었다. 그것이 더 뼈아픈 실수로 느껴졌다.

"그러면 일정상 오늘 제 질문에 대답은 못 했지만, 중국 여성들

체형에 대한 데이터 분석은 진행 중이겠군요?"

입은 웃고 있지만, 눈빛이 날카로웠다. 없으면 만들어서 내놓으라는 말이었다. 이때 눈치 없이 그런 것 없다는 말은 어차피 안 통한다는 걸 잘 안다.

"네, 네, 네. 진행 중입니다. 향후 체형 데이터를 반영하여 디자인을 수정할 예정입니다."

"네. 역시 한 부장이 알아서 잘 진행하고 계실 줄 알았습니다."

그제야 오본의 눈빛에 만족이 서렸다.

이제 끝났나 보네. 한 부장이 후, 하고 작게 한숨을 쉬었다. 그 뒤의 직원들 역시 그제야 숨통이 트인 듯 여기저기서 휴— 하는 입모양이 보였다.

"아 참, 그리고 데이터 표본 추출할 때, 연령은 80세까지로 해주세요."

"80세 까지요?"

보통 체형 분석을 하는 연령은 60세까지이다. 그런데 왜 80세를? 이건 정말 이해가 가지 않았다.

"한 부장님이라면 제 뜻을 아실 텐데요?"

뭐야 뭐야? 직원들끼리도 서로 눈빛이 오갔다.

회의실 안의 팽팽한 긴장감을 다미도 느꼈다. 이 사람, 일할 때는 무섭구나. 웃는 얼굴로 저렇게 일을 시킨다면……. 부르르 소름이 돋는 상사였던 것이다.

한 부장은 그 뜻을 모르겠지만, 계속 몰랐다가는 이 회사에서 쫓겨날 것 같았다. 그는 손수건을 꺼내 이마의 땀을 닦으며 시간을 벌었다.

"아, 혹시 앞으로 중국 실버 시장을 위해서 그러시는 것 아닙니까?"

목소리가 자신이 없어 작아졌다.

"역시, 한 부장님은 제 뜻을 너무 잘 알고 계십니다. 네, 맞습니다. 그러면 오늘은 이만 다들 퇴근하시고 내일부터 기운 내서 열심히 일해 주시길 바랍니다."

앞으로 또 일주일은 야근이군. 기획실 직원들과 한 부장이 눈을 질끈 감았다.

그의 씽긋 웃는 미소가 다미에게도 저승사자의 미소처럼 느껴졌다. 차라리 뭐가 잘못되었고 뭐를 하라고 정해 주는 상사가 편하겠다 싶었다. 저 잘난 머릿속에 도대체 무슨 생각이 들어 있는 줄 알고 거기에 맞춰 일하라는 건지. 애인으로서는 모르겠지만, 상사라고 생각하니 온몸이 긴장됐다.

"자, 그러면 다른 직원들은 나가 보고 이다미 씨는 남으세요."

"네? 저, 저요?"

지금은 좀 나가고 싶은데. 나도 좀 데리고 가요, 라는 애절한 눈빛으로 기획실 직원들을 바라보았다. 하지만 다들 다미 씨 고생해요, 라는 눈빛만 남기고 재빨리 퇴근하기 위해 등을 돌렸다.

마지막 직원이 나가자 강철이 딸각, 문을 잠갔다.

"이다미 씨."

그가 테이블에 엉덩이를 걸치며 팔짱을 꼈다. 찌푸려진 미간과 교차한 팔뚝의 근육이 셔츠 아래로 고스란히 도드라졌다. 아까 한 부장님의 발표가 마음에 들지 않을 때도 저 표정이었는데, 왠지 삐딱한 태도에 저도 모르게 긴장이 되었다.

312

"네, 네 본부장님."

"회의 내용 정리 잘 했습니까?"

그의 얼굴을 쳐다보다가 회의록을 꼼꼼하게 작성하지 못했다. 그걸 눈치챘나? 다미는 부끄러웠다.

"머릿속에 잘 담아 뒀습니다. 이따가 다시 정리해서……."

할 말이 없다. 회색빛 바닥만 바라보았다. 그때 제 앞에 있던 강철이 다미를 끌어당겨 두 다리 사이에 자리 잡게 했다.

"그렇게 회의 시간 내내 쳐다보면 내가 어떻게 회의에 집중합니까?"

귓가에 속삭이는 목소리가 아까와는 다른 달큰하고 끈적거리는 목소리다. 뭐야, 장난친 거야? 다미가 몸을 작게 흔들었다.

"이다미 씨, 저 궁금한 게 있습니다."

"네, 말씀하십시오."

무슨 어려운 질문을 하려나 싶어 온몸이 바짝 긴장되었다.

"이다미 씨 취향은 무엇입니까?"

"무슨 취향을 말씀하시는 건가요?"

도대체 무슨 말인지 몰라 의아했다. 말은 사무적인데 눈빛과 목소리가 이루 말할 수 없이 끈끈하다. 그가 슬쩍 회의 테이블에 올려진 속옷을 눈짓으로 가리켰다. 어머, 이 남자 봐. 부끄럽게 이게 무슨 짓이야.

"전 그런 거 없습니다."

"어허, 야동 취향까지 있으신 분이 속옷 취향이 없으실 리가."

그의 두 손이 은근하게 허리를 매만지고 있었다.

"그게 왜 궁금하신지……?"

"란제리 회사의 개발 본부장으로 우리나라 이십 대 여성들의 취향을 파악하는 건 중요한 일이니까?"

이번에는 다른 손을 올려 블라우스 위로 브래지어 끈을 훑었다. 그의 손끝을 따라 온몸에 짜르르 전기가 흘렀다. 하지만 왠지 그의 장난에 지기는 싫었다. 다미는 꼿꼿하게 턱을 치켜들었다.

"오늘 회의는 중국 여성을 대상으로 한 회의였습니다. 한국 여성의 취향보다는 중국 여성의 체형과 취향에 대한 분석이 중요하다고 생각합니다."

장난치지 말라는, 꽤 괜찮은 대답 아닌가? 스스로의 프로페셔널한 대답에 만족스러웠다.

"아, 맞는 말입니다. 그러면 이다미 씨는 저 중에 어떤 디자인이 성공할 것으로 예측하십니까?"

어, 그건 아직 잘 모르겠다. 그를 대적하기에 아직 전문적 지식이 짧음을 한탄했다.

"저는 아직 디자인을 보는 눈이 깊지 못해 잘 모르겠습니다. 그러는 본부장님은 어떤 디자인이 마음에 드십니까?"

"음……."

마치 마네킹에 있는 란제리들을 그녀에게 입히는 상상을 하는 듯 그의 눈이 가늘어졌다. 차라리 말을 꺼내지 말걸. 자신의 몸을 투시라도 하는 듯한 그의 눈빛에 온몸이 간질간질 이상해졌다.

"내가 예전에 말했는데. 남자는 그런 속옷 사이즈 신경 안 쓴다고. 난 아무것도 안 입은 다미 씨가 제일 좋은데?"

시선을 내리깔고 정말이라는 듯 블라우스의 단추를 풀었다. 블라우스 사이로 뽀얗게 드러나는 살결이 회의 시간 내내 참았던 본능에 불을 지폈다. 손등으로 가슴에서 허리까지 부드러운 살결을 음미했다.

"아니, 저 말구요. 그냥 본부장님으로서 앞으로 중국 시장에 어떤 디자인이 잘 팔릴지에 대해 물어본 건데요."

제 질문을 오해했다 여기며 빠르게 대답하는 얼굴에 당혹감이 서렸다. 얼마나 당황했는지 그녀의 뽀얀 가슴이 가쁘게 오르락내리락했다.

그사이 손을 돌려 브래지어 후크를 풀었다. 살짝 브래지어가 내려가자 분홍빛 열매가 반쯤 모습을 드러냈다. 갑작스러운 노출에 부끄러웠는지 그녀가 눈길을 피하며 강아지처럼 끙끙댄다.

"역시 귀엽다니까. 깨물어 주고 싶을 만큼."

깨물다니 어딜? 다미가 눈을 크게 뜨는 순간, 강철이 재빨리 입술을 겹쳐 왔다. 그와 입술을 부딪치는 것만으로 머리가 아찔했다. 입술을 빨아들이며 매끄럽게 들어온 혀가 자신의 혀와 얽혔다. 깨물어 주고 싶다는 게 혀였나 보다. 다미가 부끄러움에 고개를 비틀었다. 하지만 그가 집요하게 따라와 입 안을 헤집었다. 심장이 터질 것 같아 그의 재킷을 움켜쥐었다.

강철의 손가락이 톡 올라온 유두를 살짝 긁었다.

"아……."

다미의 입에서 탄성 섞인 신음이 흘러나왔다. 제게 매달린 다미의 흐릿한 눈과 작은 신음에 그의 이성이 아찔하게 날아가 버렸다. 품 안의 다미를 더욱 가까이 끌어당겼다. 손바닥 전체로 다미의 가슴을 세게 움켜잡으며 엄지와 검지로 유두를 비볐다.

"하웃. 여기서 이러면 안 되는 거 아니에요?"

숨을 달싹거리던 다미가 눈을 찡그리며 입술을 살짝 물었다. 찡그린 그 표정이 오히려 그를 자극했다.

"뭐를?"

도통 모르겠다는 듯 그가 말을 내뱉었다. 그러곤 손으로는 계속 집요하게 다미의 가슴을 희롱했다. 짓누르고 비비는 거친 손길에 다미의 몸이 파르르 떨렸다.

"이런 거요."

부끄러운 듯 자꾸 회의실 문을 쳐다보면서도 제 손길 아래의 몸은 파르르 반응하고 있었다. 이렇게 말과 행동이 달라서야, 원.

"뭐? 애인하고 격정적인 키스를 한다거나, 애인의 블라우스를 벗기고 탐스러운 가슴을 감상하며 만진다든가……"

가슴을 보는 시선이 뜨거워 갈증이 났다. 다미는 바싹 마른 입술을 간신히 축였다. 입술 사이로 슬쩍 나온 빨간 혀를 본 그의 눈이 위험하게 빛났다.

"아니면 이렇게 맛보는 거?"

그러곤 이내 움켜쥔 가슴 사이로 삐죽 튀어나온 유두를 덥석 물었다. 그에게 물린 곳에 짜릿한 전기가 퍼졌다. 아, 진짜 여기서 이러면 안 될 것 같은데……. 하지만 그러면서도 그가 좀 더 세게 자극을 주었으면, 강하게 씹어 주었으면 하는 이중적인 감정에 어찌할 바를 모르겠다. 그저 잡고 있는 팔에 힘만 들어갈 뿐이었다.

"걱정하지 마. 아까 문 잠갔어."

바싹 밀착한 하체에서 느껴지는 뜨거움이란. 그게 뭘 의미하는지 모를 정도는 아니었다. 온몸이 불에 덴 것처럼 화끈거렸다.

조금 전까지 이성적인 모습으로 회의하던 남자는 어디 갔는지 모르겠다. 흥분을 감추지 않는 깊은 눈, 자신의 가슴과 맞닿은 입에서 흘러나오는 중저음의 신음, 제 가슴을 터질 듯 쥐고 있는 그의 뜨겁고 커다란 손. 자신의 앞에서 이렇게 이성적이지 못한 모습을 보이는 그의 모습에 온몸이 터질 것 같았다.

계속되는 자극에 온몸이 녹아들고 있었다. 어디 앉아 쉬고 싶다고 생각했을 때, 그가 재빨리 다미를 책상에 눕혔다.

아, 난 몰라. 진짜 이 책상에 누워 버렸어. 상상만 하던 책상이었지만 등에 닿는 딱딱한 느낌이 이것이 현실이라는 것을 강하게 인식시켰다. 꿈에서는 이따위 차가운 책상의 딱딱함은 느껴 본 적이 없었으니까.

그리고 천천히 뺨, 목덜미, 쇄골로 내려앉는 그의 입술이 느껴졌다.

"저번에 그 동영상 말이야."

귓가에 닿을락 말락 한 따뜻한 봄날의 바람보다도 살랑거리는 바람이 귀를 자극했다. 강철의 손이 다미의 허벅지를 부드럽게 쓸었다. 익숙지 않은 손길에 움찔움찔하다가도 그것이 너무 부드러워 나른한 감각을 일깨웠다.

"무슨 동영상⋯⋯."

그가 말할 때마다 움직이는 목젖을 멍하니 바라보다가 문득 정신이 확 돌아왔다.

보영이 주었던 동영상. 그제야 아차, 싶었다. 그때 호환마마보다 무섭다며 보지 말라고 하더니, 이 상황에서 그 얘기는 왜 꺼내는 건데?

"왜요? 그 얘기는 왜 꺼내요?"

당황한 비명이 터져 나왔다. 반쯤 몸을 일으키며 양손으로 그의 옷깃을 잡았다. 그 모습이 꼭 그의 멱살을 쥐는 것 같았다. 강철이 픽 하고 웃더니, 다미의 두 손을 한 손으로 잡아 머리 위로 올리며 그녀를 다시 눕혔다.

그리고 그녀의 목덜미를 훑으며 손바닥으로 팬티를 눌렀다. 팬티의 중심 부분이 촉촉하게 젖어 있었다. 만족스러운 미소가 입가에 걸렸다. 가운뎃손가락으로 젖은 부분을 비비적댔다.

다미가 입술을 깨물며 허리를 틀었다.

"보지 말고 나랑 하면 된다고."

이제야 그의 말을 이해한 다미가 눈을 흘겼다. 하지만 이내 좀 더 깊숙하고 집요하게 파고드는 손길에 눈을 꼭 감았다.

"대신, 오피스에서 할 수 있는 체위가 한 백 가지쯤 되던데, 어떤 걸 좋아해?"

나른하게 말하는 강철의 쉰 듯한 목소리에서 뜨거운 열기가 느껴졌다. 다미가 저항하지 않는다는 걸 알고 두 손을 잡았던 손을 내려 다시 그녀의 가슴을 만졌다. 뭉근하게 움직이면서도 예민한 곳만을 노려 자극하는 그의 손길에 다미의 몸이 가늘게 떨렸다.

제 손가락에 이렇게 예쁜 반응이라니, 그는 다미가 미칠 것같이 사랑스러웠다.

"이런 거?"

재빨리 팬티를 내리고 잔뜩 흥분한 채 애액으로 엉망이 된 돌기를 건드렸다. 아래에서 시작된 짜릿한 쾌감이 온몸으로 퍼졌다.

"하웃. 몰라요."

다미가 저도 모르게 허리를 튕겼다. 책상 위에 있던 다리가 바르르 떨며 더욱 벌어졌다. 힘없이 벌어진 다리 사이 때문에 그의 손길이 한층 탐욕스러워졌다.

물기를 머금은 돌기를 엄지와 검지로 야릇하게 비벼 댔다. 집요하고 자극적인 그의 손길에 어찌할 바를 모르겠다. 자제할 수 없는 쾌감에 애꿎은 아랫입술만 깨물었다. 강철의 길고 단단한 손가락이 끈적끈적하게 젖은 여성을 길게 쓸었다.

"아니면 이런 거?"

그리고 이내 그녀의 여성 속으로 부드럽게 밀어 넣었다.

"훗, 모른다니까."

달뜬 눈으로 색색거리며 중간중간 신음을 뱉어 낼 뿐이었다.

"모르면 안 되지. 난 자기를 아주 즐겁게 해 주고 싶으니까."

몸속으로 들어간 손가락을 그가 슬쩍 굽히더니 방향을 바꾸어 가며 천천히 속 안을 긁어 댔다.

"하웃."

손가락이 움직일 때마다 자신을 집어삼킬 듯 쪼여 대는 내부가 느껴졌다. 손가락이 아닌 자신의 분신을 지금 당장 저 쫀쫀한 곳에 밀어 넣고 싶었다. 하지만 아직 경험이 많지 않은 여자였다. 몸을 충분히 풀어 줘야 한다. 그녀의 질 안이 꿈틀대며 제 손가락을 잡아당길 때마다 아랫도리가 저곳이 제가 있어야 할 곳이라고 외치듯 뻐근해졌다.

"아아, 웃!"

손가락이 어느 부분을 긁자 눈에 띄게 반응이 격렬해졌다. 경험해 보지 못한 쾌감에 다미의 머릿속이 하얗게 변했다.

자신에게 매달린 다미의 모습에 강철은 재빨리 그 부분을 더욱 세고 빠르게 긁어 댔다. 그리고 다른 손으로 말갛게 부풀어 오른 클리토리스를 누르며 진동을 주었다. 두 곳에서 동시에 퍼지는 쾌감에 그녀는 그저 눈을 꼭 감고 입을 꽉 다물며 엉덩이를 거칠게 흔들었다.

점점 그의 손가락 피스톤질이 빨라졌다. 한순간 경직되어 조여들던 온몸이 파르르 떨리더니 늘어졌다. 강철은 꽉 잡고 놓지 않는 다미의 질 속에서 천천히 자신의 손가락을 뺐다. 애액으로 범벅된 손가락이 불빛에 반짝였다.

가쁜 숨을 내시던 다미가 살며시 눈을 떴다. 하지만 눈앞이 아직도 어질어질했다.

잘했다고 칭찬이라도 하듯 그가 다미의 입에 작게 입을 맞추었다. 그리고 곧이어 들려오는 지퍼 소리에 다미가 고개를 들었다. 그런데 그가 바지를 내리고 있었다.

"뭐 하는 거예요?"

"오피스에서 할 수 있는 것들을 하나씩 몸으로 알아 가는 중?"

맙소사. 그의 부풀어 오른 남성을 보자 덜컥 겁이 났다. 그날 제가 본 게 술 취해서 과장되게 기억한 거라 생각했는데 아니었나 보다.

저절로 알아 갔다가는 뭔가를 알기도 전에 내가 죽겠네. 살고자 하는 본능으로 다미가 다리를 오므렸다. 그러곤 두 손으로 얼굴을 가렸다.

"얼굴 가리는 거 좋아해? 그러면 넥타이로 가려 줄까?"

"그게 아니잖아요!"

항의하려고 눈을 동그랗게 떴다. 하지만 어느새 셔츠를 풀어 헤치고 바지를 벗어 버린 그의 모습에 입만 뻐끔거렸다.

"엄마야!"

"지금은 엄마를 찾는 타이밍이 아닐 텐데?"

"본, 본부장님 뭐 하는 거예요!"

"본부장님이라니. 내가 무슨 여직원한테 성희롱하는 상사야?"

"아니, 강, 강철 씨!"

당황해서 말을 버벅거리는 사이, 이미 그는 양쪽 발목을 들고 무릎을 배 쪽으로 눌렀다. 보지 않아도 그에게 제 아랫부분이 고스란히 드러나 있다는 게 느껴졌다.

"그렇게 보지 말아요!"

진귀한 것을 보듯 반짝이는 그의 눈빛에 다미가 작게 비명을 내질렀다.

"뭘?"

그녀의 대답을 듣지도 않고 그의 혀가 매끄럽게 여성을 덮으려는 순간 둘은 문밖에서 나는 소리에 그대로 얼음이 되었다.

"어휴 실장님. 우리 이렇게까지 해야 해요?"

"조용히 해, 지윤 씨. 오본한테 나중에라도 걸려서 좋은 일 없어."

박 실장과 지윤 씨였다. 두 사람이 이 시간에 여긴 웬일이야. 게다가 저들이 걸리는 것보다 지금 우리가 걸리는 게 더 큰일일 거 같은데.

"저 뭐 하면 돼요?"

"아까 그 파일 나한테 포워딩해 줘. 그런 심각한 오류를 발견했는데 그냥 넘길 수는 없잖아. 밤새워서라도 수정해야지. 내일 아침 일찍부터 미팅인데 그래도 내일 미팅 중에 발견한 것보다는 낫잖아."

그러니까 지금 오전에 있을 미팅 때문에 야근하러 온 거야? 게다가 밤을 새울 수도 있다고? 맙소사 그러다가 여기서 아침까지 숨도 못 쉬고 숨어 있어야 할지도 모른다.

절망감에 몸을 떨었다.

卍

18층 휴게실 한쪽 구석, 오늘도 일에 지친 직원들이 삼삼오오 모여 자판기 커피 한 잔의 여유를 즐기고 있었다.

"기획팀 어제 미팅에서 대판 깨졌다며?"

"말도 마. 한 부장님 어찌나 땀을 뻘뻘 흘리시던지 내가 다 안쓰러웠다니까."

상품 기획팀 수현이 아찔했던 회의 장면을 생각하며 손을 내저었다.

"오본 진짜 너무하는 거 아냐? 어떻게 사람들이 모두 자기처럼 완벽하게 일을 하길 바라니?"

앞으로 다가올 제 팀의 미팅을 앞두고 주연이 수현의 편을 들어주었다.

"그래도 능력 없는 상사보다는 낫잖아."

"그 덕에 연말 성과금도 팡팡 나오고."

수현이 긴 한숨을 쉬었다. 사실 오 본부장 취임 후 회사가 급속도로 성장을 하면서 그 몫을 회사의 직원들에게 돌려주고 있었다.

하지만 돈이 좋은 것도 잠시뿐이었다. 젊은 청춘들이 연애도 못 하고 회사에서 매일 야근하는 것이 즐거울 리 없었다.

"나오면 뭐해. 쓸 데가 없는데. 이러다가 나 시집도 못 가고 그 돈 짊어지고 나중에 실버타운 들어갈 판이야."

2주 전 소개팅한 남자가 꽤 괜찮았는데, 요새 매일 야근하고 주말에도 출근하고 있었기 때문에 도저히 데이트할 시간이 안 났다. 초반에 자꾸 봐야 정이 들어 뭐라도 하지, 이건 뭐.

그냥 있는 디자인으로 나가도 될 텐데 굳이 중국 시장에 맞는 디자인을 뽑으라는 강철의 닦달로 기약 없는 야근의 늪에 빠진 디자인팀의 강희 역시 길게 한숨을 쉬었다.

"그 실버타운 로열층에 오본 있는 거 아냐?"

자신들을 괴롭히는 상사를 두고 즐거운 상상에 키득거렸다.

"하긴 요새 맨날 밤늦게 퇴근한다며. 아니 젊은 남자가 도대체 연애도 안 하고 무슨 재미로 사나 몰라?"

자신들이야 회사에 매인 몸이니, 어떨 때는 연애보다 일이 먼저일 때가 있었다. 하지만 오 본부장은 다르지 않은가? 다른 임원들처럼 설렁설렁 일해도 되련만 너무 지나치게 착실했다.

"근데…… 다들 그 얘기 들었어?"

무언가 생각났다는 듯 강희가 몸을 당기며 작게 속삭였다.

"무슨 얘기?"

"오 본부장이 남자 좋아한다는 말."

에, 설마. 강희의 말에 주연과 수현의 눈이 커다래졌다.

"그게 무슨 말도 안 되는 소리야?"

저렇게 남성 호르몬을 마구 뿜어 대고 있는 남자가 게이라니. 말도 안 된다.

"요새 잘나가는 남자 모델이 있는데 그 남자랑 사귀나 봐."

"어머머, 어쩜."

강희가 비밀이라도 전하는 듯 손으로 입을 가리며 작게 말했다. 그러자 저도 모르게 주연이 발을 동동거리며 손뼉을 쳤다.

"소문 아냐? 어떻게 오 본부장이……. 전혀 안 그래 보이잖아."

주연보다 매사 신중한 편인 수현이 믿을 수 없다는 투로 말했다.

"아냐, 생각해 보니 수상한 게 또 있어. 며칠 전에 오 본부장이 구내 식장에 득달같이 가더니 이 팀장 앞에 앉더래. 그러고는 밥 먹고 여직원은 먼저 올려 보내고 둘이 커피를 마시더래."

주연 역시 엊그제 같은 팀 직원에게서 들었던 이야기를 꺼냈다.

"헉."

이번엔 맨 처음 이야기를 꺼낸 강희가 놀랐다.

"하여간 두 사람 사이에 묘한 기류가 흐르더래. 그냥 동료 둘이 차 마시는 분위기가 아닌 뭔가 팽팽한……."

"성적 긴장감?"

주연이 가늘게 눈을 뜨고 말의 끝을 흐리자, 강희가 냉큼 말을 붙였다.

"그건 모르지 뭐. 하여간 이 팀장에다가 그 남자 모델에다가, 누가 진짜인지는 모르겠지만 그런 소문이 나는 건 좀……."

하나씩 보면 찜찜하긴 하지만 별일 아니라고 생각될 일들이었다. 하지만 이렇게 여러 사건을 모으니, 실체가 드러나는 듯했다.

"아니 땐 굴뚝에 연기 날 리가 없지."

어쩐지, 회장님이 주선하는 선 자리도 안 나가고, 결혼 문제로 집에서 엄청 싸운다고 들었다. 그런데 이런 뒷이야기가 있을 줄은 몰랐다. 그래서 그렇게 집안 빵빵한 여자들, 쭉쭉 뻗은 모델들이 대시를 해도 마다했구나. 그제야 이해가 간다는 듯 세 여자가 고개를 끄덕였다.

근

그리고 며칠 뒤 Y.T.L 건물의 17층이 들썩였다.

쾅!

비서실의 문이 굉음을 내며 열렸다. 180cm는 되어 보이는 키에 적당한 풍채, 얼핏 보기에도 남자는 어마어마한 존재감을 내뿜고 있었다. 게다가 백발이 성성한 머리와 연륜이 묻어나는 표정은 얼핏 보기에 꽤 매력적인 외모였다. 다만 지금은 너무 화가 나서 붉으락푸르락한 얼굴이 공포감을 자아냈지만.

"오 본부장 어디 있어!"

천둥과 같은 목소리에 몸이 저절로 움찔했다.

"자리에 계십니다."

비서실장이 재빨리 본부장실의 문을 열었다. 본부장님에게 먼저 묻지도 않고 문을 열다니, 다미가 누구냐는 듯 작게 입 모양을 하며 물었다.

"회장님."

그제야 알겠다는 듯 고개를 끄덕였다. 그 순간을 놓치지 않고 지윤이 자신이 다니는 회사의 회장님 얼굴도 모르냐며 면박을 주었다.

"원래 성격이 다혈질이긴 하신데 저 정도는 아니셨거든. 뭔가 많이 화가 나신 듯하네. 신경 쓰지 말고 다미 씨는 하던 일 마저 해요. 자기 일만 잘하면 별말씀 안 하시는 분이셔."

지훈이 손을 내저으며 사태를 정리했다.

'아, 회장님…….'

다미가 낮게 읊조렸다. 같은 회사에서 일하지만, 얼굴을 뵌 것은 처음이었다. 대기업의 회장이라는 사람을 실물로 보기는 처음이다. 역시 보통 사람이 아닌지 존재감부터가 압도적이라는 생각이 들었다.

그리고 그 역시 저런 부모의 밑에서 길을 걷고 있는 사람이다. 갑자기 그와 자신과의 거리감이 느껴졌다. 저 사람에게 부끄러운 사람이 되지 않기 위해, 열심히 일해야겠다는 결심이 더욱 굳어졌다.

일단은 정직원이라도 되어야 하지 않을까? 물론 그것도 그의 부모님이 보기에는 별것 아닐 수 있지만, 그래도 지금 내가 할 수 있는 최선은 그것뿐이니까. 모니터를 보는 다미의 눈이 더욱 반짝였다.

"연락도 없이 웬일이십니까?"

"웬일, 웬일! 이 망할 놈아. 회사에 무슨 소문이 도는 줄도 모르고!"

굵은 목 주변으로 핏줄까지 세우며 소리를 질렀다. 그것만으론 분이 안 풀리는지 갖고 있던 지팡이로 팡팡 바닥을 쳤다.

"밖에 직원들 있습니다. 직원들이 듣기라도 하면 어쩌시려고요.

체통 좀 지키세요."

"체통? 체통! 네놈의 자식 입에서 그런 말이 나오더냐? 지금 내 체통이 문제야? 회사 주식이 들썩거리고 이사회에서 난리가 났는데 네놈이 그걸 몰라?!"

중국 진출과 유럽 시장 진출, 신소재 개발 등의 호재로 주식이 계속 상승세에 있었다. 몇몇 이사회진도 저를 못마땅하게 생각했지만 몇 년 새 재산을 몇 배로 불려 주는 그에게 대놓고 불만을 말할 수 있는 이는 아무도 없었다.

"그게 무슨 말씀이십니까?"

"회사에 네가 사내새끼랑 연애한다는 소문이 파다하다. 이사회 임원들이 그런 사람이 앞으로 회사를 맡을 자격이 없다며 주주 총회까지 열자고들 난리야! 이놈의 자식이 연애를 안 해서 사람 마음 불안하게 하더니 결국 일을 치르는구나!"

마지막 말을 하면서 오 회장은 뒷목을 잡았다. 뒷목이 뻣뻣해지는 감각에 가까운 소파로 가서 풀썩 앉았다. 감았다 뜬 오 회장의 눈빛이 더욱 형형해졌다.

"헛소문입니다."

"헛소문이라는 증거는? 사귀는 여자라도 있는 게냐?"

오 회장이 기대어 있던 소파에서 몸을 벌떡 세웠다. 사귀는 사람이 있다고 말하면 당장에라도 눈앞에 대령하라고 할 오 회장이었다.

"다 큰 성인의 프라이버시입니다."

"성인? 성인? 이놈아 넌 성인이기 전에 내 자식이다. 아비가 자식 혼사에 관여도 못 한단 말이냐?!"

"제가 알아서 합니다."

"알아서 해? 알아서 한다는 놈이 일을 이따위로 만들어? 내가 그동안 네놈의 자식을 너무 풀어 줬구나. 내 더는 좌시하지 않겠다. 내 곧 혼처를 정하고 알려 줄 테니 내 뜻을 따르도록 해. 안 그러면 네놈의 자식 내 회사에서 내쫓아 버릴 테니 알아서 해!"

분을 못 이겨 테이블을 탁탁 치는 힘에 결국 테이블 유리가 와장창 깨졌다.

퇴근 후 다미가 건물 밖으로 나왔을 때 하늘이 꽤 어둑해진 뒤였다.

스산한 날씨, 차가운 바람에 기분이 센티해졌다. 회사 건물을 지나 버스 정류장으로 가는 길, 가로수와 조형물들에 꼬마전구를 설치하는 인부들이 보였다.

벌써 크리스마스가 가까워져 오네. 다미가 날짜를 되짚어 보았다.

처음 뽀로로 도사를 만났을 때가 가을 초입이었는데 어느새 계절은 겨울로 넘어가고 있었다. 매년 겨울 크리스마스는 보영이와 보냈는데, 올해는 그 사람과 보내겠지, 라는 생각만으로도 다가올 크리스마스가 두렵지 않다. 아니, 솔직히 기대된다.

쌩하고 부는 바람에 다시 옷깃을 여몄지만, 마음은 따뜻하게 부풀어 올랐다.

하지만 크리스마스는 크리스마스고, 퇴근 후 물 먹은 솜처럼 몸이 무거운 건 현실이다. 이럴 때 하늘을 나는 양탄자가 있어서 집까지 슝 하고 날아가면 좋으련만. 아니다. 이런 날씨에 양탄자를 타면 너무 추울까?

추운 날씨를 잊기 위해 잠깐 엉뚱한 상상을 하며 버스 정류장으로 가는 발걸음을 재촉했다. 그때 손을 넣은 주머니 속에서 핸드폰의 진동이 느껴졌다. 회장님이 다녀간 후 기분이 안 좋은 상태로 바이어 미팅을 나섰던 강철의 전화였다.

"여보세요."

— 주머니에 손 넣고 딴생각하면서 걸으면 넘어져요.

재빨리 두리번두리번 주변을 살폈다. 그러자 겨우 열 걸음 떨어진 곳에 그의 차가 보였다. 깜빡이가 깜박거리며 어서 오라고 손짓하는 듯했다.

누가 볼까 싶어 후다닥 차에 올라타 의자를 뒤로 확 눕혔다. 그런 다미의 행동을 보는 강철의 한쪽 눈썹이 휘었다.

"다미 씨 보기보다 대담하네요. 대로변 차 안에서 이런 포즈는 너무 야한 거 아니에요?"

"아이참. 사람들 봐요. 빨리 가요."

고개만 빼꼼하게 들어 바깥을 살폈다. 강철은 그런 다미의 행동을 물끄러미 바라보았다.

"뭐 해요? 빨리 안 가고?"

다미의 재촉에 픽 하고 웃은 강철이 차를 출발시켰다. 그러자 사이드미러에 비친 회사 건물이 아주 작게 보인다. 다시 의자를 세우고 자세를 바로잡았다.

"아까 회장님 다녀가신 뒤 표정 안 좋던데……. 괜찮아요?"

다미가 그에게 조심스레 물었다.

"원래 성격이 좀 있으신 분이에요. 별거 아니니까 신경 쓰지 말아요."

어떻게 보면 그의 가족 일인데, 신경을 쓰지 말라는 말이 왠지 서운했다. 굳게 입을 다물고 운전에만 집중하는 그를 보고 있자니, 왠지 모르게 더 물어보기가 조심스러워졌다.

"바이어 만나러 나간다더니 웬일이에요? 나 보러 온 거예요?"

분위기를 전환하려고 일부러 밝은 목소리로 물었다.

"추운데 버스 태워 보내기 싫어서 왔죠."

때마침 정지 신호에 차가 멈추자 강철이 고개를 돌리고 따뜻하게 웃어 주었다. 그깟 미소가 뭐라고 가슴이 간질간질 녹았다. 지금 날 보고 웃어 주는데 그깟 집안 얘기 좀 안 해 주는 게 어때서. 그게 뭐 별 대수라고. 다미도 그를 보며 환하게 웃었다.

드르륵. 진동 느낌에 화들짝 잠이 깼다. 고새 또 잠을 잤나 보다.

그가 분위기 좋은 데 가서 저녁 먹고, 영화를 보자고 했다. 하지만 요새 집에서 사보 편집과 툴 사용에 대해 익히느라 잠이 한참 모자랐다.

저녁은 영화관 근처에서 가볍게 먹자고 하자, 흔쾌히 그도 동의해 주어 일식집에서 밥을 먹고 영화를 봤다.

문제는 영화를 보면서도 꾸벅꾸벅 졸았고 영화가 끝나자마자 피곤해해서 안 되겠다며 집에 데려다주겠다는 그의 차 안에서 또 졸았던 것이다.

비몽사몽 하품까지 하며 통화 버튼을 눌렀다.

"어, 보영."

— 뭐 하고 있어?

"나? 집에 가는 길."

— 금요일 밤인데 지금까지 근무했어?

"어쩌다 보니."

— 그 사람 너 너무 부려 먹는 거 아냐?

"그건 아니고. 내가 배울 게 많잖아. 앞으로 이 일 제대로 하려면 모두 처음부터 제대로 배워야 해."

굳이 그와 함께 있었다는 걸 숨길 이유는 없었다. 그냥, 우리들의 연애사를 시시콜콜 밝히는 게 조금 부끄러웠을 뿐이다.

— 내일부터 주말이니까 여기 오라고 할라 했는데, 안 되겠네. 후.

그러고 보니 수화기 너머의 목소리가 기운이 없었다.

"어디야? 집이야? 내가 지금 잠깐 들를까?"

— 아니, 나 지금 바람 쐬러 경포대 왔어. 며칠 있다가 올라갈 거야.

"거긴 무슨 일인데?"

— 올라가서 얘기해 줄게.

"너 요새 좀 이상해. 무슨 일이야?"

— 내년에 닥칠 삼재 때문에 심란해서 그러는 거야.

기운 없는 보영의 목소리에 더 질문하기가 조심스러웠다. 이런 건 얼굴을 보고 물어야 하는 건데, 옆에 그를 두고 계속 통화를 할 수도 없고…….

"알았어. 몸 조심히 푹 쉬다 와."

무언가 걸렸지만, 마무리 인사밖에는 할 말이 없었다.

— 응.

전화가 끊겼다. 요새 그를 신경 쓰느라 친구에게 너무 소홀했나 보다. 보영에 대한 미안함이 한없이 커졌다.

종료 버튼을 누르고 그제야 차 안을 둘러봤다. 시동은 꺼진 지 오래였다. 어느새 집 앞 골목길이었다.

"하여간 우리 애인 너무 바쁘다니까요."

그가 그제야 정신을 차린 다미의 볼을 살짝 꼬집었다.

"미안해요."

"아, 나만 봐야 하는데. 인형이었으면 좋겠다. 온종일 주머니에 넣고 심심할 때마다 꺼내서 놀게."

강철은 지그시 볼을 늘이던 손을 풀어 부드럽게 쓰다듬었다. 그의 눈빛이 왠지 씁쓸해 보였다.

"왜 그래요. 무슨 일 있어요?"

"아니, 아무 일도."

말하던 그가 멈칫하더니 다시 입을 열었다.

"우리 결혼할까요?"

결혼이라는 말에 심장이 덜컥했다. 저 사람이 나를 이렇게나 깊이 생각해 주었다는 마음에 기뻤다.

하지만 결혼은 현실이라던데 제대로 갖춘 게 하나도 없는 저 자신이 초라했고, 그 모습을 저 사람이 알게 될까 무서운 기분도 들었다.

내가 다 갖춘 사람이라면, 하다못해 변변한 직업이라도 있고, 그게 아니면 시집갈 돈이라도 모아 둔 입장이라면 이렇게 초라하지는 않았을 텐데.

"에이, 우리 만난 지 얼마나 되었다고 결혼이에요."

짐짓 밝게 웃으며 그의 옆구리를 푹 찔렀다.

"결혼하기 싫어요?"

유난히 더 밝고 장난스럽게 말하는 다미의 얼굴에서 강철은 망설임을 읽었다.

"그게 아니고, 나 강철 씨랑 오래오래 연애하고 싶어요. 우리 연애 찐하게 해요."

지금 제 형편이 결혼할 처지가 아니라는 말을 직접 하지는 못했다. 이 정도로 둘러대는데도 심장이 미친 듯이 뛰었다.

강철은 결혼 얘기를 꺼내자 그녀가 어색해하는 것 같았다. 만일 다미가 결혼에 긍정적이라면 서둘러서 진행해도 괜찮지 않을까 싶었다.

하지만 저렇게 불편한 표정이라니. 아직은 저 여자에게 결혼이 때가 아닐 수도 있었다.

그가 소리 없는 긴 숨을 내쉬었다.

결혼이라, 결혼. 내가 언제쯤 결혼할 수 있을까? 아니, 결혼하려면 얼마나 준비를 해야 하나? 저런 집안이랑 결혼하려면 여자가 직업도 좋아야 하고, 혼수 비용도 많이 들겠지? 월급에서 한 달에 적금 들 수 있는 돈이 150만 원 정도, 1년이면 대략 1천 800만 원이네. 그러면 중간중간 상여금까지 해서 2년이면 4천……

깊은 생각에 빠져 터덜거리며 계단을 올랐다. 현관문에 들어서니 또 전화가 울렸다.

오늘따라 왜 이렇게 난리야. 액정을 확인하니 라영이였다. 벽시계를 힐끗 보니 밤 11시가 훨씬 넘은 시각이었다. 다미가 신발을 벗으며 통화 버튼을 눌렀다.

"왜 안 들어오고 전화야? 오늘 외박이야?"

현관문은 걸쇠를 걸어 버리면 아무리 비밀번호를 눌러도 못 열기 때문에 외박을 하는 경우는 잠그고 외박하지 않고 새벽에 들어오는 경우는 이렇게 걸쇠를 잠그지 말라고 미리 연락해 주는 라영이였다.

— 아니 그건 아니고. 나 새벽에 들어가니까 문 자물쇠 잠그지 말고.

"응 알았어. 근데 오늘 촬영은 어디야?"

전국, 아니 해외 화보 촬영도 자주 다니는 라영이였다. 툴툴거리는 성격이지만 주전부리를 좋아하는 다미와 보영을 위해 일본에 가면 화과자, 대만에 가면 펑리수, 천안에 가면 호두과자, 전주에 가면 초코파이, 제주도에 가면 감귤 초콜릿과 보리빵까지 곧잘 사다 줬다.

오늘은 어디서 촬영을 하려나? 그걸 알아야 뭐를 사다 달라 할지 말할 수 있으니 촬영지가 궁금해졌다.

— 강릉. 거의 끝나 가. 뭐 사다 줘?

역시 눈치코치 있는 동생이다. 평상시에는 그런 눈치코치 때문에 짜증 나는데, 이럴 땐 또 척이면 척인 동생이 사랑스러웠다.

"피데기 오징어 콜. 근데 요새 강릉이 핫플레이스인가 보네. 다들 거기 가 있네."

가방을 소파에 던지고 핸드폰을 다른 손으로 바꿔 들며 코트를 벗었다.

— 무슨 소리야?

멀어진 수화가 너머로 격양된 라영의 목소리가 들렸다. 내가 잘못 들었나? 핸드폰을 다시 귀에 갖다 댔다.

"아, 보영이도 지금 경포대에 있다더라."

— 보영이 누나가? 지금 본가가 아니라? 누나가 잘못 안 거 아냐?

제가 뭔가를 잘못했을 때 족치듯 빠른 말투가 튀어나왔다.

"뭐가 이리 급해? 천천히 하나씩 물어."

— 나 지금 당장 촬영 들어가야 해. 빨랑 말해 봐. 보영이 누나 강릉에 있는 거 확실해?

그게 왜 그리 궁금한 건지 모르겠으나 귀한 피데기를 사다 주는데 그 정도는 답해 줄 수 있었다.

"본가는 무슨. 아냐. 조금 전에 통화했는걸. 강릉 확실해."

심드렁히 앉아 핸드폰을 귀와 어깨 사이에 끼고 답답했던 스타킹도 벗어 던졌다.

그런데 조금 전까지 다다다 질문을 쏟아 내던 녀석이 갑자기 조용하다. 뭐지? 오늘 전화 왜 이래? 화면을 내려다보며 괜히 핸드폰을 손으로 톡톡 쳤다.

— 아 그래? 알았어. 감독님이 부르신다. 이만 끊어. 참, 나 촬영 내일까지라서 오늘 못 올라가. 걸쇠 그냥 잠가. 문단속 잘하고 자.

전화가 뚝 끊겼다.

어, 뭐가 지나간 거야? 그래서 오늘 안 온다는 거지? 다미가 다시 통화가 종료된 핸드폰을 내려다보았다.

그러다 이내 베란다로 나가 창밖 골목을 바라다보았다. 깜깜한 골목길 중간중간 놓인 주황색의 가로등이 끝없이 펼쳐져 있었다.

그의 차는 어디쯤 갔으려나.

"짜식, 전화를 주려면 진작 주든가. 도움이 안 되네."

핸드폰을 소파에 툭 하고 던졌다.

10화
사랑과 감기는
감출 수 없는 것

다미가 어색한 걸음으로 강철의 오피스텔 건물 입구에 섰다. 얼핏 봐도 30층은 넘는 높이에 스틸 구조와 반사 유리가 특이하게 조합된, 고급스러운 외관을 올려다보았다.

저기 어디쯤 그가 있다는 거지?

다미는 제가 이곳에 다시 오게 될 줄은 몰랐다. 그날 새벽에 도망갈 때까지만 해도 이 근처에는 얼씬거리지도 말자고 다짐을 했었는데 이젠 연인이 되어 그의 집 앞에 와 있었다.

물론 오늘은 연인의 자격으로 온 건 아니었다.

한 시간 전.

주말에 함께해 주지 못했다는 미안함에 퇴근 후 우울해 있는 보영의 집으로 놀러 갔었다. 내일은 회사 창립 기념일이니 오늘 하루 제대로 날 잡고 밤이라도 새면서 위로를 해 주기로 마음먹었다. 하지만 막상 보영의 표정은 생각보다 괜찮았다. 아니, 눈빛이 반짝거리고 볼이 발그레한 것이 생기가 돌았다.

"계집애. 꼭 삼재 때문에 곧 죽을 것처럼 굴더니 살아 있네."

"내가 언제."

흘기는 표정에 콧소리가 가득하다. 보영이 붉게 달아오른 얼굴로 허겁지겁 주방 쪽으로 몸을 숨겼다.

다미는 보영의 상태를 확인하곤 다행이다 싶어 거실 소파에 자리를 잡았다.

"그러는 너는. 그렇게 죽네 사네 세상 끝난 것처럼 울더니 얼굴 핀 것 좀 봐."

"그래서 뽀로로 도사 용하다고 가서 절이라도 하라고? 나 절대 앞으로는 그런 곳 안……."

"아니, 그건 아니고. 저녁 안 먹었지? 뭐 먹을래?"

다미의 말을 막 듯, 두 손을 휘저은 보영이 냉장고 옆에 붙어 있던 상가 메뉴책을 다미를 향해 던졌다.

공중에서 메뉴책을 낚아챈 다미가 메뉴를 펼쳐 보지도 않고 테이블 위에 놓았다.

"오늘은 내가 월급 턱 겸 너 위로 겸 맛있는 거 사 주려고 했어. 먹고 싶은 거 네가 골라. 나가서 먹을까?"

주섬주섬 다시 겉옷과 가방을 챙겼다. 그동안 백수에 가까운 공시생 신분이라 보영이에게 신세를 진 것이 많았다. 물론 미래를 생각하면 적금 때문에 한 푼이라도 아껴야 하는 상황이었지만, 보영에게 근사한 한 끼는 꼭 사고 싶었다.

"아냐, 괜찮아. 그냥 집에서 먹자. 네 파란만장한 연애사 들어야
지."

"전화로 다 했잖아."

"그래도 다시 들어야겠어."

보영은 장난스레 말을 하다가 살짝 머뭇거렸다.

"그리고 나도 조용하게 너한테 할 말도 있고."

"뭔데?"

"조금 있다가. 밥 먹고 한잔하면서 말할게."

배시시 웃는 표정을 보니 나쁜 이야기는 아닌가 보다. 다행이다.

"알았어. 그래도 너 먹고 싶은 거로 골라. 내가 진짜 이날을 기
다려 왔다."

가방에서 지갑을 꺼내 흔들었다.

"그래, 알았어. 참, 저번에 요 밑에 상가에 불족발집 개업한 곳
에서 불족발 먹었는데 맛있더라. 그거 시켜야겠다."

보쌈이나 족발, 고기 같은 것은 혼자 먹기 힘든 음식이라고 꼭
자기를 만나서만 시키던 보영이었다.

"그건 언제 먹었어? 그 많은 걸 혼자 시켜 먹었어?"

"어? 어? 아, 내, 냄새가 너무 좋아서. 그냥 시켜 봤어."

보영이 당황한 표정을 지었다. 기분이 좋아 보이기는 한데 별것
도 아닌 거에 자꾸 버벅댄다. 애가 오늘 상태가 안 좋네. 고개를 갸
웃하며 텔레비전을 켰다.

전화로 족발 주문을 마친 보영이 유리컵 두 개와 맥주 두 개를
쟁반에 담아 내왔다.

"아 참, 집에 피데기 있는데 갖고 올걸."

오징어 회, 오징어 튀김을 사랑하고 파전 속 오징어만 쏙쏙 빼먹는 보영이였다. 그중에서도 보영이가 특히나 사랑하는 것은 반건조 오징어인 피데기였다.

"아, 나도 있어. 갖고 올까?"

"아냐, 내가 갖고 올게."

냉동실 문을 열고 익숙하게 안을 뒤졌다. 그런데 라영이가 사다 주었던 반건조 오징어와 같은 포장지가 있었다.

"어? 라영이가 엊그제 사다 준 거랑 똑같은 거네? 라영이가 너도 갖다 줬어?"

"어, 음, 어. 답답해서 안 되겠다. 다미야."

답답함에 무언가를 결심한 듯한 목소리였다.

"어?"

왠지 모를 어색함이 감돌았다. 그때 테이블 위에 올려 둔 다미의 핸드폰이 울렸다. 이 타이밍에 누구야, 진짜. 재빨리 반건조 오징어 한 마리를 꺼낸 후 냉장고 문을 닫고 테이블 쪽으로 다가갔다.

"박 실장이래."

보영이 건네주는 핸드폰을 받아 들었다.

— 다미 씨. 미안해요. 혹시 쉬고 있었어요?

전화를 받는 사이 보영이 맥주 한 캔을 따서 벌컥벌컥 마시고 있었다. 급했나. 조금 있으면 족발 올 텐데 뭐가 급하다고 저래? 오늘 이상한 점이 한둘이 아니다.

"아니요. 이제 막 회사에서 나왔습니다."

굳이 외근 중인 상사에게 정시에 퇴근했다고 알릴 필요는 없잖아?

— 그럼 다행이네요. 혹시 지금 시간 되면 회사에 들러서 저번 중국 MOU 관련 계약서 좀 오 본부장님 갖다 드리면 안 될까요? 제가 지금 너무 멀리 나와 있어서요.

"네? 지금요?"

마음의 준비도 안 돼 있는 상태에서 그의 집이라니. 가슴이 덜컥 했다. 게다가 보영이가 할 말도 있다고 했고, 족발도 곧 올 텐데. 복잡한 마음에 보영을 바라보았다.

— 제가 가야 하는데 내일 방문하는 바이어 미팅 준비 때문에 지금 정신이 너무 없어서 말이죠. 다미 씨 집에 가는 길이니 그냥 올라가서 서류만 전달해 주면 안 될까요?

대답이 없는 다미에게 박 실장이 다시 한 번 재촉했다.

소머즈 귀가 달린 건지, 눈치가 빠른 건지 난감한 다미의 표정을 보고 보영이 가라는 듯 손을 휘저었다.

"네, 알겠습니다."

— 고마워요. 다미 씨. 그러면 본부장님 주소는 제가 문자로 다시 찍어 줄게요.

혹시 다미가 마음을 바꾸기라도 할까 봐 지훈이 재빨리 전화를 끊었다. 그와 동시에 보영이 자리에서 발딱 일어났다.

"보영아, 나 본부장님 댁에 심부름……."

"알아. 기다려 봐."

후다닥 방으로 뛰어 들어간 보영이 무언가를 들고 나왔다.

"이 언니가 너에게 이걸 주마. 이걸 입고 하산하여라."

"뭔데."

보영이 건네주는 것을 무심결에 펼치다 깜짝 놀라 소리쳤다. 블랙 공단과 망사 레오파드 무늬가 섹시하다 못해 너무 야한 속옷 세트였다.

"엄마야!"

엉겁결에 속옷을 다시 보영에게 토스하였다. 아이돌 빠질 못지않게 보영이 빠져 있는 게 속옷 수집이었다. 귀엽고 앙증맞은 속옷부터, 섹시하고 야한 속옷까지. 여행 갈 때마다 그 나라의 속옷들을 수집하곤 했다.

그중 보영이 들고 나온 속옷은 작년 일본 여행 때 사 왔던 것으로 마음에 쏙 든다며 자신의 첫날밤에 꼭 입겠다고 챙겨 놨던 것이다.

"이제 엄마 좀 그만 찾고, 중요한 타임에 자꾸 엄마 찾으면 다비드가 얼마나 흥이 깨지겠니. 이거 가지고 가서 오늘 뜨거운 밤 보내."

능글맞은 표정이 속에 변태 열 마리는 있는 듯했다.

"이걸 왜 날 줘?"

"아니, 남친네 집에 가는데 그 별 그려져 있는, 요새 중딩도 안 입을 속옷 입고 갈래?"

아니 보지도 않고 어찌 알았대? 투시라도 하나 싶어 두 손으로 상체를 가렸다.

"그것도 명색이 속옷 회사 다니는 애가?"

살랑살랑 잠자리 날개 같은 속옷을 손끝에 대고 흔들었다.

"야, 그래도 남자 친구네 집에 첫 방문인데 그건 좀 부끄럽잖아."

얼굴이 붉게 달아올랐다.

"아니, 그게 왜 첫 방문이야. 벌써 뜨거운 밤을 보낸 곳이지. 술 먹고도 불꽃이 튀고 할 거 다 한 사이에 오늘 다비드가 널 가만 놔둘까?"

하긴 저번 일도 있고 계속 속옷으로 놀림을 받고 싶지는 않았다. 섹시한 모습으로 고혹적으로, 그를 놀래 주고 싶은 마음이 모락모락 피어났다.

조금씩 자신의 말에 귀를 기울이는 다미를 파악한 보영이 그녀가 다른 생각 못 하게 욕실에 밀어 넣으며 한 줌도 안 되는 속옷을 두 손에 꼭 쥐여 줬다.

"세탁까지 마쳤으니, 다비드가 물고 빨아도 괜찮을 거야. 아주 헤져도 된다고 전해 줘."

어쩌면 옹녀는 내가 아니고 쟤인지도 몰라.

"일단 씻고 입고 나와. 안 어울리면 다른 거 더 줄게."

"그래도 이거 너 아끼던 건데."

안 입는다는 건 아닌데, 그래도 보영이 신혼 첫날밤을 위해 아껴 뒀던 건데…… 보영이 꾹꾹 닫으려는 문틈 사이로 고개를 빼꼼 내밀고 미안한 표정을 지어 보였다.

"나는, 아무래도 플레이용 속옷들은 버려야 할 것 같아."

보영이 포기한 듯 고개를 절레절레 흔들었다. 아니 그 귀하고 비싼 것들을 왜? 묻기도 전에 보영이 다미를 꾹꾹 밀어 낸 뒤 문을 닫았다.

그렇게 보영의 집에서 샤워를 하고 속옷까지 갈아입은 채 지금 이곳에 서 있는 것이었다.

엘리베이터를 타고 22층에서 내렸다. 그의 집 문 앞에서 길게 '후─' 심호흡을 했다. 남자 친구의 집 방문. 공적인 목적이었다. 공적인 목적인데, 그럼에도 불구하고 긴장되기는 마찬가지였다.

주머니에 들어 있던 핸드폰을 열어 비서실장이 문자로 알려 준 호수를 다시 한 번 확인했다.

그의 집은 지금 어떤 모습일까, 그는 어떤 표정으로 날 반길까, 그녀는 미리 머릿속으로 상상을 해 보았다. 물론 한 번 방문했던 곳이긴 하지만, 그때는 너무 정신이 없어서 하나도 기억나는 것이 없었다.

전화 통화를 하면서 지금 밥 먹는다고, 지금 막 씻고 나왔다고, 일한다고 할 때 그 공간이 어떻게 생겼는지 실제로 한번 보고 싶다는 호기심이 일었었다.

가슴이 두근두근 뛰었다. 다시 한 번 길게 심호흡을 하고 벨을 눌렀다.

그리고 덜컥 문이 열리는 소리에 꼴깍 침을 삼켰다. 고개를 들자 그의 환한 얼굴이 보였다.

"안 그래도 박 실장이 다미 씨 보낸다는 소리에 기다리고 있었는데, 벌써 왔어요?"

어머, 이 남자 부끄럽게 무슨 소리야. 어깨를 좌우로 흔들며 '어우' 하는 소리와 함께 그의 가슴팍을 가볍게 쳤다.

"자."

손바닥을 올리며 무언가를 내놓으라는 눈빛이었다.

아, 내 손을 달라는 건가? 손잡고 들어가게? 다미가 그의 손을 살포시 잡았다.

하지만 제 손 위에 올려진 다미의 손을 본 강철이 고개를 갸웃했다.

이, 이거 아냐?

"박 실장이 다미 씨가 MOU 관련 계약서 갖고 온다고 했는데."

아차차, 여기 온 목적을 까먹을 뻔했다. 정신을 차리고 가방에서 재빨리 서류를 꺼내 건넸다.

"땡큐. 들어와요."

그제야 만족스러운 표정을 지으며 강철이 문을 활짝 열어 주었다. 불순한 마음 때문인지 현관을 들어서는 발 스텝이 엉켰다.

"엄마야!"

아차, 하는 순간 발목이 삐끗해 그의 품에 안긴 꼴이 되어 버렸다.

자신의 허리를 강하게 끌어안은 강한 팔뚝, 뜨거운 눈빛.

어머, 현관에서부터 시작할 건가 봐. 다미가 스르륵 눈을 감았다.

"오 본부장님?"

이 목소리는 그의 목소리도 아니고 내 목소리도 아니다. 그럼 뭐야? 화들짝 놀라 소리가 난 쪽을 쳐다보았다. 흰 셔츠에 소매를 대충 걷어 올리고 서류를 보던 이형식 변호사였다.

그는 회사에서 종종 얼굴을 봤던 법무팀 변호사였다. 그의 옆에 선 다른 두 남자도 그와 별반 다르지 않은 모습인 것을 보니 같은 법무팀 소속 변호사들인 듯싶었다.

이 변호사가 고개를 까딱하며 인사를 했고, 나머지 두 사람은 누구? 라는 눈빛으로 다미를 보았다. 어디까지 본 걸까. 입술 내미는 것도 봤나?

"큼큼. 사보팀 소속 직원인데 서류를 갖다 주러 왔다가 그만 휘청거려서."

당황해하고 있는 다미를 강철이 바로 세웠다. 그러자 세 남자도 알았다는 듯 대충 고개를 끄덕이고 다시 서류 속으로 고개를 파묻었다.

그의 집에 다른 사람들이 있었다니. 게다가 열심히 일까지 하고 있었을 줄이야. 그것도 모르고 혼자 김칫국만 실컷 마신 느낌이었다. 이렇게 사람들이 많은데 뜨거운 밤은 무슨. 괜스레 쥐고 있던 핸드백 줄에 힘을 꽉 주었다. 이곳에 남아 제가 할 일은 없을 것 같았다.

"저는 그럼 이만……."

인사를 하려던 순간, 강철이 다미의 손목을 잡아 안쪽으로 이끌었다.

"그러면, 이다미 씨는 저쪽에서 저번에 말씀드린 사보 작업 하고 계시죠. 이따가 이 일 마무리하고 제가 확인할 테니."

강철이 손을 뻗어 식탁을 가리켰다. 말을 마친 강철이 사람들 쪽으로 가 다미가 건넨 서류를 꺼내 돌렸다. 조금 전까지 동물원 동물 구경하듯 쳐다보던 사람들도 금세 관심을 끊고 서류에 집중했다.

겸연쩍은 마음에 그들의 옆으로는 가지도 못하고 한쪽 구석에 있는 주방에 가서 의자 하나를 조심스레 꺼내 앉았다. 그리고 눈앞에 펼쳐진 공간을 찬찬히 살펴봤다.

한강이 훤히 내다보이는 거실 창문이 있었다.

하지만 창문 바로 앞에는 그의 사무실에 놓여 있는 것과 똑같은 모양의 책상이 떡하니 자리 잡고 있었다. 그리고 그 책상 앞쪽으로 길게 뻗은 책상은……

이거 회의실 책상이랑 똑같잖아?! 다미는 내가 지금 뭘 잘못 봤나 싶어 두 눈을 비볐다.

하지만 그의 사무실과는 다른 전경, 바닥에 딸린 카펫이 이곳이 사무실이 아닌 그의 집임을 증명했다. 사무실을 그대로 옮겨 놓은 듯한 집!

세상에, 어떤 사람이 회사 사무실을 그대로 집으로 옮겨? 그 엉뚱함에 혀를 내둘렀다.

그리고 다시 거실 벽으로 시선을 돌렸다. 거실의 양쪽 벽은 천장까지 책꽂이로 되어 있었고, 그 책꽂이에는 온갖 종류의 책들이 가지런히 자리를 잡고 있었다.

이게 지금 도서관에 세 들어 사는 건가, 사무실에 세 들어 사는 건가. 일반 가정집과는 너무도 다른 모습에 할 말을 잃었다.

그사이 사람들에게 지시를 마친 그가 자신 쪽으로 다가왔다. 그 와중에도 한 손에 든 서류에서 시선을 떼지 않으며. 역시 워커홀릭이라는 소리는 아무나 듣는 게 아니었다.

"네, 그럼 지금부터 작업 열심히 하겠습니다. 그럼 다른 분들이 들을 수도 있으니 호칭도 물론 오 본부장님으로 해야겠죠?"

다른 사람들이 들을세라 손으로 입을 살짝 가리며 작게 말했다. 그 모습에 강철이 다미의 이마에 살짝 꿀밤을 놓았다.

"장난 그만하시죠, 이다미 씨. 이거 끝나고 다음 차례는 이다미 씨니까 기다리고 있어요. 그리고 냉장고에 먹을 거 있으니 마음대로 챙겨 먹어도 좋고요. 그럼."

작은 목소리로 말을 마친 강철이 다시 서류를 읽으며 사람들 쪽으로 갔다. 아무래도 진짜 서류를 검토한 후 자신의 사보 편집 부분을 확인할 건가 보다. 이 세상에 애인 집에 와서 일하는 여자 있으면 나와 보라고 해. 보이지 않는 마음의 입술이 댓 발은 나온 것 같았다.

입을 삐죽대며 가방 속에 든 노트북을 꺼냈다.

하지만 처음의 목적은 이게 아니었으니 자판이 눈에 들어올 리가 없었다. 게다가 집 안에서의 그의 모습이라니. 회사에서의 모습과는 색다르잖아? 힐끗 눈을 돌려 열심히 일하고 있는 그의 뒷모습을 보았다.

회사에서 깔끔한 정장을 입은 모습도 멋있지만, 집에서 편안한 니트에 저렇게 일에 몰두하는 모습을 보니 그것 또한 멋있었다.

"다비드 이즈 뭔들."

보영이 했던 말을 떠올리며 낮게 읊조렸다.

그와 사귀고 보영을 만날 때마다 웃음을 참지 못하고 실실대며 그가 얼마나 잘해 주는지 자랑을 하는 다미에게 보영이 이 한마디로 정리해 주었다.

'야, 꼴뚜기가 그런다고 네가 그게 좋겠니? 다비드 같은 외모의 남자가 해 주니까 좋은 거지. 다비드 이즈 뭔들!'

아닌데, 얼굴도 멋있지만, 행동은 더 멋있는데. 뭐 처음에는 자신을 깔보고 충고하는 듯한 모습에 조금은 비호감이었지만, 그래도 젊은 여자가 엉뚱한 생각 하고 그러는 거 바로잡아 주려고 그랬던 거니까 알고 보면 정의로운 거 아닌가 싶었다.

그리고 다시 만났을 때에도 자신이 모른 척하거나, 그의 마음을 안 받아 주는 것처럼 행동해서 사람 기겁하게 만들기도 했지만, 화내지 않고 내가 말할 때까지 기다려 주고, 다정하게 대해 줘서 얼마나 고맙고 멋있었는데.

게다가 스킨십을 할 때는 또 얼마나 부드럽게 다뤄 주는지. 오다 가다 복도에서 살짝 스치면 손끝부터 짜릿해지기 일쑤였다. 특히 그의 사무실에서 몰래 키스할 때는 더 그랬다. 부드러운 키스도, 숨도 못 쉬게 꼭 껴안고 나누는 키스도 얼마나 저를 사랑하는지 충분히 느낄 수 있게 해 준다.

물론 다른 사람들이 언제 들이닥칠지 몰라 항상 간을 졸여야 하지만 말이다.

똑똑. 저 멀리서 노크 소리가 들렸다. 그래, 이 노크 소리만 나면 내가 깜짝깜짝 놀라잖아. 후다닥 그에게서 몸을 떼고 옷을 정리해야 하는데 이상하게 눈꺼풀이 무겁다. 몸도 물 먹은 솜처럼 팔하나 옮기기도 쉽지 않다.

안 되는데, 이러다가 누가 들어오면 큰일 나는데. 똑똑. 여유 있는 노크 소리와는 달리 마음은 한없이 초조해졌다. 안 돼. 이러다가 누가 들어오기라도 하면! 아등바등 무거운 눈꺼풀을 힘겹게 들어 올렸다.

"잘 잤어요?"

식탁에 턱을 괴고 저를 쳐다보고 있는 그가 보였다. 아 젠장. 그가 일하는 사이 식탁에서 그대로 잠들어 버린 것이다. 이게 무슨 망신이야. 다미가 눈을 질끈 감았다.

"더 잘 거면 침대로 가든가."

목소리에 웃음기가 가득하다.

"아니에요. 저는 이만 집에 가 보도록 하겠습니다. 그럼 본부장님은 변호사님들과 하던 일 계속……."

꾸벅 그에게 크게 인사를 했다. 쪽팔린 마음에 한시라도 빨리 이 자리를 피하고 싶었다. 대충 노트북을 가방에 쑤셔 넣으며 튈 준비를 했다.

"가긴 어딜 가."

강철의 손이 다미의 팔목을 잡아 자기 쪽으로 잡아당겼다. 그 바람에 식탁에 앉은 그의 품으로 다미가 쏙 안겨 들었다.

"누가 보면 어쩌려고요."

하고 주변을 둘러본 순간, 거실에 부산하게 움직이던 사람들이 하나도 안 보이는 것을 발견했다.

"어? 다들 어디 갔어요?"

"다들 일 끝내고 간 지가 언젠데. 이 잠자는 숲 속의 애인은 도대체가 일어날 줄도 모르고 말이지."

다미가 주방 벽시계를 봤다. 벌써 밤 10시가 넘은 시간이었다. 도대체 얼마나 퍼질러 잔 거야. 남친 집 첫 방문에 두 시간 취침이라니. 이걸 보영이가 알면 깔깔거리고 웃을 게 틀림없었다.

"아……."

입에서 민망함의 탄식이 흘러나왔다. 너무 창피한 마음에 두 손으로 얼굴을 가렸다.

"그럼 우리 일은 지금부터 시작해 볼까?"

귓가로 부드러운 그의 목소리가 들렸다. 아까 그가 하던 일을 끝내고 사보 일을 하자고 했던 것이 생각났다.

"그거 아직 못 했는데……."

"내가 다 준비해 뒀는데?"

그가 사보 편집을 해 뒀단 말인가? 무슨 말인가 싶어 그를 바라보았다. 그가 왼쪽 방향을 턱으로 가리켰다. 그곳에는 흰색 자기 위해 깨끗하게 씻어 놓은 듯한 딸기와 생크림이 소복하게 올라와 있었다.

이거 지금 내가 상상하는 게 맞는 거지? 설마 딸기에 대해 사보한 꼭지 쓰자는 거 아니지? 눈이 휘둥그레졌다.

강철이 음흉하게 웃더니 다미를 재빨리 식탁에 눕혔다. 한 손으로는 다미의 뒤통수가 식탁에 부딪히지 않게 부드럽게 잡아 주었지만, 혹시라도 다미가 반항을 할까 봐 머리 위로 고정시킨 손목에는 그의 힘이 느껴졌다. 그 바람에 블라우스는 벌써 가슴 아래까지 반쯤 올라갔다.

"식탁은 어때?"

"식탁이 왜요?"

"당신 취향이 오피스 섹스인 건 알고 있고, 식탁에 대한 로망은 없냐고."

"아……."

격정적인 분위기에 휩싸인 두 남녀가 식탁 위에 자리 잡고, 남자가 팔을 휘둘러 식탁 위 접시들이 바닥으로 후드득 떨어지고, 그 위에서 질펀하게 벌어지는 그런 섹스? 생각해 본 적은 없는데 온몸이 뜨거워지는 걸 보니…….

"난 있는데. 크림보다 더 부드러운 입술에 생크림을 발라 보는 꿈."

나른한 눈빛으로 그가 오른손 검지로 생크림 통 안을 천천히 동그랗게 휘저었다. 하얗고 부드러운 크림을 휘젓는 길고 단단한 그의 손가락이 왠지 야해 보였다.

다미가 마른침을 꿀꺽 삼켰다.

"과연 당신이 부드러울까, 생크림이 부드러울까?"

생크림을 찍은 자신의 검지를 할짝거리를 그의 눈빛이 뜨겁게 빛났다.

卍

몸이 천근만근 무거웠다. 돌로 만든 이불이라도 덮은 건지 몸을 움직이려고 하는데 움직여지지가 않는다. 회사 가야 하는데, 이러면 안 되는데 하면서도 눈이 안 떠졌다.

입 주변에서 무언가가 간질간질 간지럼을 태웠다. 아, 뭐야 짜증이라도 내려고 입을 연 순간, 그것이 입 안으로 슬쩍 들어왔다. 화를 내려던 마음은 어디 갔는지 부드럽고 따뜻한 느낌에 홀려 입을 열고 반응을 했다.

좋다, 좋아. 너무 좋다. 돌 아래 깔린 것 같은 몸이 우주에서 유영하듯 붕 뜨는 기분이었다. 그런데 그것이 제 입 속을 빠져나갔다. 아, 아쉽다.

무거운 눈꺼풀을 올리자 그가 눈에 들어왔다.

"좋은 아침. 이제 깼어?"

귓가에 와 닿은 목소리가 달다. 그의 목소리에 그제야 어젯밤의 일들이 생각났다.

회사에서 얼마든지 자신의 로망을 이뤄 줄 테니, 집에서는 자신의 로망을 이뤄 달라던 그는 식탁에서 한 번, 씻겨 준다며 욕실에 들어가서 한 번, 침대로 와서 또 한 번 달려들었다. 무슨 로망이 이렇게 많으냐는 투정에 아직 남은 로망이 100개도 넘게 남았다며 다미를 기겁하게 했다.

아 창피해. 제게 팔베개를 해 준 건 그의 팔이요, 지금 허리를 둘러 배를 조몰락거리는 것은 그의 또 다른 팔이리니. 도저히 눈을 뜨고 현실을 직시할 자신이 없었다.

이불을 머리끝까지 끌어 올렸다. 몸 뒤쪽으로 바짝 붙은 그의 몸에서 큭큭 웃느라 퍼지는 진동이 제 몸에까지 전달이 되었다. 침대 시트라도 덮어서 다행이었다.

이 민망함을 피하기 위해서는 빨리 씻고 출근하는 길밖에 답이 없었다.

"지금 몇 시예요?"

묻는 말에 대답은 안 하고 뒷머리에 그가 자잘한 키스를 퍼부었다. 그러면서 아랫배를 조물 거리던 손이 가슴으로 슬그머니 올라왔다. 밤새 괴롭힘을 당해 예민한 젖꼭지와 아래가 그의 손길에 단박에 반응을 해 버렸다.

이러다가는 그가 또 덤빌 수도 있었다. 그러면 출근해서 힘들어 죽을 게 뻔하다. 일단 일어나야겠다는 생각에 몸을 일으키려는 순간.

"9시쯤?"

"헉! 지각이다!"

반사적으로 몸을 발딱 일으켜 세웠다. 하지만 그보다 빨리 그가 잽싸게 다미의 몸을 바로 눕혔다.

"오늘 창사 기념일인 거 잊었어?"

그제야 마주한 그의 얼굴이 부드럽다. 게다가 너무 쌩쌩했다. 나는 보나 마나 몰골이 말이 아닐 텐데, 피곤한 기색이라곤 하나도 없어 보이는 얼굴에 어젯밤 나 혼자 뭐 한 거냐는 생각이 들었다.

섹스는 원래 남자가 하는 일이 더 많다더니 왜 세상 피곤은 나 혼자 짊어진 느낌일까.

"알았어요. 좀 비켜 봐요. 나도 좀 씻고."

"내가 다 씻겨 놨는데 뭘 또 씻어."

그러고 보니 어제 마지막으로 일을 치른 흔적이 없다. 제가 잠든 사이에 또 그렇게 씻겼다는 거야? 얼굴이 화끈거렸다.

"자고 있어서. 어제 욕실에서만큼 깨끗하게는 못 했어. 어제처럼 이렇게 입으로 꼼꼼하게 씻겨 줘야 하는데."

입술을 내려 자그마한 돌기를 쪽 빨았다. 핑크빛의 유두가 점점 색이 진해졌다. 그가 다시 한 번 유두를 살짝 빨아 당겼다. 부끄러운 마음에 다미가 팔을 올려 눈을 가렸다. 언제까지 이럴 건지. 계속 이러면 곤란한데.

하지만 다미의 의지와는 달리 강철은 밤새 물고 빤 그녀의 입술이 살짝 부풀어 오른 게 섹시해 보였다. 가려진 팔 사이로 보이는 입술을 덥석 입에 물었다.

오물오물, 윗입술, 아랫입술을 차례로 오물거리다가 혀를 밀어

넣고 유유히 유영했다. 다미의 입에서 흐응, 하는 신음이 들리고
제 밑에 있는 그녀의 몸이 들썩이는 게 느껴졌다.

아침에는 그냥 애무만으로 몸을 적응시키려고 했는데 아무래도
안 될 것 같았다. 한 번만, 한 번만 더, 라는 욕심이 일었다. 이 여
자만 보면 도저히 정신을 차릴 수가 없었다.

재빨리 몸을 내려 가슴을 앙 물었다. 가슴을 모아 두 젖꼭지를
한입에 넣고 혀로 쪽쪽 빨았다. 어젯밤 이렇게 해 줬을 때 더 반응
이 격해지던 걸 기억했다.

"아흥……."

손을 아래로 미끄러뜨렸다. 벌써 촉촉하게 젖은 여성이 마음에
쏙 들었다. 손가락으로 클리토리스 주변의 골을 천천히 돌았다. 제
손을 따라 그녀의 엉덩이가 움찔거리며 들썩였다.

그때 드르륵, 진동 소리가 울렸다.

"강, 강철 씨. 나 전화……."

자극에 얼굴을 찡그린 다미가 간신히 말을 뱉었다.

"이따, 조금 이따가. 이거 마저 하고."

다미의 말에 건성으로 대답한 그가 다시 자신의 일에 열중했다.
그런 그를 보던 다미가 아랫입술을 깨물었다. 조금 이따가 언제가
될지 알고.

생각해 보니 어젯밤에 라영이에게 외박한다는 소리도 안 했다.
그리고 지금 전화를 건 사람은 엄마였다. 혹시 이게 외박했다고 엄
마한테 일렀나? 덜컥 겁이 났다. 그의 말을 무시하고 손을 뻗어 전
화를 받았다.

"어, 엄마!"

분명 엄마가 이 상황을 볼 수는 없을 텐데도 들킨 양 당황스럽기 그지없었다.

게다가 자신을 올려다보는 그의 눈썹이 제 행동이 마음에 들지 않는지 한쪽이 올라가 있었다. 그러고는 이내 장난꾸러기 같은 미소를 남기고 고개를 내렸다.

뭔 짓을 하려고. 차라리 받지 말걸 그랬나. 뒤늦은 후회가 밀려왔다.

— 어 그래, 내가 니 애미다.

"무슨 일이야?"

최대한 용건만 간단히. 평상시 엄마라면 금방 끝나겠지, 싶어 서둘러 말했다.

— 라영이 연락이 안 돼서 너한테 전화했더니 너도 안 받고. 둘 다 무슨 일이야?

대답을 하려는 찰나, 그가 여성의 아래부터 위까지 길게 혀로 핥았다. 흐읍— 다미가 신음을 참으려고 아랫입술을 꼭 깨물었다.

'이씨, 지금 이러면 어떡해요?' 그를 째려보았다. '그러게 누가 전화받으래?' 라는 듯 그가 어깨를 으쓱하고 고개를 내렸다.

더 이상 그가 장난을 치지 못하게 다리를 오므렸다. 하지만 어젯밤 내내 되지 않던 게 지금이라고 될 리가 없었다. 또다시 그의 팔에 다리가 넓게 벌어졌다. 아래를 보는 그의 눈빛이 먹이를 앞둔 야수처럼 번들거렸다.

이왕 이렇게 된 거, 최대한 빨리 전화를 끊는 수밖에 없었다.

"나는 오늘 쉬는 날이라 어제 보영이랑 한잔하느라고. 지금 보영이 집이야. 보영이."

청산유수처럼 거짓말이 술술 나왔다. 그 말에 잘했다는 듯 그가 웃으며 엉덩이를 톡톡 쳐 주었다. 그 소리가 전화기 너머 엄마에게 들릴까 봐 마이크 부분을 가리고 눈을 치켜떴다.

— 평일에 쉬는 날이라고?

"오늘 회사 창립 기념일이야, 창립 기념일."

근데, 저 남자 지금 상황에 재미를 들인 듯하다. 빙그레 웃으며 무릎으로 슬금슬금 올라온다.

— 회사 잘린 건 아니고?

"잘리긴 내가 왜 잘려? 내가 얼마나 일 잘하는 직원인데."

그런데 다미가 어? 어? 어? 하는 사이 그가 갑자기 핸드폰을 낚아챘다. 스피커 버튼을 누른 후 테이블 위에 얌전히 올려놓자, 엄마의 목소리가 방 안 가득 울려 퍼졌다.

이게 뭐야! 엄마 목소리를 BGM으로 들으면서 이런 걸 하고 싶진 않다고! 가슴에 달라붙어 있는 그를 밀었다.

— 그래. 잘 다니고 있는 거지? 어젯밤 꿈자리가 뒤숭숭해서 전화 걸었다. 꿈에 내가 토끼 한 마리를 낳았는데 이게 무서운 줄도 모르고 사자 불알을 건덕건덕 건드리더라고.

"엄, 엄마!"

못 듣길 바랐건만 가슴에 있는 그의 입이 들썩이는 게 느껴졌다. 아, 망했다. 엄마 제발 그만 좀 해. 다미는 울고 싶었다.

— 하여간, 불알이 성난 사자가 열 받아서 토끼를 쫓아다니는데, 제깟 게 뛰어 봤자 부처님 손바닥, 아니 사자 손바닥 안이지. 붙잡혀서 그냥 밑에 깔리는데 그 조그만 게 어찌나 힘들어하는지 나를 보는 눈망울에 눈물이 한가득이었어. 어휴.

그의 손이 다시 아래로 향하는 게 느껴졌다. 맙소사. 위험하다. 핸드폰을 바라보는 다미의 눈이 그렁그렁해졌다.

"엄마도 참. 개꿈이야, 개꿈."

빨리 전화를 끊었으면 좋겠는데……. 하지만 평상시 용건만 간단히 하던 엄마가 오늘따라 말이 길어지고 있었다.

— 아무리 어렵고 힘들어도 잘 버텨야 한다.

"으응……."

엄지로 클리토리스를 뭉근하게 돌리는 손길 때문에 대답하는 목소리에 힘이 없었다.

— 상사가 아무리 무리한 일을 시켜도 네네, 그러고.

"어, 어……."

그의 검지가 질 주변을 둥글게 꾹꾹 눌렀다. 고여 있던 애액이 주르륵 흘렀다. 재빨리 그곳에 입을 댄 그가 게걸스럽게 흡입하는 것이 느껴졌다.

이 소리를 엄마가 들을 것 같은데……. 그를 밀쳐 버리고 싶은데 돌덩이가 따로 없다.

— 그냥 상사가 이렇게 하라면 이렇게 하고, 저렇게 하라면 저렇게 하고, 나 죽었소 하고 웃는 얼굴로 잘 따라야 해.

발을 동동 구르려고 했으나 소용없었다. 반항하지 말라는 듯 클리토리스를 입에 문 그가 잘근잘근 씹어 댔다. 질 속에 들어온 손가락이 질 벽을 부드럽게 긁는 게 느껴졌다. 제 성감대를 찾는 게 틀림없었다.

이 상태로는 엄마한테 걸리고 말 거야. 다미는 불안감에 심장이 터질 것 같았다.

"알았으니까 엄마 제발……."

제발, 하면서 저를 올려다보는 다미의 눈빛이 애절했다. 근데도 왠지 괴롭히고만 싶었다. 이 상황에서도 제 밑에서 흐느껴 울고, 매달리는 그녀가 보고 싶어 죽겠다. 제가 이렇게 때와 장소를 못 가리는 못된 놈이었는지 싶다. 아무리 봐도 사디스트 기질이 있는 것 같았다.

다시 어느 한 지점을 누르자 다미가 파다닥 허리를 휘었다. 됐다. 여기야. 손가락에 힘을 주고 그곳을 더 자극했다. 검지와 중지에 진득하게 젖은 클리토리스를 끼우고 빠른 속도로 마찰시켰다. 찌걱찌걱 소리가 요란했다.

— 힘들더라도 죽을힘을 다해서! 알았지!

일순간 다미의 몸이 전기를 맞은 것처럼 뻣뻣하게 굳었다. 그리고 이내 전율에 잘게 몸을 떠는 것이 느껴졌다. 그 와중에 신음을 참느라 깨문 아랫입술에 깊은 자국이 생겼다.

— 이 계집애야. 왜 말이 없어. 엉? 너 그거 꽉 잡아야 해.

어머님의 말씀에 충실하기라도 하듯, 다미의 질 속이 제 손가락을 꽉꽉 물고 놔주지 않고 있었다. 더 이상은 참기 힘들다. 강철은 슬금슬금 몸을 세웠다.

"나 지금도 일하는 중이야. 하아. 집중해야 하니까 전화 끊어……."

끄응, 하고 정신을 차린 그녀가 전화기의 종료 버튼을 재빨리 눌렀다.

"하아, 하아, 하아……."

그동안 참았던 신음을 일시에 뱉어 내는 중이었다.

볼까지 새빨개져서 숨을 내뱉는 모습이 섹시하면서 귀여웠다. 저
여자를 제가 이렇게 만들었다는 만족감에 입꼬리가 휘었다.

"지금 이게 웃겨요? 난 심장 떨려 죽겠는데."

간신히 정신을 차린 다미가 눈을 흘겼다.

"그러게 누가 중요한 일 앞두고 전화받으래?"

강철이 다미의 한쪽 다리를 어깨에 걸치고 허리 짓을 했다.

"흡!"

"그래도 내가 이건 참았잖아."

능글맞게 웃으며 허리를 치받는 모습에 약이 올랐다. 그래도 삽
입은 안 했으니 고맙다고 해야 하는 건지, 원.

"상사 말 잘 들으라는 어머님 말씀 못 들었어? 상사를 기다리게
하다니, 이다미 씨 아주 불량 직원이야. 엉?"

"그럼 그 상황에 어떻게 해요?"

부끄러워 고개를 살짝 돌리며 딴청을 부렸다.

하지만 이내 강철이 다미의 턱을 살짝 잡아 제 얼굴을 쳐다보게
했다.

"일 잘하는 사람이라며? 그러면 우리 하던 일 계속해 볼까?"

"……."

"대답 안 해? 무리한 일을 시켜도 네네, 하라는 말씀에 알겠다고
했으면서."

"그거랑 이거랑 같아요?"

뻔히 다 알면서 장난스럽게 말하는 그가 얄미워 톡 쏘아붙였다.

"상사가 하라는 대로 나 죽었소, 하고 웃는 얼굴로 잘 따르라는
어머님 말씀 기억 안 나?"

다미는 아랫입술을 살짝 깨물었다.

"힘들더라도 죽을힘을 다해서! 알지?"

강철이 다시 힘찬 허리 짓을 시작했다. 햇살이 가득한 침실 안이 습한 열기로 가득 찼다.

11화
우리 결혼의 방해자

창립 기념일 다음 날 아침, 출근한 다미를 본 지훈의 눈이 휘둥그레졌다.

두꺼운 코트를 벗는 순간 그 안에 감춰져 있던 화사한 원피스 차림이 평상시와 다르기도 했지만, 그보다도 뭔가 사람의 분위기가 달라져 있었다. 한동안 우울한 얼굴이라 요새는 좀 얼굴이 폈나 싶더니 오늘은 아예 만개한 수준이었다.

"우와. 다미 씨 오늘 너무 힘준 거 아니에요. 너무 예쁘네요."

지훈의 칭찬에 다미가 한 손을 올려 입을 가리며 수줍게 웃었다. 사랑하면 예뻐진다더니 나날이 발전하는 외모를 감출 순 없는가 보다.

"근데, 옷이 좀 촌스럽네요. 그거 재작년 유행했던 디자인 아닌가?"

역시나 지윤이였다.

"아, 그렇다고 안 예쁘다는 건 아니고, 예뻐요. 다미 씨한테 아주 잘 어울리네요. 아주 잘."

그러니까 이 옷이 촌스럽긴 한데 촌스러운 나한테는 아주 잘 어울린다는 거지 지금? 지윤이 돌려서 전달하고자 하는 의미를 파악 못 할 정도로 다미가 바보는 아니었다. 하지만 그딴 말 따위가 다미를 자극할 수는 없었다.

'네, 제가 좀 촌스럽지만, 애인은 있어요. 하하하.'

사랑을 하니 욕이 욕같이 안 들리고 저런 심보를 가진 불쌍한 중생에 대한 연민이 일어날 정도였다.

이다미 이러다 성불하겠어. 슬금슬금 비어져 나오는 미소를 참지 못하고 지윤을 향해 활짝 웃어 주었다. 그 모습에 지윤이 파르르 어깨를 떨었다.

여기 있다가는 한 소리 더 들을 수도 있다.

"전 그러면 화장실 좀."

다미는 파우치를 들고 화장실로 줄행랑을 쳤다. 그리고 화장실의 거울 앞에서 요모조모 자신의 차림을 뜯어보았다.

어제 온종일 그에게 시달린 덕분에 온몸이 삐걱대고 있었다. 하지만 그런 신체적 고통과는 달리 기분은 구름 위라도 걷듯 붕붕 떠 있었다.

어젯밤 늦게 집에 들어갔을 때 집에는 아무도 없었다. 그러고 보니 라영이 이 자식도 외박을 한 듯했다. 만약 라영이 집에 있었으면 어기적거리는 몸 상태를 보고 눈치를 챘을 수도 있었을 텐데 천만다행임이 틀림없었다.

집에 돌아와 뜨거운 물에 몸을 녹이고 자고 일어났더니 아침에는 한결 몸이 가벼워져 있었다. 아침부터 손질한 머리가 차가운 바람에 엉클어지지는 않았는지, 마스카라가 번져서 판다 눈이 되지는 않았는지, 립글로스가 지워지지는 않았는지 찬찬히 살펴보았다.

모든 것이 완벽했다. 거기에 반짝거리는 눈빛과 발갛게 물든 볼이 스스로 보기에도 꽤 만족스러웠다.

화장실을 나오면서 본부장실 근처 복도에서 기영과 마주쳤다.

"안녕하세요. 이 팀장님."

"아, 다미 씨 좋은 아침입니다. 오늘 기분 좋은 일 있어요?"

"하하. 별일 없는데 그렇게 보여요?"

말을 하면서도 입가에 미소가 가실 줄을 몰랐다. 아이참, 이렇게 자꾸 티 나면 다 걸리는데. 두 손으로 볼을 감쌌다.

"근데, 지금 본부장실 가지 마요."

"왜요?"

"오늘 무슨 중요한 날이라고 회장님이 본부장님 데리러 오셨다는데 고성이 오가고 난리도 아니에요."

"아……."

잠깐 화장실에 다녀온 사이, 그가 출근을 했나 보다. 그런데 회장님과 싸우는 중이라니. 당장 가서 물어보고 싶었지만, 아직은 회장님 앞에 나설 용기가 나지 않았다. 그와 연애하고 있는 중인데 모르는 척했다가 나중에라도 알게 되시면 어쩌나 괜한 걱정이 되었다.

"이 팀장님 제가 커피 한 잔 사 드릴까요?"

다미는 회장님이 본부장실에 계시는 동안 잠깐 자리를 피하는 방법을 택했다.

그러자 기영은 다미를 빤히 바라보았다. 제가 열 번 백 번 사 줘도 모자를 판에 커피까지 사 준다니. 이런 여자는 제 인생에 처음이었다. 기영이 감격한 표정으로 다미를 따라나섰다.

"여기 캐러멜 마끼아또 두 잔 나왔습니다."

"네. 감사합니다."

양손에 테이크 아웃 컵을 받아 든 다미가 캐러멜 마끼아또 한 잔을 기영에게 건넸다. 그러자 기영이 어쩔 줄 모르겠다는 듯 부산스레 움직였다.

"아후, 제가 사 드려야 하는데 맨날 얻어먹기만 하네요."

"아니에요. 팀장님. 팀장님 덕분에 제가 이 좋은 회사에 취직했는데 이 정도는 약과죠."

게다가 어찌 되었든 이 회사에 들어오게 돼서 그도 다시 만나게 되었다. 생각해 보니 커피 한 잔으로 될 일이 아니었다.

"더 근사하게 한턱 쏴야 하는데, 우리 소고기 먹으러 가게 언제 날 한번 잡아요. 제가 쏠게요!"

다미의 말에 기영의 얼굴이 터질 듯 환해졌다. 다미도 빙그레 웃어 주었다.

"지금 사무실은 난리가 났는데 이다미 씨는 팔자가 좋네요?"

저 여자는 왜 저 있는 곳만 와서 이 난리일까? 팔짱을 낀 채 저희를 노려보고 있는 지윤의 목소리였다. 그나저나 저뿐만이 아니라 이 팀장님도 저 여자한테 미움을 받고 있었나 보다. 둘을 훑는 시선이 아주 벌레 보듯 못마땅해 보였다.

"지윤 씨도 한 잔 사 드릴까요?"

오늘만은 내가 이 구역의 마더 테레사라는 마음가짐이 절로 들었다.

"됐어요."

팔짱을 낀 채 흥, 하며 지윤이 몸을 홱 돌렸다. 그 말투가 아주 한겨울 서릿발 같았다. 그 모습에 이 팀장님 역시 표정이 잔뜩 굳어 있었다. 아주 윗사람한테까지 행패를 부리는 캐릭터였구먼.

"이 팀장님, 지윤 씨는 신경 쓰지 마시고 달달한 거 한 잔 쭉 들이켜세요."

덩치만 컸지 한없이 여려 보이는 이 팀장의 등을 토닥여 줬다.

卍

그리고 이 팀장에게 밥을 사 줄 기회는 며칠 지나지 않아 찾아왔다. 퇴근 시간이 가까워졌을 즈음 기영에게서 전화가 왔다.

"네, 사보팀 이다미입니다."

— 다미 씨, 저 이기영입니다.

"네, 이 팀장님."

— 저, 혹시 조금 있다가 퇴근하고 시간 괜찮으면 저랑 같이 식사하실래요?

어차피 강철은 오늘 중요한 일이 있다며 먼저 퇴근을 한 터였다.

"이 팀장님이랑 저녁을요? 아, 그럼 제가 한턱내기로 한 거 오늘 저녁으로 할까요?"

다미의 통화 내용에 건너편에 있던 지윤의 어깨가 움찔했다.

— 아니, 꼭 소고기 때문에 그러는 건 아니고요. 저희 작은아버지 아시죠? 다미 씨 아버님이랑 친구분이시라던. 작은아버님이 다미 씨 꼭 보고 가야겠다고 이따가 데리고 나오라고 하셔서요.

말을 전하는 기영의 목소리에 미안함이 잔뜩 묻어났다. 하지만 자신을 이곳에 취직시켜 주신 고마운 분들이다. 먼저 연락을 드리고 감사 인사를 전해도 모자를 판이었다. 그러면 오늘 내가 저녁 대접 하면 되겠네.

"당연하죠. 이 팀장님이 부르시면 언제든 달려가야죠."

— 아, 다행입니다. 그러면 회사 끝나고 길 건너 H호텔 카페로 오세요. 작은아버님이 조금 일찍 오셔서 지금 거기서 기다린다고 하시네요.

"H호텔 카페요? 네 알겠습니다. 그러면 이따 그곳에서 뵐게요."

기영과의 전화를 끊고 퇴근 시간이 되자, 코트를 입고 가방을 챙기며 지윤과 지훈에게 인사를 했다.

"그러면 전 약속이 있어서 먼저 가 보겠습니다."

"다미 씨 요새 점점 예뻐지더니 정말 데이트 있나 봐요."

지훈의 말에 곧이어 날아올 줄 알았던 지윤의 독설이 들리지 않았다. 웬일인가 싶어 지윤을 쳐다보니 안색이 파리해 보였다.

"지윤 씨 어디 아파요?"

그래도 아프다는데, 사람 마음이 뭔지 걱정스러운 마음에 안부를 물었다. 하지만 고개를 푹 숙인 지윤은 입술만 깨물고 있을 뿐 별 반응이 없었다.

"지윤 씨 많이 아픈가 보네. 의무실 가서 약이라도 갖다 줘요?"

미운 정도 정인지 아프다니 걱정이 되었다. 하지만 고개를 숙인

지윤은 다미의 말에 어떠한 대꾸도 없었다. 어디가 아픈지 말해야 약이라도 갖다 주지. 말도 안 하는데 옆에 계속 있어 봤자 이 팀장님과의 약속에만 늦을 판이었다.

"그러면 집에 가서 푹 쉬고 내일 봐요."

인사를 건네는 다미의 말에도 지윤은 고개 숙인 자세 그대로였다.

회사를 빠져나오는 길 건너편에 위치한 H호텔의 커피숍으로 향했다. 커피숍에 들어서 한쪽을 쓱 훑어보니 소파들 사이로 쑥 삐져올라온 기영의 머리가 한눈에 들어왔다. 종종걸음으로 기영이 있는 테이블 앞에 섰다.

아저씨와 이 팀장님이 기다리고 있을 거라고 예상한 것과는 달리 기영 혼자였다.

"안녕하세요, 이 팀장님. 아저씨는요?"

다미를 본 기영은 벌떡 일어나더니 부산하게 엉덩이를 들썩이며 맞은편 자리를 두 손으로 가리켰다.

"급한 일이 있으시다고 먼저 가셨어요. 마음만으로도 고맙다며 전해 달라셨어요. 이쪽으로 앉으세요."

"에이, 꼭 음식 대접 하고 싶었는데 아쉽게 됐네요."

다미가 자리에 앉으며 집에서 처리하기 위해 챙겨 온 서류 쇼핑백을 소파 옆쪽에 곱게 세워 놨다. 그런 다미의 모습을 보는 기영의 표정이 부자연스러웠다. 좀 전에 가신 작은아버지의 말씀이 떠올라 얼굴이 붉게 달아올랐다.

'야 이놈의 자식아, 네 나이가 이제 서른둘이여 서른둘. 예전 같았으면 애가 초등학교 들어가고도 남을 나이여. 회사에 그리 니 좋다는 여자가 없는 겨? 그라면 춘식이 딸내미랑은 좀 워뗘? 그 집구석이 애비 성격이 지랄 맞아서 그라지 딸내미 얼굴은 이쁘장 하드만, 그 처자는 어떤 겨? 얼래? 이놈의 자식 지금 얼굴 뻘개 지는 겨? 네놈도 마음이 없는 것은 아닌가 벼. 그럼 내 자리를 마련해 줄 테니 잘혀 봐.'

오지랖 넓은 작은아버지는 이참에 고백이라도 해 보라고 서둘러 자리를 피했다. 갑자기 닥친 막중한 임무에 입 안이 바싹바싹 말랐다. 기영이 테이블 위에 놓인 물 잔을 들어 벌컥벌컥 마셨다.

"아저씨는 안 계시지만 그럼 제가 아저씨 몫까지 2인분! 이 팀장님께 쏠게요."

다미가 두 손가락을 펴 들며 2인분을 강조했다.

"뭐 드시고 싶으세요? 소고기? 초밥? 한정식?"

다미는 주변의 괜찮은 식당들을 떠올려 보았다. 저번에 보니까 이 팀장님도 소고기 좋아하시던데 소고기나 먹으러 갈까 하는 생각에 다미가 고개를 갸웃거렸다.

지훈은 그 모습이 너무 예뻐 보였다. 그리고 갑작스럽게 마련된 자리에 저 혼자 안절부절못하여 목이 탔다. 앞에 놓인 오렌지 주스 잔을 들어 벌컥벌컥 마셨다.

그때 다미가 앉은 소파 뒤로 지윤이 카페 안으로 들어오는 것이 보였다. 허리를 꼿꼿하게 세우고 턱을 높게 치켜든 모습이다. 게다 가 자신을 뚫어져라 쳐다보면서 이쪽으로 다가오고 있는 게 한 마리의 고양이가 따로 없는 모습이었다.

기영은 저렇게 앙칼진 모습에 괜스레 주눅이 들었다. 언젠가 본 적 있는 그 표정에 가슴부터 덜컥 내려앉았기 때문이다.

나이로 보나 연차로 보나 지윤은 기영보다 한참 아래였다. 처음 신입 사원으로 입사했을 때에는 생글생글 잘 웃기도 하고, 주임님 밥 사 주세요, 하고 잘 쫓아다니기도 했다. 그런 지윤이 예뻐서 잠깐 마음에 품기도 했다.

하지만 주변 선후배들이 모두 지윤을 어떻게 보는지 알기 때문에 금방 마음을 접었다. 괜히 6살이나 어린 아가씨한테 추잡스러운 꼴은 보이고 싶지 않았다.

그래서 얼마 전에는 잘나가는 외교관 후배와 소개팅도 시켜 주었다. 그날 밤 전화를 건 지윤이 어떻게 그런 사람을 소개시켜 줄 수 있느냐는 둥 이 팀장님 실망이라는 둥 소리를 질렀다.

매너가 별로였나? 얼굴이 별로였나? 집안이 별로였나? 자기 기준에는 꽤 괜찮아서 소개해 준 것인데 마음에 들지 않았나 보다. 역시 예쁜 만큼 남자를 보는 기준이 높은 여자라 생각했다.

그리고 저 눈빛은 소개팅 다음 날, 그러니까 다미 씨가 처음 출근하던 날 자신을 노려보던 그 눈빛과 똑같았다. 사람이 미우면 그 사람과 관계된 것까지 다 미운 건지 다미 씨 관련 일을 부탁할 때마다 뾰족뾰족하게 해 대는 통에 다미 씨에게도 미안할 지경이었다.

그런데 지금, 그 눈빛으로 자신에게 다가오는 지윤을 보자 기영은 모골이 송연해졌다.

열 걸음, 다섯 걸음, 세 걸음, 두 걸음, 한 걸음.

기어이 늘씬하게 쭉 뻗은 다리가 제 테이블 옆에 섰다. 그제야 지윤의 존재를 느낀 다미가 고개를 들어 지윤을 올려다보았다.

"어? 지윤 씨 아프다면서 여긴 웬……."

말을 다 하기도 전에 지윤이 다미의 옆에 냉큼 앉았다. 갑작스러운 지윤의 등장에 당황한 건 다미와 기영이었다. 지윤은 비장한 표정으로 허리를 꼿꼿하게 세운 채 테이블 한가운데만 노려보았다.

'이 팀장님이 지윤 씨 불렀어요?'

'아니요. 전 아니에요. 그럼 다미 씨가 부른 것도 아니에요?'

지윤의 기세에 눌린 두 사람이 눈빛으로 이게 어찌 된 영문인지 서로에게 물었다.

아프다는 사람이 여기 왜 와 있는지도 모르겠고, 이 팀장님한테 한턱내는 타이밍에 지윤의 밥까지 사 주어야 하는 거 아닌가 고민이었다.

"저, 그러면 이 팀장님 저희 저녁은 소고……."

"술 한잔해요."

다미가 조심스럽게 말을 꺼내려는 찰나 지윤이 다미의 말을 중간에 잘랐다.

너랑 나랑 이 팀장님이랑? 우리가 언제부터 그런 사이가 되었느냐고 물을 새도 없었다. 자신의 말만 내뱉은 지윤이 자리에서 일어났기 때문이다. 비장한 지윤의 표정에 둘은 거절할 수가 없어 그대로 앞서가는 지윤을 따라갈 수밖에 없었다.

커피숍을 나오자마자 눈에 띄는 바로 옆 건물 호프집으로 들어간 지윤은 술과 간단한 안주를 주문했다. 맥주가 나오자 지윤은 재빨리 자신의 잔을 채우더니 한입에 맥주를 털어 넣었다. 그리고 맥주잔을 내려놓기도 전에 다시 잔을 채우고 마셔 대기를 반복했다.

"지윤 씨 무슨 안 좋은 일 있어요?"

다미의 질문에는 답도 없었다. 검은 오라만 마구 풍겨 내고 있을 뿐이었다. 요새 안 그래도 평상시에 짜증을 많이 부리던데, 지금 분위기는 근래의 어떤 날과도 비교할 수 없을 정도였다.

근데 기분 나쁜 일 있음 자기 친구들 만나서 마실 것이지, 왜 우리 사이에 껴 있는지 알다가도 모를 일이었다.

"이 팀장님 저 술잔 비웠는데 한 잔 안 주세요?"

제 말은 무시하더니, 이 팀장님을 노려보고 술이나 내놓으란다. 오늘의 타깃은 저 양반인가? 벌써 순식간에 2000cc는 넘게 마셨다. 더 줘야 하나 말아야 하나 맥주 피처 병의 손잡이를 잡은 기영이 안절부절못했다.

그러자 지윤이 답답하다는 듯 후, 하고 길게 한숨을 쉬었다.

"팀장님은 왜 이렇게 친절해요?"

"네?"

"왜 저한테도 친절하고, 수현 씨한테도 친절하고, 특히 또 이다미 씨한테는 아주 많이 친절하고……. 왜 이렇게 친절하냐고요."

지윤의 짜증 섞인 질문에 기영은 말문이 막혔다. 아니, 언제부터 대한민국에서 친절함이 미덕이 아닌 다른 사람의 질타를 받아야 할 행동이 되었을까? 아메리칸 스타일의 여성들에게 친절함이란 그 존재 자체만으로 사람을 짜증 나게 하는 일종의 오지랖처럼 느껴지는 걸까?

"친절한 게 죄인가요?"

기영의 질문에 지윤이 이번에는 도끼눈을 하고 기영을 노려보았다. 꼭 깨문 아랫입술이 바들바들 떨렸다. 그 눈빛에 기영은 뒷골이 서늘해짐을 느꼈다. 그런데 매섭게 노려보던 세모꼴 눈이 점점 빨개지더니 눈물이 차올랐다.

"죄예요!"

카랑카랑한 지윤의 목소리에 옆 테이블의 시선들까지 모두 집중되었다.

죄가 맞나 보다…….

지윤이 죄라니까 죄인 거고, 사람을 저렇게 울리기까지 하는 거 보니 자신의 친절이 사회 4대 악보다 더 나쁜 죄처럼 느껴지기에 충분했다.

"왜 이 사람 저 사람한테 다 친절하냐고요! 자꾸 어디 아픈 데는 없냐고 챙겨 주고, 주말에 근무하면 꼭 같이 밥 먹자고 하고, 사람 마음 흔들어 놓고, 왜 이 여자 저 여자한테 다 흘리고 다니느냐고 이 나쁜 놈아."

울먹이던 목소리로 말하던 지윤이 결국엔 목 놓아 울기 시작했다. 그러자 초점 잃은 기영은 거의 패닉의 상태에 빠져 있는 것처럼 보였다.

아, 그러니까 지금 이게 사랑을 고백하는 장면인 거지? 그제야 지윤이 그동안 저에게 보여 줬던 행동들이 이해가 갔다. 자기를 챙겨 주던 친절한 이 팀장님에게 신경질을 부리던 지윤 씨였다. 게다가 술집 한복판에서 이 추태라니. 아, 정말 사랑에 빠진 사람은 추하다 추해. 나는 저런 모습 보이지 말아야지, 하며 다미는 가방을 들고 조용히 술집을 나왔다.

호프집을 나와 버스 정류장으로 향했다.

사람이란 참 언제 어떤 인연을 만날지 모르는 거다. 누가 나의 인연이 될지 모르니 인생은 더 재미있는 건가?

하긴, 내가 그 다비드와 이런 로맨스 영화를 찍게 될 줄이야. 피식 웃음이 새어 나왔다.

집에 가서 일해 놓고 주말에 강철 씨랑 놀아야지, 생각하다가 서류들을 담아 놓은 쇼핑백이 없다는 것을 깨달았다.

어? 어쩌지? 미친 듯이 기억을 더듬다가 호텔 카페에 쇼핑백을 두고 나온 게 생각이 났다. 그녀는 다시 잰걸음으로 호텔로 향했다.

호텔 커피숍에 들어가 직원에게 물어보니 안쪽에서 서류가 든 쇼핑백을 꺼내 주었다.

"감사합니다."

하지만 인사를 하고 뒤를 돌아선 순간, 다미는 강철을 보았다.

정확히 말하면, 강철과 그의 앞에 있는 여자를.

더 정확히 말하면, 이십 대 중반의 고급스러운 차림과 세련된 화장, 그리고 그들 사이에 놓인 커피 두 잔이 지금 그들이 선을 보고 있다는 사실을 명확히 보여 주는 그런 장면을 본 것이다.

그렇게 멋있게 차려입고 와서 볼일이 있다는 게 선이었어? 순간 뒤통수를 커다란 망치로 한 대 얻어맞은 것처럼 멍해졌다. 한순간 심장이 툭 바닥에 떨어졌다. 그가 한쪽 입꼬리를 올리며 슬쩍 웃는 미소에 숨이 턱 막혔다.

세상에 드라마에서나 보던 장면이 나한테 일어날 줄이야. 갑자기 자신이 지금 서 있는 곳이 캄캄한 우주의 한 공간처럼 느껴졌다. 머릿속과 눈앞이 캄캄해지고 그의 빛나는 미소만 보였다. 어제는 온통 나를 향해 있던 미소가 오늘은 다른 여자를 향하고 있다는 사실에 심장을 발로 뭉갠듯 쥐어짜이는 고통이 느껴졌다.

어떻게 사랑이 변할 수 있는지, 지금 당장 그에게 가서 사랑한다고, 당신은 나를 더 이상 사랑하지 않느냐고 바짓가랑이라도 잡고 싶었다.

아니, 어쩌면 저 여자는 사랑이 아닐 수도 있었다. 요새 회장님의 노여움이 점점 심해지고 있다는 얘기를 들었다. 이러다가는 후계자의 자리에서 쫓아낼 거라는 소문도 휴게실에서 들었다. 그건 아니겠지 하고 넘어갔는데, 진짜일까? 회사를 위해 지금 저 선 자리에 나온 것일까? 이런 것이 재벌의 삶이란 말인가. 다미의 손발이 덜덜 떨려 왔다.

나를 보면서 부드러운 눈빛, 따스한 손길, 갈망하던 몸짓을 보여 주더니, 결혼은 다른 여자와 하겠다는 건가. 나에게 보여 주었던 그 모든 것이 사실은 사랑이 아니었을까? 그와 함께한 시간과 감정이 결국엔 아무것도 아닐 수 있다는 사실에 하늘이 무너지는 기분이었다.

내가 지금 그 앞에서 할 수 있는 말이 무엇이란 말인가. 이제 난 저 사람의 인생에서 그냥 조용히 사라져야 하는 걸까? 눈시울이 뜨거워졌다. 차오르는 눈물에 그의 얼굴이 더 이상 보이지 않았다. 이제 얼마 안 있으면, 저 사람의 인생에서 내가, 나의 인생에서 저 사람이 이렇게 사라지겠지?

그런 생각만으로도 갑자기 숨조차 쉬는 것이 버거워졌다. 다미는 두 다리에 힘이 풀려 풀썩 쪼그려 앉았다.

내가 이럴 줄 알고 공개 연애 안 한 거야. 암, 잘했어. 잘했고말고. 이 상황에서 우리 둘이 사귀었다는 소문이 돌았어 봐. 내가 어떻게 저 회사에 다녀? 그녀는 스스로 위로할 거리를 찾았다.

그런데 또 그와 헤어지고 저 남자가 저 여자랑 결혼하면 내가 그 회사를 어떻게 다녀? 그 꼴을 어떻게 보면서 다닐까, 란 생각이 들었다. 젠장, 연애는 둘이 했는데 피해는 꼭 여자가 봐야 하지.

땅바닥에 패대기쳐졌던 심장이 꿈틀대더니 벌떡 일어나는 기분이었다. 가슴이 미친 듯이 쿵쾅대기 시작했다. 도도하게 가서 물이라도 뿌리고 너 없이도 잘 살겠다며 따귀라도 날려? 아니면 텔레비전에서 본 것처럼 이대로 그냥 사라져서 궁금해 죽게 해?

어떻게 해야 나중에 후회하지 않고 그나마 후련할 수 있을까 생각했다.

그리고 이내 마음을 다잡은 다미가 두 사람 쪽으로 발걸음을 옮겼다. 다가가면서 점점 선명해지는 그의 웃는 모습에 마음속에서 뜨거운 것이 치밀어 올랐다.

"저, 잠깐 실례해도 될까요?"

대화하느라 정신없던 두 사람이 다미의 목소리에 고개를 돌렸다. 그와 여자의 당황한 표정을 보니 왠지 기분이 조금 풀리는 것도 같았다. 하지만 이럴 때일수록 정신을 똑바로 차려야 한다. 텔레비전 속 도도한 여주인공들이 그랬듯 턱을 한껏 치켜들었다.

"그럼, 좀 앉겠습니다."

다미가 강철의 옆으로 엉덩이를 들이밀자 강철이 옆으로 비키며 자리를 내주었다. 그래도 모르는 척은 하지 않았다는 것이 자그마한 위안을 주었다. 허리를 꼿꼿이 펴고 최대한 당당한 모습으로 턱을 치켜들었다.

지면 안 돼, 이다미! 저 여자가 비록 너보다 키도 크고, 얼굴도 예쁘고, 돈도 많아 보이고, 조금 잘난 것 같지만 일단 이 남자의 소유권은 너한테 있다고!

"오강철 씨랑 선보러 나오신 분인가요?"

여자가 입을 떼려고 했다. 하지만 일단은 내가 말하는 게 먼저다. 저 여자가 말하는 걸 들어 주기 싫었다. 손가락을 들어 검지를 입에 갖다 댔다. 그 모습에 여자가 어깨를 으쓱하고 소파에 몸을 기댔다.

"잠깐. 이 남자랑 제가 먼저 이야기 좀 하고요."

여유 있는 미소를 지어 보였다. 하지만 미소 짓는 입가에 작게 경련이 일었다. 알아서 해 보라는 듯 여자가 흥미로운 표정으로 팔짱을 꼈다. 갑작스러운 자신의 등장에도 저렇게 태평한 모습이라니. 저것이 가진 자의 여유인가? 다미는 미치도록 질투가 났다.

네가 어떻게 나한테 이럴 수 있느냐고 멱살이라도 쥐고 싶었다. 아까 지윤의 태도가 이해가 갔다. 다미는 바들바들 떨리는 손을 꼭 쥐었다.

"나랑 사귀는 거 이 여자분에게 얘기했어요?"

최대한 차분한 목소리로 나긋하게, 천천히 물었다.

"아, 아니."

당황한 표정이 역력했다. 그래, 텔레비전에서도 몰래 선보다 걸리면 그런 표정을 짓더라.

"후—"

자꾸만 턱턱 숨이 막혀 길게 심호흡을 했다.

"그렇게 결혼이 빨리하고 싶어 미치겠어요?"

"그건 그렇지."

떨떠름한 얼굴로 그가 대답했다. 그렇게 사랑한다고 속삭여 놓고 인제 와서? 나랑 결혼하고 싶은 게 아니라 그냥 결혼이 급한 거였어?

그동안 그가 보여 준 모든 것이 진심이라고 믿었었다. 자기를 보는 뜨거운 눈, 따뜻한 품이. 그런데 그 모든 것이 거짓이었다니. 뜨거운 것이 울컥 치밀어 올랐다.

"아무리 그래도 그렇지. 2년을 못 기다리고 선을 봐요?"

화난 목소리가 툭 튀어나왔다. 교양 있게 끝내려고 했는데 아무래도 어려울 것 같았다.

"저기요. 이 남자가 지금 저랑 사귀는 중이거든요. 그것도 아주 깊게. 이 남자가 저한테 결혼하자 그랬는데 제가 지금 결혼 준비가 안 되서 2년 정도 있어야 하는 상황이거든요. 그래서 제가 결혼을 좀 미루자고 했더니 홀랑 나와서 선을 보고 있네요? 그쪽 분 보아하니 더 좋은 남자도 많이 만나실 수 있을 것 같은데, 이딴 남자 뻥 차 버리고 가시죠?"

앞에 앉은 여자의 눈이 커졌다. 이런 광경이 어이가 없는지 입까지 떡 벌리고 다미와 강철을 번갈아 보았다. 그래, 교양 있는 아가씨가 이런 막장을 어디서 봤겠어. 다미는 이해가 갔다.

이 정도 말하면 그도 부끄러운 척이라도 할 줄 알았다. 그런데 여유로운 표정으로 팔짱을 끼고 등까지 아예 소파 깊숙이 묻었다. 그는 뭐가 답답한지 하— 하는 한숨 끝에 피식, 하고 웃기도 했다. 저건 몰래 선을 보다 걸린 사람의 부끄러운 태도가 아니었다.

오강철 본부장님, 몰랐는데 무서운 사람이네?! 뭐가 잘나서 저를 그렇게 쳐다보나 싶어 고개를 바짝 들고 강철의 눈을 피하지 않았다. 강철을 찌를 듯한 다미의 독기 어린 눈빛과 그런 다미를 어이없게 바라보는 강철의 시선이 허공에서 얽혔다.

미안해하는 기색이라고는 눈곱만큼도 없는 그의 태도에 심장이 갈기갈기 찢기는 듯했다. 갑자기 결혼 못 해 죽은 귀신이라도 붙었나. 결혼 타령 했던 것도 밉고, 이렇게 결혼할 거면 자기를 흔들지나 말지, 사람 속까지 다 흔들어 버리고 자기는 결혼한다고 이래 버리면 나는 어쩌란 말인가.

낙동강 오리알도 아니고 오리알이 바스락 산산이 으깨진 기분이었다. 그 망할 놈의 점쟁이한테 가서 머리털을 죄다 뽑아 버려야지. 꽉 쥔 두 손이 부들부들 떨렸다.

"결혼 못 해 죽은 귀신이 붙었냐? 한 2년 있다가 하면 안 되는 거야? 아니, 고작 23개월인데 그때 되면 나 적금 타는데!"

기어이 테이블을 넘는 고성이 튀어나왔다. 카페의 손님들과 주변 사람들의 시선이 둘에게 꽂혔지만, 그딴 것에 신경을 쓸 겨를이 없었다.

"철아, 괜찮아?"

강철과 이야기를 나누던 여자였다. 말투는 걱정하는 듯했지만, 표정은 묘하게 이 상황을 흥미롭다는 듯 지켜보고 있었다. 하지만 당황한 다미는 그 여자의 눈빛까지는 확인하지 못했다. 다만 그의 이름을 부르는 여자의 목소리에 머리가 혼란스러워졌을 뿐이다.

선보러 나온 여자가 상대방 남자의 이름을 저렇게 부를 확률이…….

"어, 누나 먼저 올라가. 내 얘기는 잘 둘러대고."

어서 빨리 가 보라며 문 쪽으로 턱짓했다.

맙소사.

"응, 그래."

주섬주섬 짐을 챙기면서도 눈은 다미를 탐색하느라 빛났다.

누나? 제가 알기론 강철에게 누나가 없다. 그럼 누구란 말인가.

맞은편 여자가 일어나며 긴 코트를 왼쪽 팔에 걸쳤다. 그리고 가방을 들더니 고개를 살짝 숙이며 인사했다.

"그럼 시간 되면 다음에 또 봐요."

살포시 미소를 머금은 얼굴로 둘을 번갈아 보더니 활짝 웃어 보이기까지 했다.

다미는 유유히 떠나는 늘씬한 여자의 뒷모습을 멍하니 보았다.

뭔가, 지금 엄청난 짓을 저지른 것 같았다. 제정신이 돌아오면 하늘 아래 있는 게 부끄러워질 수도 있다. 그러기 전에 어두운 땅굴을 찾아다녀야 할 것 같았다.

발에 힘을 주고 발딱 일어나려고 했다. 하지만 일어서려던 다미는 다시 소파에 푹 주저앉고 말았다. 강철이 코트의 목덜미 부분에 손가락을 걸고 있었기 때문이다.

"가긴 어딜 가? 어때? 정신이 좀 드시고?"

오래간만에 듣는 까칠한 말투였다. 강철은 한심하단 눈빛으로 다미를 내려다보았다. 정신이 드는 게 문제였다. 정신이 완전히 들기 전에 여길 떠나야 하는데…….

그럴 수 없을 것 같았다. 망했다. 어색하게 웃음을 지어 보였다.

"이제 끝난 거야?"

"끝이요?"

설마 이딴 일로 진짜 헤어지자고 하려나? 동공이 흔들리고 어깨가 자꾸만 움츠러들었다. 두려움 가득한 눈으로 그를 올려다보았다.

조금 전까지 그렇게 바락바락 화를 내더니 그사이 벌써 처량한 표정으로 변해 있었다. 그는 변화무쌍한 다미의 얼굴을 물끄러미 내려다보았다. 그녀는 살짝 베어 문 입술 사이로 길게 한숨을 내쉬며 숨을 골랐다.

"카페 한복판에서 사랑하는 남자한테 배신당한 여자 코스프레는 끝났냐고."

옆에서 귀를 쫑긋 세우고 있던 사람들이 고개를 돌리고 킥킥대는 소리가 들렸다.

'네, 그 코스프레도 끝났고, 제 인생도 여기서 끝난 것 같네요.'

얼굴이 화끈거렸다. 고개를 숙이는 것으로도 모자라 눈을 질끈 감았다.

"정신 차린 것 같네. 그럼 어디 가서 얘기 좀 하지?"

강철이 흐느적거리는 그녀의 허리에 팔을 두르며 일으켜 세웠다.

강철은 객실에 들어선 후에야 다미의 허리에 둘렀던 팔을 풀었다. 성큼성큼 소파 쪽으로 이동한 그는 재빨리 재킷을 벗었다. 조금 전 당황스러운 사태의 여파인지 온몸을 옥죄는 옷이 답답해졌기 때문이다.

넥타이를 풀며 다미를 바라보았다. 목 단추를 두 개 풀고, 소매 단추도 풀어 걷어 올렸다. 이제야 좀 살 것 같다.

하지만 그나마 안정을 되찾은 그와는 달리 다미는 아직도 약간 긴장한 듯 보였다.

"전통 악기 다루는 걸 좀 배워 보면 어때?"

"그, 그게 무슨 말이에요?"

"어찌나 북 치고 장구 치고를 잘하는지 아주 멀티플레이어의 재능을 타고난 것 같아서 말이야."

그의 농담을 이해한 다미는 얼굴이 화르르 달아오른 채 발딱 일어났다.

"이제야 좀 이다미 같네."

강철은 냉장고로 가서 탄산수 두 병을 꺼냈다.

안 그래도 민망해 죽겠는데 꼭 저렇게 확인 사살을 해 주는 그를 얄밉게 쳐다보며 다미는 다시 소파에 털썩 앉았다.

"아까 그 장면 보고 오해 안 할 여자가 어디 있어요?!"

따지는 목소리였지만 평상시보다 풀이 꺾인 것이 틀림없는 목소리였다.

"오해한 건 인정하나 보지?"

탄산수 한 병의 뚜껑을 딴 후 다미의 앞에 내려놓으며 옆에 앉았다. 다미는 강철의 말에 입을 꾹 다물고 객실 바닥에 깔린 버건디 카펫의 문양만을 쳐다보았다.

도대체 그는 왜 이 시간에 다른 여자랑 호텔 카페에서 만나 사람을 오해하게 만들었을까? 그러면 선은 안 본 건가? 다미는 궁금한 게 많아졌다.

"오늘 아버지 생신 모임이 있어. 요 위에 있는 레스토랑에서."

그가 검지로 천장을 가리켰다. 그녀의 머릿속에 들어갔다 온 듯, 궁금한 걸 콕 짚어 말해 준다.

"네?"

"오늘 아버지 생신 모임에 데리고 가서 인사를 시킬까 싶어 저 번에 슬쩍 떠봤더니 아직 결혼 생각 없다고 해서. 그런 상황에 인 사드리면 부모님께 들들 볶일 게 뻔하니까 조용히 왔어. 괜히 말하 면 또 부담스러워할까 봐."

"아……."

그의 말을 들으니 그제야 그 모든 것이 이해가 갔다. 저번에 차 안에서 물어봤을 때, 자신이 결혼에 대한 이야기를 피하는 걸 보고 그 나름대로는 부담을 주고 싶지 않아서 그랬던 거였다. 그러니 오 늘의 약속도 자세히 설명할 수 없었겠지.

그는 이렇게 자신을 배려해 주었는데 참 어처구니없는 짓을 저 질렀구나, 후회되었다.

"미안해요……."

정말 스스로 생각해도 뻔뻔하기 그지없는 말이었다. 사람을 그렇 게 망신을 줘 놓고선 겨우 미안해요, 한마디라니. 하지만 정말 그 말밖에는 다른 할 말이 없었다.

"그 혼자 설레발치는 버릇은 할머니 돼서도 그럴 거야?"

그가 다미의 볼을 살짝 쥐고 흔들었다. 그녀의 설레발 때문에 매 번 당하기는 하지만 어쩐지 기분이 나쁘지만은 않았다. 아니, 흰머 리 꼬부랑 할머니가 되어도 저렇게 혼자 삽질하는 모습을 그려 보 니 오히려 귀엽기까지 했다. 정말 벗어날 수가 없는 여자네.

"근데, 그 전에 결혼하는 데 2년이 필요하다는 이야기는 뭐야?"

"아……."

그러고 보니 그에게 자신의 계획을 말해 준 적이 없었다. 진즉에

서로 간에 이런 이야기도 좀 하고 그랬어야 했는데.

"나 이제 사회생활 시작해서 결혼할 준비가 하나도 안 되어 있어요. 지금 적금 부으니까 2년 후에는…… 결혼할 수 있어요."

눈을 살짝 내리깔고 기어들어 가는 목소리로 말했다.

"지금 그러니깐, 우리 결혼의 장애가 적. 금. 만. 기. 일이란 거야?"

그는 믿을 수 없다는 표정이었다. 그래, 재벌들이 어디서 적금 만기일에 맞춰 결혼한다는 이야기를 들어 봤겠어. 특히 적금 만기일이라는 단어를 하나하나 콕콕 짚어 내뱉는 말에 가슴이 쿡쿡 쑤셨다. 하지만 저로서는 지금 당장 결혼할 여력이 정말 없었다.

치맛자락을 움켜쥔 손에서 땀이 났다. 다미가 아무런 말을 못 하고 손만 꼼지락거리자 강철도 아무런 말이 없었다. 어색한 침묵이 공간을 휩쌌다.

"내가, 못 기다리겠다고 하면?"

놀라 그의 눈을 쳐다보았다. 그냥 말장난이겠지? 난 놀리려는 거겠지? 설마 2년을 못 기다려서 저와 헤어질까란 생각이 들었다. 하지만 표정을 읽을 수 없는 그의 얼굴에 심장이 철렁 내려앉았다. 진짜 그럴 수도 있겠구나 싶어 두려움이 일었다.

한 번도 생각해 본 적 없었다. 그가 못 기다릴 수도 있다는 걸. 2년 후에는 내가 원하는 대로 준비해서 결혼할 수 있을 거라 생각했다.

"우리 집에서 결혼 재촉 하는 거 알지?"

다미가 천천히 고개를 끄덕였다.

"우리 아버지가 성격이 좀 급하시거든? 아마 날 가만 안 놔두

실걸?"

알고 있다. 그의 아버지가 계속 그를 재촉하는 것을. 회사에 소문 다 났으니까.

"아마 지금 위에 올라가면 선보라고 말한 아가씨가 진짜 와 있을지도 모른다고."

그가 기다란 손가락으로 천장을 콕콕 가리켰다.

"오늘 이 자리가 상견례 자리가 될지도 모르지. 아마 다음 달쯤에는 결혼식장에 들어갈 수도 있겠군."

마치 남 얘기라도 하듯 그가 어깨까지 으쓱였다. 아까 오해라고 생각했던 일들이 진짜로 벌어질 수도 있었다. 지금 저 남자는 나에게 이별할 수도 있다는 걸 말하고 있는 거다.

다미가 혼이 나가 멍하니 바라보기만 하자 그가 마지막 쐐기를 박았다.

"그런데도 그 적. 금. 만. 기. 일이 중요하다면 어쩌겠어. 난 이만 위층에 가 봐야겠군."

혹시라도 다미가 못 들을까 봐 얼굴을 그녀의 코앞까지 들이대고 친절한 톤으로 속삭였다. 그러자 갑자기 위층에서 상견례를 하는 그의 모습이 그려졌다. 상상만으로도 끔찍해 눈을 질끈 감았다.

"안 돼요!"

어디서 그런 초인적인 힘이 났는지 모를 일이었다. 자기보다 머리 하나는 큰 남자를 뒤집어 소파에 눕히고 그 위에 올라탔다.

급한 마음에 올라타긴 탔는데, 어쩌지 못하고 있는 그녀와는 달리 밑에 깔린 그는 아주 여유로워 보였다.

"왜? 아직 할 말이 더 남았어?"

아예 좋은 구경거리라도 생긴 듯 한쪽 팔을 베고 여유 있는 표정으로 그녀의 표정을 관찰했다. 이상하게 그의 표정에 웃음이 스쳐 갔지만 지금 그런 걸 생각할 상황이 아니었다. 그를 이대로 보내면 저 위에 올라가서 선보고 바로 결혼식장에 들어가는 그를 봐야 할지도 모른다.

어쩌지? 어쩌지? 이대로 그를 보낼 수도 없고, 그렇다고 지금 당장 결혼하자고 말할 수도 없었다. 이러지도 저러지도 못하는 두 눈이 불안으로 흔들렸다.

"할 말 없으면 이만 나는 가고."

다미의 밑에서 그가 몸을 일으키려 꿈틀댔다. 놀란 다미가 그의 어깨를 내리눌렀다.

"잠깐만 좀 있어 봐요!"

2년 뒤 적금 만기가 되어 봤자, 결혼할 상대방이 없어질 수도 있는 것이다. 그러면 그 적금 통장 역시 쓸모가 없어질 수 있다.

그리고 그때, 그의 핸드폰이 울렸다.

"아버진데?"

어쩔 거냐는 눈빛이었다.

에라, 모르겠다!

"합시다! 결혼!"

결정을 내린 다미가 씩씩하게 대답했다. 다미의 대답에 그가 알 듯 모를 듯 한 미소를 지으며 통화 버튼을 눌렀다.

"네."

— 야 이놈의 자식아! 왜 안 오고 있어?

수화기 저 너머로 들리는 회장님의 노기 띤 목소리가 쩌렁쩌렁 울렸다. 성격이 급하시다더니 장난 아닌가 봐. 다미의 몸이 움츠러들었다.

결혼하자고 말은 했는데, 혹시 나를 반대하면 어떡하지? 결혼할까 말까, 할 때는 미처 생각하지 못했는데 회장님의 목소리를 듣고 있자니 걱정이 되기 시작했다. 텔레비전에서 보니까 상류층 사람들은 막 자기네들끼리 정략결혼하고 그러던데. 다미가 침을 꼴깍 삼켰다.

"중요한 볼일 좀 보고 있습니다."

다미가 수화기 너머의 소리에 귀를 기울였다.

— 결혼한 애들도 갓난아기들까지 데리고 힘들게 다 왔는데 혼자인 네까짓 게 뭐가 바빠서 아직 안 오고 있는 게냐. 그깟 일 때려치우고 빨리 와!

결혼한 애들? 애기들? 맞다! 오늘 아버님의 생일 모임이 있다고 했다. 이렇게 식구들 다 모이는 자리에서 상견례라니, 말도 안 된다. 왜 그가 이 방을 나가면 바로 일사천리로 다른 여자와 결혼할 거라는 그런 어처구니없는 생각을 했지? 자신의 밑에서 여유 있게 웃고 있는 그의 얼굴이 보였다.

왜긴 왜야. 저 인간 때문이지. 생각해 보니 아까부터 뭔가 무표정하면서 슬쩍슬쩍 스치는 여유로움이 이상했다. 웃음도 설핏 지었던 거 같다. 그러니까 이게 다 계획적인 거였어! 상견례 따위가 있을 리 없는데, 그의 연기에 속아 넘어간 거다.

발딱 일어나려고 했다. 그 순간 그가 다미의 손목을 잡아당기는 바람에 이번엔 누워 있는 그의 품으로 폭 안기는 꼴이 되어 버렸다.

에이 씨! 사기꾼! 거짓말쟁이! 벗어나려고 바둥대자 강철이 한 손으로 다미의 허리를 잡아 자신의 몸에 고정시켰다.

아, 얄밉다. 두 주먹으로 그의 가슴을 팡팡 때렸다. 하지만 기다란 팔로 상체를 감싸 누르는 강철 때문에 더는 팔을 휘두를 수 없었다. 다리라도 어떻게 해 보려 꿈틀댔지만, 이번엔 긴 두 다리를 다미의 허리와 다리에 교차하여 감싸는 바람에 아예 꼼짝을 못 하게 만들었다.

"아버지 내년 칠순 잔치에 토끼 같은 며느리와 손주 데리고 가길 원하시면, 지금 이러시면 안 됩니다."

정신없던 상황에서 그의 한마디에 다미가 그대로 얼어붙었다.

그리고 그건 다미뿐만이 아니었다.

강철의 말에 오 회장이 팔을 크게 휘저으며 연회장을 한 번에 조용하게 만들었다. 팔 동작 한 번으로 대번 연회장에는 침묵이 감돌았다.

오 회장은 침을 꿀꺽 삼켰다. 얼마 전 직원들을 통해 회사에 돌고 있는 소문을 들었다. 물론 농담 삼아 이놈의 자식 게이 아니냐는 말을 한 적이 있지만, 그게 진심일 수도 있다는 사실은 충격적이었다.

미국에서 돌아와 미친 듯이 일에 파묻힐 때는 얼씨구나 나는 이제 곧 손 놓고 손주랑 놀기만 하면 되겠구나, 좋아했었다. 하지만 결과적으로 반은 맞췄고, 반은 틀렸다. 미친 듯이 회사에 집중해 회사를 탄탄하게 성장시켰지만, 그 덕에 손주와의 만남은 점점 더 멀어지고 있었다. 그런데 남자를 좋아한다니! 안 되겠다 싶어 미친 듯이 선 자리를 만들었다.

하지만 순순히 선보러 나간다는 말 한마디 없었다. 아니, 지가 사지육체 멀쩡한 사내새끼면 왜 여자를 마다해? 사귀는 사람이 있냐고 물어도 아니라 하고. 이건 멀쩡한 사내놈의 태도가 아니었다.

점지해 주는 여자와 결혼을 안 하면 이 회사를 안 넘겨준다고 으름장을 놓았지만 그게 먹힐 자식이 아니었다. 제가 이룬 회사보다 몇 년 새 자식 놈이 키운 회사가 더 큰 몫을 하고 있었다. 어차피 이사회 사람들이야 회사만 잘 성장시키면 된다는 종자들이라 이번 일에도 별 반응이 없을 것이다. 제 자식 문제기에 저만 이렇게 안달을 내는 것이다.

그런데 며느리라니, 손주라니! 설마 남자 며느리를 말하는 건 아니겠지?

"그게 뭔 소리냐?"

오 회장이 조심스레 물었다. 조금 전까지와는 달리 조심스러운 목소리였다.

— 제가 지금 아버지 며느릿감 붙잡고 있습니다. 그런데 아버지 생신에 참석한다고 가 버리면 이 여자는 또 도망칠 거거든요. 그러면 전 또 혼자 총각 귀신으로 늙어 죽거나, 이 사람 잡을 때까지 죽도록 돌아다녀야 하는데, 그럼 내년 아버지 칠순에는 당연히 며느리도 없고 손주도 없을 겁니다.

말하는 중간중간 으윽, 툭툭 뭔가를 치는 소리가 들린다. 말도 중간에 뚝뚝 끊기는 것 같고, 회선 상태가 안 좋은가 싶어 귀를 더 밀착시켰다. 옆에서 부인이 궁금해했지만 손만 내저었다. 지금은 아들의 말 한 마디도 놓칠 수 없었다.

— 그래도 괜찮으시겠습니까? 저 지금 그쪽으로 갈까요?

며느리, 손주 얘기는 하는데 그 며느리가 여자라는 확실한 말이 아직 안 나왔다. 확실한 증거가 필요했다. 오 회장은 초조한 마음에 침을 꿀꺽 삼켰다.

"아, 아니다. 아니다. 근데 지금 누구랑 같이 있다고?"

— 아버지 며느리 될 여자요.

"주민등록증 뒷자리 2로 시작되는 거 확실한 거고?"

— 네. 아버님이 전화만 끊어 주시면 확실합니다.

"그래그래, 내 전화 얼른 끊으마. 오늘 올 필요 없다. 사람이 이리 많은데 너 하나 빠진다고 티도 안 난다."

오 회장은 재빨리 전화를 끊었다. 주변에서 여기저기 질문이 쏟아졌다.

"어험. 사내대장부가 큰일이 있으면 가족 대소사야 빠질 수 있지, 뭘 그런 거로 말이 많아."

오 회장이 식구들에게 한마디 했다.

그러자 어머머, 오빠 생일이라고 미국 출장 나간 우리 신랑까지 불러 놓고 무슨 소리야, 하는 막내 여동생의 타박과 아니, 가족 행사보다 중요한 일이 뭐냐고 반문하는 남동생이 있었다.

있다 이놈아. 가족 만드는 일. 니들이 맨날 우리 집에 와서 사위, 며느리 자랑 했지? 내년에는 내가 손주랑 며느리 데리고 와서 생일 잔치한다. 암.

생각만으로도 기분이 좋아진 오 회장이 활짝 웃었다.

수화기 너머로 종료음이 들리자 강철의 품에서 벗어나기 위해 발버둥을 치던 다미의 온몸에 힘이 쭉 빠졌다. 망했다. 눈을 질끈 감았다. 아직 얼굴도 못 보고 인사도 못 드렸는데 저 망발이라니, 아버님이 자신을 어떻게 생각할지 앞이 캄캄했다.

"걱정하지 마. 노총각 구제해 주는 귀한 며느리로 생각하실 거야."

귓가에 들리는 따뜻한 말에도 위로가 되지 않았다.

"본인 일 아니라 이거죠?"

눈을 감은 채 입을 삐죽 내밀었다. 자신의 몸의 약한 곳을 부드럽게 간지럽히는 그의 손길이 느껴졌다. 그러거나 말거나 지금은 얼굴 보기가 싫다. 흥. 그때, 목 주변에 차가운 감촉이 느껴졌다.

"이게 뭐예요?"

살짝 눈을 떴다. 그리고 차가운 감촉의 정체를 확인했다. 언제 걸어 두었는지 목 주변으로 가느다란 목걸이가 반짝거리고 있었다.

"족쇄. 프러포즈용 족쇄."

펜던트 모양을 자세히 살폈다. 귀여운 토끼 모양으로 작은 다이아몬드들이 족쇄처럼 토끼의 목에서 반짝였다. 그리고 그 다이아몬드가 끝나는 지점에서 목걸이 줄이 시작되었다. 맨날 도망만 다닌다고 목줄 좀 채워야겠다고 농담처럼 말하더니 진짜 토끼에게 목줄을 채워 놨다.

코끝이 시큰한데, 웃음이 났다.

"요새 많이 바빴을 텐데 이런 건 또 언제 준비했어요?"

결혼은 아직 먼일이라고만 생각했다. 적어도 몇 년은 기다려야 하는 일. 그런데 그는 이런 선물까지 준비하고 있었다. 그동안 너무 내 생각만 했다는 미안함이 일었다. 그는 결혼에 대해 어떻게 생각하고 있는지 진지하게 묻지 않았다. 이런 나를 위해 귀찮은 일이 생길까 봐 배려해 주고, 난 또 그걸 오해하고, 그런 생각이 들자 미안함이 더욱 커졌다.

그리고 혼자서 자신에게 줄 목걸이를 골랐을 그의 모습을 떠올렸다. 혼자서만 우리의 미래를 준비하던 그를 생각하려니 가슴 한 곳이 묵직해졌다. 이런 남자를 내가 어떻게 놓쳐. 이 목걸이를 제가 아닌 그의 목에 걸어 주고 싶었다. 눈시울이 뜨거워졌다.

"이다미 잡으려면 이 정도는 준비해 줘야지. 오늘은 목걸이고 다음엔 반지로 채워 줄게. 철컹."

그동안 그가 얼마나 노심초사했는지 느껴졌다. 부담을 주지 않으려고 장난스럽게 하는 말에도 그 안의 묵직한 진심이 느껴졌다. 울컥 감정이 복받쳐 올랐다. 두 손으로 얼굴을 감쌌다.

"울어? 목걸이 마음에 안 들어?"

갑작스러운 흐느낌에 당황한 목소리이다. 바보. 여자가 우는 건 꼭 슬퍼서만은 아닌데.

족쇄라는 말에, 영원히 라는 말에 가슴이 터질 듯하게 뛰었다. 영원히 그의 족쇄가 채워진 채 살아도 상관없단 생각이 들었다. 아니, 그가 도망치려면 이젠 제가 족쇄를 채워 그를 가둬 둘 생각이다.

"아까 통화 때문에 그래? 아니면, 나한테 휘말려 결혼 약속 해서 그래?"

두 팔을 그의 목에 둘렀다.

"목걸이 아주 마음에 들어요. 프러포즈도, 결혼하기로 한 것도."

조금 전까지 훌쩍거리던 눈, 발갛게 물든 코끝, 살짝 부은 입술이 조명 밑에서 반짝거렸다.

"그럼 나 2년 안 기다려도 돼?"

"당연히."

그의 입이 만족스레 휘었다. 그러곤 다미의 입술에 다정하게 입을 맞췄다.

"사랑해."

그녀를 보는 그의 눈빛이 한없이 다정했다. 언제나 나만 봐 주는 사람.

"나도, 사랑해요."

손을 올려 그의 셔츠 단추를 풀었다. 뭐 하냐는 듯, 그의 한쪽 눈썹이 올라갔다. 하지만 셔츠를 다 풀고 이내 벨트를 풀고, 바지 버클을 풀고 지퍼를 내리는 그녀를 제지하지는 않았다.

"소파는 불편해서 싫다더니? 침대로 갈까?"

그녀를 안아 들려던 찰나, 다미가 재빨리 몸을 돌렸다. 순식간에 그가 브리프 차림으로 소파에 앉게 됐다.

"이게 무슨……."

"안 돼요. 가만 있어요."

일어나려는 그의 가슴팍을 한 손으로 밀었다. 그러고는 다른 손으로 원피스 치마 밑으로 손을 넣었다. 곧이어 팬티가 치마 밖으로 던져졌다.

"흐음. 나한테 주는 프러포즈 선물이야?"

두 팔을 목 뒤로 올리고 제 앞에서 펼쳐지는 진풍경을 감상했다. 기대감에 그의 한쪽 입술이 길게 휘었다.

살금살금 다가온 다미가 이번엔 그의 팬티를 벗겨 내렸다. 언제

부풀었는지 하늘을 향한 남성이 끄덕끄덕 고개를 흔들었다. 그리고 천천히 다가온 그녀가 그의 허벅지 다리를 벌리고 그 위에 앉았다.

흐응, 하는 소리와 함께 다미가 그의 위로 몸을 내렸다.

"시간 없잖아요. 빨리 손주 만들어야 내년에 아버님 칠순에 실망시켜 드리지 않게 하죠."

맞닿은 두 사람의 입술이 길게 휘었다.

에필로그

섹시한 내 운명

Y.N.L의 정문 앞에 선 호진은 높다란 본사 건물을 올려다보았다.

아침 햇살에 반짝거리는 건물이 마치 자신에게 주어진 커다란 트로피같이 자랑스러웠다. Y.N.L은 대학교를 졸업하고 몇 번의 탈락 끝에 간신히 이번에 입사한 회사였다. 오랜 전통을 갖고 있는 회사였지만 최근 들어 신생 회사들 못지않게 공격적으로 다양한 사업을 펼치며 더욱더 성장하고 있었다. 앞으로 이 회사와 더불어 자신도 성장하리라는 굳은 다짐을 했다.

오늘은 신입 사원 연수를 가는 날이었다.

아침에 회사 주차장에 모여서 다 같이 이동한다고 했는데 도무지 주차장이 어디인지 찾을 수가 없었다. 그때 호진의 옆으로 자그마한 여자가 쏜살같이 지나갔다.

"저기요?"

"네?"

걸음을 멈추고 뒤돌아선 여자의 두 눈이 동그랗게 커졌다.

"저, 혹시 Y.N.L 주차장이 어디인가요?"

"아, 이번에 새로 입사한 신입 사원이세요? 연수 때문에 주차장 찾으시는 건가요?"

"네."

"그러면 저 따라오세요."

말을 마친 그녀가 생긋 웃으며 자신의 옆으로 붙어 섰다.

동글동글한 얼굴에 생글거리는 미소, 반달로 휘어지는 눈이 꽤 귀여웠다. 그러고 보니 커다랗고 노란 패딩에 청바지, 흰 스니커즈 차림이 회사로 출근하는 사람의 차림은 아니지 싶었다.

"혹시, 그쪽도 이번에 Y.N.L 신입으로 들어오신 건가요?"

"아니요. 저는 사보팀 이다미예요. 오늘 신입분들 연수에 기사 촬영차 저도 같이 가기로 했거든요. 잘 부탁드립니다."

환하게 웃는 그녀의 표정에 호진은 사보팀 이다미 세 글자를 작게 읊조렸다.

회사에 대해 이런저런 얘기를 나누다 보니 어느덧 주차장에 도착했다.

"저기 신입분들이 모여 있네요. 저는 그러면 인사팀 분들이랑 이동해야 해서. 이따 연수원에서 봬요."

활짝 웃은 그녀가 다시 토끼처럼 팔랑거리며 한 무리 속으로 뛰어갔다. 호진은 그런 그녀가 사라질 때까지 한참을 바라보았다.

卍

3박 4일 연수원에서의 마지막 밤이 시작되었다.

그동안 회사 및 사업부 소개, 장단기 발전 비전 플랜, Y.N.L의 브랜드들과 제품들에 대한 숙지 및 근처 공장 견학, OJT 교육 등으로 정신이 없었다. 오늘은 그런 신입 사원들을 위해 회사에서 마련한 공식적 축제의 밤이었다.

연수원 4층에 있는 대회의실에 각 조별로 5, 6명씩 동그란 테이블에 앉아 오래간만에 찾아온 여유로운 시간을 즐기고 있었다.

호진은 고개를 돌려 다미를 찾았다.

그녀는 3박 4일 내내 제 얼굴만 한 카메라를 들고 등 뒤로는 무거운 노트북을 가방에 넣고 뛰어다녔다. 처음에는 작은 체구에 커다란 장비를 이고 지며 뛰어다니는 모습이 안쓰러워 눈길이 갔다.

그러다가 열정적으로 신입 오리엔테이션의 각 프로그램을 사진에 담는 모습, 직원과 신입 인터뷰를 할 때마다 맞장구를 치며 공감해 주는 모습에 인간적인 호감이 갔다.

그리고 볼수록 귀여운 외모와 활발한 성격은 이성으로서 한번 만나 보고 싶다는 생각을 하게 했다. 손에 반지가 없는 것으로 봐서는 애인이 없는 것처럼 보였다. 처음으로 찾은 자유 시간에 술이라도 한잔하면서 이야기를 나누고 싶었다.

"호진 씨, 그 얘기 들었어?"

호진과 같은 6조로 지금 그의 왼쪽에 앉아 있던 창식이였다.

"무슨 얘기."

눈으로는 다미를 좇으며 건성으로 대답했다.

"여기에 오 본부장님 와이프가 있대."

"오 본부장이 누군데?"

"얼레? 오 본부장님을 몰라? 지금 오너 아들이잖아. 앞으로 이 회사 회장님이 되실 분이고."

"아, 재작년에 오너 일가 결혼식이 있었다고 뉴스에서 들었던 것 같은데……."

"맞아 평범한 집안과 사돈 맺고, 결혼식도 가족끼리 조촐하게 했다고 기사 나고 그랬던 게 생각이 나네."

기억력이 좋은 누군가가 작년 오 본부장의 결혼에 대해 이야기했다.

"아, 그래?"

일개 직원이 그런 사람이랑 마주칠 일이 뭐 얼마나 된다고. 게다가 그런 임직원의 와이프가 저와 무슨 상관인가 싶었다.

건성으로 대답한 호진이 다시 넓은 강당을 둘러보았다. 나흘 동안 내내 동에 번쩍 서에 번쩍하더니 오늘은 어디 있는지 도통 찾을 수가 없었다. 본사로 발령을 받으면 그나마 다행이지만, 지방이나 해외 지사로 발령을 받으면 얼굴 보기가 힘들어질 수도 있다. 오늘이 가기 전에 연락처라도 좀 받고 싶은데, 마음이 초조해져 갔다.

"그러면 미래의 회장님 와이프네. 근데 여긴 왜 왔대?"

건성인 호진의 옆에 있던 병호가 대신 말을 거들었다.

"지금 본사에서 근무하나 봐. 인사부 지원 나왔겠지."

"그나저나 누구일까? 잘못해서 찍히면 안 될 텐데 말이야."

호진을 제외하고 테이블에 앉아 있는 사람들의 눈이 바삐 움직였다.

이번에 본사에서 지원 나온 운영팀은 총 20명가량이었다. 그중 여성은 8명, 그 안에서 다시 40대 중반 이상의 여성은 제외하고 대충 추려 보았다. 그 결과 비서실의 최지윤, 홍보 기획팀의 최수연, 사보팀의 이다미, 인사부의 홍미연, 이미란 5명 정도로 좁혀졌다.

"아무래도 최수연 씨는 아닌 것 같고……."

"이다미 씨는 반지 없던데. 그리고 본부장 사모님이라기에는 뭔가 안 어울려."

"나이도 아직 이십 대 중반인 것 같고."

"맞아, 나도 같은 신입인 줄 알고 말 놓을 뻔했다니까."

다미의 이름에 호진도 슬쩍 화제에 끼어들었다. 이내 테이블 위로 머리를 맞대고 누가 오 본부장의 와이프일까에 대해 몰두하기 시작했다.

"그러면 최지윤 씨?"

6명의 눈이 일사불란하게 지윤에게 꽂혔다.

연수 첫날 남자들의 시선을 가장 많이 받았던 지윤이였다. 간단한 옷차림에 옅은 화장이었지만 화려한 공작새처럼 도도해 보이는 모습이었다. 특히 다미가 스스럼없이 신입들에게 먼저 인사를 건네고 깔깔대며 웃던 것과는 달리 업무상 꼭 필요한 말을 제외하고는 신입 사원들과 거리를 두는 모습이 꽤나 도도해 보였다.

게다가 지윤의 왼손 네 번째 손가락의 커다랗게 반짝거리는 다이아몬드 반지는 결혼반지임이 틀림없었다. 저렇게 커다란 반지와 냉미녀 지윤을 차지하려면 본부장 정도는 되어야 할 거 같았다.

다들 입 밖으로는 말을 꺼내지 않았지만 수긍하듯 고개를 끄덕거렸다.

그때, 지윤이 6조 쪽으로 걸어왔다. 연수원 생활 4일쯤 되면 사람이 지칠 법도 한데 풀 메이크업에 머리도 아침에 세팅한 그대로였고 좋은 향기를 풍겼다. 피부 결이나 머리, 손톱 어느 것 하나 돈을 안 들인 구석이 없어 보였다. 같은 트레이닝복을 입었지만, 왠지 모르게 부티가 나는 사람이었다.

우리 추측이 맞는 것 같지? 그들은 서로 눈빛을 보냈다.

"한 잔씩 하면서 그동안 쌓인 스트레스 푸시라고 자리를 마련한 건데, 6조분들은 무슨 재밌는 얘기를 하시기에 술도 안 드시고 말씀만 나누세요?"

혹시 우리가 하는 말을 들었나? 우리 단체로 찍히는 거 아니야? 둘러앉은 사람들이 일순 경직됐다.

하지만 그러거나 말거나 신입 사원의 표정 따위 상관도 안 한다는 듯 지윤이 의자를 꺼내 앉았다. 그리고 곧 신입들에게 술잔을 돌렸다.

"그동안 수고 많으셨습니다. 혹시 오다가다 궁금하신 거 있으면 언제든 물어봐 주세요. 제가 할 수 있는 선에선 최대한 도와 드리도록 하겠습니다."

"저, 그런데 선배님 결혼하셨나요?"

아까부터 오 본부장 부인 찾기에 열을 올리던 창식의 질문에 지윤이 흠칫했다.

진짜 사모님이면 어쩌려고. 나중에 난처한 일이 발생할 수도 있는 상황이었다. 창식의 양옆에 있던 동기들이 그의 옆구리를 찔렀다.

"아, 네. 이제 결혼한 지 2년 정도 됐어요."

하지만 서릿발 같은 표정이 아닌 새색시처럼 부끄러움 가득한 표정에 오히려 6조 멤버들이 흠칫했다.

"와, 결혼반지 보고 혹시나 했는데."

"선배님처럼 멋진 여성이랑 결혼할 정도면 남편 되시는 분도 완전 멋있겠네요. 완전 선남선녀 커플이겠어요."

"네, 다들 천생연분이라고……."

조용히 한 손을 가리고 웃는 그녀의 손에서 반지가 유난히 반짝거렸다.

"와, 진짜 한번 뵙고 싶어요."

"이 회사 다니니 다음에 뵐 일이 있을 거예요."

결혼한 지 2년 되었고, 남편이 이 회사에 다닌다니. 제 입으로 남편이 오 본부장이라고 말하는 것과 뭐가 다르단 말인가. 다들 확신에 찬 눈빛을 교환했다.

"오— 6조. 이번 연수에서 팀 프로젝트 1등 하셨죠."

그때 다미가 제 얼굴만큼 큰 카메라를 들이대며 테이블 사이로 얼굴을 쏙 내밀었다. 온종일 저 무거운 카메라를 들고 얼마나 뛰어다녔을까. 카메라 가방이 무거운지 한쪽 어깨를 연신 치켜드는 폼이 안쓰러웠다.

"6조분들 사이가 너무 좋아 보여요. 역시 이런 팀워크가 있으니, 이번 연수 성적이 제일 좋았던 거겠죠? 다음 달 사보에 사진 제일 크게 실어 드릴게요. 포즈 좀 잡아 주세요. 포—즈."

"아, 그럼 전 이만 빠질게요."

앵글에 걸릴까 봐 지윤이 자리에서 일어났다. 그러고는 다미에게

까딱 고갯짓한 뒤 옆 테이블로 이동했다.

현란하게 몰이를 하는 다미 덕분에 나머지 사람들도 정신없이 포즈를 취했다.

"선배님 오셨는데 맥주라도 한잔하고 가세요. 마지막 날인데 같이 술 한잔해요."

사진을 찍고 옆 테이블로 가려는 다미를 호진이 다급하게 붙잡았다.

"어머, 그럴까요? 사실 왜 안 잡아 주시나 했어요."

다미가 커다란 카메라를 테이블 위에 올려놓으며 의자에 앉았다.

"선배님. 너무 재밌으세요."

"꺅. 칭찬 감사합니다."

"으하하."

두 손을 양 볼에 대고 놀란 표정을 짓는 다미의 모습에 6조 사람들이 한바탕 웃음을 지었다.

"그런데 선배님. 남자 친구 있으세요?"

창식이 다미에게 맥주를 따르며 대뜸 직격탄을 날렸다. 반지가 없기는 하지만 저렇게 귀여운데 애인이 없을까 싶어 의심이 됐다. 확실히 해서 나쁠 것은 없었다. 창식의 질문에 이상하게 가슴이 떨리는 호진이였다.

"나, 남자 친구요?"

다미가 눈을 동그랗게 뜨고 깜박거렸다. 그러다가 흐음, 하고 짐짓 고민스러워하는 표정을 짓더니 맥주를 벌컥벌컥 마시기 시작했다.

그때 한 남자가 대회의실로 들어왔다. 테이블별로 왁자지껄 떠들던 소리가 일제히 멈췄다. 회의실 안의 모든 시선이 일순간 그 남자에게 꽂혔다. 누구인지 정보도 없는 상황이지만 보통 사람은 아니란 느낌이 들었다. 훤칠한 키와 잘생긴 얼굴 때문만은 아니었다. 무언가 범접할 수 없는 아우라가 느껴지는 모습이었다.

대회의실을 쓱 둘러본 남자가 지체 없이 6조 쪽으로 걸어왔다. 테이블에 둘러앉은 사람들의 얼굴을 하나하나 확인하는 모습이 꼭 먹잇감을 노리는 맹수와 같았다. 너 나 할 것 없이 오금이 저렸다.

하지만 입구를 등지고 있는 다미만이 회의실 안에서 무슨 일이 일어나고 있는지 모르는 듯했다. 맥주잔을 비우고 앞에 놓인 다과를 집어 먹으며 '이것 참 맛있네요'라며 흥얼거리고 있었다.

그런데 남자가 다미의 등 뒤에 바로 섰다. 팔짱을 끼고 다시 한번 그들을 쓱 둘러보더니 마지막 시선을 다미의 정수리에 고정시켰다.

"남친은 없는데……."

남친이라는 단어에 남자의 턱이 미세하게 굳었다. 다미의 양쪽 어깨에 두 손을 올려놓은 남자가 나지막이 말을 이었다.

"남친은 없는데 이다미 씨에게 남편은 있지요."

대답을 해 주고 있지만 그게 너희들과 무슨 상관이냐는 표정이었다. 그가 내뱉은 말에 여기저기서 헉, 하는 소리가 들렸다. 그의 눈빛만으로도 그녀의 남편이 누구인지는 세 살짜리 아이라 해도 눈치챌 수 있을 정도였다.

저 여자와는 절대 어울리지도 않는 남편이란 단어와, 그 남편임이 틀림없어 보이는 남자의 모습에 주변 사람들의 시선이 핑퐁처럼 둘 사이를 왔다 갔다 했다.

"어? 본부장님 벌써 오셨어요?"

그녀가 몸을 돌려 반갑게 인사를 했다.

"혹시 제가 일찍 오면 곤란한 타이밍에 도착한 겁니까?"

그들을 볼 때보다는 풀어졌지만 아직도 못마땅한 기색이 역력한 표정이었다. 마누라가 바람피우는 현장을 잡은 듯한 모습에 다들 경악했다.

"프랑스 박람회가 내일까지라 모레나 되어서 오실 줄 알았습니다."

하지만 그 여자만 해맑게 미소를 지어 보였다. 그 미소에 오 본부장님이 더 열 받아 하는 것 같았지만.

"네. 왠지 오래 자리를 비우면 안 될 것 같아서요. 밤새면서 처리하고 지금 바로 오는 길입니다."

"아휴, 역시 본부장님의 신입 사원 사랑은 못 말려요. 매년 이렇게 꼭꼭 참석하시고."

그제야 남자의 반응을 눈치챈 여자가 어색한 웃음을 날리며 손을 내저었다.

"하여간 이다미 씨는 저 좀 봅시다."

이를 악물고 다미의 귀에 낮게 읊조리는 동작만으로도 주변의 사람들은 흠칫거렸다. 그 말에 다미가 어깨를 으쓱이며 자리에서 일어섰다.

호진은 점점 멀어지는 다미의 뒷모습을 아련하게 바라보았다.

숙소로 돌아가는 길에 다미는 슬쩍 강철의 팔짱을 꼈다.

"자기 화났어?"

"화나긴. 그나저나 결혼반지는 왜 안 끼고 다녀?"

"아직 손에 붓기가 다 안 빠져서. 대신에 이거는 꼭 하고 다니잖아요."

다미가 목에 걸린 토끼 펜던트를 꺼내 흔들며 활짝 웃었다.

"그건 결혼의 증거가 아니지. 당신이 자꾸만 반지도 안 끼고 다니니까 남자들이 미혼인 줄 알고 들이대지."

강철은 걱정스러운 표정으로 다미의 내려다보았다.

이 여자는 그동안 사회생활을 거의 안 해서 연애를 못 했던 것인지, 직장 생활을 하면서 생활 반경이 넓어지자 다미에게 대쉬하는 남자들이 생겨났다.

결혼 전 출퇴근길에 근처 회사의 직장인에게서, 백화점에 입점된 매장 촬영을 갔다가 그곳 직원에게서, 그리고 데이트를 하다가 잠깐 자리를 비우면 누군가 다가와서 꼭 다미에게 말을 걸고 있었다. 그래서 결혼 전부터 아침저녁으로 출퇴근을 시키며 다미를 감시했다. 그리고 결혼을 했을 때는 다소 안심했었다.

그런데 지난겨울 출산을 앞두고 아이 용품을 사러 백화점에 갔을 때였다. 다리가 아프다는 다미를 카페에 두고 편한 운동화를 한 켤레 사 왔을 때에는 대학생으로 보이는 남학생을 앞에 두고 임신한 배를 내밀며 '저 애 엄마예요'라며 밝게 웃으며 대답하는 모습까지 보고야 말았다. 저렇게 생글생글 웃으며 다니니 남자들이 착각을 할 수밖에.

"머리를 아줌마 스타일로 빠글빠글 볶아 볼래?"

무슨 말도 안 되는 소리냐는 표정으로 다미가 콧등을 찡그렸다.

"아니면 살을 좀 찌워 볼까?"

아직 애 낳고 붓기도 다 안 빠졌는데. 반지도 안 들어간다는 얘기는 어디로 들은 건지. 다미가 고개를 절레절레 흔들었다.

"조선 시대처럼 쪽머리를 하거나 옷 색깔로 미혼, 기혼 구분시키면 얼마나 좋아?"

진심으로 그러지 못해서 안타깝다는 눈빛이었다.

"그만해요. 이러다가 아예 차도르를 쓰는 나라로 이민 가자는 소리까지 나오겠네."

좋은 아이디어라는 듯 그의 눈이 반짝였다.

"진짜 갈까? 부르카(burka : 머리에서 발끝까지 모두 가리고 눈은 망사로 처리해 시야를 확보함) 쓰는 곳이 어디더라."

결혼을 하면 안정적일 줄 알았는데 점점 더 집착이 강해지는 듯했다. 그냥 놔뒀다가는 내일쯤 비행기 티켓을 예매하고 있을지도 모를 일이었다.

"아, 우리 신랑 피곤하겠다. 내가 충전해 줘야지."

두 팔을 벌려 그의 품 안으로 파고들며 매달렸다. 집에서 종종 그녀를 꼭 안고 충전 중이라고 장난을 치던 그였다.

"아무렴, 젖먹이 떼어 놓고 나와서 열혈 취재를 하는 와이프만 할까."

그가 가볍게 다미의 코를 잡고 흔들었다. 이렇게 충전할 때는 딴 생각을 하다가도 금방 자신에게 집중을 했는데, 오늘은 오랜만에 봐서 그런지 걱정거리가 너무 많았다.

"이제 젖도 떼고, 이윤이는 아버님이 계속 데리고 계시느라 내 손에는 올 일도 없단 말이에요."

결혼한 지 어언 2년. 다음번 생일잔치에는 손주를 안게 해 주겠다던 강철의 말은, 반은 이루어지고, 반은 이루어지지 않았다.

전자는 오 회장의 작년 생신 때 태어난 지 두어 달을 갓 넘긴 손주를 그의 품에 안겨 주었기 때문이요, 후자는 아직 신생아인데 사람들 많은 데서 병이라도 옮겨 오면 안 된다고 오 회장이 가족 모임을 모두 취소했기 때문이었다.

결혼 후 강철의 집에서 생활하던 두 사람은 다미의 출산에 맞춰 강철의 본가로 들어갔다. 다미의 엄마는 라영과 보영의 쌍둥이 육아 때문에 도저히 다미를 돌봐 줄 여력이 없었고, 육아에 경험이 없는 둘이서 아이를 돌보기가 거의 불가능했기 때문이었다.

보영과 라영, 그리고 쌍둥이를 떠올리자 다미는 피식 웃음이 났다. 지금이야 웃어넘기지만 결혼 허락을 받으러 집에 내려갔을 때 거실에 앉아 있는 라영과 보영을 보고 얼마나 놀랐던지.

그 커플도 결혼 이야기를 꺼내러 왔다는 걸 눈치챈 강철이 결혼은 우리가 먼저라고 외쳤지만, 보영 누나의 배 속에 아이가 있기 때문에 자신들이 먼저 결혼을 해야 한다고, 자신들은 결혼 허락이 아니라 결혼 통보를 하러 왔다고 외치는 라영의 뻔뻔함에 다미를 비롯한 모든 사람이 기함을 했다.

간신히 정신을 차리신 아버지가 역혼이고 뭐고 배부른 놈이 먼저다, 를 외치는 바람에 자신들의 빠른 결혼을 위해 라영과 보영의 결혼식 준비까지 하느라 강철의 다크서클이 한 뼘은 내려와 있었다.

강철에게는 미안했지만 결혼 준비와 신혼여행 준비, 출산 준비까지 모자라 한 달 간격으로 출산까지 같이한 보영이 있어서 다미는 나름 즐거웠다.

게다가 본가로 들어간 이후에도 오 회장과 진 여사는 그렇게 손 꼽아 기다리던 손주를 보았다는 기쁨에 다미에게 모든 지원을 아끼 지 않았다.

등에 센서가 달려 있는지 바닥에 누워서 잠을 자지 않으려는 아 기를 내내 업고 사는 것은 오 회장과 진 여사의 몫이었다. 그렇게 아기 보시다가 건강 축나실까 걱정이 된다고 말씀드려 봤지만, 소 용이 없었다. 다행히 돌이 지나면서 누워 자는 시간은 조금씩 길어 졌지만, 그와 동시에 걸음마를 시작하면서 저지레의 수준은 한층 높아졌다. 물론 그 모든 것도 예쁜 짓이라며 오 회장과 진 여사는 손주의 곁을 떠날 줄 몰랐다.

"그래도 아직 몸도 다 회복 안 되었을 텐데 이렇게 무거운 것 들 고 뛰어다니면 어떡해?"

"3월부터는 복직해야 하는데 이제 슬슬 움직여야죠."

다미가 두 팔을 뻗어 으싸으싸 움직였다. 이윤의 돌이 다가올 무 렵, 복직을 원하는 다미를 위해 오 회장과 진 여사는 '우리가 이윤 이를 키울 테니, 너는 너 원하는 거 하거라' 하시며 전폭적인 지원 을 약속했다.

물론 그의 입장에서는 몇 년 쉬면서 몸도 더 추스르기를 원했지 만, 복직하겠다는 다미의 입장은 강경했다. 그리고 얼마 전 본가 근처에 집을 얻고, 내년 봄으로 복직 디데이를 잡았다.

그렇게까지 그녀에게 맞춰 줬으면 복직 때까지는 좀 더 쉬었으 면 좋으련만, 자신이 프랑스 파리 국제 란제리 박람회 건으로 출장 을 간 사이 신입 오리엔테이션에 따라와 취재하고 있었던 것이다.

"하여간 당신을 누가 말려."

입으로는 계속 툴툴대면서도 방으로 들어간 강철은 불을 켜기도 전에 다미에게 깊은 입맞춤을 했다. 퇴근을 하고 돌아오면 항상 하던 인사였지만, 그래도 며칠 만이라 그런지 평상시보다 진했다. 며칠 만에 다시 찾은 내 것에 대한 안도감과 편안함, 그리고 가슴 떨림. 다미도 까치발을 들고 키스에 열렬히 화답했다.

"파리는 어땠어요? 내 선물은?"

키스를 끝낸 다미가 초롱초롱한 눈으로 그를 보았다.

"파리는 우리 신혼여행 때도 갔잖아. 근데 뭐가 그렇게 궁금해?"

"그게 파리 공항만 왔다 갔다 한 거지 뭐 제대로 구경한 것도 아니잖아요."

낭만의 도시 파리와 니스는 다미가 졸랐던 신혼여행지였다. 하지만 여행 기간 내내 밤낮으로 그에게 시달린 덕에 낮에는 조금 돌아다니긴 했지만, 도대체 뭘 구경했는지 하나도 기억에 남질 않았다.

새초롬히 앙증맞은 입술을 삐죽거리며 그가 가져온 여행 가방을 열어 보았다.

"여권에 입출국 도장 찍혀 있으면 갔다 온 거지."

아직도 그때 생각만 하면 그가 얄미워 죽겠다. 그 이후에 출장을 갈 때도 몇 번 따라갔지만 매번 같은 코스였다. 낮에는 혼자 내보낼 수 없다며, 일하는 곳곳에 그녀를 데리고 다녔고, 저녁에는 잠을 자야 한다며 호텔 방에서 나오지 않았다.

그가 다미에게 가방 잘 뒤지면 선물이 있다는 말을 남기고 욕실로 사라졌다.

그리고 다미는 가방 속에서 곱게 포장된 박스들을 발견했다. 블랙과 핫핑크의 박스가 고급스러웠다. 마카롱? 초콜릿? 도대체 뭘

사 왔을까, 부푼 기대감을 안고 상자를 열었다.

검은색에 붉은 자수가 정교하게 수놓인 브래지어와 팬티 세트였다. 결혼 후 출장을 가면 그 나라의 속옷 매장에서 특이하거나 예쁜 속옷을 사 오는 것이 그와 다미의 취미가 되었다. 디자인이나 신상품 개발을 목적으로 할 때도 있지만 때때로 사 온 속옷을 입고 밤에 그와 즐기기도 했었다. 이번에는 혼자 출장을 갔으면서 속옷을 사 왔나 보다.

그리고 재빨리 같은 박스의 다른 상자를 열어 보았다. 이번에는 본 적 없는 질감의 속옷 세트였다. 천이라고도 할 수 없는, 마치 젤리와 같은 질감의 보라색 속옷이었다. 이런 건 방수용일까? 도대체 이건 뭐지, 하고 앞뒤로 확인했다.

그때 샤워를 마친 그가 흰 수건 하나만 두른 채 나왔다.

"그거 먹는 속옷이야."

"먹어요? 뭘요? 이걸?"

다미가 속옷과 그를 번갈아 봤다.

"내가 이걸 당신한테 입혀 놓고 먹는 거지."

그가 게슴츠레 눈을 반쯤 뜨고 혀를 내밀어 입술을 쓸었다. 다미는 상상만으로도 얼굴이 화끈 달아올랐다.

"뭐부터 입어 볼래? 난 배고프니 먹는 속옷도 괜찮은데."

그가 다미의 손에 들린 젤리 속옷을 보며 씩, 하고 웃었다.

"이걸? 이걸 지금 입으라고요?"

"아니, 살짝 걸치라고. 내가 금방 먹어 줄게."

"싫어요."

유난히 얇은 느낌에 입어 봤자 하나도 가리지 못하고 다 보일 것 같았다. 머릿속 상상만으로 벌써 몸이 이상하게 간질거렸다. 이건 너무 부끄럽잖아! 다미는 단호하게 고개를 저었다.

"글쎄⋯⋯. 우리 약속한 거 잊었어?"

둘째까지 낳고 몸조리를 다 한 다음 복직하는 게 어떻겠느냐는 그의 말에 일단 복직을 하고 일을 익힌 다음 둘째를 갖겠다고 고집을 부렸었다. 몇 번을 설득하던 그가 마지막으로 한발 양보하면서 건 조건이 있다. 그가 원할 때, 그가 원하는 모습으로 하기.

"아이참. 알았어요. 대신 이걸로 할래요."

재빨리 처음 봤던 레이스 속옷을 들고 다미가 욕실로 들어갔다.

"굿 초이스."

후다닥 욕실로 들어가는 그녀를 보며 그가 의미심장하게 웃었다.

"이건 정말 아니지 않아요?"

욕실을 나오던 다미가 란제리가 어색한 듯 내려다보며 투덜댔다.

"자기가 골라 놓고선."

침대에 누워 세상 편한 표정을 짓는 그와 달리 욕실에서 나오는 다미의 표정은 많이 불편해 보였다.

"아니 그래도, 이건 좀⋯⋯."

다미가 흰색 가운을 꼭꼭 여미며 폴짝 침대 위로 올라왔다. 강철은 이불을 들어 그녀를 당기며 꼭 끌어안았다. 그러고는 다미의 머리에 코를 비비며 숨을 들이켰다.

"음, 내 귀여운 부인 향기. 내가 얼마나 그리웠는지 알아?"

"치, 누가 보면 한 몇 달 떨어져 있었던 것 같겠네."

말은 그렇게 했지만 지난 며칠간 그가 그리웠긴 그녀도 마찬가지였다. 그래서 더욱 그의 품으로 파고들었다. 집에서 쓰던 바디워시의 향은 아니었지만 저를 감싸는 커다란 몸과 단단한 팔, 따뜻하고 부드러운 가슴 모두 그리워했던 것들이었다.

다미가 팔을 뻗어 그의 목에 두르려고 하자, 강철이 한 손을 잡고 내려 그의 중심에 갖다 대었다.

"나한테는 하루가 1년 같았다니까? 이것 봐. 애도 당신 보고 싶어 죽는 줄 알았대."

아무것도 걸치지 않은 뽀송뽀송한 맨살이 닿았다. 배꼽까지 올라와 딱 붙은 그의 남성이 평상시보다 더 크고 단단하게 느껴졌다.

"아이참."

결혼한 지 몇 년이 지났지만 아직 가끔 쑥스러울 때가 있었다. 왠지 발가락이 간질거려 그의 얼굴을 보기가 부끄러웠다. 그래서 그녀가 품으로 파고들자 그가 귀에 대고 어느새 탁하게 변한 목소리로 요구했다.

"잘 참았으니까 상 줘."

당당하게 키스해 달라고 요구하는 남자라니. 부끄럽기는 했지만 그녀 역시 이 순간을 기다려 온 건 마찬가지였다.

"이리 와요. 상 줄게요."

다미가 빙그레 웃으며 한쪽 팔로 그의 목을 잡아끌었다. 살짝 그의 입술에 입을 맞춘 순간, 그가 혀를 깊게 넣고 입 안을 자극했다. 끈적끈적한 그의 키스에 다미의 입 안에서 달뜬 신음이 흘러나왔다.

며칠 동안 참았던 탓인지 그의 손길이 조금씩 거칠어지고 있었다. 가슴을 그러쥐는 손가락에 힘이 들어갔다. 아이를 낳은 탓인지 예전보다 부풀어진 가슴이 그의 손안에 그득 찼다.

"이거 너무 잘 산 거 같아. 안 벗겨도 되고."

그랬다. 그가 사 온 속옷은 유두 부분과 팬티의 중앙 부분이 트여 있었다. 브래지어의 트임 사이로 손가락을 집어넣은 그가 손톱으로 유두를 긁자 다미가 파르르 몸을 떨었다. 살짝 찡그리는 다미를 보는 그의 표정에 흡족한 표정이 서렸다.

"이거 앞으로 회사에 출근할 때 입으면 좋겠다. 벗을 필요 없이 편할 것 같아."

"말도 안 되는 소리야 진짜."

결혼 전 사무실에서 일을 치르다 몇 번을 걸릴 뻔하기도 했었다. 태연자약하게 아무 일 없었다는 듯 반응하는 그와 달리 다미는 그럴 때마다 가슴이 터질 것 같아 죽을 뻔했다. 그 이후 다시는 회사에서 달려들지 말라고 경고했는데, 결혼을 하고 쉬는 동안 그새 까먹었나 보다. 또다시 그런 일이 생긴다면? 아찔하게 떠오르는 장면에 얼굴이 화르르 달아올랐다.

"뭐가 말도 안 돼. 자기를 책상에 올리고 이렇게 여기만 벌린 다음 내가 들어가는 거지. 예전보다 시간도 절약하고 좋을 것 같은데?"

이번엔 그의 손가락이 팬티 사이의 틈새를 비집고 들어왔다.

"아훗."

"벌써 젖었네? 아, 생각해 보니 이 팬티는 안 되겠다. 흡수성이 너무 약해. 당신 이렇게 젖는 사람인데 하고 나면 다리 사이로 주르륵 흐를 거야."

아니라고 하고 싶지만, 물기 어린 소음이 너무 적나라하게 들렸다.

"이걸 어떻게 흡수성까지 보완하는 방법이 없나? 이렇게 잘 벌어지는 거 보니까 탄성은 좋은 거 같은데, 역시 레이스라 내구성은 약하네."

손을 바삐 움직이면서도 입으로는 계속 제품 분석 중이시다. 사랑을 나누는 중에도 일을 하는 남자, 이런 남자가 내 남편이지 싶다. 어이없는 상황에 픽— 하고 웃음이 새어 나왔다. 그 모습에 강철이 삐딱하게 한쪽 눈썹을 치켰다.

"왜 웃어?"

처음에 옹녀라는 소리를 듣고 내 운명이 참 섹시하구나, 라고 생각했는데, 이제 보니 저렇게 섹시하고 멋있는 사람이 내 운명의 상대였구나 싶다.

"내 운명이 참, 섹시해서요."

그를 보며 환하게 웃는 다미의 모습에 강철도 환하게 웃으며 그녀를 끌어안았다.

— fin

섹시한 내 운명

1판 1쇄 찍음 2016년 12월 1일
1판 1쇄 펴냄 2016년 12월 8일

지은이 | 김다진
펴낸이 | 정 필
펴낸곳 | (주)뿔미디어

기획 · 편집 | 이영은, 고수민

출판등록 | 2002년 9월 11일 (제1081-1-132호)
주소 | 경기도 부천시 원미구 소향로 17, 303(두성프라자)
전화 | 032)651-6513 / 팩스 032)651-6094
E-mail | scarlets2012@hanmail.net
블로그 | http://blog.naver.com/dahyangs
비북스 | http://b-books.co.kr

값 9,000원

ISBN 979-11-315-7600-7 03810

※파본은 구입하신 서점에서 교환하여 드립니다.